ALTIN
KİTAPLAR

YAYIN HAKLARI

© CANAN TAN
ALTIN KİTAPLAR YAYINEVİ
VE TİCARET AŞ

KAPAK

ÖZER ÖZBEY

BASKI

1. BASIM / MART 2011
İHLAS GAZETECİLİK AŞ
29 Ekim Caddesi No: 23 / B-4
34197 Yenibosna / İstanbul

ISBN 978 – 975 – 21 - 1325 - 1

ALTIN KİTAPLAR YAYINEVİ
Göztepe Mah. Kazım Karabekir Cad.
No: 32 Mahmutbey – Bağcılar / İstanbul
Tel.: 0.212.446 38 88 pbx
Faks: 0.212.446 38 90

http://www.altinkitaplar.com.tr
info@altinkitaplar.com.tr

CANAN TAN

ALTIN
KİTAPLAR

Yazarın Yayınevimizden Çıkan Kitapları

Öykü

* Çikolata Kaplı Hüzünler
* Söylenmemiş Şarkılar
* Aşkın Sanal Halleri

Roman

* Piraye
* Eroinle Dans
* Yüreğim Seni Çok Sevdi
* En Son Yürekler Ölür

Mizah Öyküsü

* İster Mor İster Mavi
* Sol Ayağımın Başparmağı
* Türkiye Benimle Gurur Duyuyor!!!
* Oğlum Nasıl Fenerbahçeli Oldu?
* Fanatik Galatasaraylı
* Beşiktaş'ım Sen Çok Yaşa

Çocuk Öyküsü

* Sevgi Yolu
* Arkadaşım Pasta Panda
* Sokakların Prensesi Şima
* Aliş ile Maviş Dizisi

Çocuk Romanı

* Sokaklardan Bir Ali
* Beyaz Evin Gizemi
* Ah Şu Uzaylılar
* Sevgi Dolu Bir Yürek

Eski gülüşlerimi arıyorum
En saf, en temiz, en tasasız çocuk gülüşlerimi
Göğe uzanan ulu bir maşal ağacının tomurcuklarında
asılı kalmışlar
Erişemiyorum.

Yaşanmış düşlerimde yitirdiğim masum gülüşlerimi bir tek
"O" indirebilir aşağıya
Bir tek o yüzümü güldürebilir yeniden

Ama yok!
Ölmüş!
Öyle diyorlar, inanamıyorum...

BÖLÜM BAŞLIKLARI

VURGUN

Sevildiğini hisseden ya da sevilebilme umudunu henüz yitirmemiş insan, sağlam bir kişiliği, güçlü bir duruşu varsa hele, yaşamına asla son vermez, veremez.

Tanım bellidir...

Dünyayla arasındaki maddesel ve ruhsal tüm bağları kopmuş fanilerin —er ya da dişi, fark etmez— kişisel tercihidir intihar.

Seçilmiş bir ölüm şeklidir. Engellenmesi güç, hatta olanaksız...

Kolay değildir cana kıymak. O can, kendi canınsa eğer, daha da çatallaşır işler.

Enine boyuna ölçer tartarsın içinde bulunduğun şartları. Ortasında debelendiğin kısırdöngünün geçit verebilecek zayıf halkasını kollarsın.

Kararlısındır belki, zerrece yalpalamadan becerir, bitiriverirsin işini. Acımasız bir can alıcı gibi.

Belki de vazgeçmeye dünden razısındır. Hayatta kalmanı sağlayacak, koparıp attığın ya da birilerinin lime lime ettiği dirim kırıntılarını toplayıp bütünlemeyi denersin umarsızca.

Keşke bir çıkar yol olabilse... Ya da kararından caydıracak birileri.

Hastadır ruhun, benliğinse ağır yaralı. Sağlıklı düşünemezsin o anda.

Sarp kayalıklarla çevrili dar bir geçitte kısılıp kalmış bedeninin her kıpırdanışında, katran karası taşların soğuk, keskin yüzlerine değip örselenmişçesine acıdan acıya savrulup durursun.

İki kapıdan hangisine uzanacağını bilemezsin. Buhranlı, hezeyanlı, dizginlenmesi güç bir kriz sürecidir yaşadığın.

Bir atlatabilsen... Yepyeni umutlarla eskisinden de sıkı tutunabilirsin yaşama.

Denizin, maviliğini yitirdiği ölüm kokan derinliklerine bile isteye dalmış, vurgun yemiş, ama mucizevi bir kurtuluş ya da kurtarılışla sağ salim yüzeye çıkmayı başarabilmiş, rekor denemesi yapan dalgıçlar gibi...

"Nerede kalmıştık?" diyebilirsin.

Yeter ki, geriye dönüp baktığında, seni yaşama bağlayacak incecik bir pamuk ipliği kalmış olsun...

*

Onu yaşama bağlayacak incecik bir pamuk ipliği, verdiği karardan caydıracak en ufacık bir umut ışığı kalmamıştı demek!

Onu... Babamı!

KAR YOLLARI KAPASA DA

17 Ocak... Doğum günü!

"Geride kalanlarım, doğum ve ölüm yıldönümlerimi aynı gün hatırlasın ve ansınlar," düşüncesiyle özellikle bu günü seçmiş olmalı. Her zamanki gibi, inceden inceye hesaplamış her şeyi. Kim bilir ne zaman aklına koyduysa, oya gibi işlemiş yaptığı planı, olgunlaştırmış, saptadığı tarihin gelmesini beklemiş ve uygulamış. Kabul etmeliyim ki, tam da ona yaraşır yetkinlikte bir davranış.

Adnan amcam –amcalarımdan en küçük olanı– aradığında, toplantıdan yeni çıkmıştım.

"Verda..." dedi, sustu.

"Verda," diye yineledi, titreyen, gitgide cılızlaşan sesiyle. "Nasıl söyleyeceğimi bilemiyorum ama... Baban..."

"Ne olmuş babama?" dedim sertçe, kötü olduğu baştan belli haberi kendimden olabildiğince uzak tutmaya çalışır gibi, boş bir gayretle.

"Baban..."

"Hayır!" diye haykırdım. "Babamın öldüğünü söyleme bana lütfen! Daha dün konuştuk... Ankara'ya geleceğimi söyledim ona... Sevindi."

"Maalesef ağabeyimi kaybettik Verda."

Bir anda boşalıverdi içim. Beynim, yüreğim, damarlarımda akan kan; onlarla beraber tüm benliğim, duygularım, belleğim... Maddesel ve ruhsal işlev ve yetilerinden arınmış, tenekeden ibaret içi boş bir robot gibi kalakaldım telefonun başında.

İsyanla yadsımaya çalıştığım gerçeğin asıl acı yüzünü açıklamayı sonraya saklamıştı amcam. Aldığım ilk darbeyi özümseyip, biraz olsun sakinleşmemi bekliyordu.

"İnanamıyorum," diye sızlandım. "Gayet iyi geliyordu sesi. Nasıl olmuş? Kalp krizi mi?"

"Söylemesi zor ama... İntihar etmiş ağabeyim. Arabasında, başından tabancayla vurulmuş halde bulmuşlar."

"Olmaz öyle şey!" diye bağırdım var gücümle. "Olamaz... Benim babam, intihar edecek yapıda bir insan değildir."

"Kimin ne zaman ne yapacağını önceden bilemiyoruz kızım."

"Bu işin altında farklı bir şeyler var amca. Şu son arazi davasında birilerinin tekerine çomak sokmuş olmasın babam... Belki de hasımlarından biri çekti tetiği."

"Çok zayıf bir ihtimal. İlk incelemeler intiharı doğruluyor. Otopsi raporu da çıkmak üzere zaten."

Varsayımlar üzerine yorum yapmayı gereksiz görüyordu. Kendini vurmuş, demişti birileri; hiç itirazsız, olduğu gibi kabullenmişti o da.

"Cenaze yarın kalkacak," dedi. "Yetişirse öğlen namazına, olmazsa ikindiye. Çok kar var burada... Gelecek misin sen?"

"Ne biçim bir soru bu böyle!" diye bağırdım isyanla. "Tabii ki geleceğim. Karmış, boranmış, böyle günde lafı mı olur?"

Evet, uzun zaman olmuştu babamla yüz yüze görüşmeyeli. Yıllar önceki büyük çatırdamanın ardından gelen kopuşla farklı yerlere savrulmuştuk ama, kimi zaman bölük pörçük, kimi zaman toparlanmış; sızılı gelgitlerle hep sürdü ilişkimiz.

Dört yıldır Ankara'ya ayak basmamıştım. Doğduğum, büyüdüğüm şehre gitmem için babamın ölmesi gerekiyormuş meğer...

Kasıtlı değildi gitmeyişim. İşlerimin yoğunluğu, Bülent, Kaan... Ve tabii ki annem! Bunca yükün altında bir tek ben vardım. Hep içimdeydi ama, gidecektim. Nereden bilebilirdim, ölümün kuytulara sinip pusu kurduğunu, hepimizden rol çalıp aceleyle, pür telaş, başrol koltuğuna kuruluvereceğini...

*

Bürodan çıkarken Bülent'i aradım. "Babam ölmüş," dedim, gazete haberi verir gibi, yorum yapmasına fırsat tanımayan yavan bir ifadeyle. "Akşam uçağıyla Ankara'ya gidiyorum."

Ummadığım derecede ilgili ve sıcaktı tepkisi. Çok üzüldüğünü, istersem benimle gelebileceğini söyledi. Hayır, gerek yoktu, benim gitmem yeterliydi. (İşin aslı, sağlığında görüşmediği kayınpederinin cenazesinde ne işi vardı?)

Eve girer girmez, hazırlanmaya başlamadan, annemin numarasını çevirdim. Önemli bir dava için birkaç günlüğüne Ankara'ya gidecektim. Merak etmesindi, sık sık arayacaktım oradan. Nezaket Hanım'ı da tembihleyecektim, yokluğumu hissettirmeyecekti ona.

"Bu karda kışta ne işin var Ankaralarda?" diye çıkıştı. "Yollar kapalıymış, duymadın mı? Sabahtan beri uyarı yapıyor televizyonlar..."

"Gitmek zorundayım dedim ya."

"Anlaşıldı, sen dönene kadar rahat yok bana..."

Bıraksam sürecek sızlanması... Kısa kesip hazırlanmaya koyuldum. Küçük bir valiz çıkardım dolaptan. Birkaç parça giysi, içi müflonlu bir çift yedek bot, el örgüsü yün kaşkol, kalın bir hırka...

Televizyonu açtım. Haklıydı annem. Haber kanallarının tümü hava şartlarına odaklanmıştı, diğerleri de altyazı geçiyorlardı. Uçak seferlerinin gecikmeli yapıldığı, kapanmış karayolları, yolları açık tutmak için biteviye çalışan kar makineleri... Umurumda değildi. Yürüyerek gitmeyi bile göze alacak derecede kararlıydım.

Valizimi kapatırken, ekranın altından geçen yazıya takıldı gözüm. "Ünlü avukatın intiharı... Ayrıntılar saat başı haberlerinde."

İşi gücü bırakıp ekranın karşısına geçtim. Az sonra, ölüm haberi mi veriyor, düğün haberi mi belli olmayan pür makyaj ve pür neşe haber sunucusunun ağzından aldım ayrıntıları.

"Ünlü avukat Vedat Ali Karacan intihar etti. Ankara Barosu'na kayıtlı avukatın cesedine Adli Tıp Kurumu morgunda otopsi yapıldı. Polisin olay yeri incelemeleri ve otopsi sonuçlarına göre avukat Vedat Ali Karacan'ın otomobilinde, kendine ait ruhsatlı tabancasını başına ateşleyerek intihar ettiği belirlendi. Karacan son günlerde, Arslanlı ailesinin avukatlığını yaptığı Çayyolu davasıyla gündemdeydi."

Kollarım iki yanıma düşüverdi. Kafamda ürettiğim komplo teorilerim boşa çıkmıştı. Su götürür yanı yoktu, apaçık ortadaydı işte. Ne kadar kabul etmek istemesem de, gerçeği değiştiremezdim...

Babam intihar etmişti!

İyi de, neden? Anlamlandıramadığım çözümsüzlükler dolanıyordu beynimde.

Hayatta tanıdığım en güçlü insandı babam. "Güç" deyince aklıma o gelirdi. Çocukluk günlerimin biricik kahramanıydı. Sonradan yapay yol ayrımlarıyla farklı yönlere sapıp ayrı düşsek de, yüreğimin gizli kahramanı oldu o hep. Anneme rağmen...

Çözemediğim buydu, nasıl olmuştu da o güçlü adam, ancak zayıf insanlara yakıştırdığım böylesi bir eyleme girişmiş ve canına kıyabilmişti?

Kim bilir, belki genetik olarak taşıdığı o büyük gücü olur olmaz yerde savurganca harcamış ve tüketmişti. Öyle ki, onu yaşama bağlı tutacak mecali kalmamıştı sonunda...

*

Bülent, arabanın radyosunda duyduğu müjdeyle girdi içeriye.

"Uçak seferleri iptal olmuş!"

Benim için değilse de onun yönünden müjde sayılabilirdi. Böylesine olumsuz hava şartlarında yola çıkmamdan endişe duyuyordu. Ancak, vereceğim tepkiden çekindiği için dillendirmeye cesaret edemiyordu endişesini.

Kapının yanında duran valizime bakarak, "Yarın sabahtan önce yolculuk hayal," diyerek hafifçe gülümsedi.

"Yarın sabahın garantisi var mı?" diye diklendim. "Bu gece otobüsle gidiyorum ben!"

"Bu havada, bu şartlarda... Otobüsle!"

"Evet. Sorun çıkarma Bülent. İyilik yapmak istiyorsan, terminale bırakıver beni. Onu da yapmayacaksan, taksiyle gidebilirim. Daha iyi olur aslında, bu havada arabayı çıkarmamış olursun."

Kararlılığım karşısında süngüsü düştü. Tamam, otobüse götürecekti beni ama, yer bulamayabilirdik. (İçinden dua ettiğine eminim!) Şartları zorlamak anlamsızdı.

Yol boyunca, benimle beraber gelebileceğini yineleyip durdu Bülent. Kopkoyu suskunluğum, hıçkıra hıçkıra, haykırarak değil de için için, sessizce döktüğüm yaşlar, fazlaca etkilemişti galiba kocamı.

Güçlükle, milim milim ilerleyebiliyorduk. İki parmak kar yağınca kördüğüm olmasına alıştığımız İstanbul trafiği, saatlerdir hızını kesmeyen tipiyle dayanılmaz hale gelmişti. Bülent arada bir gözünü yoldan bana çevirip endişe yüklü bakışlarıyla, kasılıp kalmış yüzümü inceliyordu. İtiraf etmeliydim ki, şefkat, koruma, kollama kokan böyle sıcacık bir ilgiyi nicedir görmemiştim kocamdan.

Neyse ki yer vardı. Bankonun arkasındaki ablak yüzlü kız, hava şartlarından dolayı peş peşe iptaller geldiğini söyledi.

"Hâlâ kararlı mısın gitmeye?" diye son bir umutla sordu Bülent, yüzünde, "Herkes iptal ederken, sen nereye koşuyorsun?" gibi bir ifadeyle.

Belliydi yanıtım ve değiştirmeye hiç niyetim yoktu. Şirket görevlisi kızın uzattığı bileti, özel ve önemli bir kutlama davetiyesiymiş gibi alıp özenle çantama yerleştirdim.

Vedalaşırken, "Dikkat et kendine bari," dedi Bülent. "Ölüme çare yok, kaçınılmaz son. Acıyı abartma, gereğince dök gözyaşını. Kendini harap etme..."

Nedir bunun ölçüsü sevgili kocacığım?

"Yaşarken neyi paylaştınız ki, öldüğünde paralanacaksın? Boş yere hırpalanmana değmez!" demeye mi getiriyorsun? Açık konuş, "Farklı nedenlerle gerektiği sıcaklıkta paylaşımları olmayan/olamayan insanlar, canlarından can gittiğinde kaskatı durmaya mahkûmdurlar," gibi bir öngörün mü var?

Haklısın aslında. Yalnız sen değil, çoğu kişi bu görüşte, bu eğilimde. Sağlığında birbirinden uzak kalmış hısımların, ani gelen ölümle beraber acılara gark olması, beklenenden çok gözyaşı dökmesi samimi bulunmaz pek. Gideceğim yerde karşılaşacağım önyargı da bu. Eminim...

Acımı grama vurup tartacak, yapılması gereken bir görev için orada bulunduğumu düşünecek, arkadan arkaya dedikodu kazanı kaynatacaklar.

"Rahmetlinin —dargın değilse de— kırgın gittiği biricik kızı!

Ağla! Gün, ağlama günüdür senin için..."

Hazırlıklıyım. İçimdeki onulmaz sızı, tüm hücrelerimi inceden inceye paralarken, yaşayabileceğim olumsuzluklara karşı garip bir şekilde güçlü kılıyor beni...

NE ZAMAN BÜYÜDÜ ELLERİM?

Otobüs yolculuklarında en önde oturmayı tercih etmem. Küçük yaşlardan süregelen bir alışkanlık, daha doğrusu şartlanma. Annemin, defterler dolduracak kadar çok sayıda kurallarından biri. "Otobüste ortalara doğru, hatta ortadan geride oturacaksın! Kaza falan olursa, Allah korusun, kurtulma şansın artar." Bu kez yerim en önde. Birinci sıranın sağ koridor koltuğu. Birkaç basamakla inilen sürücü mahalli, ayağımın hemen dibinde. Yol arkadaşın (Bu kafayla ona yol arkadaşlığı yapacak durumda değilim ya, neyse!), gereğinden fazla zayıf, ince örülmüş kızıl saçlarını nazar boncuklarıyla süslemiş, bileğinin üzerinde yengeç dövmesi olan gencecik bir kız. Mine... Ankara'da Gazi Üniversitesi'nin Şehir ve Bölge Planlama Bölümü'nde okuyormuş. Bir haftadır İstanbul'da, ailesinin yanındaymış. Zorunlu bir gidişmiş onunki de, vizeleri varmış. Ha... kolundaki dövmeyi de Yengeç burcu olduğu için yaptırmış, sevgililerinin adını bedenine kazıtıp sonradan pişmanlık duyanlarınki gibi gelgeç bir dövme değilmiş.

Bir çırpıda saydı döktü bütün bunları. Cıvıltısını, neşesini soldurmamak için tek söz etmedim kendimden, babamın cenazesine gidiyorum demektense susmayı yeğledim. Dinledim yalnızca, anlattıklarıyla ilgilendiğimi göstermek için küçük sorular sordum arada.

Otobüs görevlisi erkek. Kısa boylu, tıknaz, güleç yüzlü bir delikanlı. Çay kahve servisini yapıp boş bardakları topladıktan sonra ışıkları kararttı. Mine, konuşmaktan yorulmuş da uyumak için bu anı bekliyormuş gibi, gözlerini kapatır kapatmaz sızıp kaldı yanımda. Beni benimle bırakması gerektiğini sezinlemişti sanki...

Hiç hızını kesmedi kar, tavrını değiştirdi yalnızca. Yola çıktığımızda, otobüsün en hızlıda çalışan sileceklerini yetersiz kılacak derecede şiddetli yağarken, şimdi lapa lapa, iri taneleriyle iniyor üzerimize. Öylesine sık ve yoğun ki taneler, bembeyaz bir bulutun içinde kayıp gidiyoruz sanki. Yer, gök, çevremiz; her taraf bembeyaz. Üzerinde ilerlediğimiz, kar makineleriyle açılmış ve açık tutulan karayolu hariç. Otobüsümüz kalın buz tabakalarını delerken zorlanan bir matkap gibi, ağır ağır ilerliyor karların arasında.

Otobüsün içi karanlık, karın beyazı aydınlatıyor içeriyi. Birden, garip ve ürkütücü bir sanrıyla sarmalanıyorum. Çok gözlü devasa bir tabutun içinde, hiç tanımadığım insanlarla beraber karın altına gömülmüşüm sanki... Huzursuzca kıpırdanıyorum oturduğum yerde.

Annem düşüyor aklıma, kocam, oğlum... Biraz ötemdeymişçesine canlanıveriyorlar gözümün önünde. Bülent'le Kaan, mışıl mışıl uyuyorlar yataklarında. Annemse, birileri dürtmüş gibi doğrulup kalkıyor yatağından, konuşmuyor benimle, bakışları sitemli. Belli ki kızmış bana, cenazesi için bile olsa, babama gitmemden hoşnut değil.

Nereden haberi oldu? Söylemedim ki!

Affet anneciğim... Dönünce anlatacaktım.

İçimde çınlayan çocuk sesime öfkeleniyorum. "Yeter!" diye azarlıyorum çocuk Verda'yı. "Büyü artık! Kocaman kadın oldun, boyunca oğlun var, babanın cenazesine gitmek için de annenden izin alman mı gerekiyor?"

Annemi, kocamı, oğlumu sıcacık yataklarında bırakıp uzaklaşıyorum yanlarından. Ama bu kez de bambaşka bir tablo beliriyor karşımda: Ba-

bam! Morgda, buz gibi taşların üzerinde öylece yatıyor. Üşüyüp titreme-
den, şakağında donup kalmış kırmızı, kanlı bir delikle.

Yarın toprağın, karların altına koyacağız onu. Orada da üşümeyecek,
biliyorum. Ama şu an ben, karların, buzların altına girmiş gibiyim. Ba-
bamdan önce beni gömmüşler sanki beyazların içine... Hiç böylesine üşü-
memiştim daha önce, çenelerim birbirine çarpmamıştı, sıtmaya tutulmuş-
çasına umarsızca titrememişti bedenim.

"Buyurun, sıcak kahve iyi gelir."

Suçüstü yakalanmış gibi gözlerimi siliyorum.

Ne zaman ağladım ben?

Ali. Biraz önce, uyanık olduğumu görüp, "Bir isteğiniz olursa beni ça-
ğırabilirsiniz," diyen otobüs görevlisi. Başı önünde, "Muhsin abi gönder-
di," diyor.

Muhsin abi... Şoförümüz. Ayık kalmak, karın beyaz büyüsüne kapıl-
mamak için sürekli çay kahve içiyor. Otobüste bir o uyanık, bir de ben.
Kısa bir bakışla selamlıyor beni. Kendisi bir şeyler içerken, iki basamak
üstünde oturan yolcusunu da düşünüp ağırlaması ince bir davranış. Teşek-
kür ediyorum titreyen sesimle. Yılların kaptan şoförü... Yolcusunun sıra
dışı bir şeyler yaşadığının farkında besbelli. Bugüne kadar neler gördü, ne-
ler yaşadı kim bilir...

Kahve iyi geldi. Biraz önceki kadar üşümüyorum. Ama bilinçaltım,
benim için yeni oyunlar hazırlamaya kararlı görünüyor. Başlangıç olarak,
onlarca yıl öncesinin unutulmaz karelerini seriyor karların üzerine...

Beş altı yaşlarındayım, okula gitmiyorum henüz. Soğuk bir kış günü...
Lapa lapa kar yağıyor dışarıda. Beyaz örtünün üzeri cıvıl cıvıl, apartman-
da ne kadar çocuk varsa çıkmış, kartopu oynuyor.

"Hadi," diyor babam. "Biz de çıkalım."

"Delirdin mi sen?" diye engelliyor annem. "Hastalıktan yeni kalktı
Verda. Ateşlenir gene..."

"Bir şeycik olmaz, aslandır benim kızım!" diyor babam. Kapüşonu kürklü kırmızı mantomu ve yün eldivenlerimi giydiriyor, annemin ördüğü uçları püsküllü atkımı boynuma doluyor; çıkıyoruz.

Nedense, *babamın en neşeli olduğu gün* diye hatırlıyorum o günü hep. Kıyasıya kartopu oynuyoruz sözüm ona, oysa bana kıyak yapıyor; minicik, güçsüz ellerimle sıkıştırmaya çabalayarak hazırladığım topların gönüllü hedefi oluyor. Yumuşacık karların üzerine bırakıyoruz bedenlerimizi, kahkahalarımız birbirine karışırken, sarmaş dolaş yuvarlanıyoruz. Kar içinde kalıyor her yanımız.

Eve dönerken, annem kızmasın diye, sırılsıklam olmuş eldivenlerimi çıkarıp kendi yün atkısıyla iyice kuruluyor ellerimi babam. Hohlayıp, nefesiyle ısıtıyor parmaklarımı. Paylaştığımız suç ortaklığıyla daha da keyifleniyoruz. Sımsıkı tutuyor elimi, beraberliğimizden aldığımız güçle, emin adımlarla eve doğru yürüyoruz...

Ali ikinci kahvemi getirirken, benzer bir kareyi izlemekteyim ben. Bir öncekinin devamı sanki...

Aynı yaşlardayım. Bir cumartesi günü... Annemin akşama misafiri var. Babamla ben çarşıya çıkıyoruz. O alışveriş yaparken, benim saçlarım kesilecek. Annem öyle istedi, saçımın ne biçim olması gerektiğini inceden inceye anlattı babama.

Tanıdık kuaföre götürüp bırakıyor beni babam. Annemin istediklerini alıp gelecek. "Sakın merak etme," diyor bana. "Birazdan buradayım."

"Tamam," diye başımı sallıyorum ama, çocuk aklımla terk edilmiş gibi hissediyorum kendimi. Saçım kesiliyor. Aynadaki ağladı ağlayacak yüzüme, bedenimden can koparır gibi savrularak uçup giden saçlarıma bakıyorum.

"Bitti," diyor kuaför. "Baban da gelir şimdi."

Ne var ki, gelmiyor bir türlü babam. Sesim çıkmıyor ama, içime içime ağlıyorum. Gözlerim kıpkırmızı.

Geliyor sonunda...

"İşim uzadı," diyor özür diler gibi. Kollarımın altından tutup havaya kaldırıyor, sımsıkı sarılıyor bana. Yaşadığım tüm olumsuzlukları unutuveriyorum. Elimi tutuyor gene. Avucunun sıcaklığı bana geçiyor. Sevinçlerin, çocuksu mutlulukların en büyüğünü yaşıyorum o an.

Ve sonrasında, şeridi başa sarıp tekrar tekrar izlediğimde bu kareleri, her seferinde, içime gömdüğüm gizli serzenişlerimle yüzleşmek zorunda kalıyorum...

Minicik çocuk ellerimi avucunun içine hapsettiğinde, yüreğim yüreğinde eriyordu babacığım.
Parmaklarım büyüdü diye mi tutmuyorsun artık ellerimi?
Keşke hep küçük kalsalardı...

Ne oldu da ayrıldı ellerimiz baba?

Hiçbir zaman soramadım bunu sana. Sormak istediğimde fırsat olmadı, fırsat olduğunda cesaretim...

SEMRA, VEDAT VE BİRİCİK KIZLARI

Annem, babam ve ben... Bizi aile yapan üçgenin hiçbir zaman uyumlu bir bütün oluşturmadığını çok sonraları fark edebildim. Evlenip, evlilik kurumunun olumlu ve olumsuz, genellikle tatlı başlayıp gitgide acılaşmaya meyleden gerçekleriyle yüz yüze geldikten sonra.

Ailemizde yaşanan, yıllar yılı aynı inat, kararlılık ve yeknesaklıkla süren çatırtıların ardından konulan son noktanın tüm vebalini yalnızca annemin ya da babamın omuzlarına yüklemek haksızlık olur. Suç ve hata aramak bile anlamsız aslında. Eğer bir suç ve suçlu vardıysa, herkesten çok ben suçluydum. Dünyalarının merkezi bendim çünkü, gözbebekleriydim ikisinin de. Sırf benim için, biricik kızları Verda için katlandılar onca yıllık işkenceye. Kıyamadıkları, gözünün içine baktıkları biriciklerini de aynı işkenceye mahkûm ettiklerinin farkında bile olmadan...

Neymiş, huzursuz bir ortamın havasını solusam da, analı babalı büyüyecekmişim. Ne yapsınlar; yeni doğan bebeğe, "Allah dört gözden ayırmasın!" diye dua eden büyüklerinin telkin ve şartlandırmalarıyla, zaman zaman bakışları başka yönlere kaysa da, gözlerini hep üzerimde tutmak zorunda kalmışlar.

İyi dua. Beklenen, istenen, ideal olan...

Ancak, "Çocuk ailenin çimentosudur!" gibi yanıltıcı öngörülerle beklenti çıtasını yükseklere diktiğinizde, tecrübeyle sabittir ki, olan çocuğa oluyor. Birbirinden kopmuş, paylaşımları sıfıra inmiş kadınla erkeği nasıl bir arada tutacak gariban? Onun minicik omuzlarına böyle ağır bir yükü ve sorumluluğu bırakıvermek, insafsızlık değilse nedir?

Başaramadım işte! Olmadı...
Ayrıldılar. Benim yüzümden...

Hep suçladım kendimi. Açıktan olmasa da içte içe. Üniversiteye başladığım yıldı boşandıklarında. "Neden şimdi?" diye sordum yalnızca. Keşke ben daha küçükken ayrılsalardı... Araştıracak, soruşturacak, hüküm verecek yaşa gelmemi beklemekle hata etmişlerdi. Boşanacakları kesinleştiğinde, birbirlerine katlanma zorunluluğu getiren yasal bağın öncesine, annemle babamın ilk tanıştığı günlere uzanıp beraberliklerinin izini sürmeye başladım. Biricik kaynağım annemdi ne yazık ki. Babamın ağzından o günlerle ilgili tek söz çıkmıyordu. Annemin anlattığı o vazgeçilmez aşkı, yakıcı tutkuyu hiç yaşamamıştı sanki. Oysa, ilk karşılaştıklarında âşık olmuştu anneme!

İşte buna bir türlü inanamıyordum. Çok yakışıklı bir erkekti babam. Uzun boylu, kara yağız, görenlerin dönüp dönüp bakacağı cinsten, tehlikeli bir erkek... Annemse ufak tefekti, babamın omzuna bile gelmezdi boyu. Çocukluk günlerimde, çirkin bir annem olduğunu düşünür, eksiklenirdim. Çirkin değildi aslında, babamın yakışıklılığıyla kıyaslanınca öyle görünüyordu. Narin yapısı, minyon yüzü, çukura kaçmış gibi duran kahverengi gözleri, incecik dudaklarıyla bir boy ufaktı babama göre. Ama çok bakımlıydı. Sabah uyanır uyanmaz, bankada çalıştığı dönemlerden kalma bir alışkanlıkla sokağa çıkacakmış gibi giyinir kuşanır, makyajını yapar, saçlarını tarayıp şekillendirirdi. "Kocayı elde tutmak için bakımlı olmak şart!" diyenleri yadsıyacak somut bir örnekti kısacası...

*

Babamla yaşadıklarını iddia ettiği aşkın gerçekliğini kanıtlamak, anlattıklarının doğruluğuna beni inandırmak için, hiç ummadığım bir şey yapıyor annem: Yüklükteki dolabın üst gözünden indirdiği bir torba dolusu mektubu döküveriyor önüme. Tarih sırasına göre dizilmiş, saten kurdelelerle bağlanmış, önemli görülenler kırmızı kalemle işaretlenmiş, üzerlerine notlar düşülmüş deste deste zarf, çeşitli nedenlerle gönderilmiş kartpostallar, şiirler, fotoğraflar... Saatlerce mektup okuyor, okuduklarımızı yorumluyor, enine boyuna uzun uzun konuşup tartışıyoruz. Annemin anlattıklarını doğruluyor mektuplar. Bu arada, daha önceden bildiğim ama fazlaca önemsemediğim bir konu öne çıkıyor: Aralarındaki yaş farkı! Annemin babamdan tamı tamına altı yaş büyük oluşu. Bu durum, mektuplara da konu olmuş üstelik. Babam tutku dolu satırlarında, aradaki farkı zerrece umursamazken, annem en önemli engel olarak öne sürmüş ilk zamanlar.

Liseyi Kırıkkale'de bitirmiş annem, ailesiyle beraber orada oturuyorlarmış. Dedem nüfus müdürüymüş. Dört çocuk, en büyüğü annem... Liseden mezun olduğu yıl, İstanbul'a, büyük dayısının yanına gitmiş. Hesaba göre tıp okuyacak...

"Tıbbın ilk sınıfına 'Pesen' diyorlardı," diye anlatıyor o günleri. "P, C, N[1] harflerinin, yan yana İngilizce okunuşu. Tıp, eczacılık, veterinerlik fakültesi öğrencilerinin birinci sınıfta okumak zorunda olduğu ortak derslerin İngilizcesiymiş meğer. Türkçedeki FKB'nin (Fizik, Kimya, Biyoloji) İngilizce karşılığı yani... Ne anlama geldiğini bile kavrayamamıştım başlangıçta. Bunun dışında da kavrayamadığım o kadar çok şey vardı ki...

Taşralıydım büyük şehirde yaşayan sınıf arkadaşlarımın gözünde. Yabancıydım, yalnızdım... Kendi aralarında gruplaşmıştı herkes. Sokulgan bir yapıya sahip olmayışım, daha da zorlaştırıyordu işimi. Yüzlerce kişinin ders gördüğü büyük dersliklere girip oturacak yer bulmak bile büyük sorundu benim için. Çoğu kız öğrencinin erkek arkadaşı vardı, dersliğin kapısı açılır açılmaz içeri dalıp yer tutuyorlardı kızlara. En önde durup beklesem de, beni itekleyip neredeyse ezerek önüme geçenlere gücüm yetmi-

---

(1) Physics (Fizik), Chemistry (Kimya), Natural History (Tabiat Bilgisi).

yor, kimi zaman elimden fırlayıp oraya buraya saçılan kitaplarımı, ders notlarımı toplamaya çalışıyor, kimi zaman daha az zararla içeri girmeyi başarabilsem de, dersleri en arka sıralardan izlemek zorunda kalıyordum.

Çevrem bana, ben çevreme alışmaya başlamışken Kırıkkale'den gelen acı haberle ancak altı ay sürdürebildiğim tıp macerama noktayı koymak zorunda kaldım. Oysa doktor olmak, kendimi bildim bileli en tutkulu hayalimdi. Kısmet değilmiş... Aynı sınıfta okuduğumuz bir arkadaşım vardı, adı Şükran. Dahiliye ihtisası yaptı, doçentliğini aldı, profesörlük tezi üzerinde çalışıyor. Onu gordükçe içim sızlar hâlâ..."

Dedemin ölümüyle, okulunu bırakıp apar topar geri dönüyor annem. Erkek kardeşi var evde, onun eğitimi daha önemli. Annesi, iki kız kardeşi... Bir emekli maaşıyla döner mi bu düzen?

Bu düşüncelerle bir bakıma feda ediyor kendini. Birkaç ay Kırıkkale'de, aile dostu bir mağaza sahibinin yanında muhasebecilik yapıyor. Sonra da banka sınavını kazanarak Ankara'ya atıyor kapağı. Eşin dostun aracılığıyla kalacak yer ayarlanıyor, kocasını iki yıl önce kaybetmiş genç, dul bir kadının, Zişan Hanım'ın yanında pansiyoner oluyor.

Çok iyi anlaşıyorlar, her şey yolunda. Bankadaki iş yorucu ama keyifli. Aldığı maaşın küçük bir kısmını kira ve diğer harcamalar için ayırıp geri kalanını annesine ve kardeşlerine gönderiyor. Neşeli, şen şakrak, hayat dolu bir kadın Zişan. Gerçek bir abla oluyor gencecik Semra'ya. Yemeğini pişiriyor, çamaşırını yıkıyor, sofrasını paylaşıp dert ortağı olması da cabası...

Günlerden bir gün, gencecik bir delikanlı çıkageliyor. "Vedat," diye tanıştırıyor Zişan. "Yeğenim. Hukuk fakültesinde okuyor."

Beraberce yemek yiyorlar, çay içiyorlar. Koyulaşıyor sohbet. Vedat'ın gidesi yok...

Sık sık yineleniyor bu durum. İlk Zişan ayılıyor, Vedat'ı kenara çekip sıkıştırıyor. Onun da beklediği bu zaten, döküveriyor içinden geçenleri.

"Vuruldum teyze," diyor hiç lafını sakınmadan. "Yapıver şu işi."

Şiddetle karşı çıkıyor Zişan. "Deli misin oğlum, dünyada olmaz! Emanet o kız bana," diyor.

"Neden olmazmış?" diye kafa tutuyor Vedat. "Nikâh düşmeyecek kadar yakın akrabam değil ya!"

"Ne nikâhı evladım? Sen daha çocuk sayılırsın."

Olmaz dese de, elinden geldiğince yumuşatarak, durumu Semra'ya anlatıyor Zişan.

"Bizim deli oğlan," diye başlıyor, "gönlü sana düşmüş güya..." diye şakaya vurarak bitiriyor sözünü.

Büyük tepki gösteriyor Semra, evi terk etmeye kalkıyor. Zor yatıştırıyor Zişan.

"Ne var bu kadar büyütecek?" diyor. "Genç delikanlı, kanı kaynamış besbelli."

"Başkasına kaynasın o kan. Ablası sayılırım ben onun."

Hemen Vedat'a yetiştiriyor konuştuklarını Zişan. Ve ilk mektup geliyor. Saf, temiz, pırıl pırıl duyguların oynaştığı samimi bir ifade... İçten gülüşlere özdeş sıcacık satırlar... Öylesine doğal bir iç döküş ki, yanıt vermeden edemiyor Semra. Yaş farkını öne sürerek vazgeçirmeyi hedefliyor ama başaramıyor. Daha da kamçılanıyor Vedat'ın tutkusu.

"... Aynaya bak," diyor bir sonraki mektubunda. "Bir de bana! Yan yana düşün ikimizi. Hiç yaş farkı var mı görünürde? Hem... önemli olan ruh. Benim ruhum seni sarıp sarmalayacak, koruyup kollayacak olgunlukta. Bunu kanıtlamam için bir fırsat ver bana..."

Gitgide ilerliyor ilişkileri, yazılan her satırla daha da alevleniyor duygular.

"Evlenelim," diyor Vedat.

İster istemez aileler giriyor devreye. Vedat'ın ailesinde sorun yok. Beş erkek evladın en büyüğü olan oğullarını evlendirmek için sabırsızlanıyor Karacan ailesi. Ancak Kırıkkale'de kıyametler kopuyor.

Baba eline bakan, eli ekmek tutmamış bir öğrenciyle evlenmek için mi Ankara'ya gitti Semra? Dul kalmış anacığını, boynu bükük kardeşlerini hiç mi düşünmüyor?

Durumu bir kez daha gözden geçirme gereği duyuyor Semra. "Olmayacak bu iş," diyor sonunda Vedat'a. "Ayrılalım." "Öldürürüm kendimi!" diyor Vedat. "İnan ki yaparım. Hem de hiç gözümü kırpmadan... Bu yola baş koydum ben." Öyle kararlı, öyle gözü kara ki, inatçılığı ve çılgınlığıyla hizaya getiriyor hepsini. Kerhen de olsa, "Evet," diyor Semra'nın ailesi. Ancak bir şartları var: Önce Vedat'ın okulu bitecek!

İki yıl sonra evleniyorlar. Babam yirmi iki yaşında, hukuk fakültesini bitirmiş, çiçeği burnunda bir avukat adayı, annemse şef muavinliğine terfi etmiş, başarılı bir bankacı. Ve yirmi sekiz yaşında.

Evliliklerinin on birinci ayında ben doğuyorum. Babamın beklentisi baştan belli. İlle de oğlum olsun diye paralanan Anadolu erkeklerinden değil o. Beş erkek kardeşler ya... Sülale içinde kız çocuğu özlemi hâd safhada ya...

"Altın perçemli yedi oğlun olsa nafile!" diyor anneme. "Kız oluncaya kadar doğuracaksın..."

Ve böylelikle, benimle açılan sayfa benimle kapanıyor.

Babam beni kucağına aldığında, yirmi üç yaşında, çok genç bir baba. Annemse yirmi dokuzunda, o zamana göre olgun yaşta, olgun bir anne.

Hep düşünmüşümdür... Aramızdaki yaş farkı az diye mi babamla daha kolay kaynaşıyordum küçükken? Yoksa yapılarımız, eğilimlerimiz, tercihlerimiz daha mı çok örtüşüyordu? Annemi kızdırmak pahasına keyifle paylaştığımız yaramazlıklar, oynadığımız yaş farkı ve sınır tanımayan oyunlar... Fiziksel benzerliğin yanı sıra, huylarımız ve yatkınlıklarımız da mı birbirine benziyordu ne?

Babasının kızı diye çağrılmak neden gururumu okşuyordu?

Babasının kızı olmaktan, birdenbire, paldır küldür *annesinin kızı* olmaya geçişimle mi bozuldu babamla aramız?

Anlayamadığım şuydu: Neden hem babamın, hem de annemin kızı olamıyordum ben?

MELİHA HANIM

Anneme göre, babamın hayatında hep başka kadınlar olmuştu. Ben o fikirde değildim. Yıllardır dinleye dinleye kanıksadığım çapkınlık hikâyelerinin çoğuna da inanmamıştım zaten. Ancak, küçük de olsa bir soru işareti vardı kafamda. Babam gerçekten eline geçirdiği her fırsatı değerlendiren uçarı bir çapkın mıydı, yoksa annemin kuşkucu ve evhamlı yapısı mı onu bambaşka bir kimliğe taşıyordu, çözemiyordum.

Bence babamın yaptığı, annemin kıskanç ve pinpirikli davranışlarını cezalandırmak için, onun damarına basarak hınzırca oyunlar oynamaktı. Kabul etmeliyim ki, bunları yaparken insaf sınırlarını aştığı da oluyordu. Hayal gücüyle geliştirdiği, abartıyla kurgulanmış, yüzde yüz gerçekdışı maceralarını ballandıra ballandıra anlatıyor, iyiden iyiye çileden çıkarıyordu annemi.

Peki annem, bunlara inanacak kadar saf mıydı? Değildi ama, inanmaya şartlanmıştı galiba. Ne yapsındı zavallı, henüz nikâh masasından kalkarken Zişan ablası kutlamak için boynuna sarılıp, "Ayağını denk al Semra," diye fısıldamıştı kulağına. "Dünya yakışıklısı genç bir adamla evleniyorsun. Yapacağı yoksa bile çevresi zorlar böylesini. Gözün üstünde olsun..."

Bunca yıl diken üstünde oturmuştu annem. Genç ve yakışıklı kocasını dedektif gibi adım adım izlemekten vazgeçmemişti hiç. Arada bir babamın hukuk bürosuna uğradığımda, "Gözünü dört aç, çalışanlara, çevresinde dolanan kadınlara, kızlara dikkat et," diye tembihlemekten kendini alamazdı.

Boşanma öncesinde de, "Baban bir başka kadın yüzünden terk ediyor bizi," demişti. Terk edilen yalnızca kendisiydi ama, beni de işin içine katarak güçleniyor, babama karşı üstünlük kazanıyordu kendince. Ama bu kez haklıydı galiba... Kendimi bildim bileli kavgalarına tanık olduğum, belki bin dcfa ayrılma kararı alıp barışan annemle babam, tam da, "Bu düzen böyle gider," demeye başlamışken boşanıverdiler!

Altı ay sonra evlendi babam. Yabancı değil, evimize girip çıkan, yediğimizi içtiğimizi paylaştığımız, allece görüşüp dost bildiğimiz Meliha Hanım'la!

Yakın çevremizdeki dostlarımız, bu evliliğe hiç şaşırmadıklarını, böyle bir gelişmeyi zaten beklediklerini söylediler. Dışarıdan öyle görünüyormuş demek... Ben çok şaşırdım! Gerçekleşen evliliğe değil, aptallığıma, körlüğüme, aymazlığıma, gözümün önünde olup biteni değerlendiremeyişime.

Yanılan bendim, haklı çıkan annem. Söyledikleri doğruydu, bu davranışıyla babam, annemle beraber beni de terk etmişti...

Yanlıştı oysa! Düşünce tarzım ve davranışlarımdaki bu yanlışı, çok uzun yıllar sonra görebildim. Beynim devre dışıydı sanki, başkaları düşünüyordu benim yerime. Doğru kararları, kendi kararlarımı alamıyordum. Başta annem olmak üzere yakın çevremdeki eş dost, akrabalar, komşular... herkes ağız ağıza vermiş, yaylım ateşine tutuyordu babamı. Mağdur olan, elbette ki annemdi! Tersini çağrıştıracak en ufacık bir söz çıksa ağzımdan, cılız bir savunma girişiminde bulunmaya kalksam –ki, babamın da bu şartlarda savunulacak yanı yoktu!– boğazıma yapışıp o an boğuvereceklerdi sanki beni.

Dayanak noktam, boşanmanın da evlenmek kadar doğal olduğuydu. Yürümeyen bir beraberliği sürdürmek anlamsızdı. Söyleyemiyordum bunları, yaşananları dışarıdan izleyen bir yabancıdan farkım yoktu.

"Zorlamalı bir ayrılık bizimkisi," diyordu annem yıllardır süregelen çatışmalarını yok sayarak. "Arada bir kadın var!" *O kadın*, babamla benim aramda değildi ki! Boşanırken, annemle beraber benimle de boşanması gerekmiyordu babamın. Karıkoca ilişkilerini, anne-kız, baba-kız ilişkilerinden ayrı tutabilirdik.

Ne vardı annem o olgunluğu gösterip, "Tamam, biz ayrıldık, ama o senin baban!" diyebilse, kocasının ihanetinin cezasını benim aracılığımla vermeye kalkmasaydı. Her ikisi de, birbirlerinin canını yakmak için, maşa niyetine beni kullanmasalardı...

İki arada kalmıştım. Annemin mağduriyeti bir yana, kendi hesabıma da kırgındım babama. Bana yalan söylemişti. İhanete uğrayan annemdi, doğru, ama ben de aldatılmıştım. Meliha Hanım'ı ailemizin içine sokmadan, ilişkisini dışarıda sürdürebilir ve istediği sona daha dürüstçe ulaşabilirdi.

Şaşılacak şeydi, babam öyle şiddetle reddetti ki suçlamaları, öncesinde Meliha Hanım'la aralarında bir şey olmadığını, evlenme kararını annemle boşandıktan sonra aldıklarını o kadar çok yineledi ki, tek bir yandaş ya da destekçi bulsam inanabilirdim söylediklerine. Ağzımı açmaya yeltendiğimde çevremden yükselen aykırı ve güçlü sesler, *iyi niyet* ile *saflık* (*Aptallık* dememek için yumuşatıyorlardı!) arasındaki ince çizgiyi aşmamı engelledi. Haklılardı galiba, on sekiz yaşın çömezliği, deneyimsizliği, bakarkör haline getirmişti beni...

*

Meliha Hanım'la ilk kez, lise ikinci sınıfa gittiğim yılın 5 Nisan'ında karşılaştık. Tarihini tam olarak hatırlıyorum, çünkü o yılın Hukukçular Günü kutlaması için Ankara'nın şık restoranlarından birinde düzenlenen yemeğe katılmış ve aynı masaya düşmüştük. (Ya da düşürülmüştük!)

"Hukuk büromuzun cefakâr çalışanlarından Meliha Hanım," diye tanıştırdı babam. "On parmak daktilo yarışmasına girse, birinciliği kimselere bırakmaz."

Aldığım terbiye gereği, değişik ortamlarda beraber olduğumuz insanlara uyum sağlamayı öğrenmiştim, kimseleri küçümsememeyi de. Ama onca insan arasından, babamın avukat arkadaşları ve onların aileleri dururken, on parmak daktilo becerisiyle tanıştırılan bir ön büro elemanıyla aynı masayı paylaşmayı yadırgamıştım açıkçası. Kızıyla gelmişti Meliha Hanım, kocası yoktu yanında. Evli olduğunu vurgulamak ister gibi, parmağındaki alyansla oynuyordu konuşurken. Yanımda oturan Melda, benden iki yaş küçüktü, orta son sınıftaydı ve o gece orada olmayı hiç istemediği halde, annesini yalnız bırakmamak için ona eşlik etmek zorunda kalmıştı. Çevremde görmeye alışık olduklarımdan farklı, ilginç bir kızdı. Yaşından büyük bir havaya bürünüyordu konuşurken, anlattıklarından çok, anlatış biçimiyle dinletiyordu kendini.

Kısa süre içinde bir sürü soru birikmişti kafamda. Annemin telkinleriyle babamın yakınında olan ya da yanında duran her dişiyi mercek altına almayı görev bilen ben, bu kez de Meliha Hanım'ı inceliyordum. Ama bu, diğerleri gibi kuşkucu, "altında ne var" merakıyla yapılan, verilecek açıkları yakalama amacına yönelik bir eylem değildi. Çünkü Meliha Hanım, bana göre, babamın dönüp bakacağı en son kadındı. Daha genç, daha güzel, daha gösterişli kadınları yakıştırıyordum ona. Annemin kolunun altına sokulmuş, mahzun bakışlarıyla etrafı süzen, mütevazı giyimli, gariban tavırlı bu kadın, olsa olsa merhamet duygusu uyandırabilirdi babamda.

Fizik olarak fena değildi aslında. İri yapılı, boylu boslu bir kadındı. Belki de bu yüzden, annemden daha yaşlı görünüyordu. Keskin hatlara sahip kemikli yüzü, geçkin bir güzelliğin izlerini taşımaktaydı.

Hayır, kuşku duymayı gerektirecek en ufacık bir iz yoktu ortada. Varla yok arası özensiz makyajı, ağır havasına iyice kasvet katan koyu kahverengi etek ceket takımı ve tutuk tavırlarıyla, gecenin pırıltılı renkleri arasında soluk bir leke gibi duruyordu Meliha Hanım...

Sonraları, babamla Meliha Hanım arasındaki yakınlık evliliğe doğru ilerlerken, nerede yanıldığımı, nerede yanlış yaptığımı çözmeye çalıştım. Ve o gece göremediklerimle, görüp anlamlandıramadıklarım arasında çakılıp kaldım.

Dış görünümündeki yanıltıcı olumsuzluklardan yola çıkarak, Meliha Hanım'ın babama çekici gelebilecek, annemden üstün hiçbir yanı yok diye düşünmüştüm (babamınkine yakın boyu ve yapılı bedeni dışında). Oysa çok iyi rakı içiyordu Meliha Hanım, hem de susuz! Söylenen şarkılara eşlik etmeyi beceriyordu. Hüzünlü bakışlarının arasından, ağzından kaçıvermiş gibi şuh kahkahalar atabiliyor, hemen ardından mahcup genç kız edasıyla başını öne eğiveriyordu.

Meliha Hanım'ı fazlaca hafife almıştım galiba...

Ne yapabilirdi, o yaştaki Verda'nın elinden bu kadarı geliyordu. Okul başarısına bakılıp, "Akıllısın sen!" diye akıllı olmaya, akıllı davranmaya şartlandırılmıştı. Bu konuda da aklını iyi kullanmasını, neyin ne olduğunu herkesten önce çözüvermesini beklemişlerdi ondan. Oysa Verda'nın, doğuştan gelen, kalıtsal olarak geçen IQ'su[1] yüksekti yalnızca. Sonradan kazanılan EQ[2] ise oldukça zayıftı. Annesiyle babası arasında sıkışıp baskılanmış duygular, gereken gelişimi gösteremeyip güdük kalmışlardı ne yazık ki.

O yaşa gelmiş, karşı cinsle değil doğru dürüst bir yakınlaşma, sıcak bir arkadaşlık bile kuramamıştı. Çevresindeki farklılaşmış, arkadaşlıktan sevgiye, aşka dönüşmeye meyyal bakışları tanıyacak beceriye sahip değildi. Hal böyleyken, duygusal zekâsı yerlerde sürünen bir genç kız, yılların deneyimiyle donanmış Vedat Bey'le Meliha Hanım arasındaki sıcaklığın derecesini nereden ölçecekti...

*

---
(1)　Zihinsel zekâ.
(2)　Duygusal zekâ.

Meliha Hanım'dan hoşlanmıştı annem. Gece boyunca birbirlerini ölçüp tartmış, konudan konuya atlayarak yârenlik etmiş, pek çok ortak noktaları olduğunu keşfetmişlerdi. Sonunda en az kendisi kadar dertli birini bulmayı başarmıştı annem.

O gece, ilk tanıştığımızda, "Neden daha önce görmedim ben bu kadını?" diye düşünmüştüm. Annem sık uğramasa da, yolum düştükçe babamın yanına gidiyordum ben. Çalışanlarla merhabalaşıyor, bazılarıyla sohbet ediyor, aşağı yukarı hepsini tanıyordum.

Meğer birkaç ay önce işe başlamış Meliha Hanım. Önceleri çok zenginmiş kocası, benzin istasyonları varmış, hepsini batırmış. "Gece âlemleri, içki, kumar, kadın... Her yol var bizimkinde," diye sızlanarak anlatmış anneme. Pek etkilenmiş annem. Beterin de beteri varmış diyerek, babamı baş tacı edecek neredeyse...

Görüşmemizin o geceyle sınırlı kalacağını düşünmekle yanılmışız. Bizim dışımızda gelişen şartlar, Meliha Hanım ve Melda'yla yollarımızı sık sık kesiştirmeye başlamıştı.

"Gariban bunlar," diyordu babam. "Görmüş geçirmiş aile, ne hallere düşmüşler..."

Benim küçülmüş ya da giyilmeyen, boşu boşuna yer işgal eden giysilerimi Melda'ya verebilir miydik? Fen bilgisi derslerinde Melda'ya yardımcı olabilir miydim?

Evet, birilerine verilmek üzere fermuarlı küçük hurçlara bastırılmış giysiler, yüklükteki dolabın derinliklerinden çıkarılıp Meliha Hanım'a ulaştırılabilirdi. Ama kimseye ders verecek zamanım yoktu. İsterlerse, eski yıllara ait ders notlarımı ve test kitaplarımı gönderebilirdim.

Ulaştırmamıza, göndermemize gerek kalmadan, bir cumartesi günü Meliha Hanım'la Melda verilecekleri almaya geldiler. Bu yeni ve beklenmedik buluşmaya aracı olan, babamdı kuşkusuz; ama kendisi yoktu ortalıkta. Kadın kadına bir öğleden sonra oturmasıydı bizimki...

Meliha Hanım'la annem, şaşılası bir uyum içinde, nicedir özlem duyulan ortak bir heyecanı yakalamış gibi abartılı bir sevinçle, sözcükleri birbirlerinin ağzından alarak saatlerce konuştular. Annem, ilk günden eteğindeki bütün taşları dökmeyi doğru bulmamış olacak ki, ölçüyü kaçırmamaya özen gösteriyordu. Meliha Hanım ise, hücre hapsinden kurtulup özgürlüğüne kavuşmuş bir mahkûmun susuzluğuyla hiçbir engel tanımadan, nesi var nesi yok açığa vuruyordu. Bu sayede kocası Yücel Bey'in iflas ettikten sonra pek çok işe girip ayrıldığını, en son şehirlerarası bir nakliyat şirketinde çalıştığını, işi gereği sık sık şehir dışına çıktığını öğrenmiş olduk. Anlatılanların ötesinde, aynı şehirde ve aynı evde oldukları zamanlarda da paylaşımlarını neredeyse sıfıra indirgediklerini satır aralarından çıkarabiliyorduk.

Dikkatimi çeken, annesi bozuk aile düzenlerinin en mahrem kalması gereken ayrıntılarını ortaya dökerken, Melda'nın kayıtsızca onu dinlemesi ya da dinler görünmesiydi. Sanki hiç tanımadığı bambaşka aileden, birbirlerinin gözünü oyacak hale gelmiş farklı bir karıkocadan söz ediyordu Meliha Hanım. Aynı yakınmaları dinleye dinleye tepki verme yetisini yitirmişti belki. Ortamın gerilimli havasından çıkmasını sağlayacak bir şeyler anlatmayı, dikkatini ikimizle ilgili konulara çekerek, kaskatı kesilmiş yüz hatlarını yumuşatmayı denedim. Olmadı. Aynı ortamda bulunmaktan şikâyetçi olmasak da, aynı dili konuşmuyorduk Melda'yla.

Meliha Hanım'la ilk dertleşme seansında hiç açık vermemişti annem. Kendini tutamayıp yaptığı çıkış dışında...

Çaylarımızı içerken, yakınma ve içini dökme eylemine kısa süreliğine ara vermişti Meliha Hanım.

Annem, tabaklara kurabiye servisi yaparken, saatlerdir dinlediği onca olumsuzluk içinden elle tutulur bir şeyler bulup çıkarma gayretiyle, "Ana kız, adlarınız ne kadar uyumlu," dedi. "Meliha ve Melda... Özellikle koymuş olmalısınız."

"Bunca yıllık evliliğimizde bir tek buna geçti sözüm," diyerek içini çekti Meliha Hanım. "Adı gibi kaderi de bana benzemesin de yavrumun..." "Bizim ailede de benzerlikler var," dedi annem. "Vedat... Semra... Verda... Adının baş kısmını babasından, sonunu benden aldı kızımız." Yarattığı ideal aile tablosunun yapmacıklığından sıkılmış gibi, "Yalnızca görünürde böyle!" diye itiraf etti. "Semra ve Verda'nın son hecelerindeki benzerlik tamamıyla rastlantı. Verda adını çok önceden aklına koymuştu Vedat. Ne yaptı etti, kabullendirdi bana. Benden önceki hangi unutamadığı sevgilisinin adıysa..."

Meliha Hanım'ın yüzünde yakaladığım, belirmesiyle kaybolması bir gülümseyiş... Melda'da ise aynı tepkisizlik.

Yanlış yere fırlatılan okun geri dönemeyişiyle yaşanan pişmanlık gibi, annem de ağzından dökülen gereksiz söz kalabalığını toparlama çabasına girişti.

"Yani... anlatmak istediğim... Üç aşağı, beş yukarı, erkeklerin hepsi aynı. Yücel Bey'in ilgisini evin dışına çevirmesi (*Çapkınlık* demeyecek kadar kibar davranıyor burada!), her kadının başına gelebilecek bir durum."

Kendi yönünden hiçbir sorun yokmuş da, karşısındakini avutmak için söylemiş gibi, kırdığı potu düzeltemese de üstünü cilalıyor söylediklerinin. Meliha Hanım ise, kendisi yüzünden babamın üzerine gölge düşürülmesine razı değil.

"Olur mu hiç Semra Hanım? Vedat Bey aklı başında, kariyerinde zirveye ulaşmış, mükemmel bir insan. Yücel'le aynı terazide tartmaya kalkmak, Vedat Bey'e yapılacak en büyük haksızlık olur. Üstelik, tanıdığım kadarıyla size ve kızına düşkün, kusursuz bir baba o..."

Annemi en zayıf, en savunmasız olduğu yerinden yakalamayı başarmıştı Meliha Hanım. Çevresindeki pek çok kadından daha iyi bir konumda olduğunu hissettirmiş, elinde tuttuğu değerleri hatırlamasını sağlamıştı. Öyle ki, o gece annem, uzun zamandır olmadığı kadar sevecendi babama karşı. Açık açık söylemese de, Meliha Hanım'la aralarında oluşan yakınlıktan hoşnut kaldığını hissedebiliyordum...

KOCALI KOCASIZ

Kısa zamanda evimizin vazgeçilmezi haline gelmişti Meliha Hanım. Bulduğu her fırsatı değerlendiriyor, kimi zaman Melda'yla beraber, kimi zaman tek başına evimize konuk oluyordu. Konuk da sayılmazdı artık, canı istediğinde çat kapı teklifsizce gelebiliyordu. Genellikle babam evde olmuyordu o varken. Annemle derin sohbetleri paylaşıyor, kendi dertlerini, sırlarını ortaya dökerken, anneminkilerin de ortaya dökülmesini sağlıyordu. Annem ilk zamanki tutukluğunu bir yana atmış, o güne kadar özenle koruduğu ketum duruşunu çoktan rafa kaldırmıştı. Yaşadıklarını, yaşamaktan korktuklarını, babama ait gerçek ya da kendi kurgularının ürünü olan kuşkularını hiç sakınmadan Meliha Hanım'la paylaşır olmuştu. Önceleri Vedat Bey'ini putlaştırıp göklere çıkaran Meliha Hanım da, "Erkektir, yapar, her şey beklenir onlardan," noktasına gelmişti. Bu değişim annemin işine geliyordu. Meliha Hanım, babamın hukuk bürosunda, annemin gözü kulağı olacaktı artık...

Lise son sınıf, eğitim yaşantımın en karmaşık yılı oldu. Okul, dershane, üniversite hazırlık kursları, özel dersler, testler, deneme sınavları... Başımı kaldırıp da burnumun dibinde neler olduğunu görecek halde değildim. Ama, bana hissettirmemeye çalışsalar da, annemle babamın arasının gitgide bozulduğunu, geri dönüşsüz, farklı bir şeyler yaşadıklarını sezinleyebiliyordum.

"İyi ki Meliha Hanım var," diyordu annem. "Bu dar zamanımızda hepimizin derdine derman oluyor."

Doğruydu; kendi evi, işi, kızı, sorunları, bunca bölünmenin getirdiği yorgunluk ve biz... Bana bile yetişiyordu maşallah! Odama kapanmış çalışırken, soyulmuş bir tabak meyve ya da beni diri tutsun diye hazırladığı bir fincan koyu kahveyle gölge gibi içeri süzülüp elindekileri bırakıyor, geldiği gibi sessizce çıkıp gidiyordu.

Anneme konuk mu gelecek? Baş yardımcısı Meliha Hanım'dı artık. Vakit bulmuşsa, evde yaptığı bir iki çeşit ikramlık, kek, kurabiye ya da poğaça, kapımızı çalıyor, konuklar evden ayrılıncaya kadar canla başla koşturup duruyordu. Sonra da mutfağa girip çıkan bulaşıkları yıkıyor, kuruluyor, yerlerine kaldırıyor, hatta yerleri silip öyle gidiyordu evine.

Çok becerikliydi Meliha Hanım. Tıkanmış lavabonun pompa olmadan açılabileceğini ilk onda görmüştüm. Sağ elinin ayasını lavabonun giderine vura vura, pompanın yaptığı basıncın benzerini oluşturuyor, ardından birikmiş suda eliyle halkalar çiziyordu. Hayrettir, şak diye açılıyordu lavabo. (Sanırım, fizik bilgisi olmadan merkezkaç kuvvetin sırrını bile keşfetmeyi başarmıştı.)

Tek kusuru, dünya yıkılmış da bir tek o altında kalmış gibi, devamlı bir şeylerden şikâyet edip sızlanmasıydı. Parasızlıktan, kocasızlıktan –kocalı kocasız diyordu kendisi için– kızıyla beraber altında ezildikleri maddi manevi bin bir sorundan...

Annem onun serzenişlerini sabırla dinliyor, aldığı ufak tefek ama işe yarar armağanlarla, dile getiremediği ihtiyaçlarını karşılamaya çalışıyor, gülmeyen yüzünü güldürmek için elinden geleni yapıyordu. Bana söylemiyordu ama, parasal yardımını da esirgemiyordu galiba... Bir keresinde Meliha Hanım'ın çantasının açıkta duran ön gözüne yeşil bir banknot sıkıştırdığını görmüş, görmezden gelmiştim.

İlk başlarda, meraklı komşularımızın, "Nereden çıktı bu kadın?" yolundaki sorularına çokça muhatap olmuştuk ama, göre göre onlar da alışmıştı Meliha Hanım'ın varlığına, hiç kimse yadırgamıyordu onu artık. O bizim sağ kolumuz, yardımcımızdı. Yaz tatilinde anneannemle küçük teyzem Kırıkkale'den gelip farklı faraziyelerle kafalarımızı bulandırmasalar, öyle de sürüp gidecekti belki...

*

Eda teyzemin her yaz başında yapmayı âdet haline getirdiği "abla evi ziyareti", gelenekselleşme yolundaydı. Önce teyzem, anneannem ve oğlu Alper'le beraber Kırıkkale'den gelir, birkaç gün kalıp özlem giderdikten sonra Ali enişte gelip onları alır, güneye, Akdeniz'e ya da Ege kıyılarına tatile giderlerdi.

Çok kalabalıktı o gün ev... Annemle teyzem saatlerce mutfaktan çıkmamış, öğleden sonra gelecek konuklara ikramlık hazırlamışlardı. Anneannem de salonda bir yandan televizyon izleyip bir yandan yaprak sararak, elinden gelebilecek katkıyı esirgememişti.

"Bugün, sülale boyu özlem giderme günü ilan edilmeli!" diyordu teyzem. Doğruydu, konukların hepsi onları görmek için geleceklerdi. Ankara'daki büyük teyzem Ayda, çocukları, Ali eniştenin Ankara'ya yerleşmiş aile fertleri; annesi, kardeşleri...

Bir araya gelmenin sevinciyle tüm yüzler gülüyordu. Kahveler içildi, fallar bakıldı, sohbetler koyulaştı... Çay servisine başlamak üzereydik ki, kapı çalındı. Meliha Hanım, kapı aralığından koridora süzülüp nefes nefese mutfağa attı kendini.

"Kusura bakmayın Semra Hanım, geciktim. İş çok yoğundu bugün. Vedat Bey'den zorla izin koparabildim."

Bildiğim kadarıyla, "İlle de gel," diye ısrar etmemişti annem. Yardım için gelmesine gerek yoktu, etrafta dolanan öyle çok gönüllü vardı ki... Hepsi de ailedendi üstelik. Meliha Hanım ayrıkotu gibi yabancı kalmıştı aramızda. Umurunda değildi ama. Her zamanki gayretkeşliğiyle işe koyuldu hemen. Eda teyzemle ben masanın üzerine sıralanmış tatlı, tuzlu yiyeceklerle tabakları donatıp konuklara sunarken, Meliha Hanım da önceden tepsiye dizilmiş bardaklara çay doldurup getirdi. Oradaki herkesi uzun zamandır tanıyormuşçasına rahat, aileden biri gibi hatır sorarak, "Biraz daha alır mıydınız?" diye koltukların arasında servis tabaklarını gezdirerek, boşalan bardakları toplayıp çayları tazeleyerek, kendince üstlendiği görevi başarıyla sürdürüyordu.

O gün, her zamankinden daha şıktı Meliha Hanım. Lacivert takımının ceketini çıkarınca, dar kesimli krep etekle gri mavi ipek bluz kalmıştı üzerinde. Saçı ve makyajı da görmeye alıştığımızın ötesinde, özenle yapılmıştı.

Anneannemin ona bakan gözlerinde soğuk bir ifade mi vardı, bana mı öyle geliyordu, kestiremedim. Hem büyük, hem de küçük teyzelerimin Meliha Hanım'a olan tavırlarının da pek sıcak olduğu söylenemezdi. Meliha Hanım'ı ilk görüşleri değildi, daha önceki gelişlerinde de pek çok kez karşılaşmışlardı ama hiçbirinin kanı ısınmamıştı nedense. Onlara göre, yabancı bir kadının bu evde işi olmamalıydı! Uyarılarını yapıp susmuşlardı, annemi üzmemek için fazla üzerine gitmemişlerdi.

Hayrettir, annem de Meliha Hanım'ın o günkü varlığından pek hoşnut görünmüyordu. Belki aile içi bir toplantıda yeri olmaması gerekir diye düşündüğünden, belki de anneannemle teyzelerimin ondan hoşlanmadıklarını bildiği için.

Dakikalardır Meliha Hanım'ın üzerinde yoğunlaşan dikkatim, umulmadık bir gelişmeyle bambaşka bir yöne çekiliverdi... Gürültü yapmasınlar diye oturma odasında oynamalarına izin verilen afacan kuzenlerden Alper'le Ezgi, fırtına gibi salona girip, dışarıda başlattıkları kovalamacayı orta yerdeki yuvarlak masanın etrafında sürdürmeye kalkınca olanlar oldu.

Alper'in çarptığı devasa boyutlardaki salata kâsesi, büyük bir gürültüyle yere inmiş, tuzla buz olan kâsenin içindeki sebze karışımı, olanca yağı ve suyuyla inanılmaz bir hızla halının, parkelerin üzerine yayılıvermişti.

Her yer batmıştı. Neyle, nasıl temizlenirdi bu batak, nereden başlamalıydı temizliğe... Öylesine beklenmedik bir durumdu ki, hiç kimse ne yapılması gerektiğini kestiremiyordu. Şaşkınlığını yenip ilk hamleyi yapan Meliha Hanım oldu. İçeriden koşup getirdiği mutfak havlusunu halıyla parke arasında yayılmakta olan yağlı sıvının üstüne sıkıca bastırdı önce. Ardından da oraya buraya saçılmış domates, biber, salatalık parçalarıyla cam kırıklarını süpürgeyle küreğe çekip, birkaç kez mutfağa gidip gelerek çöp bidonuna boca etti. Acil yardım sayılabilecek ilk müdahale yapılmıştı, sıra ince temizlikteydi.

"Sağ olun Meliha Hanım," dedi annem. "Gerisini biz hallederiz. Yağlı leke zor çıkar, üstünüz kirlenmesin."

Annemi duymadı bile Meliha Hanım. Hızını kesmeden mutfağa koşup vim kutusuyla geri geldi. Beyaz tozu yağlı zeminin üzerine bolca serpti.

"Az dursun bu," dedi. "Hemen geliyorum ben."

Beş dakika geçti geçmedi, salonun kapısında göründü Meliha Hanım. Orada bulunan herkesin dudağını şaşkınlıktan uçuklatacak bir değişimle! Kırmızı plastik yer kovası, deterjanla köpürtülmüş su, paspas... Ve annemin sözünü dinleyerek, kirlenmesin, leke olmasın diye çıkardığı giysilerinin yerine üstüne geçirdiği kıyafet: Babamın, yorucu bir işgününün ardından eve gelip soyunup döküldüğünde, kendini içinde en rahat hissettiği ev pantolonu ve ekose gömleği!

Bana göre Meliha Hanım, üstündeki emanet giysilerle komik bir tablo çiziyordu. Çevremdeki öfkeyle bakan gözleri görmesem, gülebilirdim bile. Zerrece fesatlık geçmedi aklımdan.

(Bugünkü zihinsel ve duygusal zekâ düzeyinizle ve edinmiş olduğunuz yaşam içi deneyimlerle, aynı fotoğrafa aynı hoşgörüyle bakabilir miydiniz Verda Hanım?)

Konukların ve Meliha Hanım'ın uğurlanmasının ardından, kıyamet koptu evde. Anneannem ve iki teyzem, söylemediklerini bırakmadılar anneme. Kesin tanıyı koymuşlardı, Meliha Hanım'la babamın arasında mutlaka bir şeyler vardı. Yoksa kim, hangi cesaretle yabancı bir yerde, o evin erkeğinin pantolonunu, gömleğini giyebilirdi?

"Ben bile eniştemin pantolonunu giyemem," diyordu Eda teyzem. Ayda teyzem ise, "Erkeğin tenine değen giysi özeldir, kokusu siner üzerine. O kokuyu almakta sakınca görmeyen kadın, o kişiyle özel bir ilişki yaşıyor demektir!" diyerek, kadın-erkek ilişkileri üzerinde tez çalışması yapmış bir uzmanın ağzıyla konuşuyordu.

"Bu ne cesaret!" diyordu anneannem de çatılmış kaşlarıyla. Sonra da anneme dönüp veryansın ediyordu. "Sen kı uçan dişi kuştan kocasını kıskanan, bu yüzden adamcağızı canından bezdiren, pinpirikli bir kadındın... Nasıl oldu da gözünün önünde oynanan oyunu fark edemedin?"

Baştan beri hiçbir yorum yapmadan, şaşırtıcı bir sessizlikle konuşulanları dinlemekle yetinen annem, sonunda patladı.

"Sandığınız gibi değil," dedi. "Meliha Hanım garibanın teki. Tamam, bugünkü yaptığı yanlıştı, ayıp etti... Cehaletine verin. Aralarında bir şey olsa, o kalabalığın önüne o halde çıkar mıydı hiç?"

Eda teyzem, "Ah benim kalbi temiz, saf ablam!" diye başlıyordu ki, bıkkınlık ifade eden bir hareketle susturuverdi annem. "Bırakın bunları," dedi. "Vedat'la çoktan kararımızı verdik biz. Boşanıyoruz! İki ay önce konuştuk, anlaştık, Verda'nın üniversite sınav sonuçlarını bekliyorduk açıklamak için. Olmadı, kısmet bugüneymiş. Ha... Eğer, *arada biri var* diye ısrarcıysanız —ki ben de o kanıdayım— yanlış adreste olduğunuzu bilin. Meliha Hanım'ı bırakın da asıl çıban başını bulun, becerebilirseniz... Bana yapabileceğiniz tek iyilik budur, bunun dışında kimseden akıl almaya niyetim yok."

*

Annemle babam, adli tatil biter bitmez mahkemeye başvurdular ve "şiddetli geçimsizlik" gerekçesiyle, iki tarafın karşılıklı isteği üzerine, tek celsede boşandılar.

Üniversiteye yeni başlamıştım, hukuk fakültesine. İki ay olmuştu henüz. Puanım yüksekti, listelediğim altı tercihin hepsine girebiliyordum. Yönümü hukuk fakültesine çevirten, babamla ortak bir şeyleri yakalama çabası mıydı, bilemiyorum. O güne kadar *babasının akıllı kızı* olabilmek, onun takdirini kazanabilmek için çırpınan Verda, aynı mesleği paylaşmanın onurunu da tatmak istiyordu galiba. Yeni bir şeyleri paylaşırken, eski paylaşımların yitirildiğini görmezden gelerek...

Bekledikleri gün gelmişti sonunda, biricik kızları üniversite öğrencisiydi artık, büyümüştü. Rahatça ayırabilirlerdi yollarını. Benim hatırıma birbirlerine bunca yıl katlandıkları için teşekkür mü borçluydum onlara? Hiç sanmıyorum.

İçimde inceden inceye sızıldayan bir yara oluşmuştu oluşmasına ama, dünyanın sonu değildi ya! Annesi babası boşanan bir ben miydim bu âlemde? Hem, bundan sonrasında babamla olan ilişkilerimin daha sağlıklı olacağına inanıyordum. Bozulan nikâh, annemle ikisinin arasındaydı. Kızıydım ben onun. Bu gerçek hiç değişmeden, ölüme dek böylece sürüp gidecekti...

Mahkeme gününün sabahı, ortada olağanüstü hiçbir durum yokmuş gibi okuluma gittim. *(Önemsememe, meydan okumanın en kestirme yoludur!)* Ama fazla kalamadım. Ders falan dinlediğim yoktu zaten. Gözlerimin üzerine kilitlendiği küçük kadranlı saatimin "Bitmiştir artık!" uyarısıyla evin yolunu tuttum.

Hıncahınç doluydu salonumuz. Öncesinde böyle bir kalabalığı hiç bir arada görmemiştim. Anneannem ve teyzelerim başta olmak üzere uzak yakın akrabalarımız, eş dost, annemin can arkadaşları, komşularımız bizi teselli etmeye gelmişlerdi. Hiç konuşmuyordu annem, onun yerine Eda teyzem anlatıyordu.

"Duruşma salonundan çıkarken ikisi de ağlıyordu. Ablamın sulu gözlülüğüne alışkınım da, eniştemi hiç böyle görmemiştim."

O evin, o salonun yabancısıymışım gibi, bir köşeye sinip oturdum. Sıcacık, güçlü bir el, bileğimden tutup kaldırdı beni. "Annenin yanına geç!" dedi.

Meliha Hanım! Zor günümüzde yanımızdaydı gene. Konuklara çay kahve servisi yapıyor; üzgün, ağlamaklı yüz ifadesiyle dolanıp duruyordu ortalıkta. Oradaki varlığı, anneanneme ve teyzelerime dokunmuyordu artık, belli ki tehlike sınırlarından çıkmıştı...

Ancak, beni irkilten bir şey oldu. Dikkatlerden kolaylıkla kaçabilecek, küçücük bir ayrıntı, satır aralarına gizlenmiş, yakalanması zor bir çelişki... O şartlardaki ruh halimle algılayabilmemse, tek kelimeyle hayret vericiydi.

Annemi avutmak adına, her kafadan bir ses çıkıyordu. Başlarından geçenleri, duyduklarını, gözlediklerini anlatmak için birbirleriyle yarışan kadınlar, erkeklere veryansın ederken hemcinslerini göklere çıkarıyorlardı.

O ana kadar neredeyse hiç söze karışmayan Meliha Hanım, çay dağıtımını bitirip, kendi bardağına doldurduğu tavşankanı çayla beraber annemin yanına oturdu. "Kadının işi zor!" diyerek içini çekti. "Hele yalnız kadının. (Kendini hep yalnız, *kocalı kocasız* görüyor ya!) Bir de maddi sorunun varsa... Yandın! Neyse ki sizin parasal sıkıntınız yok Semra Hanım... Çalıştığım yerde herkesin tuzu kuru. Ya ben? Hem evde, hem dışarıda... Harcayacağım her kuruşu düşünüyorum."

Elindeki bardağı havaya kaldırarak, ağladı ağlayacak gözlerini çaya dikti. "Öyle zaman oluyor, canım çekse de içemiyorum şu çayı," dedi. "Yirmi beş kuruşu bile düşünmek zorundayım çünkü."

Yüzündeki ağlamaklı ifade ses tonuna da sinmişti, ağlıyor gibiydi. Ama gözleri kupkuruydu, ağlamıyordu o gözlerin içi. Bir an için, ezberlenmiş bir metni okuduğu hissine kapıldım. Ve son perde... Meliha Hanım, derin bir iç çekişle çantasını açıp bir paket sigara çıkardı, titreyen parmaklarıyla içinden bir tane çekip yaktı, isyanla havaya savurdu dumanını...

Gözlerim, paketin üzerinde takılı kaldı. O zamanlar piyasada zor bulunan, karaborsa satışlarıyla ünlü, kaçak bir sigara markasıydı. Bu pakete verdiği parayla en azından on, on beş bardak çay içebilirdi Meliha Hanım...

İki ay sonra, Meliha Hanım da kocası Yücel Bey'den "şiddetli geçimsizlik" nedeniyle tek celsede boşandı. Bu sayede gerçekten *kocasız* ve *yalnız* kaldı. Ancak çok sürmedi yalnızlığı. Birkaç ay sonra babam, Meliha Hanım'la evleniverdi. Bahçelievler'de, annemle babamın boşanma kararı almadan önce ortak birikimleriyle satın aldıkları apartman katına taşındılar.

Şu anda ben, o eve babamın taziyesi için gidiyorum. Babamın cenazesinde, yasında bulunmak ve bu beklenmedik ölümün ardında gizlenenlerin *iz*'ini sürmek için...

ÖLÜM VE ÖLMEK ÜZERİNE

Ölüm her zaman bizimleydi, her zaman da bizimle olacak. İnsan varlığının ayrılmaz bir parçasıdır o. Çünkü ölüm sorusunun anahtarı, yaşam kapısının kilidini açar.

Dr. Elisabeth Kübler-Ross[1]

Ölüm ve Ölmek Üzerine adlı kitabını okumuştum Kübler-Ross'un, etkilenmiştim. Ölüme yakın çok sayıda hasta üzerinde yaptığı görüşmelere dayanarak, ölme sürecini evrelere ayırıyor, yaşamı anlamak ve ifade edebilmek için ölümü anlatıyordu. Ortaya attığı *Beş Evre Modeli* olmadan, ölüm gerçekleşemezmiş gibi...

Sonrasında, bu beş aşamalı model, ölüm dışında ama ölüme yakın çarpıcılıktaki yaşamsal değişimlere de uygulanır oldu. Ama benim üstüme bire bir uymadı biçilen elbise... Keşke sağ olsaydı da kendisine sorabilseydim. Ölüm kavramının en yakınında durduğum şu anda, beynimde şekillendirdiğim hayali satırlarla seslenebiliyorum ona ancak...

"Biliyor musunuz Sayın Kübler-Ross, benim babam, sözünü ettiğiniz evrelerin hiçbirini yaşamadı. Tam anlamıyla emin değilim aslında, bel-

---

(1) Dr. Elisabeth Kübler-Ross (1926-2004). Ölüm ötesi deneyim, ölüm ve yas konularında yaptığı çalışmalarla ünlü, kitapları aracılığıyla insanlara hayata ve ölüme bakış açılarını yeniden sorgulatan İsviçreli psikiyatr.

ki yaşadı da, hangi basamakta aceleci davrandı, hangisinde kararsız kaldı, hangisinde pişmanlık duydu ya da duymadı, orasını bilemiyorum. Siz ki, ölüm ötesi deneyimler yapmış ve bu konuda ilklere imza atmış bir bilim insanısınız... Ölümün şu dillere destan beş evresini, intihar etmiş, bile bile ölümü seçmiş birilerine de uygulamanız mümkün değil miydi?"

Kalıptan kalıba girecek, girdiği kalıbın şeklini alacak kıvamdaki evreler, ölümü bir yana bırakarak, acının, yasın, hüznün kıyafetine bürünmüş halleriyle şu anda babamdan çok bana uyuyorlar sanki...

İlk evre, *yadsıma ve yalnızlaşma.* Ölümün yakınındaki kişi, durumunu yadsıyor. "Hayır, ben değilim," diyor, "Bu doğru olamaz!" diye çığlıklar atıyor. Ve ister istemez çevresinden soyutlanarak yalnızlaşıyor.

Ben de yadsıdım ilkin... Olamaz dedim. Benim babam değildir ölen... Ölümü bile isteye, kendi iradesiyle seçen, benim güçlü kahramanım olamaz...

İkinci evrede *öfke* var. Yadsıma dönemi artık sürdürülemeyeceği için, yerini öfke, kızgınlık, küskünlük alıyor. "Neden ben?" diye ifade ediliyor tepkiler.

Neden benim babam? Ve neden şimdi? Neden bu kadar erken... Neden bu şekilde, Azrail'i davet ederek...

Pazarlık yapılıyor üçüncü evrede. Ölümü ertelemek için nafile girişimler... "Ölmez de sağ kalırsam, köklü değişimler yapacağım yaşantımda."

"Oyun oynamama izin verirsen, konukların yanında yaramazlık yapmayacağım," diye annesiyle şart koşmaya kalkan küçük bir çocuk gibi...

Pazarlıkla işim yok benim. Babamın da olmamış belli ki. Kalmayı değil, gitmeyi hedeflemiş o!

Dördüncü aşama, *depresyon ve hüzün* evresi. Kaçınılmaz bir yenilgidir yaklaşmakta olan ölüm. Yolun sonudur artık! Sevilen her şeyin, vazgeçilmezliklerin kaybedilecek olmasına hazırlanma zamanıdır. Sessizlik, hüzün, çaresizlik...

Babamla ortak olarak yaşadığımıza en çok inandığım evre bu. Sıralamayı karıştırmış olsak da, yolun sonuna geldiğimizi hissettiğimiz kesin!

Ve beşinci evre: *Kabulleniş!*

"Gidiyorum, Bana veda edin kardeşlerim!
Sizi selamlıyorum ve aranızdan ayrılıyorum.
Buraya kapımın anahtarlarını bırakıyorum ve evimin bütün haklarından da vazgeçiyorum.
Sizden yalnızca son bir iki söz istiyorum.
Uzun zamandır komşuyuz ama verebileceğimden fazlasını aldım.
Şimdi gün karardı ve karanlık köşemi aydınlatan lamba da söndü.
Çağrı geldi ve yolculuğa hazırım."

Rabindranath TAGORE, Gitanjali

Hayır, kabullenemiyorum! Bu aşamaya çok uzağım henüz. Kolay kolay özümseyebileceğimi de hiç sanmıyorum.

Ya sen babacığım? Bilimsel olarak kanıtlanmış evrelerden en sondakini, en başta mı yaşadın? Ölümü peşinen kabullenmek, hiç mi zor gelmedi sana?

Neden? Neden? Neden?

Eğer senin kızınsam, az ya da çok bir şeyler almışsam senden... bu işin peşini asla bırakmayacağım. İstersin ya da istemezsin, orasını bilemem ama... her ne pahasına olursa olsun, toprağın altında gömülü kalmayacak sırrın! Bu uğurda ne gerekiyorsa yapacağımdan kuşkun olmasın.

O EV

Olumsuz hava şartlarından dolayı epey gecikmeli, ama gene de erken bir saatte varıyoruz Ankara'ya. Yeni güne yeni uyanıyor Ankaralılar. Söğütözü'nde otobüsten indiğimde, hemen taksiye atlayıp gideceğime, terminal binasının girişindeki kafeteryaya oturup çay ısmarlıyorum kendime. Bu saatte kapıya dayanmak olmaz diye geçiriyorum içimden ama, *o ev*'in kapısını çalmak için güç toplamaya çalışıyorum aslında.

Üçüncü bardak çayın ardından, valizimi alıp yetişecek yeri ve acelesi olmayan insanların telaşsız adımlarıyla dışarı çıkarak, Ankara'nın sisli, soğuk sabah havasını çekiyorum içime. Kar durmuş, ama ayağımın altında kolayca eziliveren taze kar tabakasının altı buz. Düşmemek için dikkatle yürüyerek, sıra sıra duran taksilerden en öndekine atlıyorum.

"Bahçelievler 4. Cadde," diyorum şoföre.

Görmeyeli nasıl da değişmiş buralar... 4. Cadde'nin iki yanında sıralanmış ağaçlar, dallarının üzerine yığılan karın beyazıyla, düğün salonlarında özenle süslenmiş sandalyeleri andırıyorlar. "Amma da yaptın Verda!" diyorum içimden. "Düğün'e değil, dövün'e gidiyorsun sen. Hem de zorlu mu zorlu, yaman bir dövün, gideceğin..."

Bu eve ilk gelişim değil, daha önce de birkaç kez gelmiştim. Ama ne hikmetse, her seferinden farklı hüzünler, farklı buruklular kalmış içimde. İlkinde annem, babam, ben beraberce gelmiştik. Kaba inşaatı bitmiş, ince işlerine başlanmış, satılık bir apartman dairesiydi... Babam önceden görüp beğenmiş, annemle benim de görmemi istemişti. Eğer beğenirsek satın alacaktı ve buraya taşınacaktık. "Oturduğum evden memnunum ben," diyerek burun kıvırmıştı annem. Yenişehir'i, Kızılay'ı Ankara'nın merkezi olarak bellemişti ve alıştığı muhitten ayrılmaya hiç mi hiç niyeti yoktu. "Eski evinde oturursun sen!" demişti babam. "Ben de kızımı alır yeni evimize taşınırım." Ne var ki babam, satın aldığı o eve Meliha Hanım'la beraber taşındı. Anneme göre bu, önceden kurgulanmış senaryonun bir parçasıydı. Emin değildim, olayların akışı bu noktaya getirmişti belki. Belki de annem haklıydı gene... O güne kadar hangi dediğine karşı çıktıysam yanılmıştım, itiraz etme gücüm ve hakkım kalmamıştı.

Dört katlı asansörsüz binanın ikinci katı. Sokak kapısı aralık. Kapının önünde çok sayıda ayakkabı var. Zile basmakla aralıktan içeri süzülmek arasında kararsız kalıyorum bir an. Beni duymuş, hissetmiş, karşılamaya çıkmış gibi, dost bir siluet beliriyor kapının eşiğinde. Makbule yenge! Büyük amcamın karısı.

"Verdam! Yavrum benim," diyerek sımsıkı kucaklıyor beni, uzunca bir süre de bırakmıyor. "Başın sağ olsun kızım," diyerek salıveriyor sonunda, "hepimizin başı sağ olsun..."

Hole geçiyoruz beraberce. Gerçekte değil de kapkara bir düşte yaşıyorum sanki. Kolum bacağım, elim ayağım bana ait değillermiş gibi, otomatiğe bağlanmışçasına mekanik hareketlerle çizmelerimi çıkarıp gençten birilerinin ayağımın önüne uzattığı terliği giyiyorum. Tanımadığım bir kadın mantomu alıp vestiyere asıyor.

"Sana göre ayarladık cenazeyi," diyor yengem. "Öğlen namazına yetişecek. Erkekler gitti. Morgdan alıp gusülhaneye götürecekler, sonra da gelip bizi alacaklar. Hacı Bayram Camii'ni istemiş rahmetli. Cebeci Mezarlığı'nda yeri hazırmış zaten."

Ne kadar uzağındayım bu anlattıklarının. Nüfus kaydında *kızı* olmak dışında, sokaktan geçerken uğrayıvermiş bir yabancıdan farklı yanım yok. Hole açılan koridorun başında durmuş bizi izleyen ince yapılı kadın, "Hoş geldiniz," diyor usulca. "Başınız sağ olsun." Kim olduğunu çıkaramıyorum ilk anda. Dikkatle bakınca... Melda bu! Meliha Hanım'ın kızı. Babamla aralarında hiçbir kan bağı olmayan biri, o evdeki yabancılığımı, hiçliğimi haykırıyor sanki yüzüme.

Önde elimi sıkı sıkıya tutmuş yengem, arkada ben, yanımızda Melda'yla beraber salona geçiyoruz. Birkaç dakika öncesine kadar içeriden taşan uğultu kıvamındaki konuşma sesleri şıp diye kesiliveriyor. Tüm gözler üzerimde. Koltuklara, sandalyelere sıralanmış kadınlar, birbirlerinin kulağına eğilip aralarında fısıldaşıyorlar. Tahmin etmesi zor değil. "Vedat Bey'in kızı," diye tanımayanlara tanıtıyorlar beni.

Sıkmayın kendinizi hanımlar! Rahmetlinin küs gittiği kızı demekten alıkoymayın dillerinizi...

Sahi, küs mü gittin bana babacığım? Yok de bana. Lütfen... Daha bir gün önce konuşmadık mı seninle?

Orada ikimizden başka kimse yokmuş gibi, doğruca, salonun sağ köşesindeki koltukta oturan Meliha Hanım'ın yanına gidiyorum. Bitmiş, tükenmiş, suyu çekilmiş narin bir bitki gibi boynunu bükmüş bu kadın, o mu? Sokakta görsem tanımam dedirtecek kadar değişmiş, geçen yılların katlarınca yaş almış sanki. Beni görünce güçlükle doğrularak yerinden kalkıyor. Omuzlarımdan tutuyor önce, buruk bir gülümseyişle uzun uzun yüzüme bakıyor. Sarılıyor bana. Sımsıkı... Kokumu çekiyor içine.

"Gitti," diyor fısıldar gibi. "Bizi böyle bırakıp gidiverdi."

Ağlamaktan, haykırmaktan sesi kısılmış, güç duyuyorum söylediklerini. Gözkapakları davul gibi şiş, gözleri iki ince çizgi misali asılı kalmış yüzünde. Kabul etmeliyim ki, acı çekme konusunda rakip tanımıyor Meliha Hanım.

Aklımdan geçen düşüncelerin sarmalında, garip bir duyuşla sarsılıyorum. İçimden kopup gelen, bilinmezi keşfetmişim gibi garip bir sezgi... Hayali birileri kulağıma fısıldıyor: "Annen, babanı Meliha Hanım'ın sevdiği kadar sevmemişti!" Kulağıma dolan fısıltının doğruluk derecesini sınamak için sorular soruyorum kendime... Ayrılmamış olsalardı, babamın ölümü annemi bu denli kahreder miydi? Sanmıyorum. Üzülürdü tabii, ağlardı, kendi ölçülerince karalar bağlardı yüreği ama, daha yüzeysel yaşardı acısını. Evet, Meliha Hanım babamı çok sevmişti, annemin sevdiğinden kat kat çok ve onu annemden çok hak etmişti. Sevdiği insanın yasını tutmak da en çok onun hakkıydı.

Anneme haber vermeden yollara düştüm diye ezinç duymam gereksiz. Doğru yerdeyim... Annemle olsam, acımı böylesine özgürce yaşayamazdım. Meliha Hanım ve ben, Vedat Ali Karacan'ın birinci dereceden yakınlarıyız. Hem nüfus kayıtlarında, hem de gönüllerde. Ve bu acı bizi kaçınılmaz bir biçimde birbirimize yakınlaştırıyor. Öyle ki, babamla ve Meliha Hanım'la ilgili, zihnime kazınmış, benim yönümden en bağışlanmaz sahneleri bile silebileceğimi hissediyorum şu an...

KAN SUDAN HIZLI AKIYOR

Babam, henüz boşanma davası açılmadan evden ayrılmış, birkaç parça eşyasını alarak Bahçelievler'deki dekorasyonu yeni bitmiş apartman dairesine taşınmıştı. Beni hiç götürmedi oraya. Ne öncesinde, ne de boşanma gerçekleştikten sonra. Hep dışarıda buluştuk, bir yerlerde yemek yedik, çay kahve içtik. Annem de destekliyordu buluşmalarımızı, bu sayede babamla ilgili gelişmeleri birinci ağızdan öğrenmiş oluyordu.

Bense, asla annem adına casusluk yapma niyetinde değildim ve kavgadan gürültüden uzak ortamlarda babamla baş başa kalabilmekten son derece mutluydum. Annem ne derse desin, ne düşünürse düşünsün, gerçeği değiştiremezdi. Babamdı o benim! Ve kan sudan hızlı akardı (dış etkenlerle pıhtılaştırılmadıkça).

Boşanmanın ardından, annemin yanımızda olmadığı ilk akşam yemeği, tam bir hayal kırıklığıydı ama. Yılların susamışlığıyla neler neler anlatmaya hazırlanıyordum babama... O ise katı, maddesel konuşmalarla kısacık beraberliğimizi sıradan bir iş görüşmesine dönüştürürken, yaptığı hatanın farkında bile değildi. Maddi yönden verebileceği destekleri sıralayarak, sorumluluk sahibi bir baba olduğunu kanıtlamaya çalışıyordu kendince.

"Olanlar için beni suçlama," dedi. "On sekiz yaşındasın artık. Eskiye nokta koyabilmek için hep bugünü bekledim. Sana olan asli görevlerimin bitmesini." *(Babalık görevi, günü gelmiş çek gibi ödenecek bir borçtu demek!)*

"Merak etme," diye ekledi. "Okulun bitinceye kadar parasal desteğimi sürdüreceğim. Hatta, sonrasında da..." *(Yaşamım boyunca arkamda olduğunu hissetmek istediğim baba desteğini, dünya üzerindeki hangi para kasası verebilirdi bana?)* Baba kız yepyeni bir başlangıcın eşiğindeyken, kendi eliyle buzdan kalıplar yerleştiriyordu aramıza, oysa hep annemi suçlamıştı, kızımla arama görünmez duvarlar örüyorsun diye. Neyse ki bu katı, ancak mahkeme salonlarına yaraşacak tutumunu sürdürmedi. Daha sonraki beraberliklerimiz, fırtına sonrasının sakinliği havasında, karşımda oturanın prensiplerinden ödün vermeyen bir avukat değil, *babam* olduğunu hissedebildiğim sıcaklıkta geçti. Ta ki babamın, evlenme kararını –öncelikle bana– açıkladığı o geceye kadar...

*

Çok seyahat ediyordu babam, haftada iki üç gün şehir dışında oluyordu. İstanbul, İzmir, Bursa... Üstlendiği dava neredeyse, oraya uzanıyordu yolu. Özlüyordum onu. En az haftada bir, iş seyahati yoksa daha sık görüşebiliyorduk. Derinlere dalmadan, havadan sudan sohbetlerin eşliğinde yemek yemek ikimizi de mutlu ediyordu. Çömez bir avukat adayı olarak, dava konularını benimle paylaşmasına bayılıyordum. Öyle ki, gitgide daha iyi anlaşan, ortak yönleri zengin, benzer zevkleri paylaşan iki arkadaşa dönüşmekte olduğumuzu düşünüyordum.

Babamla beraber bir yerlere gitmek, onun yakınında olmak ayrıcalıkların en güzeliydi benim için. Gençlik günlerinden de yakışıklıydı babam. Fizik olarak da, ruhsal yönden de birbirimize çok benziyorduk. Bu benzerlik üçüncü şahıslarca dile getirildiğinde dünyalar benim oluyordu. Yalnızca yirmi üç yaş fark vardı aramızda. Görenler baba kız değil de sevgili olduğumuzu bile düşünebilirlerdi. Gurur duyuyordum onunla beraberliğimizden. Paylaşımlarımızdan aldığımız ortak zevki, yaşıtlarımla olan beraberliklerimde asla bulamıyordum. Yerli yersiz övgüler düzmek yapısına tersti, ama açıktan açığa söylemese de, onun da benimle gurur duyduğunu hissedebiliyordum.

O gün de hevesle hazırlanmıştım akşamki buluşmamıza. Ankara'nın ünlü restoranlarından birinde yer ayırtmıştı babam. Sözleştiğimiz saatten erken gitmiş, oturmuş beni bekliyordu. Her zamanki gibi sıcacık, cıvıl cıvıl bir sohbeti paylaşarak başladık geceye. Ne var ki, konuşmanın gidişatı değişiverdi birden. Yeni kurduğu düzenin yeknesaklığından yakınıyordu babam. Bomboş bir eve girmenin tatsızlığından, insan sıcaklığına duyduğu özlemden... Ve sonunda, dilinin altında döndürüp durduğu kararını açıklayıverdi.

"Evlenmek istiyorum ben Verda!"

Ciddi miydi, şaka mı yapıyordu? Tepkisizce baktım yüzüne.

"Şaşırdın mı?" diye gülümsedi.

Donup kalmıştım. "Evet," dedim neden sonra. "Evlilik kurumundan ağzı yanmış birinin, tam da özgürlüğüne kavuşmuşken yeniden evlenmeye kalkmasını yadırgadım."

"Haklısın. Ama yaşanan her yanlış, deneyim katıyor insana. Bu kez aynı hataları yapmadan sağlam adımlar atabileceğimi hissedebiliyorum."

Belli ki en ince ayrıntılarına kadar düşünüp taşınmış, çoktan vermiş kararını. Âdet yerini bulsun diye, beni de bilgilendiriyor aklınca.

"Evlenmek için benden izin alman gerekmiyor."

"Olur mu hiç? Önce sen evet diyeceksin ki, verdiğim kararı uygulayabileyim."

Hayır desem ne olacaktı ki? Kim bilir, belki evleneceği insanı çoktan seçmişti bile...

Bu düşünce beni altüst etmeye yetmişti. Annemin bıkıp usanmadan dile getirdiği gibi, babamın hayatında bir başkası vardı da, şimdi mi gün ışığına çıkarılıyordu?

Olumsuz bir yanıt alma umuduyla, "Belirlenmiş bir aday var mı?" diye sordum.

"Evet," diye mahcup bir ifadeyle başını salladı. Evrak çantasının içinden sarı bir zarf çıkarıp bana uzattı. "Her şey burada yazılı. Okuduktan sonra beni daha iyi anlayacağına inanıyorum... Bir kez daha tekrar edeyim, sen istemezsen olmaz bu iş!"

Avukat... Hem söz adamı, hem de yazın. Konuşma ustası olduğu kadar yazmada da usta. Meramını anlatmak için destan gibi mektuplar döşenmesine gerek yok aslında, ama benim karşımda mahkeme salonlarındaki kadar rahat konuşamayacağını hissetmiş olmalı ki, savunmayla hikâye arasında gidip gelen upuzun bir mektup yazmayı uygun görmüş. Tek nedeni bu değil, söyleyeceklerinin tek muhatabı ben değilim çünkü. Orada yazılanları bilmesi gereken başkaları da var. İçeriğin savunma yanı, onlara yönelik zaten. Evet, ortaya yazılmış, çok sayıda okura hitap eden bir mektup bu. Ama öncelikle ben okumalıyım!

Sekiz sayfalık, daktiloyla yazılmış bir metin. İlk iki sayfada, evlilik öncesini ve annemle evliliklerinin ilk yıllarını kendi bakış açısıyla özetliyor. Gençliğinden, toyluğundan söz ederek, *yanlış seçimdi* demeye getiriyor.

"Her evlilik iyi niyetle başlar," diyor. "Kimse boşanmak için evlenmez. Ancak, istem dışı gelişen uyumsuzluklar, farklı davranmaya itebiliyor insanları."

Çok akıcı bir anlatımı var, içinde bire bir yaşadıklarım olmasa, sürükleyici bir öykü niyetine okuyacağım...

Usta kalem, son sayfalara dek gizemini korumuş ve sonunda çözülüvermiş: Evet, yalnızlık ona göre değil! Sıcak bir ev ortamına gereksinim duyduğu için yeniden evlenmek zorunda. Bundan sonrasında beraber olacağı insanı seçerken hep beni düşünmüş. Benimle uyumlu olabilecek, sorun çıkarmayacak, munis, hoşgörülü, kendi halinde biri... Bana da hiç yabancı değil üstelik. Babamın yeni eş adayı, Meliha Hanım!

*

Babamın Meliha Hanım'la evlenmek istediği haberi, yakın çevremizde bomba etkisi yaratmıştı. Okuduktan sonra salondaki masanın üzerine bırakarak yalnız bana ait olmaktan kurtardığım mektup elden ele geziyor, her cümlenin üzerine ayrı yorumlar yapılıyordu. Annem, anneannem, teyzelerim, komşular, eş dost, annemin arkadaşları... Yapılan her yorumun ardından, olanların tek sorumlusu benmişim gibi, tüm gözler bana çevriliyordu. Gelinen bu son noktada bile babama arka çıkmakla suçlanıyordum.

"Ne var bunda!" diye isyan ettim sonunda, kendimi mi, babamı mı, yoksa onun aldığı kararı mı savunduğumu bilemeden. "Madem evlenecek, evleneceği kişi ha Meliha Hanım olmuş, ha bir başkası, ne fark eder ki?"

İyice yüklendiler üstüme. Hele babam Meliha Hanım'la evlensin, görürmüşüm günümü. Evlerinin eşiğinden adımımı atabilir miymişim bakalım...

"Benim onayımı, benim rızamı almadan asla evlenmeyeceğini söyledi ama..." diyecek oldum.

"Hodri meydan!" diye sinirli bir kahkaha attı Eda teyzem. "Dene istersen! Evlenmenize rızam yok de, ne yapacaklarını hep beraber görelim..."

Denedim. Babamın beni ezip geçme riskini göze alarak, elde edeceğim sonuçtan umutlu olmasam da...

*

Benim isteğim üzerine, hafta sonunu beklemeden, hafta ortasında buluşuyoruz babamla. Son derece gerginiz ikimiz de. Babamda duyacaklarının merakı ağır basarken, benim duygularım karmakarışık. İki taraf arasında sıkışıp kalmışlığın çaresizliği, kararsızlık, öfke, isyan...

Nereden söze başlayacağımızı bilemiyoruz. Ismarladığımız içeceklerin gelmesini bekleyerek, suskunluğumuzla oyalanıyoruz bir süre.

"E, ne diyorsun bakalım?" diyerek düğmeye basıyor sonunda.

"Ben... bu evliliğe onay vermiyorum! Veremiyorum..."

"Sen değil!" diye yükseltiyor sesini. "Perdenin gerisinde duranlar... Neden başkalarının diliyle konuşuyorsun? Rüştünü ispat etmedin mi sen?"

"Konuştuğum kendi dilim!" derken, en az onunki kadar yüksek perdeden çıkıyor sesim. "Başkalarının görüşü beni etkilemez. Kişiliğime sahip çıkacak yaşa geldim."

"Şükürler olsun," diyor yapay gülüşüyle. Sesi biraz öncekine kıyasla oldukça yumuşak. "Bak Verda, takdir edersin ki Meliha Hanım'ın yerine çok daha genç, çok daha güzel, farklı özelliklere sahip birini de seçebilirdim. Macera aramıyorum ben, aradığım huzur. Meliha Hanım'ın sakin ve ılıman yapısıyla, bana aradığım huzuru sağlayacağına inanıyorum."

"Evimize girip çıkan, ekmeğimizi suyumuzu paylaşan, anneme yârenlik eden bir kadın... Sizin boşanmanızın arkasından kocasından boşanıyor ve sen onunla evleniyorsun. İnsanlar ne der, hiç düşündün mü?"

"Umurumda değil. Başkalarını memnun etmek için evlenilmez, iki kişiliktir evlilikler. Önce kendini düşüneceksin..."

Hayretle bakıyorum yüzüne.

"İki kişilik ha! Bu hesaba göre, üçüncü kişi olarak ben de dışarıda kalıyorum."

"Sen başkasın!"

"Madem başkayım, neden söylediklerimi duymazdan geliyorsun?"

Yanıt vermeden, doğru sözcükleri bulup çıkarmak ister gibi uzunca bir süre sessiz kalıyor. Tane tane konuşuyor ardından.

"Doğruları göremiyorsun sen. Ne kadar aksini iddia etsen de, kendi özgür iradenin ifadesi değil söylediklerin. Ve ben, aldığım kararları başkalarının bozmasına izin vermeyeceğim."

"Yani?"

"Meliha Hanım'la evleneceğim Verda!"

"Bana rağmen, öyle mi?"

"Öyle değil ama, istediğin gibi düşünebilirsin."

Son nokta konuldu aslında, sözün bittiği yerdeyiz, ancak öylesine isyan doluyum ki acıtıldığım kadar acıtmadan kalkıp gitmeyi içime sindiremiyorum.

"Başarısızlıkla son bulan bir evliliğin ardından gelen bir yenisinin mutluluk getireceği nereden belli?"

O da en az benim kadar dolmuş. Sözlerimizin nereye varacağını ölçüp tartmadan, pervasızca savuruyoruz ikimiz de.

"Denemeye değer," diyor meydan okur gibi. "Evleneceğim dedin mi, kim ne derse desin, arayı uzatmadan evleneceksin."

"Ya tutmazsa?"

"Sırtımda yumurta küfesi mi var? Sallarım gider..."

"Alıştık artık diyorsun yani, ön teker nereye giderse arkadaki de oraya hesabı..."

Konuşma üslubumuzun düzeyi gitgide düşmekte. İlk kez yaşıyoruz böyle bir şeyi. Sıkıntıyla dudağını ısırıyor babam.

"Neler söyletiyorsun bana!" diyerek başını iki yana sallıyor.

"Daha başka söyleyeceğin kalmadı nasılsa," diye fırlıyorum yerimden. "Yeni yaşamında bensiz de mutlu olursun umarım..."

Bu konuşmanın sonrasında, çeşitli nedenlerle bir araya gelsek, kucaklaşsak, sohbet etsek de, asla eski günlerimizdeki o sıcak birlikteliği yakalayamadık babamla. O gün bizim birbirimizden kopuş günümüz, miladımız oldu. Aramızdaki baba-kız ilişkisinin kırılma noktasıydı yaşadığımız...

İki deli kan, iki ateşli savaşçı, yenilgiyi asla kabullenmeyen iki çılgın dövüşçü...

Benzer yapıdaki mücadeleci insanların arasında geçen kavganın yeneni, yenileni olmuyor. Babamla aramızdaki çatışmanın belli bir sonuca ulaşmamasının nedeni buydu. Oradan ayrılırken hem yenmiş, hem de yenilmiş gibi hissediyordum kendimi. Onun da öyle hissettiğinden emindim.

Evet, babamla aramızdaki köprüleri atmış, tüm gemileri yakıp çıkmıştık. Ama pes etmemiştik. Küçük de olsa, bir umut vardı ufukta. Meliha Hanım'la konuşacaktım! O da bilsindi, her şeye rağmen Vedat Karacan'la evlenecekse eğer, bu evlilik, evleneceği insanın biricik kızının onayı dışında gerçekleşecekti.

Giriştiğim eylemler, inanılacak gibi değildi. Pastane köşelerinde, babamla evlenmemesi için Meliha Hanım'la pazarlık yapabiliyordum. "Bu evliliğe karşıyım," dedim. "Beni karşınıza alarak, bana rağmen evlenmiş olacaksınız. Yaşayacağınız olumsuzlukları göze alabiliyor musunuz?" Benim tanıdığım eski Meliha Hanım gitmiş, yerine bir başkası gelmişti sanki. Umursamaz bir tavırla dinledi beni.

"Bugüne kadar çok zor şartlarda yaşadım," dedi. "Elime geçebilecek son fırsat bu. Beni anlamanı beklemiyorum senden, çok gençsin. Ama ileride, hayat tecrübesi edindikten sonra belki anlarsın beni."

Ya boşandığı kocası, ya kızı... Onlar ne diyordu bu işe, kendi çevresi nasıl karşılayacaktı bu evliliği?

Ne desem boşunaydı, babamın inatçı kararlılığının bir kopyasıydı karşımda duran...

İki ay sonra, annemle beraber alışveriş dönüşü uğradığımız bir aile dostumuzun evinde öğrendik evlendiklerini. Nikâha gitmişler.

"Mecburiyetten," diye boynunu büktü Nesrin Hanım. "Malum, aynı işyerinde çalışıyor beyler."

Annem kendine yedirip tek soru sormadı ama, Nesrin Hanım hiçbir eksik bırakmadı maşallah... Meliha Hanım bej rengi kupür dantel bir döpiyes giymiş nikâhta. Timsah derisi ayakkabı ve çantası ünlü bir markanın etiketini taşıyormuş. Kalabalık değilmiş nikâh. Akrabadan çok, eş dost, iş çevresi...

Eve dönüş yolunda hiç konuşmadık annemle. Kapıdan içeri girer girmez odasına kapanmasını, saatler sonra gözleri kıpkırmızı, omuzları çökmüş, ama başı dimdik dışarı çıkışını içim sızlayarak izledim...

ÖLENİN TEK YAKINI O!

Meliha Hanım'ı müebbeden yok sayılmaya mahkûm etmiştim. Ama şimdi, babamın arkasından yaşadığı samimi perişanlığı gördükten sonra, beraatına karar vermek üzereyim. Çok sevmiş babamı! Tartışılmaz bir gerçek bu, zamanlaması önemli değil artık. Bana kalırsa, evlilikleri gerçekleştikten sonra oluşan bir bağlılık, ama öncesine ait bir günah vardıysa eğer, o bile affedilmeyi hak ediyor gözümde.

Bu derece bağışlayıcı oluşum, yüreğimdeki ıssızlığı hafifletebilmek için kendime yandaş birilerini bulma arayışından mı kaynaklanıyor, bilemiyorum. İçimdeki tek kişilik sızı dayanılmaz! Girdiğim hiçbir ortamda buradaki kadar yabancı ve yalnız hissetmemiştim kendimi. Yapılması gereken bir işlevi yerine getirmek amacıyla gelmiş, işi bitince çekip gidecek bir yabancı gibiyim. Kapıdan içeri giren herkes Meliha Hanım'a başsağlığı diliyor. Ölenin tek yakını o!

Makbule yenge, yüreğimde esen fırtınaları sezinlemiş gibi, yanıma sokuluyor. "Görüyor musun Verda," diyor. "Beş erkek kardeşten kala kala bir Adnan kaldı Vedat ağabeyimin tabutunun altına girecek. O da olmasa, kadın başımıza kaldıracaktık cenazeyi."

Kendi kocasını, babamın bir yaş küçüğü Sermet amcayı saymıyor bile. "Çok mu kötü amcam?" diye soruyorum alacağım yanıtın ürküntüsüyle.

"Hiç sorma! Tansiyon, kalp, şeker, ne desen var. Ama asıl sorun kafasında, gelip gidiyor aklı. On yıldır böyle, büyüklerimiz *erken bunama* derlerdi, şimdilerde *Alzheimer* olmuş adı. Bazen senden benden iyi hatırlıyor her şeyi, bazen de ne beni, ne de yerlere göklere sığdıramadığı Sumru'sunu tanıyabiliyor."

Sumru! Sermet amcanın kızı. Benden üç yaş büyük. Beraber büyüdük, çocukluk, gençlik günlerimiz bir arada geçti. İçeri girdiğimde yarım ağızla, "Hoş gelmişsin," deyip, eksik kalmış "evin kızı" konumunu doldurmak ister gibi gelen gidenle ilgilenmeyi sürdüren, o ilgiden payıma düşeni bana çok görüp arkasını dönüveren sevgili kuzinim... Tavır yapmanın zamanı mı?

Oysa Makbule yenge de, o da annemle babamın ayrılık aıifesinde, babamdan yana değil annemden yana tavır almış, yanımızda olmuşlardı hep. Birbirimizden uzak düşünce, köprülerin altından farklı sular akmış demek...

Beş kardeş! En büyükleri babam, bugün toprağa verilecek. Sermet amcam, yakınlarınca yok sayılacak durumda. Üç numaralı kardeş İhsan amcayı, ilkokulu bitirdiğim yıl açık kalp ameliyatında, Nusret amcayı da ondan iki yıl sonra trafik kazasında kaybetmiştik.

Ve en küçükleri Adnan amca! Makbule yengenin söylediği gibi, iyi ki var. Yalnız bugün için değil, ailenin sorunlu ve dar zamanlarında, herkesin yardımına koşan, bölünüp parçalananları yeniden bir araya getirme görevini seve seve üstlenen, eşi zor bulunur bir insan o.

Adnan amca, benden yalnızca sekiz yaş büyük ama, hep *kızım* der bana. *Kızım* diye çağrılmaya duyduğum açlığı hissettiğinden mi, yoksa sözünün dinlenmesini, arabuluculuk görevini yaparken *hükmeden* konumunu elinde tutmak için mi, orası bilinmez. Belki de, birilerine *kızım* diye hitap etme özlemini gidermek için... Hiç evlenmemiş Adnan amca, tek başına yaşıyor. Aile içinde alçak sesle, eski bir gönül macerasının silinmeyen izlerinden söz edilir ama, ortadan konuşulmaz hiç.

Amcamın, babamla ipleri kopardığımız, baba-kız ilişkilerini sıfıra indirgediğimiz o hassas dönemde, her türlü olumsuzluğa karşın, aramızdaki iletişimi diri tutmak için yaptıklarını asla unutamam...

NE OLDU BU KIZA BÖYLE?

Babamın Meliha Hanım'la evlenip ortalıktan çekildiği, annemin düştüğü boşluk içinde tutunacak dal ararken konken masalarında teselli bulmaya çabaladığı, anneannemin bizi yalnız bırakmamak amacıyla Kırıkkale'den kalkıp yanımıza geldiği, kısacası tüm dengelerin altüst olduğu bu dönemde, en ufacık bir denge kırıntısı kalmamıştı bende de. İçine yuvarlandığım açmazın acısını nereden ve kimden çıkaracağımı bilemiyor, en olmayacak davranışları sergileyerek, farklı bir öç alma hedefine kilitleniyordum kendimce. İyiden iyiye asmıştım okulu, günlerce semtine uğramıyordum. Yoklamanın zorunlu olduğu derslere özellikle girmiyor, kitabın defterin yüzünü açmıyordum. Yarı ders yılını göz göre göre, bile isteye yaktım. Amacım sınıfta kalmaktı!

Eski öğrencilik günlerimle taban tabana zıt bir program izliyordum. Sabah erkenden kalkıp okula gitmek, derse girip not tutmak, onları temize çekmek, defalarca okuyarak üzerinde çalışmak yoktu artık kitabımda. Canım ne zaman istediyse, o zaman koyuluyordum okul yoluna. O da, kantin köşelerinde birileriyle yârenlik etmek ya da kafaca bana yakın arkadaşlarla sinemaya, konsere, bir şeyler yiyip içmeye gitmek için... Arkadaş seçiminde de eskisi kadar titizlenmiyordum, çevremi saran gruplar çehre değiştirmeye başlamıştı.

Annem halime üzülüyor, ama üzerime gelemiyordu. Geldiğim nokta, onların eseriydi ne de olsa. Anneanneminse dili durmuyordu.

"Ne oldu bu kıza böyle?" diyordu. "Şekli şemaili değişti ayol..." Doğruydu, aynadaki yansımamı ben bile tanıyamıyordum bazen. Mini etekler, özellikle bir beden küçük alınmış daracık pantolonlar, Ankara'nın soğuğuna inat yakası bağrı açık incecik bluzlar... Ensesi kısa –usturaya vurdurmuştum– ve perçemleri gözlerimin üstünden aşıp neredeyse yanaklarımın ortasına inen saçlarıma da kızıl-pembe hareli röfleler attırmıştım. Tek eksiğim kalmıştı. Görünüm olarak uçarı, ele avuca sığmaz, hatta hoppa bir tip yaratmıştım ama, erkek arkadaşım yoktu henüz. O güne kadar hiç doğru dürüst erkek arkadaşım olmamıştı zaten. Nasıl olsun, annemle babamın didişmeleriyle örülü yaşantımda, onların kavgası gürültüsü arasında, romantizmi çağrıştıracak ince duygularla tanışmaya fırsat bulamamıştım ki. Her akşamüstü eve giderken, neyle karşılaşacağımın merakı içinde, soluyacağım havadaki gerilimin dozunu kestirmeye çalışırken pırpırlanan yüreğim, başka bir nedenle, başka bir yüreğe akamıyordu haliyle. Değil âşık olup sevdalanmak, küçük, yüzeysel flörtler bile yaşayamamıştım.

Üniversite sınavlarına hazırlanırken, dershanede tanıştığımız, "Anadolu Lisesinin Yakışıklısı" diye anılan Aykut'un bana olan aşırı ilgisi, öncelikle arkadaşlarımın ilgisini çekmişti. Biraz da onların telkinleriyle, kısa süreli bir yakınlaşma oldu aramızda. Kısa süreli! Benim şartlarımda uzun sürmesi mümkün değildi.

"Aklın hep başka yerlerde," diye sızlanmıştı bir keresinde Aykut. "Dersler, sınavlar diye başlama sakın, onlarla ilgisi yok. Benimle konuşurken, etrafında başkaları var sanki. Onlara dert anlatmaktan, benim söylediklerime yoğunlaşamıyorsun."

"İlk tercihin Tıp'tı, değil mi?" diye gülmüştüm. "İyi doktor olursun sen. Koyduğun tanıya şapka çıkarılır. Çok haklısın... Garip bir alışkanlık! Yanımda olmasalar da annem ve babamla beraber gezerim ben, bir dakika bile aklımdan çıkaramam onları."

64 CANAN TAN

Pek bir şey anlayamamış, "Düşkünlüğün bu kadarı fazla!" diyerek arkadaşlığımızın geldiği noktayı sabitleyivermişti.

Bu kez Aykut gibi aklı başında biri değildi aradığım. Benim son halimle, çılgın görüntümle bütünleşecek, yanıma yaraşır bir erkek arkadaşım olmalıydı.

Fazla bekletmeden, kendiliğinden ayağıma geldi kısmetim... Üniversitenin bahar şenliklerinde, rock müzik yapan bir grubu ağırladık okulumuzda. Dört kişilik grupta bas gitar çalan çılgın tipi görür görmez, "İşte bu!" demiştim. Daracık siyah deri pantolonu, V yakalı kolsuz tişörtü, ensede topladığı uzun, kıvırcık gür saçları, patlamaya hazır barut gibi yerinde duramayan, kabına sığmayan hali ve gözlerinde yanıp sönen hınzır titreşimlerle Muzo, gökte ararken yerde bulduğum sürpriz bir ödüldü benim için.

Konserden sonra, şenliğin organizasyon komitesinden küçük bir arkadaş grubuyla beraber, Muzo'yla arkadaşlarının haftada üç gece müzik yaptığı bara gittik. Ne zamandır eğlenmediğim kadar eğlendim o gece, güldüm, söyledim, dans ettim. Beynimi, yüreğimi her şeyden, herkesten soyutlayarak yalnızca ben'le baş başa, özgürce, gönlümce, doyasıya...

İlk kez iki şişe birayı üst üste içtim hayatımda. Arkasından dans... Hoplayıp zıpladıkça içim bulandı, lavaboya gidip çıkardım. Dönünce, bıraktığım yerden eğlenceye devam... Hiç bu kadar özgür, hiç bu kadar kendime ait olmamıştım.

Vedalaşırken, "İyiydin ahbap!" dedi Muzo (Diğerleri gibi o da argo diliyle konuşuyor!), elini omzuma koyarak, kırk yıllık erkek arkadaşını uğurlar gibi. "Bizde böyle. Kafana yattıysa bekleriz. Takıl bize, hayatını yaşa..."

"Yaşarız icabında abicim..."

Aynı dilde yanıt almanın şaşkınlığıyla gözlerinin derinliklerine kadar gülümsedi Muzo. Küçük bir kâğıt uzattı elime. "Çak şuraya telefon numaranı."

Ertesi gün aradı Muzo, bara davet etti beni. Gittim. Bu kez tek başıma. Oturup sohbet ettik. Saatlerce... Ne çok ortak yanımız vardı! Annesiyle babası ayrıydı onun da. İkisi de yeniden evlenmiş, farklı yaşantıların insanları olmuşlardı. İki kardeşlerdi, ağabeyi Amerika'da işletme mastırı yapıyor ve çalışıyordu. Kendi başının çaresine bakıyordu Muzo da. Ne annesinde kalıyordu, ne de babasında. Görünürde anneannesiyle dedesinin yanına yerleşmişti ama, arada bir uğruyordu oraya. Arkadaşlarıyla Çankaya'da ev tutmuşlardı.

"Anlayacağın bende ev çok," dedi. "Ama kimselerle geçinmeye niyetim yok. Nerde akşam orda sabah, kafamıza göre takılıyoruz işte..."

Ünlü işadamı Muzaffer Erkaya'nın torunuydu Muzo. Asıl adı Muzaffer'di, dedesi gibi.

"Naftalin kokan dede adıyla gezecek göz var mı bende?" diyerek güldü. "Kestirmeden, Muzo deyip geçeceksin..."

Sık sık buluşmaya başlamıştık Muzo'yla. Lüks arabaları aratmayacak kırmızı motosikletiyle sözleştiğimiz yerden gelip alıyordu beni. Arkasındaki scleye oturup sımsıkı sarılıyordum beline. Uzun uzun geziyorduk Ankara sokaklarında. Kavaklıdere, Çankaya sırtları, Gaziosmanpaşa... Atatürk Orman Çiftliği yoluna kadar uzandığımız oluyordu. Yüzümüzü rüzgâra vermiş özgürlüğe uçarken, farklı duygular yalıyordu yüreklerimizi ama, delice bir hızı paylaşmanın sınırsız keyfi ortaktı. Ve o hızın kollarındayken, ikimiz de hiç olmadığı kadar içimize dönebiliyorduk.

Bir seferinde, motosikleti park edip kaskını çıkarırken, "Korkmuyor musun hiç?" diye soruyor bana.

"Hayır. Neden korkacakmışım ki?"

"O hızla bir yerlere tosladığımızı düşün... Sinek gibi yapışıvermişiz asfalta. Ya da bir duvara çakılıvermiş suretlerimiz..."

"Yapma ya! Söylenecek şeyler mi şimdi bunlar..."

Duymuyor sanki beni, kendi kendine konuşur gibi mırıldanıyor.

"Seninkiler ve benimkiler... Ne yaparlar dersin? Kanlı gözyaşları dökmelerini bekleme sakın! Üç gün ağlarlar ağlamasına da... dördüncü gün, üstlerinden büyük bir yük kalkmış gibi, kaldıkları yerden sürdürürler yaşamlarını... Demek ki neymiş? Birilerini üzmek, ağlatmak için kendini harcamaya kalkmayacakmışsın!"

Dehşete düşüyorum duyduklarımdan, kanım donuyor. Sırf canını yakan birilerini cezalandırmak, onları da canlarını yakarak ağlatmak, gözlerinde birkaç damla yaş görebilmek için kendini feda etmeyi düşünebiliyor demek! Eyleme geçirmese de aklından geçirmiş ya...

"Değmez be Muzo! Her şeye rağmen, öylesine güzel ki yaşamak..."

"Değmez gülüm, biliyorum değmez..."

Verda, *gül* demek. *Gülüm* diyor bana Muzo. Boynu bükük iki gül gibi sarılıyoruz birbirimize...

NE YAPARSA KENDİNE YAPAR İNSAN!

Haberimiz ulaşmış bir yerlere. Ses getiriyor üotelik...

"Özledim seni kızım," diyor Adnan amca telefonda. "Bir yerlerde oturup konuşsak, ne dersin?"

Annemi, Semra yengesini çok sever amcam, ama eve gelmek istemiyor. Sorguya çekmek için dışarısı daha uygun ya...

Amcamın tarzı değil bu, onu yönlendiren biri var geride. Tahmin etmesi zor değil, malum kişi!

Keyif içinde hazırlanıyorum buluşmaya. Üstümde daracık, yırtık pırtık bir pantolon, ayağımda asker postallarını aratmayacak botlar; sürmeli gözlerim, kıpkırmızı dudaklarımla amcamın değil, asıl onu gönderenin görmesine değecek uçukluktayım.

Tek başıma gidebilirim ama, Muzo'dan beni motosikletle bırakmasını istiyorum. Kırmıyor beni, üstüne yüklediğim görevi zevkle yapıyor. Buluşacağımız pastanenin önünde motosikletten inip el sallıyorum Muzo'nun arkasından.

İçeriye girdiğimde, ayakta karşılıyor beni amcam. Kucaklaşıyoruz.

"Merhaba kızım, hoş geldin. Geç otur şöyle..."

Bendeki abartılı değişikliği fark etmekle etmemek, üzerine yorum yapmakla yapmamak, göze batan çarpıklıkları dile getirmekle getirmemek arasında amansız gelgitler yaşamakta olduğunu hissedebiliyorum.

"E, n'aber amcacım?" diyerek geçip oturuyorum karşısına.

Sesini çıkarmadan, tepeden tırnağa, uzun uzun inceliyor beni. Sonradan utançla hatırlayacağım engin hoşgörüsüyle sıcacık gülümsüyor. "Bizim zamanımızdaki *çiçek kızlar*'a benzemişsin," diyor. *"Hippi* derdik biz, 68 kuşağının sembolleriydiler. Modası geçti sanıyordum." "Geçmemiş demek ki!" diyorum sıkıntıyla.

"Kızma hemen," diye masanın üzerinden uzanıp elimi tutuyor. "Çok iyi anlıyorum seni."

Psikolojik dengesi bozulmuş, tedaviye muhtaç bir hasta muamelesi görmek canımı sıkıyor.

"Neyi anlıyorsun be amca?" diye isyan ediyorum. "Anlaşılmayı bekleyen kim? Sen sormadan anlatayım istersen... Derslerim berbat, okula uğradığım yok. Bir yarıyılı yaktım, diğeri yolda. Ama umurumda mı? Değil! Keyfim gıcır çünkü. İnan bana, hiç böylesine özgür hissetmemiştim kendimi. O güzel kafanı takma sen bana, yuvarlanıp gidiyoruz be amcam..."

"Anlatmak istediğim de bu işte," diyerek gülümsüyor. "Bu sen değilsin Verda! Rolüne büründüğün bir başkası... Kendine biçtiğin rolün iyi ya da kötü yanlarını tartışmaya kalkmayacağım. Tek söyleyeceğim şu: *Ne yaparsa kendine yapar insan!* Akıllı kızsın sen. Başkalarının tırnağını acıtmak için elinden ayağından olma."

Muzo'yla yaptığımız motosiklet muhabbetini yineliyoruz sanki. Birilerinin canını acıtmak için kendini feda etmek... Yaptığım bu mu benim?

Hayır! Yanılıyor amcam, hiç kimse umurumda değil. Benim, onların umurunda olmadığım gibi. Birileri üzülsün diye yapmıyorum bütün bunları, değişen yaşam şartlarına karşı tarzımı değiştirdim, hepsi o.

"Şu oğlan," diyor amcam. "Seni kapıya kadar getiren motosikletli genç... Kim o?"

İşin en keyifli yanına geldik sonunda.

"Muzo!" diyorum en hınzır halimle. "Erkek arkadaşım. Haline tavrına bakıp Karamürsel sepeti sanma, biraz haytadır ama çok kafa çocuktur."

"Kimdir, ne iş yapar diye soracağım ama..."

"Söyleyeyim... Harika gitar çalar kendisi. Haftada üç gece barda çalışıyor. Amca... Bir akşam seni de götüreyim istersen. Beğeni garantisi benden, bayılacaksın!"

Tanınmış ve düzeyli bir aileden geldiğini ve tüm iyi yanlarını kendime saklayarak, abartılı süslemelerle yarattığım Muzo tiplemesini sunuyorum amcama.

"Ne zamandır sürüyor arkadaşlığınız?"

"Çok olmadı ama evlenmeye karar verdik."

Son cümlemin ağzımdan nasıl çıktığını ben de çözemiyorum. Öyle ki, en az amcam kadar ben de şaşkınım.

Benim sabırlı amcam bile dayanamıyor bu kadarına. "Evlenmek mi!" diye haykırıyor. "Deli misin sen kızım? Üç gündür tanıdığın, ne idiği belirsiz biriyle evlenmeye kalktığını söyleme bana."

"Yeterince tanıyoruz birbirimizi. Hele bir deneyelim bakalım..."

"Kızım! Aklını başına topla... Evlilik ciddi iştir."

"Bilmez miyim?" diye kıkırdıyorum. "Biz de Muzo'yla ciddi bir karar alıyoruz işte."

"Senin hiç evlenmeyeceğini ya da ilerlemiş yaşlara kadar bekâr kalacağını düşünürdüm."

"Ha... anladım. Annemle babamın yaşadığı evlilik cehenneminden çıkan ben, evlenmeye tövbe edecek ve asla böyle bir girişimde bulunmayacaktım, öyle değil mi? Beklenen buydu yani... Haklısın amcacığım, yaşadığım aile içi sorunlardan ve savaşımlardan öylesine canım yanmıştı ki, asla evlenmem ya da yedi defa evlenirim diyordum arkadaşlarıma. İkinci şık ağır bastı. Yedi Kocalı Hürmüz gibi, çok sayıda evlilik daha cazip görünüyor gözüme. Yani bu ilk. Dikkatini çekerim amcacığım, *tek* değil, *ilk*. Tek olma iddiası yok. Tekil'den çoğul'a geçiş her an mümkün..."

"Tanıyamıyorum seni Verda," diyerek içini çekiyor. "Yaşadıkların seni ne kadar örselemiş meğer..."

"Sandığın gibi değil," diye omuz silkiyorum. "Ama şu kadarını söyleyebilirim... Annemle babam kendi çatışmalarından, didişmelerinden, biricik kızlarını şımartmaya bile fırsat bulamadılar. Tek çocuk şımarık olur derler ya, benim için geçerli değil. Hazır özgürlüğümü ilan etmişken, bundan sonrasında şımarayım bari dedim. Sana ters gelen hallerim, tavırlarım bu yüzden..."

Amcamla konuştuklarımızı noktasına virgülüne kadar bire bir anlattım Muzo'ya. Yüzünde belli belirsiz bir gülümsemeyle dinledi hepsini. "Evleneceğimizi söyledim amcama," deyince kahkahayı bastı. Gülüşüne noktayı koyar koymaz da, "Neden olmasın?" dedi. "Gerçekten evlenemez miyiz seninle?"

"Saçmalama," diye kestim. "Öylesine, doğaçlama söylenmiş sözlerdi."

"Düşünsene Verda... Sen ve ben! Kimselere haber vermeden evlenmişiz... Patlayacak bombanın şiddetini tahmin edebiliyor musun? Hem seninkileri, hem de benimkileri zerrece iplemediğimizi göstermiş olacağız."

"Bu arada kendimizi ve birbirimizi de iplememiş olacağız ama. İnat uğruna evlenilir mi hiç Muzo?"

"Gel sen şu işi biraz daha düşün. Önemsiyorum seni... Kimselerin şımartmadığı kadar şımartırım da."

Öylesine gevşek bir konuşmaydı aramızdaki, değil evlenmek, sinemaya bile gidilmezdi bu teklifle...

İki gün sonra amcam aradı, "Baban seninle konuşmak istiyor kızım," dedi. "Bugün öğleden sonra, uygun mu senin için?"

Bekliyordum bunu, ama bu kadar çabuk olacağını ummuyordum doğrusu.

"Sen de yanımızda olacak mısın?" diye sordum amcama.

Hayır, benimle baş başa görüşmek istiyordu babam, tıpkı benim istediğim gibi...

İçim içime sığmıyordu heyecandan. Benim *beklediğim gün* de buydu işte.

Aylardır görüşmemiştik babamla. Meliha Hanım'la evlenmekten vazgeçirmek için konuşmaya çağırdığım günden beri... Şimdi ise söz konusu olan bendim, benim –şimdilik hayali– evliliğimdi. Gölgesi bile yetmişti babamı çıldırtmaya, gerçeğe dönüşse ne yapardı kim bilir... Muzo'nun dediği gibi, evlense miydik yoksa?

*

Verdiği saatte karşısındayım babamın. En deli dolu giysilerimle, abartılı takılarım, makyajım ve en umursamaz halimle.

Hayır, uzun zamandır görüşmemiş bir baba kızın sıcacık kucaklaşması gibi iç paralayıcı sahnelere yer yok bu buluşmada. Biraz sonra ringe çıkacak iki yaman boksör gibi ölçüp tartıyoruz birbirimizi.

"Merabaa!" diyorum son heceyi arsızca uzatarak.

"Otur!" diyor beni duymamış gibi. Karşısındaki koltuğa yerleşir yerleşmez de makineli tüfek gibi atışlarına başlıyor.

"Ne yaptığını sanıyorsun sen? Ne bu halin? Sirk palyaçosuna dönmüşsün. Hiç kimse söylemedi mi bunları sana?"

Sinirden kıpkırmızı olmuş yüzüne kayıtsız bir gülüşle bakarak en sakin, en okşayıcı ses tonumla, neredeyse heceler gibi tane tane konuşmaya başlıyorum.

"Hatırlarsanız, son konuşmamızda, 'Rüştünü ispat etmedin mi sen?' diye sormuştunuz bana. İspat etmem gereken her ne idiyse, söylediğinizi başarmaya çalışıyorum babacığım."

"Yeter! Kanun karşısında reşit olman, ipini koparmanın gerekçesi olamaz. Meydanı boş mu sandın sen? Şunu aklından çıkarma, kaç yaşına gelirsen gel, attığın her adımdan haberdar olacağım."

"Bence sorun yok. Ne yaptım ne ettimse biliyorsunuz zaten. İstihbaratınız güçlü..."

Sinirle kıpırdanıyor oturduğu yerde. Evirip çevirip, onu asıl deli eden noktaya getiriyor sözü.

"Ya şu uyduruk evlenme hikâyesi! Bana misilleme mi yapıyorsun aklınca?"

"Asla! Uyduruk olduğunu kim söylemiş? Çok şeker bir erkek arkadaşım var. (Eskiden olsa, bu cümlenin yarısını bile telaffuz edemezdim babamın karşısında.) Evlenelim mi dedi, olur dedim. Ciddiyiz valla!"

"Ne bu acelen? Ateşe düşmüş gibi... Okulunun bitmesine kaç yıl var daha!"

"Bu gidişle okulun biteceği yok. Muzo da okulu bırakmamı istiyor zaten."

"Muzo'ymuş! İpe sapa gelmez o aylakla mı evleneceksin? Yakışır mı ailemize? Ne der insanlar, hiç düşündün mü?"

"Umurumda değil. Başkalarını mutlu etmek için evlenilmez diyen sen değil miydin? İki kişiliktir evlilikler demiştin hani... Önce kendini düşünmeliydi insan... Ha?"

"Benim sözlerimle beni vuruyorsun, öyle mi?" diye gülüyor öfkeyle. "Neyse, söyledin söyleyeceğini. Bitir artık bu saçmalığı."

"Kusura bakma ama, aldığım kararı başkalarının bozmasına asla izin veremem. Muzo'yla evleneceğim ben."

O günü, tersine çevrilmiş haliyle yeniden yaşıyoruz. Evet, kendi ağzından çıkan sözlerle vuruyorum onu. Doyulmaz bir keyif bu, hazların en büyüğü! Ama bitmedi, dahası da var...

"Yürümeyeceği baştan belli bir evliliğe gözü kapalı atlanır mı?" diyecek oluyor...

"Denemeye değer," diyorum. "Olmazsa, sırtımda yumurta küfesi mi var? Sallarım gider..."

"Ah Verda, ah!" diyerek başını iki yana sallıyor çaresizce. "Keçi inatlı kızım benim! Öcünü almadan, içinin tüm hırsını boşaltmadan rahat etmeyeceksin, değil mi? Ama dikkat et, öfkeden kör olmuş gözlerinle tehlikeli kuytulara sığınma. Öç alacağın kişilerden çok kendine olur zararın. Sen aksini düşünsen de, baban olarak üzüntü duyarım ben. Hani demiştin ya, *kan sudan hızlı akar* diye... Benimki de o hesap."

Yeneni, yenileni belli olmayan, zorlu bir mücadeleyi daha geride bırakmıştık babamla. Konuşmamız sırasında tavana vuran karşımdakini köşeye sıkıştırıp alt etme coşkusu gitgide azalıyor, yaptığım eylemin gözümdeki değerini kaybedip anlamsızlaşmasıyla, kaçınılmaz bir hiçlik duygusuna bırakıyordu yerini.

Okulu sermiş, kendimden bambaşka, çarpık bir *ben* yaratmış, en asi yüzümü takınarak, her şeyin tek sorumlusu ilan ettiğim insanla, babamla en yakışık almayacak üslupla kıyasıya tartışmıştım. Kısa süreliğine içimi serinletmek dışında, ne yararı olmuştu bana?

Adnan amcamın sözleri çınlıyor kulaklarımda. *Ne yaparsa kendine yapar insan!*

Ne yaptımsa kendime yapmıştım ben de. Sonuç ortadaydı, tuttuğum yol yanlıştı. Ama dönemiyordum, dönüş yapmak da en az bu yola girmek kadar emekli ve zorluydu çünkü...

ADI KONULMAMIŞ BİR AŞK

Muzo'yla aramızda evlilik konusunu konuşmuyorduk artık. Bir adım öteye geçmiş, daha ütopik planlarla savaş stratejilerimizi güncelleme yolundaydık. Fazla atak değildim ben, asıl büyük eylemci Muzo'ydu. Her gün yeni ve olmayacak projelerle karşıma çıkıyor, gerçekleşmesinin imkânsızlığını kavrayınca da küçük, uysal bir çocuk gibi kolayca vazgeçiveriyordu.

Motosikletle en uzun yollarımızdan birini yapıp Gölbaşı'na gittiğimiz gün, kendini ne derece aşabileceğini kanıtladı... Tanımlayamadığım bir gariplik vardı o gün üzerinde. Bakışları, duruşu, hareketleri her zamankinden farklıydı. Göle tepeden bakan yüksekçe bir yamaçta çimenlerin üzerine oturduk. Yayvan bir çanağa konulmuş sakin, duru bir su gibiydi göl. Bulutsuz, pırıl pırıl gökyüzüyle maviliğin derinliğini paylaşıyorlardı.

Birden omuzlarımdan tutup kendine doğru çekti beni Muzo. Gözlerimiz kilitlendi önce... Nefesinin sıcaklığını duydum yüzümde. Dudakları dudaklarıma değdiğinde, her yanımın gevşediğini, tüm varlığımla ona doğru çekildiğimi hissettim. Belimin altından kavrayarak, sımsıkı sarıldığı bedenimi çimenlerin yumuşaklığına bıraktı. İlk kez yaşıyordum böyle bir heyecanı. Soluk soluğa kalmıştım.

"N'apıyorsun sen?" diye sıyrılıp kalktım altından.

"Evlenmeyi konuşmadık mı seninle?" dedi mahcup gülümsemesiyle.

"Provasız olmaz bu işler. Bakalım ten uyumumuz var mıymış, yok muymuş, öğrenelim."

Afallamıştım. "Yok ya!" dedim argoya sığınmanın ferahlatıcı desteğiyle. "Bu ayaklar beni bozar abicim. Hadi, uza bakalım... Ha, burası serbest bölge, sana ait bir mekân değil diyorsan, ben de voltamı alabilirim icabında..."

Laf kalabalığına getirip biraz önce yaşadıklarımızı unutmaya/unutturmaya çabalıyordum sözüm ona.

"Neden?" dedi Muzo. "Neden... Seninle iki sevgili olmamız çok mu zor?"

"Zor. Sevgili olmak için iki insanın birbirini sevmesi gerekir."

"Sevmiyor muyuz biz?"

"Seviyoruz sevmesine de, aşk değil bu. Dostça, arkadaşça bir dayanışmanın getirdiği sıcacık duygular..."

"Yalnızca dost ve arkadaş mıyız sence? Kendi hesabıma, sensiz yapamıyorum ben. Yokluğunda, arayışın içindeyim."

"Ben de benzer şeyler yaşıyorum ama, cinsiyet farkından kaynaklanmıyor bu arayışlar, aranışlar... Öyle çok şey paylaşıyoruz ki! Senin içinde bir ben, benim içimde de bir sen barınıyor."

"Birbirimiz için vazgeçilmez olmak değil mi bu? İçinde bulunduğumuz durumun gerçek tanımı vazgeçilmezlik! Bu işin başlangıcı için yeterli değil mi? Bu işin, yani aşkın, yani sevdanın..."

O zamanlar bu sorulara yanıt verebilecek duygusal donanıma sahip değildim. Gerçek olanı çok sonra görebildim. Farkında bile değildik ama, öncesinde karşı cinsi ve duygularını tanımaya fırsat bulamamış acemi iki âşıktık Muzo'yla. Öyle olumsuz şartlarda bir araya gelmiştik ki, beraberliğimizin aynı amaca yönelik, yapay bir yakınlaşma olduğunu düşünmüştük. Atak, gözü kara, delişmen hallerimiz, söz konusu aşk olduğunda, el yordamıyla yolunu bulmaya çabalayan iki kararsız sevdalıya dönüştürüyordu bizi. Doğruydu, bir şeyler kıpırdanıyordu yüreklerimizde ama, tanıyı koymayı beceremiyorduk. Korkuyorduk belki. Yanılmaktan... Yaşadığımız onca yanlışın üzerine yenilerini eklemekten.

Hiç ayrılmamak, hep bir arada olmak istiyorduk ikimiz de. Bu belirgin isteğin nedenini yanlış yorumluyorduk. Beraberliğimizi, bizi acıtan insanlara ceza niyetine sunmuştuk çünkü, bu amaçla atmıştık ilk adımı. Devamını getirmeyi de bu amaca hizmet etsin diye istiyorduk. Başka ne olabilirdi ki?

İkimizden biri deli yüreklilik edip de, "Bundan öte aşk mı olur, seviyoruz işte birbirimizi!" diyemedi. Sevmek ve sevilmek yerine öç almaya, kine, nefrete odakladık körpecik duygularımızı. Yazık oldu! Yüreklerimizden yükselip gözlerimizden taşan, dilimizde düğüm olup kalan o eşsiz duyguyu, *aşk*'ı için için yaşadık da, adını koymayı beceremedik...

*

Muzo'nun kafası durmaksızın yeni çareler üretiyordu. İkimizi aynı derecede ilgilendiren, ama hepsi de bizi bir arada tutmaya yönelik, ne var ki uygulanabilirliği güç, kendisinin de ancak benimle paylaştığında anlamsızlığını kavrayabildiği sınır ötesi fikirler...

"Evlenmeyi boş ver de, beraber yaşayalım," dedi bir keresinde. "Böylesi daha iyi. Yasal olmayan aykırı bir ilişki, hatta evlilik dışı bir çocuk! Bizimkilerin ne hale geleceğini düşünsene..."

"Al işte!" diyerek güldüm. "Yalnızca aileni yıpratmak için bizi bir arada tutmaya çalışıyorsun."

Bana göre Muzo'nun tek isteği, ailesinin onaylamayacağı bir şeyler yapmaktı. Yaptığım yorumlarda özellikle bu noktayı vurguluyordum. Kafasını toplayıp doğru dürüst itiraz edemiyordu bile, mantıklı geliyordu galiba söylediklerim.

Yanılıyordum oysa. Küçük, ama önemli bir ayrıntıyı gözden kaçırıyordum: Muzo'nun ortaya koyduğu tüm önerilerde, *ikimizin ayrılmazlığı* şartı vardı. Bilinçsiz de olsa, *biz*'i ayrılmaz bir bütün olarak başrol koltuğuna oturtuyor, sonra da hayal gücüyle yarattığı ayrıntılarla süsleyerek benim beğenime sunuyordu.

Son söylediği ise, öncekilerin hepsini ezip geçecek güçteydi ve tam bir kökten çözümmüş izlenimi veriyordu. "Evlenip Amerika'ya gidelim!" dedi. "Ağabeyimle konuştum, orada iş ayarlayacak bana. Yatay geçiş yaparsak, senin okul işini de hallcderiz..." Suskunluğumu yanlış yorumlayarak, "Evlenmemiz şart değil," diye ekledi. "Sen ne zaman istersen. Düşünsene! Yepyeni bir çevre, yepyeni başlangıçlar..." "Ve ailelerimiz için yepyeni bir bozgun!" diye kestim sözünü. "Böylelikle çok daha fazla acı vereceğini düşünüyor olabilirsin. Ama sırf bunun için, sonu belirsiz bir maceraya atılmak ne derece doğru?"

Gözlerini kısarak ilk kez görüyormuş gibi uzun uzun baktı yüzüme. "Tanıştığımız ilk günlerdeki Verda değilsin sen!" dedi. "O gözü kara, bir saniye sonra hangi kalıba gireceği belirsiz delidolu kız yok artık. Ama biliyor musun, bu haline rağmen, eskisinden de çok seviyorum seni."

Acı vardı gözlerinde. Beni yitirmek üzere olduğunu hissetmiş gibiydi...

Amerika'ya bensiz, tek başına gitti Muzo. İstersem, sonradan ben de gidebilecektim.

Tek uğurlayıcısı bendim havaalanında. Kelimeler susmuş, sonu ayrılıkla noktalanan hüzünlü bir aşk şarkısında düğümlenmişti dillerimiz. Vakit gelmişti... Güçlü kollarıyla sımsıkı sardı bedenimi. Yanımızdan geçenlerin bakışlarına aldırmadan, bugüne kadarki susuzluğunu bundan sonra yaşayacaklarının üzerine katarak özlemle, tutkuyla, hırsla yapıştı dudaklarıma. İkimiz de soluksuz kalıncaya dek, bir şeyleri kanıtlamak istermiş gibi hoyratça öptü beni.

Buruk bir gülüşle, "Biraz geç oldu ama, giderayak fark ettim âşık olduğumu," dedi. "Kavga gürültü arasında öğrenivermişim meğer aşkı."

"Gelişini bekleyeceğim," dedi ayrılırken. Umutsuzluk vardı bakışlarında. Çünkü ben, onun da çok önceden fark ettiği gibi, ilk günlerimizdeki Verda değildim. Daha eskilere, özüme dönmüştüm. Saçım, başım, giyimim, tavırlarım ve davranışlarımla *çiçek kız* olmaktan çıkmış, yeniden çiçek gibi bir kız olmaya yönelmiştim. Bıraktığım yerden okula dönüş yapmış, kaybettiğim zamanı kovalamaya başlamıştım. Bu halimi de sevmişti Muzo. Hatta belki en çok bu halimi sevmiş, bu halime âşık olmuştu. Onun bendeki yerini, benim için neler ifade ettiğini ise, ancak o gittikten sonra anlayabildim...

Öncesinde böylesine acıtıcı, böylesine can yakıcı bir ayrılık yaşamamıştım. Yüreğimde bir yer, gerçekten kanıyordu sanki. Ne var ki hâlâ aynı kör bakışıyla, aynı anlamsız yorumları yapıyordum. Tabii ya, acı çekmem doğaldı, dava arkadaşımı, destekçimi, sırdaşımı, biricik dostumu kaybetmiş, yapayalnız kalmıştım.

Âşık olmayı yakıştıramıyordum kendime. Ama, bu saatten sonra itiraf etmem gerekiyordu galiba, ayrılıkla sonlanan gerçek bir aşkın arkasından doya doya ağlayabilirdim artık...

*

Muzo'yla öyle karar almıştık, eğer istersem ben arayacaktım onu. Ağabeyinin Boston'daki adresini, telefon numarasını vermişti bana. "Aramazsan, bir daha çıkmam karşına," demişti. "Bilirim ki hesap kapanmış..."

O hesap hiç kapanmadı! Varsın Muzo kapandığını düşünsün, varsın onu aramadım diye defterinden silsin beni... Defalarca telefona gitti elim ama... arayamadım!

İlk günlerde tası tarağı toplayıp Amerika'ya gitmeyi düşünmedim değil. Frenledim kendimi, "Geçecek Verda!" dedim. "Bunu da aşacaksın. Bir yanın yaralı kalsa da, bir yerinden yaşama tutunmayı başaracaksın."

Gidemezdim... O ana kadar yaşadıklarım, sonu belirsiz maceralara atılamayacak kadar güçsüz bırakmıştı beni. Madem ne yaparsa kendine yapıyordu insan, ben de kendim için iyi şeyler yapacaktım bundan sonrasında...

Bir daha hiç birbirimizi görmedik Muzo'yla. Yıllar sonra, ortak bir arkadaşımız anlattı... Amerika'ya gittikten beş yıl sonra evlenmiş Muzo. *(Beni mi bekledi onca zaman!)* Kendisinden yaşça oldukça büyük, Amerikalı dul bir kadınla. Böyle dengesiz bir evliliği, ailesi üzerinde yaratacağı etkiyi düşünerek mi yaptı bilemiyorum. Beni unutup unutmadığını da... Kim bilir, "Delidolu gençlik günlerimin delidolu macerasıydı," diye gülüp geçiyordur belki aklına geldikçe. Belki de...

Olabilir mi?

Onun neler düşündüğünü, neler hissettiğini kestirmesi güç. Ama ben, aradan geçen onca yıla rağmen, ne zaman, nerede kırmızı bir motosiklet görsem, o günlere dönüyorum... Arkasına oturuyorum motosikletin, sımsıkı sarılıyorum Muzo'nun beline. Tek yürek, tek beden, tek soluk olup kanatlanıyoruz. Ne olduğunu bilemeden yaşadığımız, bilmediğimiz için de hakkını veremediğimiz *biricik* aşkımıza doğru...

Benim için *biricik*'ti, biricik olarak da kaldı, benzerini yaşamadım sonrasında. Onun da yaşayabildiğini hiç sanmıyorum...

MİLAT'TAN SONRASI

İçinde yaşarken farkına varmamışım ama, Muzo'yla aramızdaki, birilerine kafa tutmaya yönelik sınırlarda başlayıp bazen yaraları onarmaya yönelen, avutucu, kimi zaman delicesine çalkantılı, uçuk, hatta çarpık beraberlik, duygularım için gerçek bir *milat*'mış meğer. Yaşamımı milattan önce/Muzo'dan önce (M.Ö.), ve milattan sonra/Muzo'dan sonra (M.S.) diye keskin bir bıçakla ikiye ayıran bir kavşak noktası. İki dönem arasında kalmış, ezilip unutulmaya mahkûm —ama asla unutulmayan!— kısacık devre ise yinelenmesi mümkün olmayan Muzo'lu günler...

Benzerini yaşar mıyım diye boşuna umuşlar, nafile bekleyişler... *"Acaba mı?"* diye atılan yeni adımlar, yanılgılar, düş kırıklıkları. Sonuç olarak, kimseleri onun yerine koyamayacağım gerçeğiyle yüzleşerek, çaresiz bir boyun eğişle yoluma devam edişim...

Bülent'le tanıştığımızda hukuk fakültesini bitirmiş, avukatlık stajını tamamlamış, harıl harıl iş arayan çiçeği burnunda bir avukattım. Bülent'se İstanbul'da, ulusal bir gazetenin yazıişleri müdürüydü o günlerde. Fakülteden sınıf arkadaşım Yasemin'in nikâh töreninde karşılaştık ilk. Damadın kuzeniydi.

Nikâh sonrası, aileler ve en yakın dostlar için düzenlenen mütevazı kutlama yemeğinde, "arkadaşlar" grubunu oluşturan masaya gelip yanımdaki boş yere oturdu. Rastlantı gibi dursa da, bana olan davranışlarında-

ki farklılık yalnız benim değil, diğer arkadaşlarımın bile dikkatini çeke-
cek derecede belirgindi.

Benim yönümden hoşsohbet, neşeli, bir söyleyip beş gülen, aydınlık
bir yüzdü Bülent. Yalnız o geceyi aydınlatacak, dışarı çıkar çıkmaz unu-
tulacak, sıradan bir yüz. Onun, kendini unutturmamaya kararlı olduğunu
sonradan öğrenecektim...

Yasemin'le Faruk balayından dönüp en can arkadaşları için evlerin-
de verecekleri ilk yemeğe beni de çağırdıklarında, grubun içine Bülent'i
de katacakları aklıma bile gelmemişti. Ortada olağanüstü bir durum yok-
tu aslında, işi gereği sık sık Ankara'ya geliyordu Bülent Bey. Yaseminlerin
yemeği de onun gelişiyle çakışıvermişti...

İlk seferinde önemsememiş, doğru dürüst incelememiştim bile
Bülent'i. Ama bu kez, ister rastlantı olsun, ister birilerince tasarlanmış bir
karşılaşma, ısrarla yanımda durmaya çabalayan, bu çabasını herkesin gözü
önünde sergilemekten kaçınmayan bu yabancıyı kendi ölçülerimce değer-
lendirme gereği duyuyordum.

Fizik olarak ilk bakışta göze çarpacak derecede gösterişli olmasa da,
uzun boyu, ince yapısı, kendinden emin dik duruşuyla yakışıklı sayılabi-
lirdi. Dudaklarının kenarından eksik olmayan gülümseyiş, yüz hatların-
daki sertliği ve keskinliği dengelemek için oradaydı sanki. Gözlerinin ren-
gi değişkendi. İçlerine ısrarla bakamadığımdan, mavi mi, gri mi, yeşil mi
olduklarını anlayamamıştım. Ruh haline, karşısındaki insana, hatta ko-
nuşma tarzına ve temposuna göre değişir gibiydiler. *(Sonraları, olumlu ve
uyumlu zamanlarda yeşile çalan gözlerin, öfkeyle kısıldığında nasıl acı-
masız ve soğuk bir buz mavisine dönüştüğünü görecektim.)*

İyi bir gazeteciydi Bülent, medya dünyasında önemli bir kariyere sa-
hipti. Muhabirlikle başlayan gazetecilik serüveni, Türkiye'nin önde gelen
gazetelerinden birinin yazıişleri müdürlüğüne taşımıştı onu.

Gazeteciliğin yanında, iyi bir hatipti de. Birilerini dinlerken donukla-
şan yüzü, konuşmaya başladığında bambaşka bir ifadeye bürünüyor, kar-

şısındaki herkesi içinde bulundukları çevreden soyutlanıp kendisini dinlemeye şartlandırıyordu. Meslekten gelen, sonradan kazanılan bir hasletti belki, belki de bu haslete sahip olduğu için gazetecilikte bu kadar sivrilebilmişti. Konuşmasının dozunu da iyi ayarlıyordu. Bu tür dost toplantılarında söz hakkının eşit dağılması gerektiğinin bilinciyle, fazlaca öne çıktığını fark ettiğinde, hitabeti bir yana bırakıp usta bir manevrayla tek kişilik söylevini, herkesin katılımıyla zenginleştirerek doyumsuz sohbetlere çevirebiliyordu.

Evet, çevremde görmeye alışık olduklarımdan çok farklı özelliklere sahipti Bülent. Duruşuyla, davranışıyla, her yaştan insanı kendine esir eden etkileyici konuşmasıyla. İyi de, neden ilk karşılaşmamızda ilgimi çekmemişti bu özellikler? Bugün daha dikkatle incelediğim için mi su yüzüne çıkmışlardı?

İlk anda yanıtını veremediğim bu sorular, ilerleyen dakikalarda kendiliğinden karşılığını buluverdi. Zaten var olan yeteneklerini yılların emeği ve deneyimiyle yoğurarak bu kıvama gelmişti Bülent. Aradığım yanıt buydu: Deneyim ve yıllar... Bu deneyimi elde etmek için kaç yılını vermişti Bülent? Kısacası kaç yaşındaydı?

Kumral, kısacık kesilmiş saçlarının şakaklara düşen kırlaşmış bölümü, diri ve genç duruşuna gölge düşürmese de, gerçek ortadaydı. Kariyerinde başarılı, ancak olgun yaşlara merdiven dayamış bir erkek duruyordu karşımda.

O güne kadar hep kendi yaşıtlarımla arkadaşlık etmiştim. Muzo, Muzo'dan önceki ve sonraki kısa süreli beraberlikler... İlk karşılaşmamızda bu yüzden ilgimi çekmemişti demek. Bilinçaltım, bana göre olmadığına karar vermiş ve ilgi alanımın dışında tutmuştu Bülent'i.

Kestirme yoldan, keskin bir U dönüşü yaparak Bülent'i incelemeye, üzerine yorumlar yapmaya son verdim. Hiç huyum değildi ama, üstüme alınmıştım galiba. Bana da herkese gösterdiği kadar ilgi gösteriyordu, özel

bir durum yoktu ortada. Benim karşıma geçip oturdu diye... Nerden çıka-
rıyordum bu saçmalıkları! Gecenin geri kalanını Bülent'in çekim alanının dışında, kendi arka-
daşlarımla konuşup gülerek geçirmeye çalıştım. Ayrılık vakti geldiğinde,
ummadığım bir sürpriz bekliyordu beni. Vedalaşmak için uzattığım elimi
avucunun içine hapsetti Bülent.

"Seninle güzeldi gece," diye fısıldadı kulağıma. Sonra da beni özgür
bırakıp, "Yarın akşam uçağıyla döneceğim İstanbul'a," dedi. "Beraberce
bir kahve içer miyiz?"

İlişkimiz ciddi bir boyut kazanıncaya kadar pek çok kez kahve içtik,
yemek yedik, sinemaya, tiyatroya, konsere gittik Bülent'le. Önceleri yanı-
mızda hep birileri oluyordu. Yavaş yavaş aralandı kalabalıklar ve baş başa
kaldık sonunda.

Haftanın en az iki gününü Ankara'da geçiriyordu Bülent. İş gereği di-
yordu, geliş gidişlerine kılıf uydurmak için.

"Sıra sende," dedi bir akşam yemeğinde. "İstanbul'a bekliyorum seni.
Bir kez de sen benim konuğum ol."

Gitmekle gitmemek arasında kararsız kaldım. Sıradan bir İstanbul ta-
tili olmayacaktı bu. Adı konmamış beraberliğimize kimlik kazandıracak
özel bir buluşmanın arifesinde olduğumuzun farkındaydım. Karar verme
konusunda titizlenmem bu yüzdendi.

Beklentim neydi, daha doğrusu beklentim var mıydı ikimiz hakkın-
da, bilemiyordum. Bildiğim tek şey, Bülent'le geçirdiğim zamanın farklı
ve özel olduğuydu. Hayat dolu bir insandı Bülent, kültürlüydü, fikir ada-
mıydı, sohbeti doyumsuzdu. Her konuda nasıl bu kadar bilgi sahibi olabil-
diğine şaşıyordum. Hukuk, felsefe, edebiyat... Saatler boyu konuşsak bık-
mıyordum. O da hoşnuttu benimle beraber olmaktan, her fırsatta dile ge-
tiriyordu.

"Farklısın sen," diyordu. "Kafanın içi dolu. Sığ insanlarla laklak edecek zamanım yok benim."

Uzun soluklu beraberlikler için yeterli miydi bunlar? Üstelik, aramızdaki beyinsel ve ruhsal uyuma karşın, çok önemli pürüzler duruyordu karşımızda.

Benden tam on dört yaş büyüktü Bülent. Bugün için önemli görünmese de, uzun vadede sorun yaratabilir miydi bu durum? Yaş farkıyla kalsa iyi... Başından bir de evlilik geçmişti Bülent'in. On yıl önce gazeteci bir kadınla evlenmiş, iki yıl sonra da boşanmıştı. Yani duldu! Erkek için fazla önemli değildi gerçi... Toplum içinde dile dolanan, *dul erkek* değil, *dul kadın* kavramıydı nasılsa ama, kendisinden yaşça çok küçük bir eş adayı seçen erkeğin, hele böyle ünlü biriyse, dulluğu da gündeme getirilip dedikodu kazanları acımasızca kaynatılmaz mıydı?

Neler düşünüyordum gene! Kaynayacak kazanlar mıydı sorun olan, yoksa yakın çevremin vereceği tepkiler mi? Ben ki bir zamanlar, Muzo'yla evlenme fikrini ortaya atarak beni acıtanları acıtma amacı gütmüşken, şimdi neden birilerini düşünür olmuştum...

Tahmin ettiğim gibi, farklı bir amaca yönelikti Bülent'in daveti. İstanbul'a ağırlanmak için değil, ikimizi ilgilendiren ortak bir geleceğin temellerini atmak için çağrılmıştım. Neden evlenme teklifini Ankara'da değil de İstanbul'da yapmayı tercih etmişti Bülent? Mükemmeliyetçi yapısı böyle olmasını gerektiriyordu çünkü. Tanıdığım kadarıyla, her şeyi inceden inceye düşünmeden adımını atması mümkün değildi.

Yaptığı plana göre, evlendikten sonra İstanbul'da oturacaktık. Bülent'in Arnavutköy'deki Boğaz manzaralı apartman dairesinde. Evet dersem, hemen restorasyon çalışmalarına başlanacak, bundan sonrasında ikimize ait olacak bu ev, tepeden tırnağa elden geçirilip yenilendikten sonra kapılarını bize açacaktı. Ha... bu evi beğenmiyorsam, farklı seçenekler üzerinde konuşabilirdik.

İş konusunda da endişelenmeme gerek yoktu. Ankara'daki konumumu aratmayacak bir iş bulmak çocuk oyuncağıydı Bülent için. Kaldı ki, istersem çalışmayabilirdim de.

"Uzun zamandır erteliyordum teklifimi," dedi. "İstanbul'a gelip sana sunacağım şartları görmeden, anlatacaklarım eksik kalırdı." Evlenme teklifi miydi, bütün şartları karşı tarafça hazırlanıp imza atmam için önüme konulmuş bir iş anlaşması mı belli değil. Öyle ya da böyle, olumlu ya da olumsuz bir yanıt vermem gerekiyordu. Neyse ki lütfetti Bülent Bey, düşünmem için biraz zaman tanıdı bana...

Zordu karar vermek! Görünürde günlük düzenimi sürdürürken, içdünyamda kendimi, Bülent'i, o güne dek yaşadıklarımızı, sonrasında nelerle karşılaşabileceğimi düşünmekten yorgun düşmüştüm. Dönüp dolanıp aynı noktaya geliyordum. Bülent'in evlenme teklifinin her bir ayrıntısı gereken karşılığı bulmuş olsa da, unutulmuş, eksik kalmış bir yanı vardı sanki... Prensiplerinden ödün vermeyen işadamları için hazırlanmış, esneklikten uzak, katı maddeler içeren sözleşmeler gibiydi. Eksik olan, duygusallıktı!

Hatalı düşünüyordum belki. Beklenti sınırlarını zorlamamı gerektirecek ne yaşanmıştı Bülent'le aramızda? Çok iyi vakit geçiriyorduk beraberken. Kafa yapılarımızdaki olağanüstü uyum, paylaşımlarımızdan aldığımız ortak zevk, sık sık bir araya gelmeye zorluyordu bizi.

Hayır, bunun adı asla *aşk* değildi! Ama *sevgi* olabileceği konusunda daha esnek düşünebiliyordum. Bir arada olmayı özlemek, beraber olmak için çaba sarf etmek, bunları yaşarken yüreklerde duyulan heyecan... Bunlar da sevginin farklı türleri değil miydi?

Hem kendime, hem de Bülent'e tarafsız gözle baktığımda, ikimizin de âşık olma şansının neredeyse sıfıra indirgenmiş olduğunu görebiliyordum. Tutkulu bir aşkın erkek kahramanı olacak delikanlılık çağını çoktan gerilerde bırakmıştı Bülent. Gerçi her yaşta âşık olabilirdi insan, ama o, ayrılıkla noktalanan evliliğinin ardından, duygusal dünyasının kapılarını sıkı sıkıya kapatmıştı sanırım.

"Sen olmasan evlenmeyi hiç düşünmezdim," diyordu. Bir tek bana, özel olarak aralanmıştı o kapılar... Benim için de benzer bir durum söz konusuydu. Yaş olarak Bülent'e göre daha şanslı sayılırdım ama, en az onun kadar kapalıydım aşka. Aşk denince, sıcacık bir meltem yalıyordu saçlarımı, kırmızı bir motosikletin arkasında gökyüzünün sonsuzluğuna kanatlandırıyordu beni... Geride kalmıştı hepsi, yeniden yaşanması mümkün olmayan duygulardı. Âşık olma yeteneğimi çoktan yitirmiştim ben. Yorgun ve yaralı yüreğim, yeni bir fırtınayı yaşayacak güçten yoksundu.

Neyse ki, evlenmek için ille de âşık olmak gerekmiyordu. Hatta âşık olmadan evlenmekle, çok daha sağlıklı ve mutlu beraberlikler kurulabiliyordu. Yakıcı bir tutkuyla çıkılan yolda tutkunun ateşi söndüğünde her şey sıfıra inebiliyordu, sevgi ve saygının öne çıktığı evliliklerse daha uzun ömürlü olabiliyordu.

Aşkı avuçlarının içinde tutmayı başaramayanların züğürt tesellisi olarak yorumlanabilecek bu öngörülerin ardına sığınmak işimi kolaylaştırıyordu. Hem, duygusal yönü geri planda kalmış diye, hepten *görücü usulü* bir evlilik de olmayacaktı bizimki. Kimse aracı olmamıştı beraberliğimize, alacağımız kararlar bize aitti.

Yalnız kafa yapılarımızla değil, fiziksel yönden de birbirimize hitap edebiliyorduk ki, evlilik sözcüğünü telaffuz eder hale gelmiştik. Cinsellik olmadan evlilik olur muydu hiç! Şimdilerin moda deyişiyle elbette elektriksel çekim vardı aramızda, birbirimizi itmiyorduk en azından.

Bülent'in teklifine hayır dersem, sonradan pişmanlık duyacağımı hissedebiliyordum. Evet dediğimde neler olacağını ise zaman gösterecekti...

*

Kararımı sevinçle karşıladı Bülent. Planladığı takvimi işlerliğe geçirebilirdi artık. Ama öncesinde ailelerimizi haberdar etmemiz gerekiyordu.

Ailesi yönünden hiçbir sorun yaşamıyordu Bülent. Benden önce onlara açmıştı kararını. Başarısız bir evliliğin ardından, oğullarının bir daha hiç evlenemeyeceğini düşünürlerken, ufukta beliren yeni umuda sıkı sıkıya sarılmış, Bülent'i destekliyor, biricik erkek evlatlarının (Bir de yaşını başını almış bir ablası vardı Bülent'in.) yeniden ev bark sahibi olması için sabırsızlanıyorlardı. Benim ailem, dikensiz gül bahçesi değildi ne yazık ki. Kararımı nasıl açıklayacağımı bile ölçerek, tartarak yıla koyulacaktım...

Önce annemle ve anneannemle tanıştırdım Bülent'i. Epeydir adı geçiyordu zaten, ismen tanıyorlardı evleneceğim insanı. Ama ben açıklayıncaya kadar suskun kalmayı yeğlemişlerdi nedense. Benim anlattığımla yetinmiş, böyle davranırlarsa ulaşılacak sonucu geciktirebilirlermiş gibi, tek bir soru sormamışlardı Bülent hakkında.

Ankara'ya geldiği bir hafta sonu, akşamüstü çayına davet ettik Bülent'i. Uzun soluklu bir yemektense, özellikle çay saatinin seçilme nedenini tahmin etmek zor değildi. İyi tanırdım annemi, ilk karşılaşma için bu kadarını yeterli görmüştü besbelli.

Bülent, iki yanından güçlükle kucakladığı devasa boyutlardaki çiçek sepeti ve kolunun altına sıkıştırdığı kadife kaplı çikolata kutusuyla içeri girdiğinde, ele geçirmek üzere olduğu kalenin gerçek sahibi kendisiymişçesine rahattı. Çiçek ve çikolatayı zarif bir sunumla anneme teslim ettikten sonra, benim aracılığıma gerek duymadığını özellikle vurgulamak ister gibi, önce anneannemin, sonra da annemin ellerini sıkarak kendini tanıttı.

Etkileyiciliği üstündeydi gene. Lacivert blazer ceketi, içindeki yakasız beyaz gömleğiyle yaşından çok daha genç görünüyordu. Girişkenliği, yumuşacık ses tonu ve karşısındakini kendine esir eden büyüleyici konuşmasıyla on dakikada avucunun içine aldı bizimkileri.

Neler anlatmıyordu ki! Kendi yaşamından ilginç kesitler, o ve ben, tanışmamız, benden nasıl etkilendiği, evlilik kararımız, bundan sonrası için önerilerimiz... Genellikle üçü arasında geçiyordu sohbet. Evin küçük kızıydım sanki ben. Ya da çay kahve servisi için orada bulunan bir yabancı.

Annemle anneannem konuşmanın albenisine kendilerini kaptırmış, soru sormaktan çok dinlemeye razı görünüyorlardı. Bülent ise arada bir bana dönüp sevgiyle gülümsüyor, sözlerine beni de ortak ederek varlığımı unutmadığını, o an yaşananların aslında kurgulanmış bir mizansen olduğunu anlatmaya çalışıyordu. Hakkını teslim etmeliyim ki, sahneye koyduğu oyunu oynarken, her zaman olduğu gibi son derece başarılıydı.

Annemle anneannemin yüz ifadelerinden, Bülent hakkındaki izlenimlerinin olumlu olduğunu görebiliyordum. Ancak, İstanbul'a yerleşme konusu gündeme geldiğinde, annemin oturduğu yerde hafifçe irkildiği gözümden kaçmadı.

Belli ki, ziyaretini belli sınırlar içinde tutma kararındaydı Bülent (Kalacağı süreyi önceden planladığına eminim!), saatine bakıp izin istedi. Anneannemin, her konuğu uğurlarken yinelediği, ama bu kez sanki Bülent'in işini kolaylaştırmak için dudaklarından dökülüveren sözleri de kendi üslubuyla pek güzel yanıtladı.

"Ayağına sağlık oğlum. Gene bekleriz..."

"Sağ olun! Bir sonraki gelişimde, ailemle beraber kapınızı çalacağız efendim."

Anneannem, Bülent'e bayılmıştı.

"Kanı şirin oğlanın," dedi hemen arkasından. "Pek de dilbaz maşallah, ağzından bal damlıyor."

"Ne oğlanı anne!" diye kesiverdi annem. "Koskoca adam. Verda'dan ne kadar büyük olduğunu görmüyor musun?"

"Aman Semra, senin kocan küçüktü de yâr oldu mu sana?"

"Bizimki başka! Yaşı bir yana, önemli olan bu yaşa gelinceye kadar neler yaşadığı... Mesleği belli, çevresi dolu adamın. Ağzından bal damlıyor dedin ya, yalnız karısını değil, başkalarının da iştahını kabartır o bal. Onu bunu bilmem, tehlikeli bir koca adayı bence." Annemin klasik *kıskançlık* sendromu! Kendininki yetmedi, bana da yetişiyor. Dayanamadım artık... "Ben de yüzüne bakılmayacak, köşesinde oturan hımbıl bir tip değilim ya..." "Tövbe tövbe, o nasıl söz?" diye araya girdi anneannem. "Benim torunum inci tanesi,,," "Umarım o inci tanesi değerini bilene düşer," dedi annem. "Kızımın mutlu olmasını istemez miyim ben? Aramızda konuşmadan doğruyu bulamayız. Düşünsenize... Üstelik adam dul! Fidan gibi kızımı elin dul adamına mı vereceğim? Yetmezmiş gibi, alıp İstanbullara götürecek yavrumu."

İşte düğüm noktası! Annemi olumsuz yönde etkileyen gerçek neden, evlendikten sonra İstanbul'a yerleşecek olmamdı. Haklıydı bir bakıma. Babamdan ayrıldıktan sonra iyice üstüme düşmüştü. Beni ne denli boğduğunun, bunalttığının farkında değildi. Dili söylemese de bilinçaltı, tüm varlığıyla tutku derecesinde bağlandığı biricik kızının yeni bir yaşama başlamasını kabullenemiyordu. Yokluğuma alışması zor olacaktı. Ama ben, hep beraber bu zorluğu da yeneceğimize inanıyordum.

"Yarın da Adnan amcayla tanıştıracağım Bülent'i," dedim.

"Ne gerek var?" dedi annem öfkesini gizlemeye gerek görmeden. "Bizim tanışmamız yetmiyor mu?"

"Yetmiyor anneciğim," dedim en sakin halimle. "*Ele karışmak* diye bir kavram vardır, siz daha iyi bilirsiniz... Biz de, tam o aşamadayız işte. Bülent biliyor olanı biteni. Ama ailesi... bu kızın baba tarafından hiç mi akrabası yok demezler mi?"

"Verda haklı!" diye atıldı anneannem. "Hatta Vedat'la bile tanışmalı Bülent. Böyle zamanlarda küslükler unutulur."

"Yok artık!" diye feryat etti annem. "Tamam, amcan neyse, ama seni terk edip giden o adamın adını bile geçirmeyeceksin. Aksi halde beni yok bil!"

Yanıt verme gereği duymadım. Bülent'i bir de babamın huzuruna, görücüye çıkarmaya hiç niyetim yoktu nasılsa. Ertesi sabah amcamın telefonuyla, yaptığım tüm planlar altüst olmasaydı, birbirlerinin yüzünü hiç görmeyeceklerdi belki...

"Saat kaçta buluşacaktık Verda?" diye yumuşak bir başlangıç yaptı amcam. Unutmuş ya da aklında kalandan emin değilmiş de onaylatmak istiyormuş gibi. Ardından, dilinin altında duranı ortaya döküverdi.

"Baban da gelmek istiyor kızım. Doğrusu da bu zaten. Damadı olacak insanı tanımak onun da hakkı değil mi?"

Söylenecek çok söz vardı ama sustum. Böylesi benim de işime geliyordu. Bülent'le babamı, konuşma becerisi konusunda tanıdığım en usta iki dilbazı bir araya getirip, onların zekâ ile örülü dil oyunlarını seyre dalmak keyifli olacaktı...

SUSAMLI AYÇÖREKLERİ

Ankara'nın yeni yeni bahara uyandığı serin bir nisan ikindisiydi. Okşar gibi çiseleyip geçen yağmur, havada asılı duran tozu toprağı alıp götürmüş, soluklara ferahlık katmıştı. Yıllar boyu özellikle gençlerin piyasa yaptığı Kızılay'ın tahtına sahip çıkan Tunalı Hilmi Caddesi'nin üzerindeki, önceden buluşma yeri olarak saptadığım pastaneye doğru hızlı hızlı yürüyordum. Özellikle seçmiştim burasını, sakin, konuşanların birbirini duyabileceği elit bir mekândı.

Buluşmanın mimarı bendim. Bülent'le konuşmuş, buraya herkesten önce ve tek başıma gelmemin doğru olacağına karar vermiştik. Muzo'yla beraber olduğumuz çiçek kız dönemimdeki, gürültülü patırtılı karşılaşmamızdan sonra hiç görüşmemiştik babamla. Asırlar geçmişti sanki üzerinden... Bunca zamanın ardından, ne yönde gelişeceğini bilemediğim ilk karşılama anında Bülent yanımızda olmamalıydı. Kendi iç sorunlarımızı yatıştırdıktan sonra –ne derece başarılı olabilirsek artık– üçüncü şahıslara açmalıydık kapılarımızı. Üçüncü şahıs dediğim Bülent'i, o aşamada kendime babamdan yakın hissetsem de, konum olarak evlenmek niyetinde olduğum insandı ve aile fertlerimizin yanındaki yeri, *el* olmaktan öteye geçmiyordu henüz.

Geniş salonun kuytuda kalan köşesindeki yuvarlak masa, bizim için en uygun olanıydı. Pastanenin giriş kapısını gören, sırtı duvara dönük koltuğa geçip oturdum. Çok geçmeden Adnan amcayla babam kapıda göründüler. Tam sözleştiğimiz saatti, ne bir dakika erken, ne de geç.

"Merhaba kızım," diye kollarını iki yana açarak yanıma geldi ve beni kucakladı amcam, yanaklarımdan öptü. Çocukluk günlerimde yaptığı gibi, hafifçe burnumu sıktı. "Ne kadar özlemişim kız seni..." dedi. Benzer sıcaklıkta bir davranışı babamdan beklemiyordum tabii. İçim yanıyordu oysa. Göğsümün tam ortasında el ayası büyüklüğünde bir yer gerçekten tutuşmuş gibi, bedenimin her zerresine dayanılmaz, acılı, kavurgan bir ısı yayıyordu. Amcam gibi onu da kucaklasam, kollarının gücünü bedenimde duysam, özlediğim, çok özlediğim kokusunu içime çeksem doyasıya... Geçiverecekti o acı.

Ya o? Benimkine özdeş duygularla umarsızca sarsılıyor muydu o da? Bir zamanlar, "Gülüm..." diye saçlarını okşadığı biricik Verda'sını sarıp sarmalamakla kendini frenlemek arasında bocalıyor gibiydi. Belki benden çekindiği için, belki de böylesini uygun gördüğünden, "Merhaba!" diyerek elini uzattı yalnızca. Duygusal yanı olmayan, ciddi yüzlü bir iş görüşmesinin iki tarafıymışız gibi, ayaküstü tokalaşıverdik. İkimizin de gözleri yerde, aynı cürmü paylaşan suç ortaklarının iç hesaplaşmasıyla...

Neden sonra bakışlarını yüzüme çevirip, "Nasılsın Verda?" diyebildi. Yumuşacıktı sesi, gözlerimin içine içine bakıyordu üstelik... Garip, beklenmedik sıcaklıkta bir iletişim kurulmuştu sanki aramızda.

"İyiyim," dedim fısıldar gibi.

Amcam araya girip, "Nerede şu senin delikanlı?" diye sormasa, aramızdaki umulmadık baba kız sıcaklığı daha da sürecekti.

"Gelir şimdi," diyerek saatime baktım. On dakika vardı Bülent'in gelmesine.

"Bir şeyler yiyip içmek için damat beyin gelmesini mi bekleyeceğiz yani?"

Damat sözünü duyar duymaz, babamın içgüdüsel bir dürtüyle irkildiğini hissettim. Ama hemen toparlandı.

"Bekleyelim biraz," diyerek kibarca uyardı amcamı. Hiç değişmemişti, olması gerektiği gibi davranıyor, çevresindekileri de öyle davranmaya zorluyordu.

Konuyu değiştirmek ister gibi, "İçeri girerken susamlı ayçörekleri gördüm vitrinde," dedi. "Sen de gördün mü?"

"Evet," dedim kayıtsız görünmeye, etkilendiğimi belli etmemeye çalışarak. "Ama benim yediklerime hiç benzemiyorlar."

"Hâlâ seviyor musun ayçöreğini?"

"Hayır. Nil Pastanesi kapandığından beri hiç yemedim. Oradakilerin benzerini bulamıyorum."

"Amma yaptın ha!" diye atıldı amcam. "Altı üstü ayçöreği, her pastanede var."

"Hep susamlı yapıyorlar ama," dedim çocuksu bir isyanla. "Susamlı ayçöreğini sevmem ben."

"Ben ayıklardım susamlarını," diye sözü ağzımdan aldı babam. "Bir çay, bir limonata, iki de ayçöreği..."

Unutmamış! Bugün gibi hatırlıyor. Çocukluk, hatta ilk gençlik yıllarımdaki Nil Pastanesi buluşmalarımızı en az benim kadar özlemle anıyor o da...

Amcam, ayçöreği muhabbeti sayesinde üzerimize sinen duygusallıktan hoşnut, aramızda gidip gelen bilmecemsi laf kalabalığını çözmeye çalışıyordu. Babamsa, aramızdaki iki kişilik nostalji oyununu sürdürmeye kararlı görünüyordu.

"Ismarla istersen," dedi. "Bir çay, bir limonata, iki de ayçöreği deriz garsona. Susamlarını ben ayıklarım gene..."

Sesi titriyordu konuşurken. Bende de tek söz edecek güç kalmamıştı. Birimizin gözünden tek bir yaş inse, geride durmuş sırasını bekleyen binlercesine yol açacaktı.

"Merhaba!"

İyiden iyiye kendimizi kaptırdığımız kısa süreli büyüyü bozan *merhaba*'nın sahibi Bülent'ti. Ne içeriye girişini, ne de giriş kapısıyla aramızdaki uzunca mesafeyi yürüyüp yanımıza gelişini fark edebilmiştim. Hâlâ susamlı ayçöreklerinde olan aklımı yeterince toplayamamış olmalıyım ki, "Rahatsız etmiyorum ya?" dedi Bülent, sesindeki gizleyemediği sitemle.

Hemen fırladım yerimden. Biraz önceki kayıtsız davranışımın izlerini silmek istercesine abartılı bir sevecenlikle babamla ve amcamla tanıştırdım Bülent'i. Sacayağı gibi karşımda sıralanmış, benim için farklı önemler taşıyan bu üç erkeği bir araya getirmiştim ama, onları kaynaştırabileceğimden umutlu değildim açıkçası.

İşte babam! Çok değil, üç beş dakika öncesinin içimde ışıklar yakan sıcacık tavırlarından sıyrılmış, o çok iyi bildiğim katı, sert, uzlaşmaz yüzünü çıkarmıştı gene ortaya. Böylelikle kendini daha güçlü hissediyordu belki. Hele Bülent gibi, tehlikeli gördüğü yabancı birilerinin karşısındayken. Oysa onu tanısa böyle düşünmez, böyle davranmazdı. Uyumlu, kavgayı, didişmeyi sevmeyen, uzlaşıcı bir insandı Bülent.

Ama o da ne! Tokalaşmak için elini uzatan Bülent de, en az babam kadar kaskatı duruyordu onun karşısında. Gülerken görmeye alışık olduğum gözleri, ince birer çizgi halinde kısılmış, yeşil-ela harelerini yitirerek buz mavisi, donuk birer cam parçasına dönüşmüşlerdi. İlk kez böyle görüyordum onu. Nezaketen yüzüne oturttuğu iğreti gülümseyiş, belli ki o anı kurtarmaya yönelikti.

Birbirlerinden hiç hoşlanmadıkları açıktı. İlk izlenim önemliydi tanışmalarda. Ama peşin hüküm varsa eğer –ki bizimkilerde fazlasıyla mevcuttu– ilerleyen dakikalarda karşılıklı anlayış, biraz da şartları kabullenişle gerilimi daha az bir paylaşım içine girebilirlerdi. Öyle olmasını umuyordum...

İçimizde en rahat olan amcamdı. Ortamı yumuşatma görevini seve seve üstlenmiş, konudan konuya atlayarak suskunlukları, neşeli sayılabilecek sohbetlere dönüştürmeyi başarıyordu. Bülent'e yönelen bakışları sıcak ve sevecendi. Bülent de onunla konuşurken, sorularına yanıt verirken daha doğal, daha içtendi.

Babamla Bülent'in davranışları arasındaki benzerlikse hayret vericiydi. İkisi de baskı altında orada tutuluyorlardı sanki. Aynı soğuk bakışlar, aynı tutuk davranışlar... Önceden tanımasam, topluluk içinde konuşmaktan hoşlanmayan, sohbete katılmak yerine dinlemeyi yeğleyen edilgen tipler olduklarını düşünebilirdim.

İki konuşkan, iki dilbaz insanı bir araya getirip karşıdan izlemeyi düşlerken, ipleri elime almak zorunda kalmıştım. Neyse ki amcam vardı. Konuşkan bildiklerimiz, seçimlerini suspus olmaktan yana kullanınca, ikimize kalmıştı meydan.

Amcamın gayretleriyle Bülent'in dili çözülür gibi oldu. Babam da, ilgisizliğin ayıp kaçacağını düşünmüş olmalı ki, güncel olaylarla ilgili birkaç beylik soru yöneltti Bülent'e. Laf lafı açınca hareketlenir gibi oldu ortam. Yüzeysel düzeyde kalsa da, son politik gelişmeleri irdelediler bir süre...

Birbirlerini gördüler, tanıdılar, tanışma seremonisinin sonuna gelindi artık diye düşünürken, Bülent'e doğru dönerek, ciddi bir ifadeyle konuşmaya başladı babam.

"Evet Bülent Bey... Bugün burada buluşmamızın nedeni, kızımla evlenme talebiniz. Belli bir yaşa ve konuma gelmiş insanlarsınız, kimsenin görüşünü almaya ihtiyacınız yok. Verda'nın babası olarak bu evliliğe onay verip vermememin ne derece önem taşıyacağı da tartışılır. Ancak, şunu bilmenizi isterim ki, dışarıdan bakıldığında parçalanmış bir aile görüntüsü versek de, bizler, parçalarını ayakta ve gönül bağlarıyla bir arada tutmayı başarmış bir bütünüz. Eski eşim Semra Hanım, öğrendiğime göre onunla da tanışmışsınız, saygıdeğer bir hanımefendidir. O ve ben kızımız için yaşadık bugüne kadar. İkimiz için de çok değerlidir Verda. Hal böyle olunca, beklentilerimizin dikkate alınmasını istemek de hakkımızdır sanırım."

Hepimiz için sürpriz bir konuşmaydı. Ağzım açık, öylece dinledim. Beni yücelttiği, onun için önemimi vurguladığı anlarda içim titredi. Bana yudumlattığı, gecikmiş ve buruk bir sevinçti, keşke o sözleri söylerken bakışlarını oraya buraya saçacağına, yüzüme, gözlerimin içine baksaydı diye hayıflanmaktan kendimi alamadım.

Bülent de beklemiyordu böyle bir çıkışı, ama şaşkınlığını aşıp yanıt vermekte gecikmedi.

"Sizi çok iyi anlıyorum. Her evlat ailesi için *en değerli*'dir. Bin bir emek ve özveriyle yetiştirdiğiniz kızınızın nikâh bağıyla bir arada olacağı bir yabancı tarafından üzülüp hırpalanmasını istememeniz son derece doğal. Ancak, ben de sizin bilmenizi isterim ki, Verda'yı mutlu etmek için elimden geleni yapmaya çabalayacağım. Onu mutlu etmeden, benim de mutlu olma şansım olamayacağına göre..."

"Bunlar, idealize edilmiş, ancak gerçek yaşama uygulanabilirliği tartışılacak soyut kavramlar," diye kesiverdi babam. "Mutlu etmekten önce, mutsuz etmemeyi hedeflemeli insan."

Sözünün kesilip lafının ağzına tıkanmasına bozulmuştu Bülent, ama renk vermedi. "Mutluluk ve mutsuzluk görecelidir," diyerek, özelden genele taşıdı tartışmayı. "Bazı insanların yüzünü güldürmek zordur, mutsuz olmaya şartlandırmışlardır kendilerini."

Hafiften bir meydan okuyuş vardı Bülent'in sesinde. Küçücük bir başkaldırı, yok yere haksızlığa uğramışların hak arayışı... Babamın, bu kadarcık bir savunma girişimine bile tahammül edemeyecek yapıda olduğunu nereden bilecekti?

Babam, buyurgan bir edayla konuşmaya başladığında, avukat cüppesini giymiş, Vedat Karacan kimliğiyle, karşı tarafa haddini bildiriyordu sanki.

"Mutsuzluk hissedildiğinde, evliliğin dibi çoktan görünmüş demektir. Fazla uzatmadan, ilişkiyi orasından burasından çekiştirip sündürmeden noktayı koyuvereceksin! Unutmayın ki boşanmak da evlilik gibi sosyal bir kurumdur."

Hukukçu diliyle konuşuyordu, haklıydı belki söylediklerinde ama unuttuğu bir şey vardı. Bülent'le ben, boşanmak üzere olan değil, evlilik yolunda ilk adımlarını atmaya çabalayan bir çifttik. Boşanmayı bu denli diline dolaması, gönlünden geçirdiklerinin dışa yansıması olabilir miydi?

İşte bunu anlayamıyordum... Öz kızının mutsuz olmasını nasıl ve neden isterdi insan?

Oturduğumuzdan beri gülerek, konuşarak, duygulanıp hüzünlenerek, öfkelenip birbirimize yüklenerek dört mevsimi yaşadığımız masamızda dondurucu rüzgârlar esmeye başlamıştı. Amcamın buz kesmiş havayı ısıtma çabaları da kâr etmiyordu artık.

Birazdan kalktı Bülent. Aradaki gerginlik hiç yaşanmamış gibi, babamın ve amcamın elini sıkarak vedalaştı. Öyle konuşmuştuk, önceden ayrılarak bizlere günün yorumunu yapma fırsatı tanıyacaktı. Hangimizde yorum yapacak güç kaldıysa...

Kapıya kadar geçirdim Bülent'i.

"Çetin cevizmiş baban," dedi dişlerinin arasından.

"Bakma sen ona," dedim. "Böyledir işte... Son söyleyeceğini ilk söyler. Ne zaman, nasıl davranacağını önceden kestiremezsin."

"Bu sefer sert kayaya çarptı ama!"

Gülünecek bir şey söylemiş de önce kendisinin gülmesi gerekiyormuş gibi gülümsemeye çalıştı. Beceremedi. Öfkeden kısılmış, bir türlü doğal rengine kavuşamamış gözlerinde buz mavisi çelik ışıltılar oynaşıyordu hâlâ...

Masaya döndüğümde, babamın bir anlık öfkeye kapılarak söylediğini varsaydığım incitici sözlerin yarattığı tahribatı onarmak için alttan alacağını umuyordum. Yanılmışım. En acımasız silahlarını geriye saklamış meğer.

"Evlilik kimi zaman en kısa kaçış yoludur," diye başladı sakin bir ifadeyle. "Sen de böyle kestirme bir kaçış yolu mu aradın kendine?"

"Hayır. Nereden çıktı şimdi bu?"

"Gönlüne göre bir yaşam biçimi sürdürdüğünü hiç zannetmiyorum. Annenle, anneannenle, iki dertli kadınla aynı evi paylaşacağına..."

"Yanılmışsınız, kaçmak bana göre değil."

"Öyleyse, neden bu adam? Yıllar önce karşıma çıkardığın o zibididen sonra (Muzo'yu kastediyor!), bula bula bunu mu buldun evlenecek?"

"Sizin ölçülerinize ters düşecek bir yanı olduğunu sanmıyorum."

Yüzünü yüzüme yaklaştırarak, nerede olduğumuzu unutmuş gibi, "Neredeyse benim yaşımda adam yahu!" diye öfkeyle bağırdı. "Senden on dört yaş büyükmüş, öyle mi? Bu hesaba göre benden yalnız dokuz yaş küçük. Adnan amcandan da altı yaş..."

Adının geçtiği cümleye yanıt verme gereği duyan amcam, "Bu işlerin matematiği olmaz be abicim," demeye kalktı... Hemen ağzına tıkadı sözlerini babam.

"Evlilik bu oğlum! Fiziksel uyuma da bakacaksın, matematiksele de." Tekrar bana döndü. "Söyle bakalım Verda Hanım, neden kendi yaşına değil de babanın yaşına yakın bir adam seçtin evlenmek için?"

Daha fazla dayanamayarak, dilimdeki kelepçeyi çözdüm ben de.

"Merak etmeyin, içinde bulunduğum psikolojik durumu sizden önce ben inceledim. Bilimsel olarak kanıtlanmış ki, genellikle, babalarıyla aralarında sorun olan kadınlar, evlenmek ya da beraber olmak için kendilerinden yaşça çok büyük erkekleri seçiyorlarmış. Ben de dar zamanlarımda elimi tutup bana güç verecek, başımı omzuna yaslayıp ağlayabileceğim, beraber gülüp beraber hüzünlenerek farklı bir şeyleri paylaşabileceğim, davranışlarıyla baba şefkatini çağrıştıracak birilerine ihtiyaç duyduğum için Bülent'i seçmiş olabilir miyim?"

"Bu adamın sana bunları verebileceğinden emin misin?" diye alaycı bir tavırla güldü. "Gazeteci milletini iyi tanırım ben, her tarakta bezleri olur bunların. Evlenip ayrılmış zaten. Dul diye anılacağına, evli denmesi için seni paravan yapacak."

"Çapkınlık hikâyelerinde meslek genellemesi yapmak yanlış değil mi? Avukatların da karşılarına çıkan her tarağa bez attıklarının yakın tanığıyım."

Bıçak misali inen, uzun bir suskunluk... Onun gibi, son söyleyeceğimi ilk söyleme gibi bir huyum yok, ama damarıma basılınca, hiç söylememem gerekenleri de pıtır pıtır döküveriyorum ortaya.

Sanırım işine gelmediğinden, son sözlerime yanıt vermedi babam, duymazdan geldi. "Yeterince konuştuk," dedi. "Hatta gereğinden fazla! Benim onaylamam ya da onaylamamam umurunda değil, farkındayım. Bu durum, yapmam gerekenleri yapmayacağım, yükümlülüklerimi yerine getirmeyeceğim anlamına gelmez. Çeyiz paranı hesabına yatıracağım. Ha... bunca yıllık hukukçu olarak, bu evliliğin süreceğinden umutlu değilim. Hiç dilemem ama, ayrılık noktasına gelirsen eğer, arkanda duracağımı bilmiş ol. Yolun açık olsun..."

Neden evlenirken değil de ayrılırken? Asıl o an yanımda olman gerekmiyor muydu babacığım?

Dışarı çıkarken yanıma sokuldu amcam. "Babanı hoş gör," dedi. "Yalnız size has bir durum değil bu. Gördüğüm kadarıyla, hiçbir baba damadını kolayca kabullenemiyor. Kızını bir başka erkekle paylaşmak ağırına gidiyor sanırım. Göreceksin, zaman içinde her şey yoluna girecek..."

Keşke amcam kadar iyimser olabilseydim. Ama o genç yaşımda edinebildiğim deneyimler, zamanın hiçbir derdime deva olamayacağını fısıldıyordu kulağıma...

*

Camın önünde oturmuş, sabırsızlıkla eve dönüşümü bekliyordu annem. Babamın da buluşmaya geleceğini bilmiyor, Bülent'i yalnız amcamla tanıştıracağımı zannediyordu.

"Neler oldu, anlat çabuk," diye karşıladı beni. "Adnan'la Bülent kaynaşabildiler mi?"

Sorduklarını yanıtlamak yerine, en can alıcı noktadan başladım anlatmaya.

"Babam da gelmişti!"

"Ne?" diye keskin bir çığlık attı. "Baban ha!"

"Gelmişti ama, sandığın gibi olmadı. İlk görüşte nefret ettiler birbirlerinden."

Öfkeden cinnet geçirme raddesine gelmişken, son cümlemle yatışıverdi annem. Kolumdan tutup kanepeye sürükledi beni.

"Gel otur şöyle. Baştan sona ne olduysa, sırasıyla anlat bana."

Anlattım. Yüz mimiklerindeki çılgın değişimlerle, hop oturup hop kalkarak, yer yer gürültülü tepkiler vererek dinledi beni. Duyduklarının verdiği keyifle çay demlemek üzere mutfağa doğru yürürken, kendi kendine tatlı tatlı gülümsüyordu.

Bülent'i bir gün öncesinden çok daha farklı bir konuma yerleştirmişti gönlünde. Aramızdaki yaş farkı da, evlendikten sonra beni İstanbul'a götürecek olması da önemini yitirmiş gibiydi.

"İstanbul gurbet sayılmaz," dedi çaylarımızı yudumlarken. "Yakın yol, sık sık gider geliriz. Beni düşündüren, kocana nasıl hitap edeceğim..."

Bülent'in yaşı, annemin ona *oğlum* demesine izin vermiyordu.

"İçimdeki tek özlem, damadıma *oğlum* diye hitap edememek olacak. Bülent Bey mi desem acaba?"

Onca sorunun bu kadar basite indirgenmesinin ferahlığıyla yanıtladım: "Bülent dersin, olur biter..."

İki ay sonra evlendik Bülent'le. Düğün istemedim, nikâh yeterliydi. Babamın olmayacağı bir düğün, ancak acı verebilirdi bana.

Nikâh masasında *baba adı* okunurken, kocaman bir yumru oturdu boğazıma. Kendisi için, "Kocalı ama kocasız kadın," derdi Meliha Hanım. Benden de, babalı ama babasız bir gelin yaratmıştı.

Anne tarafından tüm akrabalarım, tam kadro katılmışlardı nikâha. Baba tarafını da Adnan amca, Makbule yenge ile kuzenlerim Sumru ve Cezmi temsil ediyorlardı. Sermet amca hastaydı, gelememişti. Dünürleriyle çok iyi anlaşmıştı annem, her şey yolundaydı. Tek bir eksiğim vardı. Yüreğimi ezen... Kahkahalarla gülerken, gülüşlerimi dudaklarımda donduran... Gözpınarlarımda göllenip aşağılara inemeyen...

Sen, benim babam, sen...
Neredesin? Neden yoksun?
Neden?...

*

Amcamın söyledikleri gerçekleşmedi ne yazık ki... Zaman içinde düzelen hiçbir şey olmadı. Susamlı ayçörekleriyle umut vaat ederek başlayan o günün ardından, amcamın benden ona, ondan bana ilettiği haberler dışında, uzun bir süre hiç görüşmedik babamla.

Kimselerle paylaşılmayan, yüreklere gömülü, yaman bir hasretlikti çektiğimiz...

VEDA

"Sizin hiç babanız öldü mü
Benim bir kere öldü, kör oldum
Yıkadılar, aldılar götürdüler
Babamdan ummazdım bunu, kör oldum"

Cemal Süreya

Ölü evi...

Ne soğuk bir tanımlama! Daha dün, yüzü yaşama dönük, sıradan bir evdi oysa. Ne değişmişti şu kısacık zaman içinde? Ailenin erkeği, reisi, direği bir anda çekip gidivermişti bu âlemden.

Hiç kimse, hiçbir ev, hiçbir mekân ölümsüzlük güvencesi altında değil. Bugün içinde hüzünlerin, sevinçlerin, umutların, umutsuzlukların kol gezdiği, hıçkırıkların ya da kahkahaların yankılandığı her ev, yarın bir *ölü evi*'ne dönüşebilir.

Meliha Hanım'ın apartman komşularından genç bir kadınla Sumru, salonun yemek bölümünde enlemesine duran dikdörtgen masanın iki yanındaki uzantıları çekerek, kalabalıkları daha iyi ağırlayacak büyüklüğe getiriyorlar masayı. Beyaz masa örtüleri seriliyor üzerine, tabaklar bardaklar diziliyor.

"Camiden gelecekler açtır," diyor Makbule yenge. "Üşümüşlerdir de. Çayın altını sıcak tutun."

Camiden gelecekler! Babamın cansız bedenini yıkatıp, kefenletip toprağın koynuna terk edilmeye hazır hale getiren erkekler... Onları bekliyoruz. Kimin tarafından kurulduğu belli olmayan bir saat tıkır tıkır işliyor.

Salonun çift kanatlı kapısının dışında bir kaynaşma oluyor. Bir ağızdan konuşulduğu için, kulaklarımıza uğultu kıvamında ulaşan ses kalabalığı... "Geldiler!" diye dışarı kışıyor Sumru. Makbule yenge de arkasından. Meliha Hanım'la ben, hiç kıpırdamadan öylece oturuyoruz. Aralanan kapıdan ilk amcam giriyor içeriye. Onun üzüntüden kasılıp kalmış, sapsarı yüzünü görmemle yerimden fırlamam bir oluyor. Kocaman bir hüzün yumağı gibi kenetleniyoruz birbirimize.

Konuşmuyoruz ikimiz de. Gözyaşlarımız birbirine karışıyor, geldiğimden beri önlerine set çektiğim, usul usul, sessizce döküştürdüğüm isyankâr yaşlar sel gibi iniyor gözlerimden. Yabancı bir yerde tek başına bırakılmış küçük bir çocuğun, canından, kanından birisini görünce ağlayıvermesi gibi. Kana kana, kendimi sıkmadan, alabildiğine özgürce... Neden sonra güçlükle, "Başımız sağ olsun kızım," diyebiliyor amcam. İki kişilik kanepeye yan yana oturuyoruz. Koluna yaslanıyorum amcamın, güç alıyorum yakınlığından. Garip bir kıvançla dikleşiyor başım. Amcam ve ben... Orada bulunan herkes bir yana, ölenin en yakını bizleriz. Meliha Hanım bile yabancı sayılır bizim yanımızda. Arada kan bağı olan, birinci dereceden başka yakını yok burada Vedat Karacan'ın. Ben kızıyım, amcam da kardeşi. Kimse değiştiremez bu gerçeği! Yan yana, omuz omuza duruşumuz bundan. Başkalarının yakınlığında aynı avuntuyu asla bulamayacağımızı bildiğimizden...

"Masaya buyurun," diyor Makbule yenge.

Hiç niyetim yok ama, zorla kaldırıyor hepimizi yengem. "Yemeden olmaz," diyor. "Yorucu bir gün olacak."

Eksiksiz bir kahvaltı sofrası hazırlamışlar. Çeşit çeşit **peynirler, zeytinler, ballar, reçeller...** Ve tahin helvası! Bundan sonrasında, **boğazıma dizilmeden yiyebilecek miyim?**

Upuzun masanın duvar tarafına geçip yan yana oturuyoruz amcamla. Meliha Hanım da karşımıza geçiyor. Masanın başı boş. Anlıyorum... Babamın yeri orası! Dayanılmaz bir sızı kaplıyor içimi. Kim bilir kimler ağırlandı bu sofrada... Kim bilir kimler oturdu babamın sağ ya da sol yanına. Ne kutlamalar yapıldı, neler paylaşıldı... Babamla beraber hiç oturmadım bu masaya ben. *(Oturmam için ölmesi mi gerekiyordu?)* Son derece anlamsız ve saçma olduğunu çok iyi bildiğim, kıskançlıkla özdeş, yabansı bir ürpertiyle sarsılıyorum. Sumru... Hatta Meliha Hanım'ın kızı Melda... Onlar bile defalarca neleri paylaştılar burada! Sahi babam, benim yokluğumda evlat, özellikle de kız çocuğu özlemini onlarla gidermiş olabilir mi?

Mutfakla salon arasında gidip gelerek eksikleri tamamlayan, çayları tazeleyen Sumru'yla Melda arasında bölüştürdüğüm kuşkucu bakışlarımı toplayarak, "Geçmiş olsun Verda Hanım," diyorum. "İçinde baskıladığın kıskançlıkları ortaya çıkarmakta biraz geç kalmadın mı?"

Amcamın sesiyle kendime geliyorum.

"Bir şeyler ye kızım, ayakta kalacak gücün olsun."

Dalgın dalgın bakıyorum elimdeki çay bardağına. Kopkoyu, zehir gibi bir şey. Bugün beni ayakta tutmaya yetmez mi?

Tabağıma peynir koyuyor amcam, bir parça da simit. "Ankara simidini seversin sen," diyor.

Lokma yutacak halim yok. Uzanıp küçük küpler halinde kesilmiş tahin helvasından bir lokma alıp ağzıma atıyorum. Meliha Hanım'la göz göze geliveriyoruz. Ortak bir hüzünde buluşuyor bakışlarımız.

"Biliyor musun Verda," diyor titreyen sesiyle. "Sık sık senin küçüklüğünü, eski günlerinizi anlatırdı baban. Dinleye dinleye ezberlemiştim artık. Kucağına almadı diye, yürüyerek gittiğiniz yolu gerisingeriye koşarak dönermişsin de, sana yetişmek için soluk soluğa kalırmış Vedat. Tahin hel-

vasına da bayılırmışsın. Ama, 'Babam yedirmezse yemem!' diye inat eder-
mişsin. O da elleriyle yedirirmiş sana. Senin ağzın yüzün, babanın elle-
ri helvaya bulanırmış. İnanır mısın, her helva yiyişinde, bıkıp usanmadan
bunları yinelerdi bana. Ve bir tek helvayı elleriyle yerdi... İlk lokmada du-
raklar, boğazında bir düğüm varmış gibi yutkunur, gözleri uzaklara dalar
giderdi. Bilirdim, helvanın her lokmasını seninle paylaşırdı."

Minnetle gülümsüyorum Meliha Hanım'a. Ağzından çıkan her söz,
sivri uçlu ok misali yüreğime saplanıp onulmaz yaralar açarak derinlere,
en derinlere gömülse de, anlattıkları çok değerli benim için. Ufacık sevgi
yaklaşımlarını bile benden esirgeyebilen babamın, dışa vurmadığı gizler
bunlar. Kim bilir daha neler var geride...

Çok sayıda arabayla konvoy halinde gidilecek camiye. Amcam başı
çekiyor, herkesten önce çıkıyor yola. Onun arabasıyla gideceğim ben,
Makbule yenge ve Sumru'yla beraber... Yengem amcamın yanındaki ön
koltuğa oturuyor. Sumru'yla ben arkadayız. Baştan beri tavırlı Sumru. He-
sap soran, sorgulayan, yargılayan garip bir tutum içinde. Arabanın arka
koltuğunda iki ayrı köşeye çekilip oturuyoruz. Yüzüme bakmamak için
özel çaba gösteriyor sanki. Görmezden gelmeye çalışıyorum ama olmuyor.
Kendi derdim bana yetiyor, içdünyamda nelerle boğuşuyorum, bir de onun
tafrasını mı çekeceğim?

Yola çıkar çıkmaz, "Kendini suçlamaktan vazgeç Verda," diyor am-
cam. "Neler hissettiğini az çok tahmin edebiliyorum. Ama bu, acını ikiye
katlamaktan başka işe yaramaz."

İçimi okuyor sanki. Yitirilenin acısı bir yana, saatlerdir kendimi, yap-
tıklarımı, yapamadıklarımı sorgulamaktan yorgun düştüm.

"Adnan haklı," diyor Makbule yenge de. "Ağlayacaksın elbette, üzüle-
ceksin; baba acısı hiçbir şeye benzemez. Toparlanmayı da bileceksin ama."

"O kadar basit değil! Baban senin özleminle gitti..."

Sumru! Suskunluğunu noktalayıp içini döküyor sonunda. Amcamla
yengemin yatıştırıcı sözlerine inat, kanayan yaramı tırnaklarıyla kazıya-
rak, acımasızca...

"Uğraşma kızla," diyor amcam. "Bunları konuşmanın zamanı değil." Amcamı duymamış gibi, atışlarını sürdürüyor Sumru. "Benimle paylaştı hep," diyor. "Her bir araya gelişimizde seni anlattı bana. Özlem vardı gözlerinde, acı vardı. Bakışları hüzünlüydü hep, ağız dolusu güldüğünü görmedim hiç. Dediğim gibi, senin özleminle gitti amcam..."

"Aldırma sen ona," diyor yengem. Ön taraftaki iki koltuğun arasından uzanıp elimi tutuyor. İçinde yittiğim fırtınaların bilincinde, "Bitirme kendini," diyor. "Hata tek taraflı olmaz. O da seni yıllarca ne aradı, ne sordu... Evlenip gurbete giden kız aranmaz mı hiç? Evliliğin yolunda mıydı, mutlu muydun, kocan, kocanın ailesi seni hoş tutuyorlar mıydı?... Nereden bilecektin onun hâlâ seninle, senin anılarınla avunduğunu? Çevresine ördüğü kalın duvarların dışına hiç ışık sızdırmamıştı ki!"

Doğru. Ama o öldü! Paylaşmamız gereken bir suç vardıysa, ortaklardan biri yittiğine göre, hepsi bana ait artık...

Hacı Bayram Camii'nin avlusu çok kalabalık. Takım elbiseli, kravatlı, pardösülü, paltolu ya da montlu erkekler; acıyla gerçekten sarsılmış, süsü püsü bir yana atıp en doğal halleriyle gelmiş olanların yanında ortama uymak amacıyla saçlarının bir bölümünü örtmekle yetinmiş şık giyimli kadınlar... Her yaştan, her kesimden kadınlı erkekli yoğun bir kalabalık, soğuğa ve kara aldırmadan biraz sonra kılınacak cenaze namazını bekliyorlar.

Birkaç musalla taşı var caminin avlusunda, birkaç tane de cenaze. Amcam koluma girip, avlunun ortasındaki musalla taşının yanına götürüyor beni. Taşın üstündeki ahşap tabutu okşar gibi sıvazlıyor eliyle.

"İşte bu!" diyor yüzündeki derin acıyla. Sonra da birkaç adım gerimizde duran yengemle Sumru'nun yanına giderek, onların tabutun başına gelmelerini engelliyor. Ne yapmak istediğini anlayabiliyorum. Babamla son kez baş başa bırakıyor beni, rahatça vedalaşalım diye. (Herkesten önce yollara düşmemiz bu yüzdenmiş demek...)

Karşımda duran tabutun içinde yıkanmış, kefenlenmiş, cansız bir beden var. O benim BABAM! Ürkekçe uzatıyorum elimi. Tabutun üzerindeki, sırmayla eski yazı işlenmiş yeşil örtüye dokunuyorum önce. Yetmiyor, incitmekten korkar gibi usul usul, örtünün açık bıraktığı köşeleri okşuyorum.

"Merhaba babacığım," diyorum, yalnızca benim duyabileceğim cılız sesimle. "Bak, geldim işte! Biraz geç oldu, biliyorum... Ama gelecektim zaten. Senin için, sana... Ya sen? Sen neden gelmedin hiç? İsteseydin gelirdin, istemedin... Ah, nasıl yanıyor içim, bir bilsen... Hiçbir şey temize çıkaramaz beni, suçluyum! Keşke iki gün olsun ayırabilseydim kendime. Sana koşmak için... Şu anda *keşke* yerine *iyi ki* diyebilmeyi ne kadar isterdim... *İyi ki babama gitmişim... İyi ki doya doya içimizi dökmüşüz birbirimize...* Ama senin bu kadar erken gideceğini düşünemedim.

Ah babacığım ah, yapmayacaktın bunu! Cezaların en büyüğünü verdin bana. Bu ağır yükle nasıl yaşayacağım ben?

Hatalar tek taraflı olmazmış, öyle diyorlar... Senin payına düşeni çoktan bağışladım ben, için rahat olsun. Bana gelince, ben kendimi bağışlamadan, bağışlanmayı nasıl bekleyebilirim ki?

Canım babam benim. Yakışıklı babam, güzel babam. Seni çok sevdim ben. En çok seni sevdim! Seni..."

Gitgide yükseliyor sesim. Kimin duyduğu, kimin gördüğü umurumda değil. Vakit azalıyor, veda etmek zorundayım babama. Elimle dokunup okşamayı bir kenara bırakıp kapanıveriyorum tabutun üstüne. Babamı kucaklıyormuşum gibi... Hıçkırıklarla sarsılan bedenimi güçlükle çekip kaldırıyorlar.

Ezan sesiyle beraber, kalabalıkta bir kaynaşma oluyor. Namaz kılmaya hazırlanıyor insanlar. Yüreğim korkuyla kasılıyor. Ya babamın namazını kılmazlarsa! "İntihar eden birinin namazını kılmak caiz değildir!" derler ya... Ama bugüne kadar, bu nedenle namazın kılınmadığını ne gördüm, ne de duydum. Huzursuzum gene de...

İmam gelmiş, demek ki namaz kılınacak. Ferahlıyorum. İmamın arkasında erkekler... Kadınlar geride. İçlerinden bazıları, erkeklerin arkasında saf tutuyor. Son zamanların gözde eylemi olduğundan değil, intihar ederek göçüp gitse de namazını kılanlardan biri olmayı istediğim için, saf tutan kadınların arasına karışıyorum. Makbule yengeyle Sumru da yanımda. Meliha Hanım'sa ayakta duracak gücü kalmamış, perişan bir halde Melda'nın koluna girmiş, biraz uzağımızdan izliyor namaz kılanları.

Namaz bitince, "Merhumu nasıl bilirdiniz?" diye soruyor imam. Değişmez yanıt: "İyi bilirdik!"

"İyiydi babam, iyiydi!" diye haykırmak geliyor içimden. İyiydi ama, iyi yanlarını göstermeyi beceremedi...

Eller üzerinde yükseliyor babamın tabutu. Cenaze arabasına yerleştiriyorlar. Gözyaşları artıyor. Yalnız biz, ölenin yakınlarını değil herkesi etkiliyor bu tablo. Gidenin kimliği düşünülmeden, bir gün onun yerinde kendisinin uğurlanacağını bilen herkes, cömertçe akıtıyor gözyaşlarını. Kendileri için, ölene ağlıyorlar...

Ağlamak da güç istiyor! Ve ben, değil ayakta kalma, neredeyse soluk alabilme gücümü bile yitirmek üzereyim. Cenaze arabasına dalıp giden gözlerim kararıveriyor birden. Sendeliyorum. Olduğum yere yığılacakken, yumuşacık bir el kavrıyor bileğimden.

Sumru!

"Yıkılmayacaksın!" diyor. "Amcam seni hep ayakta ve dimdik görmek isterdi." Başımı omzuna yaslayıp gözyaşlarımı siliyor, yanaklarımı okşuyor parmaklarıyla. Abla gibi, anne gibi, şefkatle...

"Kıyamadım amcama," diyor. "Aslanlar gibi bir adamın kendi elleriyle hayatına son vermesini kabullenemedim. Babam yıllardır hasta... Gelip giden aklıyla, sağlıksız bedeniyle öylece yatıyor. Amcamın yerine keşke o ölseydi, keşke böyle bir değişim mümkün olabilseydi diye düşündüm. İnan bana, babam ölse bu kadar yıkılmazdım ben..."

Cenaze arabası mezarlığa doğru yola çıkarken, uğurlayıcıların çoğu son görevlerini yapmış olmanın huzuruyla avlunun çıkışına doğru yürüyorlar. Zihinlerindeki hüzünlü ve karanlık kareyi silip bir an önce günlük yaşamlarına dönmenin telaşı içindeler. Beylik laf, hayat devam ediyor... Bizim işimizse bitmedi henüz. Cenaze arabasının arkasında, Cebeci Mezarlığı'na doğru yol alıyoruz...

Mezar kazılmış, sahibini bekliyor. Kar atıştırıyor hafiften. Bir yandan ayaza çekmiş havanın soğuğu, diğer yandan içimin ürpertisi... Elim ayağım buz kesmiş, içinde rol almadığım, benim dışımda çevrilen bir filmin yürek burkan karelerini izliyor gibiyim.

Dualar arasında açıyorlar babamın tabutunu. Kar beyazı kefenin içindeki bedeni, toprağın şefkatli kollarına teslim ediyorlar. Günün en hüzünlü anları bunlar... Meliha Hanım karşımda, hıçkırıklarla sarsılan bedenini güçlükle ayakta tutuyor. Ama ben, garip bir huzur duyuyorum içimde. Babamı en güvenli yere yerleştirmişiz gibi bir his. Hırsların, kaygıların, kavgaların bittiği o yere...

Amcamla Cezmi, ellerine tutuşturulan küreklerle toprak atıyorlar mezarın üzerine. Ve orada bulunan diğer erkekler... Kısa sürede kapanıyor mezarın üstü. Dualar okunuyor...

Veda zamanıdır artık!

Güle güle canım babam
Güle güle yakışıklım...
Güle güle kızının biricik kahramanı...
Kendi isteğinle gittiğin o yerde, aradığın huzuru bulmanı diliyorum.
Güle güle babacığım
Güle güle...

GÖBEK ADI MUAMMA

Akşamüzerine doğru ancak dönebiliyoruz eve. Kalabalığın yoğunluğu, her geçen dakika daha da artmakta. Mezarlıkta bizimle beraber olanların yanında, cenaze törenine katılamayıp başsağlığı için gelen akrabalar, babamın arkadaşları, dostları, Meliha Hanım'ın yakın çevresi, apartman komşuları...

Meliha Hanım devamlı ağlıyor, her gelenle yeniden tazeliyor gözyaşlarını. Ne yapılması, nasıl davranılması gerektiğinin bilincinde değil. Evin kumandasını Makbule yenge üstlenmiş görünüyor. Mantosunu çıkarır çıkarmaz birkaç komşu kadını yanına alarak mutfağa geçiyor yengem. Helva kavuracaklar.

Erkeklerle kadınlar arasında kaçgöç yok. Ancak, kendiliğinden oluşan doğal bir ayrımla erkekler salonun sağ köşesindeki koltuklara yerleşmişken, kadınlar da tam çaprazındaki oturma grubunda toplanmışlar. Camiden iki hoca gelmiş, erkeklerle kadınların arasındaki iki kişilik koltuğa oturmuş, dua okuyorlar.

Makbule yenge beni de mutfağa çağırıyor.

"Herkes teker teker gelip tencerenin başına geçecek, duasını edip içini dökecek. Bırakıp gidene sağlığında söyleyemediklerini, irmiğin tanelerine anlatacak... ki, huzur bulsun! Hem o, hem de ebediyete uğurlanan kişi..."

Kocaman, ocağın üzerine zor sığan kalaylı bakır tencerenin içine bolca tereyağı koyuyor önce. Yağ eriyince birkaç avuç dolmalık fıstık atıyor.

Fıstıkların rengi döndüğünde, bir kesekâğıdı irmiği boca ediyor üstlerine. Dudakları kıpır kıpır duada, uzun saplı tahta kaşıkla karıştırmaya başlıyor. Birkaç dakika sonra, nöbeti devreder gibi kaşığı elime tutuşturuyor. "Durmadan karışacak bu," diyor. "Ağır ateşte, sabırla... Mevlevilikte helvanın *sabır* ifade ettiğini biliyor muydun? Gidenin arkasından, yokluğuna katlanabilmek için ihtiyaç duyduğumuz sabır gibi."

Helvanın kavrulması, elbirliğiyle, yaklaşık bir saat sürüyor. Büyücek bir tencerede karıştırdığı süt, su ve şeker karışımını pembeleşmiş irmiklerin üzerine ağır ağır boşaltıyor Makbule yenge. Ağzını kapatıp, ağır ateşte demlenerek pişmeye bırakıyor.

Hocaların okuduğu dua sona erdiğinde, helva da ikrama hazır hale geliyor. Küçük pasta tabaklarında, üzerlerine tarçın ekilerek önce hocalara ikram ediliyor, sonra da orada bulunan tüm konuklara.

Sumru, yengemin kopyası sanki, her haliyle dört dörtlük, hamarat bir ev kadını. Benden yalnızca üç yaş büyük ama, ev işleri ve aile ilişkilerinde fark atıyor bana. Hem mutfakta, hem de kalabalık içinde yol yordam biliyor. Doğum, ölüm, nikâh, düğün denince nasıl davranılması gerekir, toplum içindeki âdetler, gelenek ve görenekler nedir, bu konularda kariyer yapmış gibi bilgi ve deneyim sahibi.

"Cenaze evinde yemek pişmez," diyor. "Yedi günlük taziye boyunca (Bu arada erkeklerin yasının üç, kadınlarınkinin yedi gün olduğunu öğreniyorum!), eş dost, komşular getirir yemekleri. (Bu kadarını ben de biliyorum!) Önceden sorulur, şu günün şu öğününün yemeğini ben getireyim mi diye."

Getirilip mutfağa bırakılmış, tezgâhların, mutfak masasının, dolapların üzerini silme kaplayan tencereleri, servis tabaklarını, henüz açılmamış küçüklü büyüklü paketleri göstererek, "Bugün pek soran olmamış galiba," diyorum. "Baksana, herkes birden işe kalkışmış."

"İlk gün olduğu için. Sonradan düzene girer."

Gelene gidene helva ikramı sürüyor. Yengemin dediğine göre, tencerenin dibinde tek irmik tanesi kalmayıncaya kadar da sürecek. Bir yandan da sofralar kuruluyor. Çeşidi de kısmetlisi de bol ziyafet sofraları. Yadırgıyorum. Üzüntünün en koyusunu yaşayan insanların çokça yiyip içmesi ayıp geliyor bana.

Kurulan sofraya oturup oturmamaktaki kararsızlığımı görünce, "Ölü evine giden herkesin sunulan yemeği yemesi âdettendir," diyor yengem. "İyi günde, kötü günde bir arada olmak, sevinçleri ve üzüntüleri paylaşmak, huzur ve mutluluk verir insana, ruhunu sakinleştirir. Bu yüzden kuruluyor bu sofralar. Her şeye rağmen hayatın devam ettiğini göstermek için..."

*

Cenaze törenleri, taziyeler, helvalar, kurulan sofralar, yenilen yemekler... Görünürde su yolunu bulmuş, akıyor, her şey olması gerektiği gibi.

Unutulan, daha doğrusu üzeri örtülmeye çalışılan çok önemli bir nokta var. Söz konusu olan sıradan bir ölüm değil, intihar etti benim babam! İntihar etmek büyük bir suçmuş da, ölünün arkasından konuşmamak için söz birliği ederek o suçu yok saymaya karar vermişiz gibi, helvalar kavuruyor, dualar okutuyor, eşin dostun taziye dileklerini kabul ediyoruz.

Ne zaman biri çıkıp da, "Neden öldü Vedat Karacan?" deme yürekliliğini gösterecek?

Bu işe talip olacak ilk ve tek insan benim, bunun bilincindeyim. Karşımdaki düğümün çözülmesinin güç olacağının da farkındayım, ama bir yerden başlamam gerekiyor. Ağlamayı sızlamayı bir yana bırakıp her gelen ziyaretçinin yüzünde, duruşunda, sözlerinde bir şeyler yakalamaya çabalıyorum. Kimselerle paylaşmıyorum şimdilik ama uygun şartları kollamaktan da geri durmuyorum.

Günün son ziyaretçileri, babamın Karacan Hukuk Bürosu'ndaki çalışma arkadaşları. Gündüz cenazeye katılmışlardı, şimdi de eşleriyle beraber taziyeye gelmişler. Hepsi de son derece üzgün, hatta ağlamaklı.

"Duayenimizdi o bizim, ağabeyimizdi, babamızdı," diyor stajyer genç avukatlar. Daha deneyimli olanlarsa, beraber çalıştıkları yıllara ait anılarını anlatıyorlar. Sabrım taşıyor sonunda...

"Bu kadar sevdiğiniz, saygı duyduğunuz, duayenimiz dediğiniz insanı intihara sürükleyen nedenler hakkında fikri olan var mı?"

Çıt yok. Suçlu kendileriymiş gibi, önüne bakıyor herkes.

İçlerinde en kıdemli olan, çocukluk yıllarımı bilen, neredeyse elinde büyüdüğüm babamın fakulteden sınıf arkadaşı Remzi Bey, "Vedat'a intiharı yakıştıramadığımızdan üzerinde konuşamıyoruz," diyor. "Sizler gibi bizim de acımız çok taze henüz."

"Konuşmalısınız! Rica ediyorum... Benim için çok önemli. Son günlerde dikkatinizi çeken hiç mi bir şey olmadı? Küçücük bir ayrıntı... Halinde tavrında alışılagelmişin dışında bir değişiklik... Karamsarlık, bezginlik..."

"Gerilimi yüksek bir iş, yaptığımız. İnişler, çıkışlar, bozulan moraller, kararan yüzler... bizim camiada olağan karşılanır bu durumlar. Kendi adıma konuşursam, yolunda gitmeyen ufak tefek ayrıntıları saymazsak, sıra dışı hiçbir değişim fark etmedim Vedat'ta."

"Şu son dava," diyorum. "Onunla ilgili bir sıkıntı falan..."

"Sıradan bir arazi davasıydı aslında, biraz fazla uzadı. Ünlü aileler arasında olunca büyütüldü, medyanın abartma payı da var tabii."

Daha ince ayrıntılara girmek yerine, "Ankara'da ne kadar kalacaksın Verda?" diye soruyor Remzi Bey.

"Babamın yedisini yapıp öyle döneceğim İstanbul'a."

"Vaktin olursa büroya gel. Burada ayaküstü konuşacağımıza..."

Vaktin olursa ne demek? İlk fırsatta uğrayacağım büroya. Topluiğnenin ucu kadar bir umut bile olsa, geri çevirme lüksüne sahip değilim...

*

Gerek amcamın, gerekse Makbule yenge ile Sumru'nun ısrarlı davetlerini geri çevirerek, babamın toprağa verildiği bu gecede, onun soluk alıp verdiği evde kalmayı yeğliyorum. Babamın evinde, Meliha Hanım'la baş başa...

Meliha Hanım, diğer seçenekleri eleyerek onunla burada kalmamdan hoşnut, "Rahmetli de görseydi keşke," diyor. "Senin bana nasıl davrandığını, ne yüce gönüllü bir kızı olduğunu..."

"Merak etmeyin, görüyordur zaten. Gün boyunca adım adım bizleri izlediğinden eminim."

"Seninle beni bir arada gördüyse eğer... nasıl da sevinmiştir, değil mi?"

Avutulmaya muhtaç küçük bir çocuk gibi, acısını uyuşturmak için en ufacık ayrıntılardan medet umuyor.

"Daha da çok sevindirebiliriz onu," diyorum.

"Nasıl yani? Başka ne yapabiliriz onun için?"

"Neden ölmeyi seçti? Bu sorunun yanıtını bulursak huzura kavuşacağına inanıyorum. Bana en çok siz yardım edebilirsiniz. Neler paylaşıyordu sizinle, neler anlatıyordu içdünyası hakkında?"

"Ah kızım ah! Doğru dürüst konuşmazdı ki benimle. Gündelik ev hali işte... Sıradan üç beş laklak. Ne işiyle ilgili tek söz ederdi, ne de çevresindeki insanlarla. Göbek adın *muamma* olmalıymış derdim, gülerdi. İlginç bir adamdı baban. Ağzından laf almak maharet isterdi. Sır küpüydü! Pek de alıngandı... Olura olmaza gönül koyar, küsüverirdi. Neye küstüğünü bilene aşk olsun!"

Bilmez miyim? Eda teyzemin kocası Ali enişteyle tamı tamına sekiz yıl dargın kalmıştı da, teyzem ve eniştem dahil, hiçbirimiz çözememiştik altında yatanı.

"Son günlerde canını sıkan bir şey oldu mu? Anlatmasa bile sezinlediğiniz bir farklılık... Sağlık durumunda ciddi bir sorun falan?"

"Yaşına göre sağlıklı sayılırdı Vedat, önemli bir sorunu yoktu. Yalnız, uyku düzeni bozulmuştu son zamanlarda. Gecenin bir yarısı uyandığımda, sırtüstü uzanıp gözlerini tavana dikmiş ya da yatağın kenarında otururken buluyordum onu. Çayı kahveyi fazla kaçırdım gene diyordu."

"Sıkıntılı, üzüntülü bir hali var mıydı?"

"Yapı olarak karamsar bir insandı zaten. Bulutlar geçerdi gözlerinden. Kafası bir yerlere takılıydı hep. Dalar dalar giderdi, çözemezdim... Anlatsın isterdim, anlatmazdı. Tam anlamıyla, *kapalı bir kutu*'ydu babam."

Ağır ağır doğrulup kalkıyor Meliha Hanım. "Gel," diyor koridorun karanlığına doğru yürürken. Peşinden gidiyorum. Koridorun sonundaki odanın kapısını açıp içeriye girmem için yana çekiliyor.

"Babanın çalışma odası," diyor. "Belki burada işine yarar bir şeyler bulabilirsin."

Odanın ortasında, ayakta, öylece dikilip kalıyorum. Meliha Hanım, yığılırcasına köşedeki koltuğa bırakıyor kendini. Bana da oturmam için duvara dayalı kanepeyi gösteriyor. Soluduğumuz büyülü havayı bozmaktan korkar gibi, bir köşesine ilişip ürkek bakışlarla odada göz gezdiriyorum. Benim oturduğum kanepe, Meliha Hanım'ın oturduğu koltuk, kocaman bir çalışma masası, içinde sayısız kitabı barındıran ceviz kaplama kütüphane, yan tarafta, odanın uzantısıymış gibi duran bölümde, üzerinde elişi bir yatak örtüsü serili tek kişilik karyola...

"Akşam, yemeğini yer, buraya odasına çekilirdi Vedat. Saatlerce çalışır, okur, yazardı. Bazen sabahın ilk ışıklarına kadar... Benimle olduğundan çok, bu odayla geçirirdi vaktini. Soracaklarını bu duvarlara sor, en iyisini onlar bilir."

Ellerini havaya kaldırıp duvarları gösteriyor Meliha Hanım. Ancak o zaman görüyorum beyaz yağlıboyanın üzerindekileri...

Duvarlara sıra sıra veciz sözler yazılmış kartonlar yapıştırılmış. Aralarında da irili ufaklı fotoğraflar... Çalışma masasının dayandığı duvarın tam ortasında ben varım! Büyütülmüş, yuvarlak biçimde kesilip çerçeveletilmiş, siyah beyaz bir fotoğraf. Sonra Bülent'le nişan resimlerimiz, Kaan'ın sünnet fotoğrafı, ilkokul mezuniyeti... Zaman zaman gönderdiğim ya da amcamın aracılığıyla eline ulaşan her şey burada, karşımda duruyor. Gerçekliklerine inanmak istercesine elimi uzatıyorum. Dokunmak için... Sonra buna hakkım olmadığını düşünüp geri çekiliyorum.

"Üzme kendini," diyor Meliha Hanım. "Hiçbir yararı yok artık!"

Orada yitivermek, bedenimden sıyrılıp duvardaki fotoğraflarla bütünleşip yok olmak için delice bir istek duyuyorum.

"O hep sizinle yaşadı," diyor Meliha Hanım yarama tuz basar gibi. "Hayatının merkezinde sen vardın. Uzaktan uzağa izledi, özledi, ama hep sevdi seni. En çok seni... Evliliğimizin ilk yıllarında seninle ilgili konuşmazdı pek, ama son zamanlarda dilinden düşürmüyordu."

İyi de, ben neden bilmiyorum bunları? Neden en ufacık bir sevgi yaklaşımında bulunmamıştı babam? İçindeki coşkunun tek zerresini bile dışa vurmamıştı... Neden telefon konuşmalarımızdaki, *"evet, hayır, tamam"* geçiştirmelerinin dışına çıkamamıştı?

"Geçen yıl bayram tatilinde Ankara'ya gelmeye karar vermiş, sonra da gelememiştiniz ya... Çok sevinmişti sizleri göreceği için. 'Bu bayram buradalar Meliha!' derken gözlerinin içi gülüyordu. 'Ekmekkadayıfı mı yapalım, tel kadayıf mı?' diye dolandı durdu evin içinde."

İşte bunu hatırlıyorum. Babamın konuklarına baş ikramıydı, ekmekkadayıfı ya da tel kadayıf. Kupkuru bir yuvarlaktı ekmekkadayıfı. Çarşıdan alır getirir, doğruca mutfağa girerdi. Ben de peşinden... Önce şekerle suyu kaynatıp şurubunu hazırlar, sonra da kocaman bir tepsinin ortasına koyduğu o tahta gibi sert yuvarlağın üzerine kaşık kaşık şurup dökerdi. Tepsi ocağın üzerinde, altında ağır bir ateş... Sabırla, tatlının şurubu içmesini beklerdi. Başında durup seyretmeye bayılırdım.

Pazar günleri de ekmekleri küçük küçük doğrar, yumurtaya bulayıp kızartırdı. Yardım ederdim ona. Ama annem, etrafı batırıyoruz diye ikimize de kızardı.

Bir de babamın *haside* dediği bir tatlı vardı. Yağla unu kavurur, üzerine şekerli su dökerdi. Muhallebiyle helva arası bir şey çıkardı ortaya. Annem sevmezdi ama, ben çok severdim. Daha sonra hiç haside yemedim. Annemle babam ayrıldıktan sonra...

"İyi ki o son telefon konuşmasını yaptınız..." diyor Meliha Hanım.

"Son defa birbirinizin sesini duydunuz hiç değilse..."

İyi ki diyebileceğim tek şey bu galiba...

Dizlerine abanarak yerinden kalkıyor Meliha Hanım.

"İstediğin yerde yatabilirsin," diyerek eliyle karşı odaları gösteriyor.

"Bu ev, bu evdeki her şey senin de sayılır."

Hayır, babamın evinde, misafir yataklarında yatmayacağım ben. Burada, onun odasında kalmak, bir gece için olsun onunla beraber olmak istiyorum...

KAPALI KUTU

Merhaba canım babam!

Şu anda kendimi sana en yakın hissedebileceğim yerde; acılarını, umutlarını, umutsuzluklarını, bin bir sırrını paylaştığın duvarların arasında, senin sığınağında, senin mabedinde, seninleyim.

Buraya iznini almadan girdim diye kızmadın bana, değil mi? Hiçbir şeye elimi sürmedim henüz, ama sonrası için söz veremem. Bu gece değilse de yarın ya da daha sonra, bıraktığın küçük ya da büyük, silik ya da belirgin, tüm izlerinin takipçisi olacağım. İtiraz edeceğini sanmıyorum. Gidiş zamanına ve şekline sen karar verdin çünkü, geride bıraktıkların da, ancak görülmesine izin verdiğin kadardır. Gönüllü olarak açıkta bıraktıklarının dışında, hiçbir ipucuna ulaşamayacağımı baştan kabulleniyorum, onlarla yetinmeyi bileceğim. Gizlenmek için değil, açığa vurulmak için var oldular onlar. Benim bildiğim Vedat Karacan, görülmesini, bilinmesini istemediği tek bir toz zerreciğini bile bırakmazdı geride...

Kapalı kutu diyor Meliha Hanım senin için, *muamma* diyor. Yerden göğe kadar haklı. Düşünüyorum da... Annem, ben, Meliha Hanım, çevrendeki diğer insanlar... hiçbirimiz çözemedik seni babacığım. O kapalı kutunun kapağını değil açmak, aralayamadık bile.

İşim zor! Elimizin altındayken aralayamadığımız kutunun, şimdi de toprağın altında olduğunu düşünürsek...

Annem de ben de siyasi eğilimini, hangi partiye oy verdiğini, hangi takımı tuttuğunu bilmezdik. Çocukluktan yeniyetmeliğe doğru yol alırken, ipuçlarını birbirine ekleyerek, doğru olduğuna inandığım varsayımlara ulaşmaya çalıştım...

Davasını üstlendiğin insanlardan yola çıkmayı denedim önce. Seninle aynı kafa yapısına sahip olmayan kişilerin davalarını almayacağını düşünüyordum. Yanlıştı! Derinlere indiğimde gördüm ki, her kesimden, değişik siyasi eğilimlere ve inançlara sahip insanlar müvekkilin olabiliyorlardı. Ara sıra dikkatli gözlerden kaçmayacak açıklar da vermiyor değildin. Zaman zaman birbirleriyle çelişseler de, aynı noktaya akıyordu verilen. Kütüphane raflarında sıra sıra dizilmiş kitaplara, dilinden kaçırdığın sözcüklere bakarak, sol görüşlü olduğuna karar vermiştim ama, ardı ardına sıraladığın karşıt davranışlarla şaşırtıyordun beni.

27 Mayıs ihtilali olduğunda, dünyaya gelmemiştim henüz. "60 öncesi adım adım izlenen, peşine adam takılanlardan biri de babandı," diye anlatmıştı annem. "O gün sabaha karşı silah sesleriyle uyandığımızda, baban, sokağa çıkma yasağına rağmen, köşe başlarında nöbet tutan askerlere büyük bir sini içinde çay ve kahvaltılık götürdü."

Senin, 27 Mayıs'ı onayladığını düşünürken, 18 Eylül 1961 tarihli sararmaya yüz tutmuş bir gazeteyle çıkmıştın karşıma. Gazetenin ilk sayfasında boydan boya, 17 Eylül 1961 günü idam edilen Adnan Menderes'in darağacındaki fotoğrafı vardı. Özellikle gösteriyordun bana, "Şu rezalete bak!" diyerek. Başbakanını asan bir millettik ve bundan utanç duymalıydık.

Hangi tarafı desteklediğin belli değildi. "İhtilallerin kaderi bu," diye özetlemiştin gerekçeni. "Halk tarafından çağrılsalar da sonları iyi gelmez!"

Dikkatimi çeken bir nokta vardı. Hiç kimseyi gözü kapalı desteklemiyordun, eğilimin aynı yönde olsa da, doğru bulmadıklarını acımasızca eleştirebiliyordun. Tanıyı koydum sonunda: Muhalefeti seviyordun sen! Her devrin muhalifiydin. Hoşuma gitmişti vardığım sonuç. *Her devrin adamı* olacağına, *her devrin muhalifi* olan, gurur duyulacak bir babam vardı benim...

Din ve inançlar konusundaki görüşlerin hakkında hüküm vermekte de hayli zorlandım. Açıktan açığa konuşmuyordun ki. Satır aralarını okumaya zorunlu kılıyordun insanı. Namaz kılarken görmemiştim hiç seni. Yalnızca gelen konuklar isteyince önlerine serilen bir seccade vardı evimizde. Bayram namazına giderdin ama. Cenaze namazlarını da, "eda edilmesi şart olan bir görev" olarak değerlendirirdin. Oruç tuttuğunu, ama bana tutturmadığını hatırlıyorum. Kıyamazdın galiba. "Öğrencisin sen," derdin. "En büyük ibadet okumaktır!" Yasaklamalar, kısıtlamalar yoktu kitabında. İçki içerdin. Her gece değilse de gerektiğinde, toplantılar, kutlamalar, dost meclisleri gündeme geldiğinde...

Din konusunda baskı uygulamadın bana, dolaylı yoldan etkilemeye, daha doğrusu eğitmeye çalıştın. Ortaokulda din dersi seçmeliydi o zamanlar... Bana kalsa diğer seçeneklerden birini yeğlerdim. Ama sen ısrarla, *din bilgisi* dersini almamı istedin, zorladın hatta.

"Nüfus cüzdanında yazılı olan dini tanıman gerek," dedin. "Daha iyisini bulursan, on sekiz yaşına geldiğinde değiştirirsin."

"Dualara dilim dönmüyor," diye sızlandığımda, yanıtın hazırdı: "Yabancı dil öğrenirken, İngilizce şarkı sözlerinde bülbül gibi şakırken dönen dilin, iki satır dua için de dönüversin."

Duaların Arapça olmasına karşıydın aslında. "Anlamını bilmeden sallanıp duracağına, açar Türkçesini okursun," diyordun. "Kütüphanede Kuranıkerim'in Türkçe meali olacak. Göz atıver istersen..."

Bunların hepsini aynı potada toplayınca, beni her konuda iyi yetiştirmeye çalıştığın gerçeği çıkıyordu ortaya. Önce bilgiyle donanacak, kişisel seçimlerimi o bilgilerin ışığında, kendi özgür irademle yapacaktım. Kurallarını koyarken, uzun vadede, sınırsız özgürlük tanıyordun bana.

En çok yadırgadığım da, tuttuğun takımı sır gibi saklamandı. Böyle davranarak kendini cezalandırıyordun aslında. Takımının şampiyonluğunu bile bağıra çağıra, yüreğindeki coşkulu sevinci ortaya dökerek kutlayamıyordun.

Ben Fenerbahçeliydim. Fenerbahçe'nin yenildiği maçlarda nasıl da kızdırırdın beni... Büyük paralar verilerek transfer edilen oyuncuları kıyasıya eleştirirdin. Sonraları, senin de Fenerbahçeli olduğunu sezinledim. Israrla üzerine geldiğimde, "Ankaragücü'nü tutuyorum ben," diyordun. Sarı-lacivert! İki takımın ortak rengi... Neden be babacığım? Neden beraber sevinip beraber üzülmeyi ikimize çok gördün? Çok mu zordu, "Baba kız aynı takımı tutuyoruz," demek?

Gördüğün gibi, kalıtım yoluyla senden aldığım zihinsel yetiler sayesinde, biraz olsun çözebildim seni. Ama annem –sonrasında da Meliha Hanım– için, tam bir kördüğümdün. İki bilinmezli denklemlerde çakılıp kalmış anneciğim için, dokuz bilinmeyenli bir denklemdin sen.

Seni hiç anlamadı, anlayamadı; doğru. Ama sen de anlaşılacak gibi değildin ki babacığım...

Uyuyalım mı artık?

En son ne zaman senin yanında uyudum, çıkaramıyorum. Ama hiç unutamadığım bir kare var anılarımda... Yan yana uzanmışız seninle. Çok küçüğüm ben. Sanırım dört beş yaşlarında falan. Yatağın ortasında boylu boyunca yatıyorsun sen. Bedeninin ağırlığıyla, şiltenin ortası çöküvermiş. Ne kadar kenarda kalmaya uğraşsam de beceremiyorum. Hep sana doğru kayıyor minik kızın... Bayılıyorsun umarsız çabalarıma. Kucaklayıveriyorsun sonunda, kollarınla sarıp sabitliyorsun bedenimi. En güzeline dalıyoruz uykuların...

Gene öyle olsun. Yatağın kenarında sabit kalabilirim artık, rahatsız etmem seni. Ama elimi tut! Gerçek yaşamda doğru dürüst tutamadığın elimi şimdi tut. Ve hiç bırakma babacığım...

*

Taziye evindeki ikinci günümün akşamını iple çekiyorum. Soluduğum hava boğuyor beni sanki. Bir önceki günden farklı değil yaşadıklarımız. Kadınlı erkekli, akın akın başsağlığı dilemek için gelen kalabalığın yoğunluğu bunaltıcı. Kurulup kalkan, toplanırken yeniden kurulan sofralar, bitenin yerine –yeni gelenler de yesin, ölenin ruhuna fatiha okusun diye– yeniden kavrulan helvalar, eli kolu boş gelmeyen konukların katkılarıyla mutfağın dışına taşan yemekler, pastalar, börekler, büyük bir kuruluşun çay ocağından çıkıyormuşçasına seri halde tepsilerde gezdirilen çaylar, kahveler...

Ve ilk başta babamı, onun yitirilişini konu alırken gitgide güncele, farklı konulara evrilerek sıradanlaşan sohbetler... Ne çabuk törpüleniyor hüzünler! Ne çabuk timsah gözyaşlarına dönüşüyor, aslında hiç akmayan, akıyor gibi gösterilen o sahte yaşlar... Birbirlerinin kulağına eğilip fısıldaşanlar, babamın ölüm şeklinin, onu intihara götüren nedenlerin dedikodusunu yapıyor büyük bir olasılıkla. Ortadan konuşmaya cesaretleri, dışarı çıktıktan sonra konuşmaya sabırları yok.

Akşam için sabırsızlanmam bu yüzden. Hayır, ne kadar ısrar etseler de amcamla ya da yengemle gitmeyeceğim. Bir geceliğine diye girdiğim o odaya kendimi atmak, bir an önce babamla baş başa kalmak istiyorum. Üstelik, yapmayı planladığım çok şey var bu gece...

Akşamüstü kalabalık azalıyor. Biz bize kalıyoruz akşam yemeğinde. Meliha Hanım, Makbule yenge, amcam, Sumru, Cezmi ve ben. Dünden farklı olarak, Melda'nın kocası Harun ve oğlu Emir de var. İlk kez karşılaşıyoruz Harun'la. Karayollarında mühendismiş Harun, iş seyahatinde olduğu için dün gelememiş. Emir'se Kaan'dan bir yaş küçük, bebek yüzlü, gözlerinin içi gülen şipşirin bir delikanlı. Lise son sınıfta, bu yıl üniversite sınavlarına hazırlanıyormuş. Babasıyla beraber anneannesine başsağlığına gelmişler.

Masaya oturduğumuzda, gene o saçma sapan dürtüyle irkiliyorum. Önceden Sumru'yla Melda üzerinde odaklanan kuşkularım, gencecik delikanlıya yöneliyor bu kez. Babam, torun özlemini Emir'le gidermiş olabilir mi? Nasıl bir ilişki vardı acaba aralarında?

Meliha Hanım, yüksek sesle düşünmüşüm gibi, yanıtlayıveriyor beni. "Bak Verda," diyor. "Burada da fotoğraflarınız var. Vitrinin içindekileri gördün mü?" O an, evin hiçbir yerinde Meliha Hanım'ın kızına, damadına ve torununa ait tek bir fotoğraf olmadığını fark ediyorum. Aynı şehirde yaşadıkları için belki... Ama, hayır! Biz de annemle aynı şehirde yaşıyoruz, onun evinin her köşesinde benim, Bülent'in ve Kaan'ın fotoğrafları var.

Hepsini yolcu edip baş başa kaldığımızda, yapbozun eksik kalan parçalarını tamamlıyor Meliha Hanım.

"Biliyor musun, damadım Harun yıllar sonra ilk defa geldi bu eve. Vedat'la karşılaştırmamaya çalışırdım, ikisi de açıktan açığa söylememişti ama, hoşlanmazlardı birbirlerinden. Melda'yla da az görüşürlerdi gerçi... Şikâyetim yoktu, aynı şehirdeydik nasılsa, istediğim zaman görebiliyordum kızımı, torunumu..."

"Ya Emir? Onunla arası nasıldı babamın?"

"Varlığından habersiz gibiydi Vedat. Kırk yılın başı ana oğul o evdeyken gelecek olsalar, dönüp de başını okşamazdı Emir'in."

Birdenbire aydınlanıveriyor Meliha Hanım'ın yüzü. "Varsa yoksa Kaan'dı onun için," diyor. "Doğum müjdesini Adnan'dan almıştı Vedat, dünyalar onun olmuştu. Bir de... hani küçücüktü Kaan, bir gece buraya gelmiştiniz." Sitemsiz ama kırık bir sesle devam ediyor. "Sen, benim yanınızda olmamı istememiştin... Melda'ya gitmiştim o gece. Neyse, geldi geçti... Çok sevinmişti baban, günlerce dilinden düşürmemişti."

O anlattıkça, ben kahroluyorum. Gençlik, toyluk, cehalet, delilik... Neler yapmışım ben meğer! Ne acılar çektirmişim insanlara... Hem de bile bile, kanatmak, acıtmak için.

O geceyi saniye saniye hatırlıyorum... Ama öncesi var. Kaan'ın doğumundan iki ay sonra babama gönderdiğim o kart! Meliha Hanım'ın karttan haberi yok belli ki...

KİME BENZİYOR BU ÇOCUK?

Âdettendir, yeni doğmuş bebekleri birilerine benzetirler hep. Anne tarafı da, baba tarafı da kendi aile özelliklerini bulur bebekte. "Babasına benziyor,", "Tıpkı babaanne!", "Aynı annesi..." Bunlar yaşanmadı bizde. Kaan'a bakan herkesin hemfikir olduğu nokta, minik oğlumun, dedesinin minik bir kopyası olduğuydu. Babamı görmemiş, tanımamış olanlarsa, "Anneyi andırıyor," diyorlardı. Kundağını her açtığımda her tarafını tekrar tekrar gözden geçiriyordum. Bir yanılgı payı yakalayabilmek için... Ne gezer! Yalnız yüzü değil, bacak ve kol kemiklerinin uzunluğundan el ve ayak parmaklarının şekline, tırnak biçimine kadar bire bir aynısıydı babamın. Kucağıma aldığımda çatılmış kaşları, simsiyah kirpikleriyle babam bakıyordu sanki yüzüme.

İki aylık olmuştu Kaan. Babalar Günü yaklaşıyordu. Bülent için lacivert-beyaz çizgili bir gömlekle gümüş işlemeli kol düğmeleri almıştım. Kaan'ın kucağında, Babalar Günü armağanı olarak verilmek üzere...

Günlerdir adını koyamadığım bir huzursuzluk vardı içimde. Kökenine inince çözdüm, Babalar Günü'nde babama armağan verememenin sıkıntısıydı bu... Birbirimize en kızgın olduğumuz dönemdi. Ankara'daki pastane buluşmasından sonra hiç görüşmemiştik babamla. Kaan'ın doğumunu duymuş ama kutlamak için herhangi bir girişimde bulunmamıştı. Hiçbir armağanı hak etmediğini düşünüyordum. Ama hak ettiği tarzda bir armağanı pekâlâ gönderebilirdim. Oturup döşendim...

*"Babalar Günü'nde, babalık duygusundan nasihini alamamış, siz nü-
fus kâğıdı üzerindeki babama... Önce her hücresiyle evlat sevgisini hisse-
debilecek yumuşaklıkta bir kalp, sonra da bu sevgiye asla karşılık bulama-
yacak olmanın kahredici acısını ömür boyu çekmenizi diliyorum.*

Verda"

Gönderdiğim karta karşılık, kısacık bir yanıt geldi babamdan.

*"Yazdıklarınla zehirlemek istiyorsan yorma kendini, Kestirmeden, iki
üç gram zehir gönder, olsun bitsin "*

Ve Meliha Hanım'ın sözünü ettiği o gecenin öncesi...

Bülent'in gazeteyle ilgili bir seminer için Ankara'ya gideceği hafta
sonu, Kaan'la ben de peşine takıldık. Sürpriz gelişimizi sevinçle karşıladı
annem. Biz fazla fırsat bulamıyorduk ama, o sık sık geliyordu İstanbul'a.
Çok özlüyordu Kaan'ı. Ne kadar görse, ne kadar beraber olsa yetmiyordu
anneme, "Ayrıldığın an özlemeye başlıyorum bu çocuğu, ne biçim bir tut-
kudur çözemiyorum," diye sızlanıyordu.

Kaan'sa her geçen gün biraz daha benziyordu babama. Aralarındaki
benzerlik fark edilmeyecek gibi değildi ama, oralı olmuyordu annem. Ön-
celeri görmezden geliyor, özellikle söz etmiyor diye düşünüyordum ama
gerçekten farkında değildi. Şaşılacak şeydi, "Kime benziyor bu çocuk?"
diye dikkatle yüzüne bakıyor, çıkaramıyordu bir türlü.

Deli oluyordu Kaan'a, çok seviyordu, yitirdiği tüm sevgileri, arayıp
da bulamadıklarını onda buluyor gibiydi. İkisini sarmaş dolaş gördüğüm-
de, buruk ama hınzırca bir gülüş yayılıyordu yüzüme. *Kaderin oyunu* de-
dikleri bu olmalıydı. Annem, nefretle andığı babamın küçük bir kopyası-
na tapınıyordu...

Bülent'in işi uzayınca birkaç gün erteledik dönüşümüzü. Benim işle-
rim şimdiki kadar yoğun değildi o zamanlar. Baktığı dava sayısı az, çömez

bir avukattım henüz. Düşük tempoda çalışmak benim tercihimdi aslında. Kaan biraz büyüyüp ele gelinceye kadar, iş konusundaki iddiamı geri planda tutmam, kariyerimde kayda değer bir gecikmeye neden olmayacaktı. Ankara tatilimizin hesapta olmadık bir şekilde uzamasından memnundum. Doğduğum, büyüdüğüm şehri, eş dost ziyaretlerini özlemiştim. Kaan'la daha önce tanışma fırsatı bulamamış dostlarımız bebek görmeye geliyorlardı. Oysa oğlum bebek değildi artık, üç yaşını doldurmaya hazırlanırken, delikanlı olma yolunda hızla ilerliyordu.

Makbule yengeyle Sumru da ziyaretçilerimiz arasındaydı. Bayıldılar Kaan'a. Giderlerken, kaşla göz arasında, anneme sezdirmeden, "Dedesi de görmeli!" dedi yengem. "Torununu bağrına basmak, onun da hakkı."

Her zamanki gibi, aile içi haberler hızla yayılıyordu. Ertesi gün amcam aradı.

"Ankara'daymışsın kızım! Aşk olsun sana, bir alo der insan... Ne zaman göreceğiz ufaklığı?"

Hiç ikiletmeden, ertesi sabah amcamın işyerine götürdüm Kaan'ı. Tanınmış bir beyaz eşya firmasının Ankara/Kızılay bayiiydi amcam. Mağazada ne kadar buzdolabı varsa, açıp içlerine bakmak istedi Kaan. Kırmadı amcam, tek tek kapılarını açtı dolapların, ne sorduysa yanıtladı, "Bunların içi neden boş?" sorusuna kahkahalarla güldü. İçeri girmemizden vedalaşmamıza kadar, kucağından indirmedi Kaan'ı.

Baştan beri söylemek isteyip de dilinin ucunda tuttuğunu söyledi sonunda. "Yengemle Sumru anlatmıştı ama, bu kadarını beklemiyordum doğrusu. Oğlunu babana bu derece benzetmeyi nasıl becerdin Verda?" Yanıtımı beklemeden devam etti: "Ee, dedeyle torunu ne zaman buluşturacaksın bakalım?"

"Öyle bir niyetim yok amca. Görmek isteyen görüyor."

"Onun görmek istemediğini nereden çıkarıyorsun? Yapma kızım... Sen kendi adına nasıl davranırsan davran, ama dedeyi torundan, torunu dededen mahrum etme."

"Onun seçimi bu. Bir gün bir torunu olabileceğini, onu görmekten mahrum kalacağını bilmiyor muydu? Bırak bunları amca, kendi kızından ayrı kalmayı içine sindirebilen insan, torununu mu umursayacak?"

"Verda... Sen de çok iyi biliyorsun ki, baban seni hiçbir zaman yok saymadı, uzak durmanız ayrı konu. Ama kabul et, ortada iki tarafa da acı veren bir özlem yumağı oluşmuşsa eğer, ikinizin ortak eseridir bu! Baba kız değil, tek yumurta ikizlerisiniz sanki. Fiziksel benzerlikleriniz bir yana, davranış biçiminiz, inatçılığınız bile tıpatıp aynı Hadi kızım, bir kez olsun şu inadını kır da, dedesiyle buluştur Kaan'ı."

"Nasıl olacak bu iş? Benim gittiklerim yetmedi, şimdi de el kadar çocuğu pastane köşelerine, dedesiyle buluşmaya mı götüreceğim?"

Amcamın yüzü aydınlanıverdi, bu kadar çabuk teslim olacağımı beklemiyordu. Teklifinin üstüne dünden razıymış gibi atlayışımın nedeni, amcamın ikna becerisi değil, zaten günlerdir bunu düşünüyor olmamdı. Evet, hayatımın en önemli iki erkeğini, babamla Kaan'ı karşı karşıya getirmeyi, onların sarmaş dolaş oluşunu, baba kokusuyla evlat kokusunun birbirine karıştığını görmeyi deli gibi istiyordum. Kendime bile itiraf etmeyi yediremiyordum ama. Verdiğim açığı kapatmak için, beynimde kurguladığım şeytani gerekçeleri sıraladım amcama.

"Babama altın tepsi içinde sunulacak bir ikram değil bu," dedim. "Tek seferlik bir buluşma. Görsün, tanısın torununu. Ki sonrasında, daha da katlansın özlemi, daha da dayanılmaz olsun. Kendi elleriyle yarattığı yoksunluklarının acısıyla boğuşsun dursun..."

Söylediklerimden hiç de etkilenmiş görünmüyordu amcam. "Her neyse," dedi bıyık altından gülerek. "Yer sorununu kolayca halledebiliriz. Dışarıda olsun istemiyorsan, bende ya da Sermet ağabeylerde buluşabilirsiniz. Makbule yenge de, Sumru da seve seve açarlar evlerini. Kararını verdiğinde beni ara..."

Benim kararımla bitse kolaydı, ama öncelikle annemi razı etmem gerekiyordu ki, işin en zor yanı da buydu...

Kaan, ayakta kalmış tek kalesiydi annemin. Onun varlığıyla avunup daha önce tatmadığı mutlulukları yaşıyor, ona yalnızca kendi torunuymuş gibi davranarak sis perdesinin ardına itelediği hasımlarına kafa tutup meydan okuyordu. Sımsıkı tutunduğu bu ayrıcalıkları söküp almaya kalktığımda, kıyameti koparacağını adım gibi biliyordum.

Alıştıra alıştıra söylemeye çalışarak bir yere varamazdım. Tepeden inme, "Kaan'la babamı buluşturmaya karar verdim!" dedim.

Çatılmış kaşlarıyla, ne derece ciddi olduğumu anlamak ister gibi yüzüme baktı bir süre.

Konuşmasına fırsat vermeden, "En doğrusu bu," diye devam ettim.

"Cezalandırılmayı fazlasıyla hak etmiş birine ödül vermenin neresi doğru?" diye söylendi öfkeyle.

"Canım annem, sakin ol ve beni dinle. Anlattıklarım bittiğinde bana hak vereceksin."

"Masallara karnım tok Verda! Sinirlerimin gücünü sınamaya kalkma. Aklını başına topla, vazgeç bu saçmalıklardan."

"Yalnızca beş dakika istiyorum senden. Beş dakika boyunca hiç sözümü kesmeden beni dinlemeni..."

Onaylayıcı tek söz etmeden, gözlerini karşı duvara dikerek, asık yüzüyle dinlemeye hazırlandı.

"Yeni evlenmiş taze gelinleri düşün..." diye başladım. "Kocasının ailesi tarafından istenmemiş, dışlanmış olanları. Zaman içinde iyice kopmuş, yok saymışlar birbirlerini, küsmüşler. Kocasının anasıyla, babasıyla, kardeşleriyle, kimi var kimi yok hepsiyle ilişkisini kesmiş gelin hanım, kendisi görüşmediği gibi kocasına da yasaklar koymaya kalkmış ama karışamamış adama. Ailesini özlemiş adam, görüşmek istemiş, ancak yakınları geri çevirmiş onu, kapıyı yüzüne kapatıvermişler. Aradaki tüm bağların kopmasını amaçlayan evdeki kadın, bu durum karşısında sevinç mi duyar, yoksa üzülür mü?"

"Ne ilgisi var bunların bizimle?"

"Soruma yanıt ver sen. Kocasını ailesinden tümüyle koparması en çok kadının işine gelmez mi? Oh ne güzel, ne karışanı var, ne görüşeni, kapısını kapatmış keyfini sürüyor... Bizimki de o hesap. Babamı o kadının ellerine teslim edip geri çekildik. Benimle görüşmemesi, üç yaşına gelmiş torununun yüzünü görmemiş olması, Meliha Hanım'ın ekmeğine yağ sürmekten başka ne işe yarıyor?"

"Ne yapalım yani? Yaşananları bir yana itip, babam diye bağrına basabilecektiysen tercihini o yönde kullansaydın. Gecikmiş sayılmazsın, nasıl biliyorsan öyle yap."

"Tercih diye bir şey yok. Bunca zamandır yanında oldum senin, olacağım da. Babamın torununu görmesi ise bizim için sorun değil, tam tersine yararımıza. Anlatmak istediğim bu, Meliha Hanım'a meydanı boş bırakmamak, varlığımızı hissettirmek... Hem de babamı en zayıf noktasından yakalayarak! Torun sevgisini şöyle bir tattırıp, o doyumsuz sunumu geri çekerek. Biraz düşün istersen..."

Sessizlik, içinde ne büyük patırtılar gizler bazen. Annem de suskunluk paravanının gerisine çekilmiş, kendi iç hesaplaşmalarıyla ölçüp tartıyordu konuştuklarımızı.

"Karşı tarafın bu yönde bir talebi oldu mu?" diyerek yeniden başlattı tartışmayı.

"Talep değil de, dillendirilmeye cesaret edilemeyen güçlü bir istek desek daha doğru olur sanırım."

"Madem dillendirilmedi, ilk adım senden mi gelecek?"

"Adımların sıralamasını ayarlamak amcama düşüyor. Kararımı verince arayacağım onu."

"Nerede buluşmayı düşünüyorsun?"

İşte çıbanın patlama noktası! Yumuşata yumuşata uzlaşılır kıvama getirdiğim annem, vereceğim yanıt karşısında nasıl bir tavır takınacaktı bakalım...

"Babamı, babamın evinde ziyaret etmek istiyorum."

"Ne!" diye iğne batmış gibi yerinden zıplayıverdi annem. "O kadının yaşadığı eve konuk olmayı içine sindirebileceksin demek..."

"Biz gittiğimizde, o kadın o evde olmayacak! Şart koşacağım... Çocuklu insanım, orada burada buluşmak bana göre değil. En uygun olanı ev ortamı. Meliha Hanım'ın olmayacağı bir ev! Ne dersin anneciğim, bir geceliğine bile olsa, senin dilindeki adıyla *o kadın*'ı o evden uzaklaştırmak, bizim kazanç hanemize yazılmaz mı?"

Annemin de gitgide havaya girdiğini görebiliyordum. Yüz hatları yumuşamış, bakışlarına canlılık gelmişti.

"Yalnız Kaan'la sen mi gideceksiniz?" diye sordu, durumu kabullendiğini ilan eder gibi.

"Hayır. Bülent, Kaan ve ben, üçümüz. Amcam bile bulunmayacak orada..."

Annemi engelleyici olmaktan çıkarıp, destekleyici konumuna taşımanın rahatlığıyla amcamı aradım.

Dedesi yarın akşam Kaan'ı kabul edebilir miydi? Kalabalık yoktu; yalnızca annesi ve babasıyla gelecekti Kaan. Tek şartı vardı: Dedesinin de evde yalnız olması!

DEDE VE TORUN

Karısının hiçbir ziyarete, toplantıya, davete eli boş gittiğini görmemiş olan kocam, bende aradığı ışığı bulamayınca, durumu kurtarmak için kendini ortaya atıyor. Cumhuriyet döneminden günümüze Türkiye'deki gazeteciliğin gelişimi konusunda yazılmış bir araştırma kitabını armağan edecek babama. Ben de elimi kolumu sallayarak gitmiyorum ya... Ayaklı bir hazine götürüyorum Vedat Karacan'a, torununu!

İş toplantıları dışında spor giyinmeyi yeğleyen Bülent'i, gri balıksırtı takım elbisesi içinde özenle hazırlanırken görmek şaşırtıcı. Yetmezmiş gibi Kaan'ı da kendisine uydurmaya çalışıyor. Küçücük erkek çocuklarına takım elbise giydirilmesinden hoşlanmam, gereksiz bir özenti gibi gelir bana. Ancak, babasının heveslendirmesiyle, henüz üç yaşını doldurmadan, böyle ciddi havalı bir takımın sahibi oldu oğlum. Kaan istemese Bülent'e karşı çıkar, asla aldırmazdım o kıyafeti. Ama yumurcak, babasının etkisiyle de olsa yelekli, beyaz Atatürk yaka gömlekli, kırmızı papyon kravatlı, siyah-beyaz pötikare takımı üstüne geçirmek için öyle tutturmuştu ki, mağazaya girip satın almaktan başka seçenek bırakmamıştı.

Bu akşam babası giydiriyor Kaan'ı. Erkek erkeğe giyiniyorlar daha doğrusu. Keyifleri yerinde... Papyon kravatını da taktıktan sonra, Kaan'ın saçlarına jöle sürüyor Bülent. Şöyle bir bakıyorum... Yakışıklı mı yakışıklı, küçük, minyatür bir erkek duruyor karşımda.

Baba oğulun yapılacak ziyareti bu derece önemseyişini, üstlerine başlarına gereğinden fazla özen göstermelerini dengelemek ister gibi, daha sade bir giyim tarzıyla yetiniyorum ben. Siyah bir pantolon, gece mavisi ipek bluz, deri siyah ceket.

Babanın en sevdiği renk mavi değil miydi Verda?

Aynadaki yansımamı beğeniyorum. Abartısız makyajım, saat ve alyans dışında inci küpe ve kolyeden oluşan mütevazı takılarım, omuzlarıma dökülen, rengini iki ton açtırıp üzerine röfle yaptırdığım iri dalgalı saçlarımla, babamla son karşılaştığımızdan çok farklı bir görünümdeyim.

Kapıyı babam açıyor. Beklediğim gibi...

Oysa hiç kapı açtırmazdık ona. Ne içeriden, ne dışarıdan. Evin anahtarı yanında dururdu, ama kendi anahtarıyla açıp girmez, zili çalıp beklerdi. Geliş saatleri az çok belli olduğundan, tetikte olurduk zaten. Evdeyken de kapı açma işi ona düşmezdi. Konukları biz karşılardık nasılsa. Annem gün içinde nereye giderse gitsin, akşam saatlerinde mutlaka evde olurdu. Annem de, ben de tek bir kez bile kapıyı çalıp, babamın açmasını beklemedik.

Bu alışkanlık sürüyordur belki... Meliha Hanım da bizim gibi, kapıyı içeriden ya da dışarıdan açmasına fırsat bırakmıyordur. Ama şimdi evin, babamın evinin dışındayım ben. Ve o, çaldığımız kapıyı tek başına kendisi açmak zorunda. Huyu huyuna, suyu suyuna, inadı inadına benzeyen kaprisli kızı, torununu göstermek için böyle şart koştu diye...

Önce aralanıyor kapı, sonra da ardına kadar açılıyor.

"Buyurun," diyor babam en sevecen, en güleç yüzüyle. "Buyurun, hoş geldiniz..."

Gözleri, Bülent'in kucağındaki Kaan'ın üzerinde ama sırayı bozmuyor. "Hoş geldin Verda," diyerek önce bana sarılıyor. Sonra Bülent'e. Ardından Kaan'a uzanıyor kolları.

Kendi küçük, aklı büyük oğlum benim... İçin için bu karşılaşmanın önemini hissettiğinden mi, yoksa içgüdüsel bir sezişle, kucaklaştığı yabancının kendisi için çok özel olduğunu kavradığından mıdır bilinmez, en az babam kadar içten, sevgiyle, özlemiş gibi sarılıveriyor dedesine.

Yıllar önce annem, babam ve ben inşaat halindeyken görmeye geldiğimiz bu evde attığım ilk adımlar oldukça ürkek ve tutuk. Kucağında Kaan'la babam önde, biz arkada, salona geçiyoruz. Babamın çok iyi tanıdığım dekorasyon zevkini yansıtan klasik, ağır mobilyalar; arkalıkları ceviz oymalı iri koltuklar, kenarları bordürlü kadife perdeler, kristal avizeler; ceviz sehpaların, büfenin, yemek masasının üzerine serpiştirilmiş gümüş ve kristallerin saltanatı...

Gösterdiği koltuklara geçip otururken, kendisi de eşyaları gibi klasik kalmış mı diye bakıyorum yüzüne. Ardından bedenine kayıyor gözlerim. Giyim tarzına bakılırsa, evet, her zamanki klasik çizgisinden ve şıklığından ödün vermiyor hâlâ. Kaan bir yana, "İyi ki Bülent takım elbiselerini çekmiş üzerine," dedirtecek derecede özenle hazırlanmış babam. Bu geceye verdiği önemi vurgulamak ister gibi, ev sahibi olduğu halde, lacivert takım elbise giymiş, açık mavi gömleğinin üzerine Türk motifleriyle bezeli ipek bir kravat takmış.

Gençleşmiş sanki! Belki ilk kez bu kadar aydınlık bakıyor gözleri. *(Kaan'ın varlığından olabilir mi?)* Şakaklarında artış gösteren kırlar, yaşlandıracağına, daha genç, daha yakışıklı görünmesini sağlamak için oradalar sanki.

İki kişilik koltukta yan yana oturuyoruz Bülent'le. *(Dün Meliha Hanım'la beraber oturduğumuz koltuk!)* Babamsa Kaan'ı kucağından indirmeden, karşımızdaki koltuğa yerleşerek hatır soruyor bize. Benim, bir dakika bile yerinde duramayan haşarı oğlum, on yaş birden büyümüş gibi akıllı uslu, konuşulanları dinliyor.

Sehpaların üzerinde kuruyemiş, kuru pasta tabakları var. Masanın üstündeki gümüş gondolün içi çikolata dolu. Önceden hazırlanmış hepsi. Çikolata ikram ediyor babam. Kaan'ın çikolatasını kendi elleriyle yediriyor.

Getirdiği kitap için teşekkür ediyor Bülent'e. İlk karşılaşmalarında yaşanan tatsızlığı söz birliği ederek geride bırakmışlar gibi, sıcak sayılabilecek bir sohbeti paylaşıyorlar. Kitap sayesinde koyulaşıyor sohbet. Türkiye'de gazeteciliğin gelişme safhaları ve geldiği son noktayı tartışıyorlar. Tanımadığım iki aydın insanın düzeyli söyleşisini izliyor gibiyim. Arada bir katılıyorum onlara, dikkatimi veremiyorum konuşulanlara. Babamın, dizine oturttuğu Kaan'la oluşturduğu tabloyu resmederek beyin hücrelerime nakşetmekle meşgulüm.

Babamın sözleri doğrudan bana yöneldiğinde ancak toparlanabiliyorum. Sorular soruyor; mesleğimin neresindeyim, odaklandığım bir hedefim, üzerinde yürümeyi amaçladığım bir yol var mı, iddialı mıyım, yükselmek için gerekli hırsa sahip miyim?

Her zamanki Vedat Karacan! Gözüne girmem için, en az onun kadar iddialı ve hırslı olmalıyım. Bunları duymak istiyor ağzımdan. Kızıyorum, deneyimli ve ünlü bir avukat olması, üniversite öğrencisiymişim gibi beni karşısına alıp sorguya çekmesine gerekçe olamaz. Kaldı ki, onun bende görmek istediği hırsa fazlasıyla sahibim ve mesleğimde atak yapmak için gün sayıyorum. Kaan anaokuluna başladıktan sonra, beni tutabilene aşk olsun! Ama şu an, bunları babama anlatmam gerekmiyor. Tam tersine, onu hayal kırıklığına uğratacak bir şeyler söylemek geliyor içimden.

"Bildiğiniz gibi, bir avukatlık bürosunda çalışıyorum," diyorum sakin ve umursamaz bir edayla. "Tüm gücümle işe asıldığım söylenemez. Çocukla iş bir arada yürümüyor. Şartları zorlamaya niyetim yok. Olduğu kadar..."

Kıpkırmızı kesiliyor suratı, ateş çıkıyor gözlerinden. Ama sesi sakin. "Aldığın, sıradan bir eğitim değil Verda," diyor. "Hukukçusun sen! Kolunda, herkese nasip olmayacak bir altın bilezik taşıyorsun. Bugün değilse de yarın, o bileziğin hakkını vereceğine inanıyorum. İnanmak istiyorum..."

"Biz seni boşuna mı okuttuk o kadar?" demeye getiriyor. Gizlemeye çalıştığı öfkesi, çaresizliği, boşuna olduğunu bile bile doğruyu gösterme çabaları, tanımlayamadığım, garip bir zevk veriyor bana.

Sözlerinin havada kaldığını görünce, "Kahve ya da çay içer misiniz?" diye konuyu değiştiriyor.

Kararsızca yüzüme bakıyor Bülent, "İçeriz desek ne olacak?" dercesine.

Mahcup bir gülümseyişle, "Hâlâ öğrenemedim çay yapmasını," diyor babam. Gözü benim üzerimde, "Yardım edersen beraber yaparız," diye ekliyor.

"Gerek yok," diyorum kesin bir ifadeyle. "Akşamları çay kahve içmiyoruz."

"Meyve suyu getireyim o halde," diyerek Kaan'ı kucağından yere bırakıp mutfağa doğru yollanıyor. Yerimden kıpırdamadan, öylece bakıyorum arkasından. Bülent'in şaşkın ve suçlayıcı bakışlarını görmezden geliyorum. Yardım etmenin de ötesinde, çay ve servis yapmayı tümüyle üstlenmem gerektiğini düşünüyor olmalı. İçdünyamda ne amansız fırtınalarla boğuştuğumu bir bilse...

Ben de bilirim kalkıp ne gerekiyorsa yapmayı ama burası babamın olduğu kadar Meliha Hanım'ın da evi. O yokken, fırsat bu fırsat, mutfaklara girip çaylar demlemek bana yakışmaz. Anlatsam, kocam ne kadar anlar beni bilemiyorum, ama yapıma ters düşecek davranışlar için kimse beni zorlayamaz. Varsın takındığım tavrı yanlış yorumlasınlar, "Kıçını kaldırıp da bir bardak çay vermedi elimize," desinler. Biri kocam, diğeri babam. Beni anlamayan, anlasalar da yanlış anlayan iki erkek! Algılamak istemedikleri bir şeyi kafalarına sokmanın ne zor olduğunu en iyi ben bilirim... Nasıl istiyorlarsa öyle düşünsünler, bu saatten sonra hiç kimsenin arzusu doğrultusunda değişmeye niyetim yok benim.

Kaan'ın gözlerini ovuşturması, ziyaretimizi sonlandırmamız gerektiğini anlatıyor. Babamın bakışlarına oturan hüznü görmemeye çalışıyorum. Kirpiklerim yerde, benzer bir hüzünle gölgelenmiş gözlerimi gizliyorlar. Kapının önünde, çıkmaya hazırlanıyoruz.

"Kaan'ı bana getirdiğiniz için teşekkür ederim," diyor babam. Dudağının kenarında kırık bir gülüş. Kaan'la vedalaşmalarını izlerken, gülümsemeye çalışıyorum ben de.

Saatlerdir babamla paylaştıkları sohbetten cesaret alan Bülent, "Siz baba kız ne kadar benziyorsunuz birbirinize!" deyiveriyor.

Çocukluk günlerimi çağrıştıran sıcacık bir dokunuşla saçlarımı okşuyor babam. "Eskiden görecektin sen," diyor Bülent'e. "Semra'nın, daha önce beni hiç görmemiş bir arkadaşı, 'Siz Verda'nın babası mısınız?' diye sordu bir toplantıda. O derece benzerdik birbirimize. Ama baksana, nasıl da değiştirmiş kendini..."

Annemin adının geçmesi mi, yoksa gecikmiş okşamaların gereksizliği mi damarıma bastı?

(Yoksa, yeni ve amansız bir ayrılığın başlamak üzere oluşu mu?)

Huzursuzum!

Babamsa son sorusunu bana yöneltiyor.

"Böyle de iyi olmuş, yakışmış sana," diyor. "Ama eski halin daha başkaydı. Neden bu kadar açtın saçlarının rengini?"

Alaycı bir gülüşle, parmaklarının arasından kurtarıyorum saçlarımı.

"Aramızdaki son benzerlikleri de yok etmek için!" diyorum.

Son dakika golü atıp galip gelenin ben olduğumu düşünmekle yanılıyorum. Öyle bir yanıt, öyle güzel bir ders veriyor ki bana babam... Asla unutulmaz!

Gözlerinden uyku akan Kaan'ı kucaklayıp havaya kaldırıyor, yanağını yanağına dayıyor.

"Şuraya bak Verda!" diyor. "Kaan'la ikimize. Gücün yetiyorsa, bu benzerliği de yok et. Hodri meydan! Becerebilirsen, haberim olsun..."

SUSMAK, ÇÜRÜTÜLMESİ
EN GÜÇ SAVUNMADIR

Babamın çalışma odasında geçireceğim ikinci gecede, yaşayacağımı peşinen kabul ettiğim duygusal hırpalanmanın yanında, en azından işe yarar birkaç bulgu yakalamayı hedefliyorum.

Bir önceki gecenin ürkekliğini üzerimden attığımı sanıyorum, ama hâlâ, babam çıkıp geliverir de yaptığımın hesabını sorar korkusuyla, çekine çekine geçiyorum çalışma masasının başına. Uzunca bir süre, hücrelerime sinmiş tutukluktan sıyrılmayı bekliyorum. Sonra bilinçsizce çekmeceleri, rafları karıştırmaya başlıyorum. Elimi attığım her yerden kâğıtlar fışkırıyor. Farklı türlerde yazılmış yazılar, şiirler... Teker teker okuyorum hepsini. Titreyen parmaklarımın arasında babam var. Ona hiç bu kadar yakın olmadığımı hissediyorum.

Alt çekmecelerden birinde kalın, ciltli bir defter duruyor. Kapağını açtığımda, babamla yüz yüzeyim. Kaleminden damlamış ya da başka şairlere, düşünürlere ait yüzlerce şiir, dize, özdeyiş, deneme yazıları, notlar... İlk sayfada büyük harflerle yazılmış iki cümle var.

"Susmak, çürütülmesi en güç savunmadır."

Bunun için mi yıllar yılı sustun babacığım?

"İnsanların söyleyemedikleri bazı sözlerin içinde, söylediklerinden daha çok gerçek vardır."

Şimdi ben nasıl ulaşacağım o gerçeklere...

İki saat boyunca çekmeceler, dolaplar, raflar... didiklemediğim yer kalmıyor. Burası, önemli davalara imza atmış deneyimli bir avukatın değil de zamanını okuyup yazmaya adamış, edebiyat, felsefe, psikoloji konularında uzmanlaşmış bir düşün adamının çalışma mekânı sanki. Üstlenilen davalarla ilgili en ufacık bir not yok ortalıkta.

Yer darlığından kitapların üç sıra halinde dizildiği, kitap yoğunluğunun zirveye vurduğu kütüphane de, arayış çabalarımdan payını alıyor. İçerik olarak değil de, kabaca yokluyorum kitapları. Ciltlerini ayırarak, sayfa aralarında gizlenmiş bir şeylerin varlığını araştırarak...

Yok, yok, yok!

Birden dank ediyor kafama. Önemli bir dava üzerinde çalışan avukatın çalışma odasında o davayla ilgili tek bir satırın olmaması doğal mıydı? Hayır! Bu odaya babamdan başka —Meliha Hanım dışında— kimse girmediğine göre, bizzat kendisi yaratmıştı bu yokluğu. Ama dava dokümanını tümüyle ortadan kaldırmamıştı ya! Burada olmasa da, bir yerlere gizlemişti mutlaka.

Karacan Avukatlık Bürosu! Nasıl da düşünemedim? O gittikten sonra, herkesin ulaşabileceği bir yerde durmasını istemediği evrakları, işyerinde korumaya almış olması, en akla yakın olasılıktı.

Yeni güne, şafak sökerken daldığım kâbuslarla örülü uykudan yorgun uyandım. Meliha Hanım'sa aldığı yatıştırıcı ilaçların etkisiyle mışıl mışıl uyumuştu. Dinlenmiş görünen yüzünde sabit kalmış acısıyla, "Günaydın," dedi. "Dişe dokunur bir şeyler bulabildin mi bari?"

"Maalesef," dedim. "El değmedik yer bırakmadım ama, en ufacık bir ipucu yakalayamadım."

Bir kez de onunla beraber taradık odayı. Bir kenara yığdığım defter kâğıt kalabalığına ilgisizce bakıyordu.

"İzninizle bunları almak istiyorum," dedim. "Babamın karaladığı şiirler, denemeler..."

"Hepsini alabilirsin," diye boynunu büktü. "Yalnız buradakileri değil, dışarıdakilerden de... Dediğim gibi, bu evdeki her şey benim olduğu kadar senin de. Ha... bir de kasa var yatak odasında. Gel, ona da bak istersen."

Odasında işe yarar ufacık bir kâğıt parçası bile bırakmamak için onca gayreti gösteren birinin, anahtarı karısının bildiği bir yerde duran kasada kanıt bırakmış olması zayıf bir olasılıktı. Ama ufak da olsa, umut, umuttu...

İlk bakışta çelik kasanın içi oldukça kalabalık, daha doğrusu karışıktı. Ancak, benim beklentilerimi karşılamak açısından, çalışma odasından da çoraktı. Birkaç banka cüzdanı, az miktarda dolar, euro ve Türk parası...

Meliha Hanım, mahcup bir ifadeyle, "Soldaki çekmece bana ait," dedi. "Ufak tefek takılar var içinde. Diğerlerini alabilirsin. Hatta onlardan da, beğendiğin olursa... Ne yapacağım bu yaştan sonra?"

"Benim işime yaramaz hiçbiri," diyerek gülümsedim. "Böylece kalsınlar. Veraset ilamı çıktıktan sonra hepsi sizin. Banka hesaplarından pay almaya niyetim yok. Bu evden de."

"Neden ama?" diye kocaman kocaman açtı gözlerini. "Ölüm hak, miras helal derler ya..."

"Desinler. Payıma düşen hakkı size helal ediyorum ben."

Meliha Hanım, banka cüzdanlarını bir araya toplamak için elini uzatınca, aralarından bir anahtarlık düştü kasanın iç yüzeyine. Ucunda, biri büyücek, diğeri daha ufak iki anahtar...

"Nerenin anahtarları bunlar?" diye sordum.

"Bilmem ki," dedi Meliha Hanım. "Daha önce hiç görmedim. Vedat mı koydu buraya acaba?" Birden canlanıp ekledi. "Hiç değilse bunları al kızım, işine yarar belki."

Anahtarlardan birinin üzerine işaret kalemiyle kırmızı bir çarpı konulmuş. Diğerinin şekli farklı. İki ayrı yeri açıyor olmalılar. Pek bir şey çıkacağını ummasam da, anahtarları alıp çantama atıyorum.

Çelik kasa, içindekilerle beraber sonsuza dek kapanıyor benim için. Aradığım, para pul, ev bark, mirastan alınacak pay değil, yoluma ışık tutacak küçücük bir *iz* yalnızca...

KARACAN HUKUK BÜROSU

Kadınların taziye evinde yedi gün oturacak olmaları beni bağlamıyor. Kendilerine biçilen üç günlük yas süresini tamamlayıp günlük yaşamlarına dönen erkeklerle beraber, ayaklanıveriyorum ben de. Babamın yedisini yapmadan Ankara'dan ayrılmaya niyetli değilim. Ama yapmam gereken onca önemli iş varken, geride kalan günlerimi oturarak geçirmem savurganlık olur.

Üç gündür kapalı kaldığım dört duvar arasından sokağa çıkmak, yüzüme çarpan serin havayı solumak, umulmadık bir anda alınan darbeyle ezberi bozulmuş bedenime ve ruhuma ilaç gibi geliyor.

Hava yumuşamış. Hiç durmamacasına deli gibi yağan karın oluşturduğu karla buz karışımı kalıpların çoğu erimiş. Erimeyenler de belediye ekiplerince kürenerek, kirli tortular halinde kaldırım kenarlarına, duvar diplerine yığılmışlar.

4. Cadde'den Beşevler'e kadar yürüyorum. Attığım her adımda biraz daha iyi hissediyorum kendimi. Daha da uzatabilirim yürüyüşümü ama, zamanımı iyi kullanmak zorundayım.

Beşevler Metro İstasyonu! Gülümseyerek bakıyorum tabelaya. Öğrencilik günlerimde, Ankara'da metro yoktu. Dolmuşla gider gelirdik okula.

Durağın önünde sıralanmış taksilerin önünden geçip metro istasyonunun merdivenlerinden aşağı iniyorum. Ankara'daki ilk metro deneyimim olacak bu.

Kızılay'da iniyorum metrodan. Uzun zamandır gelinmeyen yerlerdeki, orada yaşayanların pek fark etmediği değişiklikler, dışarıdan gelen biri tarafından hemen fark ediliverir. Ben de, doğup büyüdüğüm şehri yabancı gözüyle irdelerken, bu farkları rahatlıkla görebiliyorum. Dikkatimi çeken, Ankara'nın en az değişime uğrayan yerinin, Kızılay olduğu. Büyüyüp gelişmesine izin verecek bir alana sahip değil çünkü. Çapı sabit bir çemberin içinde kısılıp kalmış gibi. On yıl önce nasılsa, neredeyse milimetrik oynamalarla, şimdi de aynı.

Bakanlıklar'a doğru ağır ağır yürüyorum. Sol kolda Meşrutiyet Caddesi'ne kıvrılmadan, köşede durup soluklanıyorum biraz. Yorulduğumdan değil, gideceğim yere varışımı elimden geldiğince geciktirmek için...

Meşrutiyet Caddesi'ni kesen sokaklardan biri: Karanfil Sokak! Ağırlaşmak bir yana, geri geri gidiyor adımlarım. Ve sonunda ulaşmam gereken adresteyim: Gündoğdu Apartmanı Kat 2 / Karacan Hukuk Bürosu.

Asansörü görmezden gelip, yıllarca gide gele arşınladığım merdivenleri adımlayarak ikinci kata çıkıyorum. Zile uzanan elimin titreyişinin durdurmam mümkün değil. Acımasız bir ses yankılanıyor beynimde...

Çalacağın kapının ardında, görmeyi umduğun kişi yok artık!

Başta babamın can dostu, dava arkadaşı Remzi Bey olmak üzere, en kıdemli avukatından çaycısına kadar büroda kim varsa, seferber oluyor benim için. Geniş bekleme salonuna alıyorlar beni. Hepsi çevremde... Kendi belirledikleri sıraya göre, teker teker elimi sıkıp taziyelerini iletiyorlar. Aralarında yıllar öncesinden tanıdıklarım da var, daha önce hiç görmediklerim de.

Buluştukları ortak nokta, babama duydukları sevgi saygı ve şimdi de dayanılmaz bir özlem... Çoğunun gözünde yaş var, hüzün kokuyor konuşmaları. Babamızdı o bizim diyorlar, bambaşkaydı o diyorlar, asla yeri doldurulamaz diyorlar...

Staja yeni başlamış genç bir avukat, "Onun yaptığını babam yapmadı bana," diyor.

Çayhanede çalışan Nermin Hanım'ı da yıllar önce babam işe almış. "Kocam evi terk edince üç çocukla ortada kaldım," diyor. "Vedat Bey işe aldı da yeniden ışık doğdu evimize. Onun sayesinde adam oldu çocuklarım."

Babama sağlığında iletemedikleri minnet duygularını, sevgi dolu sözcükleri bana yönelterek içlerini döküyorlar kendilerince. Yanlış adresteler oysa. Babama ait övgülerin, sevgi iletilerinin muhatabı olmayı hak etmiyorum ben.

Kafamdan geçenleri yadsırcasına, "İyi ki geldin Verda!" diyor Remzi Bey. "Vedat'ın gerçek adresi burasıydı. İnanıyorum ki, seni burada görmek, onu da mutlu etmiştir."

"Görür o bizi, görür..." diye iki yana sallanarak kendi kendine söyleniyor Nermin Hanım. "Kızının geldiği ayan olmuştur ona."

Remzi Bey, "Hadi Nermin Hanım, bize birer çay getiriver," diye kesmese, susacağı yok. Ama kendini ifade ediş biçimi öyle doğal ki, taziyeye gelip göstermelik üzüntülerini sergilemekte yarışan nicelerinden çok daha candan olduğuna inanıyorum.

Kalabalığın dağılmasıyla, "Babanın odasına geçelim istersen," diyor Remzi Bey. Oraya gelişimin asıl nedenini çok iyi biliyor, sabırsızlığımın farkında.

Herkesin girip çıktığı bir yer olmasa, burada oturmayı sürdürmek daha çok işime gelir. Babamın odasına girecek gücü toplayamamaktan korkuyorum çünkü. Ancak konuşacağımız konuların önem derecesi, bekleme salonundan daha korunaklı bir mekânda bulunmamızı gerektiriyor.

Babamın odasındaki ilk yarım saatimiz, tazeliğini koruyan acıları dile getirip, eskileri yâd etmekle geçiyor. *Neden*'le başlayan sorular geliyor ardından. Ne yazık ki Remzi Bey de yanıt veremiyor sorularıma.

"Şu Çayyolu davası," diyorum. "Basında izlediklerim dışında fazla bilgim yok. Babamı derinden etkileyecek, diğer arazi davalarından farklı bir yanı var mıydı?"

"Hayır. Ancak kendini gereğinden fazla kaptırmıştı Vedat. Yılan hikâyesine dönüp uzadıkça, onur meselesi haline getirdi sanırım. Taraflar da adı belli, ünlü aileler olunca..."

"Bildiğiniz ayrıntıları anlatırsanız sevinirim. Davanın özü ne? Nereden kaynaklanıyor?"

"Tartışmaların başlangıcı çok uzun yıllar öncesine dayanıyor. Bilirsin, kadastro kavramının henüz devreye sokulmadığı yıllarda, arazilerin yeri ve sınırları *ada*, *parsel* gibi resmi tapu diliyle değil, el yordamıyla tanımlanıyordu. 'Emmim oğlunun bahçesinin kıyısından, dağın yamacına kadar uzanan arsa' ya da 'Ayşe Bibi'nin pamuk tarlasıyla muhtarın evinin arasında kalan arazi' diye belirlenirdi topraklar. Tapu ve kadastro işlemleri uygulamaya konulduğunda da, ister istemez bu tanımlamalar dikkate alındı. Elde başka veri yoktu çünkü. Taraflar aynı görüşte uzlaşırlarsa sorun çıkmıyordu. Ancak bu davada da olduğu gibi, el yordamı sınırlar tarafları memnun etmeyince, mahkemeler arazi davalarıyla dolup taşar oldu."

Bana ne bunlardan? "Bütün arazi davalarının canı cehenneme!" diye bağırmamak için zor tutuyorum kendimi.

"Dava dosyalarını görmem mümkün mü?"

Sabırsızlığımı, hedefe ulaşmak için dolambaçlı yollardan değil, en kestirme yoldan ilerlemek istediğimi başka nasıl anlatabilirim?

"Tabii," diyor Remzi Bey. "Vedat'ın birinci dereceden mirasçısı olarak hakkın bu. Ancak, neyin nerede olduğunu ben de bilemiyorum. Oda senin... Umarım aradığını bulursun. Yardıma gerek duyarsan, yandaki odadayım ben."

Tam kapıdan çıkacakken geri dönüyor.

"Benim özel anahtarlarımın bir kopyası onda, onunki de bende dururdu," diyerek dava dosyalarının bulunduğu dolabın anahtarını bırakıp çıkıyor.

Bir süre, elimi hiçbir şeye sürmeden öylece oturuyorum. Masanın üzerinde duran sumenin hemen gerisindeki randevu defterine ilişiyor gözüm. Önemini çoktan yitirmiş eski randevulara göz gezdiriyorum. Tanımadığım isimler, anlamlandıramadığım yığınla buluşma yeri, tarihi, saati... Ürperiveriyorum birden. Son randevusunu ölümünden üç gün öncesine vermiş babam! Sonrasında tek bir çizik yok. Birileriyle buluşup konuşmayı, tartışmayı gündeminden çıkarmış. Apaçık ortada... Son kez, *ölüm*'le randevulaşmış babam!

Bordo rengi maroken sumenin içi, masasının orta ve yan çekmeceleri, en az evdeki çalışma odası kadar dilsiz. Beklenen de bu zaten, hayati öneme sahip belgeler ortalıkta gezecek değil ya.

Remzi Bey'in verdiği anahtarla dava dosyalarının ve el altında tutulmaması gereken evrakların bulunduğu, duvara dayalı, boyu neredeyse benim boyuma ulaşan dolabı açıyorum. Çok sayıda evrak ve dosya arasından, üzerinde *Çayyolu* yazan klasör grubunu bulmam zor olmuyor. Çayyolu 1, Çayyolu 2 diye gidiyor klasörler. İlkini açıp, tarih sırasına göre dizilmiş duruşma tutanaklarını okumaya koyuluyorum. Davalardan ilki on iki yıl öncesine uzanıyor... Sıradan bir arazi davası görünürde, ancak son derece geniş kapsamlı. Böyle ayaküstü göz gezdirmekle hiçbir yere varamayacağım açık.

Şimdilik kaydıyla toplayıp dolaba yerleştiriyorum klasörleri. Yüreğimde palazlanıp boğazıma doğru yürüyen burgacın soluksuz bıraktığı bedenim, daha fazlasına izin vermiyor. Bugün için, açıkta duran, açıkta durduğu için de ulaşılması daha kolay, daha yüzeysel verilerle yetinmeye karar veriyorum ve ders çalışmaktan sıkılmış, oyalanacak ilginç bir şeyler arayan öğrenciler gibi, odanın içinde amaçsızca geziniyorum.

Hukuk kitaplarının ağırlıkta olduğu kütüphane, çeşitli nedenlerle verilmiş plaket ve ödüllerin sıralandığı vitrinli dolap, çalışma masasının hemen önünde yer alan deri koltuklar... Ve ikinci bir oda gibi duran arka bölümdeki, duvarı boydan boya kaplayan, ilk kez gördüğüm, balıktan çok yeşil ve mavinin her tonunu bünyesinde barındıran, bitkisel zenginliğiyle bakanlara suyun altındaymış duygusunu verecek görkemde bir akvaryum. Sağ köşesinde elyazısıyla yazılmış bir yazı var: *Dilsiz dostum, sırdaşım.* İlginç! Bir günlüğüne çözülse o dil, neler anlatır, hangi sırları açığa vurur kim bilir...

Akvaryumun tabanı, işyerinin sade görünümüyle uyuşmayan, orada bulunan tüm eşyalardan farklı olarak, ceviz işlemeli antika bir büfenin üzerine oturtulmuş. İkisi, daha önceki gelişlerimde burada görmediğim akvaryum ve büfe, diğerlerinden bağımsız, ayrı bir köşe oluşturmuşlar.

İçgüdüsel bir hareketle büfeyi açmaya yelteniyorum. Ancak, oymalı kapının üstünde kilit var. Nerede bunun anahtarı? Dışarı çıkıp Remzi Bey'den yardım istemeyi düşünüyorum önce, vazgeçiyorum hemen. Anahtar onda olsa, diğeri gibi onu da baştan vermez miydi bana?

Meliha Hanım'ın evdeki kasadan çıkarıp verdiği anahtar geliyor aklıma... Heyecandan keçeleşmiş parmaklarımla sımsıkı tuttuğum anahtarı kilide yerleştirip çeviriyorum. Kulaklarımı okşayan "kılik" sesi eşliğinde açılıveriyor kapı.

Hiçbir şeyi rastlantıya bırakmazdı babam. Şu an yaşadıklarımı, dakikası dakikasına önceden tasarladığına eminim ve çok önemli bir dönemecin başında olduğumu hissedebiliyorum. Remzi Bey'in verdiği anahtar ve o anahtarın açtığı kapının arkasındakiler de özeldi. Her önüne gelenin eline geçmemesi gereken nice gizler vardı o dolabın içinde. Ama bu anahtar bambaşka, Remzi Bey'e bile vermemişti babam, evinin kasasında tutmayı yeğlemişti.

Akıl yürüterek, anahtarı benim bulacağımı, bu kapıyı benim açacağımı düşünmüş olabilir mi? Öyleyse eğer, bana söylemek istediği ne varsa, burada gizli...

Hayal kırıklıklarının baş nedeni, beklentilerin yüksek tutulması değil midir? Benimki de o hesap... Dava ve duruşmalarla ilgili tek bir resmi evrak yok dolabın içinde. Yapılacak konuşmalar ve savunmaların müsveddeleri, çalakalem tutulmuş notlar, kimlere ait olduklarını çıkaramadığım yığınla kartvizit, eski yıllara ait ajandalar... Evdeki çalışma odasının küçük bir kopyası sanki.

Tam kapatacakken, dolabın gerisinde, sert bir cisme çarpıyor elim. Uzanıp alıyorum. Porselen, ağzı kapalı, yuvarlak bir kutu. Sarı pirinçten yapılmış kapak çemberini açınca, donup kalıyorum. Kutunun içi kül dolu! Kapkara, pul pul, üfleyince uçuverecekmiş gibi duran, narin bir kül yumağı. Tanıması zor değil, kâğıt külü bu. Bir şeyler yakılmış belli ki. Kimsenin eline geçmesin diye. Bir yerlere savrulabilirmiş ama savrulmamış. Ya kıyamadığından atamamış yakan ya da bu kutuyu ele geçirecek olana bir şeyleri kanıtlamak istemiş.

"İstesem hiçbir şey bırakmazdım geride. Hepsini yakıp küle dönüştürmek varken... Bıraktıklarımı azımsama sakın! Başkalarından esirgediğimi sana sunuyorum. Gözünü aç ve görmeye çalış..."

Bu muydu bana söylemek istediği?

Dolabın içini kaplayan kâğıt kalabalığına bakıyorum çaresizce... Aradığının/bulmak istediğinin ne olduğunu bilmeyen birinin, bilinmezleri yoklayarak yol almaya çalışması, iki yanı uçurum daracık bir patika üzerinde gözü kapalı koşmaya kalkışmaktan farksız. Her şeye rağmen kararlıyım, girmiş olduğum bu yoldan, asla geri dönüş yok!

İZ

Yeniden iz peşine düştüm, farkında mısın?

Senin izinin peşine babacığım! Her zaman olduğu gibi...

Düşünüyorum da, dünyanın düzenini tersine çevirdik biz. Sen ve ben...
Yakın ve uzak çevremizdeki baba kız ilişkilerine bir bak, bir de bizimkine.
Zerre kadar benzerlik var mı aralarında?

Yalnız bizde değil, dünyanın her yerinde babalar kızlarının peşinde-
dir hep, onları adım adım izlemekten asla vazgeçmezler. Doğdu, büyüdü,
okullu oldu, sevdalandı...

Evin dışına çıktığında neler yapıyor acaba? Dünün kucakta hopla-
tılan bebeği, hangi sularda yürüyor da izini belli etmiyor? Nelerden etki-
leniyor, ruhsal dünyası sağlıklı mı? Kötü arkadaşlıklar, kötü alışkanlıklar
edinmesin sakın!

Evlendirmekle de bitmiyor babanın işi. (Bizimki bitmiş görünse de!)
İçin için kıskanmaktan kendini alamadığı bir başka erkek, damat, kızını
mutlu edebiliyor mu? Üzüyor mu yoksa! Her şey yolunda dese de kızı, izle-
yip kendi gözleriyle görecek ki, rahat etsin.

Dedim ya, bizimki tam tersi!

Kendimi bildim bileli senin izini sürüyorum babacığım. Hangi takımı
tuttuğunu öğrenmek için bile dedektif titizliğiyle çalışmak zorunda kaldım.
Siyasi görüşün hakkında hüküm vermek içinse bir ihtilal, bir muhtıra ya-
şamamız gerekti.

Kalın bir sis perdesinin arkasında duruyordun hep. Benim payıma düşen, karanlıkların içinde belli belirsiz bir iz bulma çabasıydı. Annemin yönlendirmesiyle, hiç istemediğim halde, gönül maceralarının izini sürmek de işin bir başka cephesiydi.

Topluluk içinde kendi âlemine dalacağına, "Babam nereye bakıyor, kiminle ilgileniyor?" diye nöbet tutan, benden başka kaç genç kız tanıdın babacığım?

Şu yaşıma geldim, boyumca evladım var... Senin izini sürüyorum hâlâ! Uzun zamandır ara vermiştik oysa, kendi haline bırakmıştım seni. Ama öyle bir deprem yarattın ki gidişinle... kaldığımız yerden devam etmeye zorunlu kıldın beni.

Bu seferki, öncekilere benzemiyor pek. Onur meselesi oldu benim için... Keşke yolumu aydınlatacak parlaklıkta, belirgin izler bırakabilseydin geride. Ama zoru seversin sen. Birilerini zora koşmayı da.

Şikâyetim yok. İyi ki bu çizgide yetiştirmişsin beni. Yoksa kim baş koyacaktı bu davaya?

Geldiğim şu noktada, bir arpa boyu yol alamadım henüz. Şurası kesin ki... birileri benden çok şey biliyor. Ve ben o birilerini bulup konuşturmaya kararlıyım babacığım. Her ne pahasına olursa olsun... Üzerinde yürüdüğüm izler, beni nereye sürüklerse sürüklesin...

SIRA DIŞI BİR AKVARYUM

Ertesi sabah, hangi içgüdüsel dürtünün akışına kapıldığımı bileme-
den, ait olmam gereken biricik yer burasıymış gibi büronun kapısında bu-
luyorum kendimi. Babamın odasına girdiğimde Nermin Hanım, botanik bahçesini an-
dıran akvaryumu temizliyor. Yaptığı işe öyle dalmış ki, "Kolay gelsin,"
dememle yerinden zıplaması bir oluyor. Ellerini kurulayıp, "Hoş geldiniz
Verda Hanım," diyor. "Çay getireyim size. Yeni demledim, tazedir."

"Acelesi yok, işine bak sen," diye engelliyorum. Babamın ölümünden
sonra bile odasına, eşyalarına gösterdiği özen hoşuma gidiyor.

"Vedat Bey için çok değerliydi bu akvaryum," diyor hüzünden taraz-
lanmış sesiyle. "En yorgun, en sinirli zamanlarında şu koltuğa oturur, göz-
lerini suların derinlerine diker, dalar giderdi..."

"Ne zamandır burada bu akvaryum?"

"On yıl oldu galiba. Belki daha fazla... İşe yeni başlamıştım ben."

Buraya uğramayalı o kadar olmuş demek!

Alıcı gözüyle, dikkatle inceliyorum akvaryumu. Daha önce gördük-
lerime hiç benzemiyor. Kalın çeperli cam küvetin içinde kimi eninc, kimi
boyuna yayılmış, yemyeşil çayırlarla dev boyutlardaki eğreltiotlarını an-
dıran bitkileri tanımakta zorlanıyorum. Öylesine koyu yeşil ki yaprakla-
rı, suyun rengi neredeyse neftiye dönüşmüş. Yaprakların sıklığından diğer
canlılara yeterince yer kalmamış. Nazlı devinimlerle salınan birkaç iri ba-

lık, akvaryumun gerçek sahibi değillermiş gibi, sualtı ormanını oluşturan yeşil otların arasında gezinmekteler.

"Sıra dışı bir akvaryum," diye mırıldanıyorum.

"Öyledir," diyerek gülümsüyor Nermin Hanım. "Yılların emeği var üzerinde. Her akvaryumda yoktur bu otlar. Nereden buldu, nereden getirdi bilmiyorum ama, kocaman kavanozlar içinde taşıdı hepsini. Günlerce uğraştı, titizlendi. Zahmetine değdi ama. Tam bir huzur köşesi oldu burası onun için..."

Nermin Hanım'ın getirdiği çayı yudumlarken, babamın, akvaryumun karşısında otururken duyduğu huzuru ve dinginliği yakalamaya çalışıyorum... Olmuyor. Nefti yeşilden laciverde, su yeşilinden griye evrilen renkler hiçbir şey fısıldamıyor kulağıma. Anlıyorum ki, asıl sahibini, dostunu arıyor; benim gibi geçerken uğramış bir iz sürücüsüyle yakınlık kurmaya, dostuyla paylaştığı gizleri ortaya dökmeye niyeti yok.

Çantamdan çıkardığım anahtarla akvaryumun zeminindeki dolabı açıyorum. Dikkatle, sabırla, elime gelen küçüklü büyüklü her nesneye aynı özeni göstererek, incelemeye koyuluyorum. Kafamda bin bir soru... Son günlerinde, babamın yakın ya da uzak çevresinde kimler vardı? Bunalımlarını birileriyle paylaştı mı?

Dolabın içindeki ceviz kutudan çıkarıp masanın üzerine yaydığım kartvizit kalabalığına çaresizce bakıyorum. Tanımadığım, görmediğim, adlarıyla ilk kez karşılaştığım kadınlar, erkekler... Hiçbir şey ifade etmiyorlar benim için. Nerede, ne zaman, hangi nedenlerle beraber oldular babamla, yaşamının içine ne derece sızdılar, ölüme uzanan yolun neresine kadar eşlik ettiler ona?

İçinden çıkılacak gibi değil. İşe yarar bir şeyler bulma umudum olmasa da, kurşun askerler gibi benzer kalıptaki kartvizitleri tek tek elime alıp, üzerlerinde yazan adları, meslek ve iletişim bilgilerini okumaya başlıyorum.

Okuduğum adlar arasında her meslekten insan var. Doktorlar, özellikle ilgimi çekiyor. Çevresiyle paylaşamadığı önemli bir rahatsızlığı vardı belki. Ancak, doktorlardan sağlık hizmeti alacağına, onlara avukatlık hizmeti vermiş de olabilir babam. Gene de gözüme farklı görünen birkaç tanesini kenara ayırıyorum.

Hiçbirini atlamadan, dikkatle inceliyorum hepsini. Kolayca atlayabileceğim küçük ayrıntıların, en belirleyici ipuçları olmadıkları ne malum? Kartların arka yüzleri de titiz araştırmacılığımdan paylarını alıyorlar. Bazılarında kocaman birer çarpı işareti var. Ayıp aslında, birisine kartımı verirken arkasını asla çizmem ben. Karşımdakine güvensizlik anlamına gelir bu. Kötüye kullanacağından kuşku duyacağım birine zaten kartımı vermem.

Kâğıt ve karton yığınları arasında dolaşımımı sürdürürken, bir kart ilişiyor gözüme. Diğerlerinden hiçbir farkı ve ayrıcalığı olmayan bir kart: *Avukat Vural Türkoğlu*. Altında iletişim bilgileri, telefon numaraları var. Arkasını çevirince, tükenmezkalemle yazılmış tarih ve saati görüyorum: *16 Mayıs - 11.00*.

Yılı belli değil. Üç ya da on yıl öncesine ait olabilir. En iyimser yaklaşımla, son 16 Mayıs olduğunu varsayarsak, şu anda ocak ayında olduğumuza göre, sekiz ay öncesine ait bir randevu talebi olabilir mi bu?

Dolaptaki eski yıllara ait ajandaları çıkarıyorum. İşte bir önceki yılın ajandası... 16 Mayıs sayfası boş! Ondan önceki yılın ajandasını alıyorum elime. Umutsuzca, dalgın dalgın çeviriyorum sayfalarını. Ve... 16 Mayıs! Açık ad yazılı değil ama, tarihin yanında "V. T." harfleri yazılı. Hemen altındaki, *Saat: 11.00* yazısı da baloncuk içine alınmış.

Derin bir nefes alıp arkama yaslanıyorum. Zerrece önemi yok belki, ama olsun. Boşluğa attığım taş, ilk kez bir yere değdi ya, adres yanlış olsa da umurumda değil.

Benzer bir şeyler bulabilme umuduyla ajandanın sayfalarını çeviriyorum... İlginç! "V. T." işaretli başka tarihler de var defterde. Ne anlama geliyor bu? İki avukat, belki arkadaşlar ya da ortak bir çalışma içindeler ve randevulaşıp buluşuyorlar... Neresi olağanüstü bunun?

Of Verda! Bula bula bunu mu buldun be kızım...

Önce kapıyı tıklatıp, ardından başını içeri uzatarak, "Remzi Bey kahve içmeye çağırıyor sizi," diyen Nermin Hanım'ın sesiyle sıyrılıyorum daldığım âlemden. Okkalı bir Türk kahvesi, kurguladığım saçmalıkların üzerini örter mi acaba?

Burnunun ucuna kadar indirdiği gözlüğünün arkasından, "Nasıl gidiyor?" diye soruyor Remzi Bey.

"Boşuna çabalıyorum galiba," diyorum açıkyüreklilikle. "Karanlığın içinde körlemesine bir arayış benimki. Sonuçta hiçbir şey çıkmayacak galiba... Babam, davayla uzaktan yakından ilgisi olmayan bir nedenle de yaşamına son vermiş olabilir. Ama bana düşen, gidebildiğim yere kadar gitmek."

Nermin Hanım kahveleri bırakıp çıkıyor.

"Elimi attığım her yer bilinmezlik kokuyor," diyorum. "Yığınla kartvizit var dolapta. Tanıdığım tek kişi yok içlerinde. Örneğin Avukat Vural Türkoğlu! Tanır mısınız kendisini?"

Belli belirsiz bir gölge geçiyor Remzi Bey'in gözlerinden. Ancak, "Tanımaz olur muyum, başarılı bir avukattır kendisi," derken gayet sakin.

"Avukat olduğu belli," diyorum sabırsızca. "Önemli olan, babamla arasında ne tür bir ilişkinin var olduğu."

"Vural Türkoğlu, bizden epey genç bir meslektaşımız. Avukatlık stajını burada, bizim büromuzda yaptı. Yıllar önce de Vedat'la aynı davayı savunmuşlardı. Aynı taraftaydı o zaman."

İrkiliveriyorum.

"Ya sonra?"

İstemeden ağzından kaçırdığı son cümleyi açıklamak zorunda kalıyor Remzi Bey.

"Vural Türkoğlu, Çayyolu davasında Alpagut ailesini savunuyor. Yani karşı tarafın avukatı!"

Kafamı toparlamakta, söylenenleri yerli yerine oturtmakta güçlük çekiyorum.

"Şimdi siz, babamın karşı tarafın avukatıyla görüştüğünü mü söylemek istiyorsunuz?"

"Bunu da nerden çıkarıyorsun?"

"Vural Türkoğlu'nun kartvizitinin arkasında randevu tarihi ve saati vardı. Ajandalara baktım, bir kez değil, defalarca buluşmuşlar."

"Ne var bunda?" diye dikleniyor Remzi Bey. "Bizler meslektaşız. Karşı tarafların avukatları oldular diye düşman mı kesileceklerdi birbirlerine? Sen de çok iyi bilirsin ki, davalar bitse de dostluklar sürer bizim camiamızda." Sesini yumuşatarak devam ediyor. "Karşı tarafın avukatıyla görüştü diye babanı suçlayamazsın Verda. Vedat Karacan, bu camianın en dürüst, en güvenilir avukatlarından biriydi. Müvekkillerini satacağına ya da karşı tarafın avukatını satın almaya kalkacağına, bu mesleği bırakıp gitmeyi tercih ederdi."

"Bana babamı anlatmayın Remzi Bey, onu savunmanız gerekmez. Beraberliğimiz ayrılıklarla bölünse de, çok iyi tanıyorum onu. Dürüstlüğünden zerrece kuşkum yok. Hukuk fakültesine kaydımı yaptırdığımda, o günlerde inceliğini tam anlamıyla kavrayamadığım, altın değerinde deneyimlerini paylaşmıştı benimle. Şerefli mesleğimize kara çalmak isteyenler var, demişti. 'Ben avukat değil hâkim tutarım!' diyen, karar gücünü elinde tutan insana rüşvet vererek işini yürüteceğini iddia eden insanların varlığından söz etmişti. Her meslekten çürük diş gibi bozuk yapıda insanlar çıkabilirdi, ama bunlar bir elin parmaklarını geçmeyecek kötü örneklerdi. Hukuk fakültesine girenlerin hedefi, hukukçu olmaktan önce, meslek onurunu ayakta tutmak olmalıydı... Kızına bunları öğütleyen bir baba, karşı tarafın avukatıyla işbirliği yapabilir mi Remzi Bey? Buluştuysa buluştu, vardır elbet bir nedeni."

Remzi Bey'in odasından çıkarken, söylediğim her sözün arkasında durmakla beraber, bu ilginç buluşmaların nedenini merak etmekten kendimi alamıyorum...

ÇAYYOLU DAVASI

Gerilimli geçen kahve sohbetinin ardından işbaşı yaptığımda, kartları, ajandaları, gizlerini çözemediğim için gözüme anlamsız görünen kâğıt yığınlarını bir yana bırakıp, yeniden dosyalara yönelerek *Çayyolu* klasörlerinden ilkini açıyorum. En başta, Çayyolu ile ilgili, öncesinde oraları görmemiş, tanımayan birini bile fikir sahibi kılacak derecede ayrıntılı bilgileri içeren ince bir dosya var.

Ankara merkezine yirmi, Yenimahalle'ye bir kilometre uzaklıkta olan Çayyolu, son yıllarda büyük gelişim gösteren, eski bir Türk köyü. İlk adı *Kutuğun*. Dört yüz yıllık köyün kurucuları Arslan ve Koç sülaleleri. Çevre köyler arasında eğitim düzeyi en yüksek olan Çayyolu halkı, 1980'lere kadar şehir merkezinde yaşarken, imarlaşmayla beraber köye dönüş başlamış.

Köyün ekonomisi eskiden tarım ve hayvancılığa dayanırken, yerleşim birimine dönüşünce bu ekonomik etkinlikler neredeyse tamamen ortadan kalkmış. Önce konutlar, konut siteleri, ardından restoranlar, mağazalar, spor, sağlık ve alışveriş merkezleri... Öyle hızlı bir gelişim göstermiş ki, kısa zamanda Ankara'nın ilk gözbebeği Çankaya ile benzerlikler taşıyan, sosyoekonomik düzeyi yüksek, çok sayıda sitenin yer aldığı bir cazibe merkezi haline gelmiş.

Alt tarafa, kendi elyazısıyla, çıkardığı sonucu eklemiş babam. "Toprakların her bir karışı altın değerinde. Kaçınılmaz sonuç: Kapanın elinde kalan arsa ve araziler, uğrunda kıyasıya savaşılacak rant kaynakları olup çıkmışlar!" Paylaşılamayıp davaya konu olan arazinin bir krokisi var ekte. Babamın müvekkili olan Arslanlı ailesine ait parsellerin sınırı kırmızı, Alpagut ailesine ait olanlarınki mavi kalemle çizilmiş. Arada yeşil renkle taranmış bir bölge var. İki tarafın da kendine ait olduğunu iddia ettiği, çıban başı olan yer. Üstünde *Arslanlı AVM*[1] yazan bir bina çizilmiş üzerine. Arslanlı ailesinin inşasını başlattığı, ancak Alpagutların yıkım kararı alınması isteğiyle inşaatını durdurdukları alışveriş merkezi projesi.

Ve sözü edilen yıkım kararının alınmaması için mesleki kariyerini ortaya koyan bir avukat... Vedat Karacan, benim babam!

Ani bir kararla dosyayı koltuğumun altına alıp yerimden fırlamamla, kendimi Remzi Bey'in karşısında bulmam bir oluyor. Remzi Bey'in üzerinde çalıştığı masaya yayılmış kâğıtların üstüne koyuyorum dosyayı. Doğrudan konuya giriyorum.

"Bundan sonrasında kim savunacak Arslanlıları? Kim devralacak babamın davasını?"

Beni kısa süre içinde yeniden karşısında görmenin şaşkınlığı, söylediklerimin etkisiyle pekişerek, Remzi Bey'in yüzünün ortasına oturmuş kocaman bir hayret yumağına dönüşüyor.

"Bilmem ki," diyor. "Henüz çok yeni. Birisini atarlar elbet..."

"Bu davayı ben üstlenmek istiyorum Remzi Bey. Babamın bıraktığı yerden davayı devralmak ve onun istediği sonuca ulaştırmak..."

"Neden olmasın?" derken, anlamlandıramadığım, tutuk bir tavır içinde Remzi Bey. Beni korumak, kollamak adına böyle davranıyor sanırım.

---

(1) Alışveriş Merkezi.

Babamı üzen, canından bezdiren bir davanın, bu kez de beni örseleyebileceğini düşünüyor. Bu yeni gelişmeden pek hoşlanmasa da konuşmasını sürdürüyor. "Davayı üstlenmen için Arslanlı ailesinin vekâlet vermesi gerekir. Onların tercihinin de senden yana olabileceğini düşünüyorum."

O an aklıma geliveren küçük ama benim için önemli bir ayrıntıyı paylaşıyorum Remzi Bey'le.

"Arslanlı ailesinden, babamın cenazesine gelen oldu mu?"

"Hayır," diyerek başını öne eğiyor. Sonra da gerekçesini açıklamaya koyuluyor. "Anneleri Mebrure Hanım epey yaşlandı, pek nadir çıkar evinden. Şirketin ve ailenin bütün yükü oğlu Aydın Arslanlı'nın üzerinde. Cenaze günü yurtdışındaydı o da. Dikkat etmedim ama, gelmeseler de çelenk göndermişlerdir mutlaka."

"Ya Avukat Vural Türkoğlu? O da mı gelmedi cenazeye?"

Ne gereksiz bir soru bu böyle! Ağzımdan çıkar çıkmaz pişman oluyorum. Yanıtını beklemeden yerimden doğrulup gitmeye hazırlanırken...

"Cenazeye gelmişti Vural," diyor Remzi Bey. "Vedat'ın çok sayıdaki avukat arkadaşının arasında o da vardı."

Remzi Bey gözlerini kısarak inceleyici bakışlarını yüzüme dikiyor. "Merak edeceğini bilseydim, tanıştırırdım sizi," diyor.

"İyi ki tanıştırmadınız!" deyip kapıya doğru yürüyorum.

Hele bu davayı üstleneyim... Nasılsa tanışacağız Vural Türkoğlu ile. Mahkeme salonunda, birbirlerine rakip, *karşı taraf avukatları* olarak...

HİÇ'LER, SEVAPLAR VE GÜNAHLAR

Babamı toprağa vereli yedi gün oldu, *yedisi*'ni yapacağız bugün. Kumandayı elinde tutan Makbule yenge, hazırlıklara dünden başladı. Meliha Hanım'la beraber babama ait giysi dolaplarının içlerini boşalttılar. Takım elbiselerden gömleklere, iç çamaşırlarından pijamalara, ayakkabılara kadar ne varsa hazırlandı, torbalara, kutulara dolduruldu ve dağıtıldı.

"Eşyaların evde tutulması doğru değildir," diyor Makbule yenge. "Yedi gün, cenazenin kefeni ıslaktır derler. İğneden ipliğe her şeyi dağıtılacak ki, öbür dünyada rahat etsin, azap çekmesin..."

Sabah erkenden mezarlığa gittik. Henüz taze topraktan ibaret olan mezarının başında durup, daha dingin gözyaşlarıyla selamladık babamı. Dikkat ettim de, hiçbirimiz cenaze günündeki kadar perişan değildik. Meliha Hanım bile küçük iç çekişlerle ağlıyordu.

Acıya alışmak dedikleri bu olsa gerek. İyi ki böyle. Düşünüyorum da, ilk günkü acı aynı gücüyle kalsa, hiç kimse yaşayamazdı herhalde. O kopkoyu acı, keder, kahroluş, pılını pırtını toplayıp, geldiği çabuklukta çekip gitmiyor aslında. Olduğu yerde duruyor! Şekil değiştiriyor yalnızca, daha katlanılır bir çehreyle çıkıyor karşımıza.

Annem öğretmişti, küçükken, elektrik düğmesine elimin yetişmediği yaşlarda, karanlık bir odaya girince sımsıkı yumardım gözlerimi. Açtığımda, zifiri karanlığın içinde göreceli bir aydınlanma olur, biraz önce seçemediğim nesneler görünür hale gelirdi. Benzer bir durum acılar için de geçerli galiba... Acı aynı acı, hüzün aynı hüzün, karanlık aynı karanlık ama, gözlerimiz az da olsa bir şeyleri seçebiliyor.

Düğünlerin, doğumların ve ölümlerin yedinci günlerinin gelenek ve göreneklerimizde ayrı bir öneme sahip olduğunu bilirim ama, cenaze evinin yedinci gününde, önceki altı günün toplamından daha kalabalık bir ziyaretçi akınına uğradığına, o kadar kişinin yemeklerle, tatlılarla, tuzlularla ağırlandığına ilk kez tanık oluyorum.

Herkes işin bir ucundan tutuyor ama, yardımcıları etrafında pervane olsa da, bütün yük yengemin üzerinde. İkram edilecek Ankara tavanın etlerini bir gün önceden pişirmiş; pilavla beraber kocaman bir tepsiye boşaltıp servise hazırlıyor. İki tepsi börek de dünden hazırlanıp sabah erkenden fırına sürülmüş. Ocakta helva kavruluyor, ama bu kez irmik değil, un helvası.

Günlerdir bıkmadan usanmadan yemek taşıyan dostları ağırlamak, ev sahibine düşüyor bugün. Gene de gelenlerin elleri dolu. Getirilen tepsi tepsi yemekler, zeytinyağlılar, tatlılar evde hazırlananlara destek oluyor.

İlk günden bugüne her akşamüstü gelip Kuran okuyan hocaların sayısı, yedinci günün şerefine ikiden dörde çıkmış. Önceden taziye için gelenler, bir kez de yedisi için geliyorlar. Sofralar kuruluyor gene, önce hatim duasını tamamlayan hocalar ağırlanıyor, ardından da biri oturup diğeri kalkan kadınlı erkekli eş dost, akrabalar...

Masalara kurulu sofralar yetersiz kalınca, Sumru, Melda ve komşulardan iki genç kadın koltuklarda, salonun orasına burasına serpiştirilmiş sandalyelerde oturanlar için tabaklarla yemek servisine başlıyorlar. Bir kenarda izleyici konumunda oturmayı kendime yediremeyip kalkıyorum ben de. Sumru ve Melda'yla beraber, bir kâseye et koyup üzerini pilavla kapatıyor, sonra da tabağa ters çeviriyoruz. Yanına bir dilim börek, biraz salata, birkaç sarma ya da dolma ekleyip, bir bardak ayranla servis yapıyoruz. Yemeği bitenlere de yengemin kaşıkla biçimlendirdiği koza şeklindeki un helvasıyla çay kahve ikram ediliyor.

Son hazırladığım tabağı yeni gelen ziyaretçilerden birine vermeye hazırlanırken, salonun karşı köşesinde oturan Meliha Hanım'a ilişiyor gözüm. Onca kalabalığın içinde tek başına! Bundan sonra yaşayacaklarının provasını yapıyor sanki. İnceden bir sızı düşüyor yüreğime... Salonu dolduran kalabalığın arasından güçlükle ilerleyerek yanına gidiyorum. Elimdeki tabağı uzatarak, "Bu sizin," diyorum.

Şaşkınlıkla bakıyor yüzüme, gizleyemediği bir minnetle. Herkes onun oradaki varlığını unutmuş da, bir ben hatırlamışım gibi.

"Sağ ol kızım," diyor. "Allah senden razı olsun!"

Tabağı alıp önünde duran sehpanın üzerine koyuyor. Lokma yiyecek hali yok, biliyorum. Ama mutlu, yemese de orada dursun, ikramımı benim elimden aldı ya...

Sımsıkı tutuyor elimi. İki damla yaş dökülüyor yanaklarından. Dayanamıyorum, eğilip, kaskatı kesilmiş bedenini kucaklayıveriyorum. Birbirimizi en iyi biz anlıyoruz burada. Sevilen, yitirilen, toprağa verilen için aynı acıyla burkuluyor yüreklerimiz.

Meliha Hanım'ı bırakıp mutfağa dönerken, komşu kadınlardan birisi, "Verda Hanım," diye sesleniyor arkamdan. "Şaşırttınız bizi," diyor, herkesin duymasını istemezmiş gibi sesini alçaltarak. "Farklı şeyler düşünmüştük sizin için. Bu kadar sıcakkanlı, bu kadar alçakgönüllü olabileceğinizi beklemiyorduk açıkçası." Sesini daha da alçaltarak devam ediyor. "Meliha Hanım'a davranış biçiminiz övgüye değer. Yaptığınız şu son hareketle, bir tabak yemek değil, dünyaları verdiniz ona. Nasıl bir sevaba girdiğinizin farkında mısınız?"

"Ne sevabı!" diye haykırmak geliyor içimden. Meliha Hanım'a sunduğuma benzer bir tabağı, babama hiç verememişim ben! Ömrümün geri kalanında, her an yanıp yakılmama yetecek, o kadar çok *hiç* var ki yaşamımda...

Evime *hiç* konuk olmadı babam! Ellerimle çay kahve yapamadım ona. Sofralar kurup ağırlayamadım onu *hiç*.

Başkalarının vicdanlarında *sevap* olarak değerlendirilmiş, ne çıkar? Benim vicdanımda, babama karşı işlediğim *günah*'larımın üstünü örtemedikten sonra...

HANGİ ÖZLEM DAHA BÜYÜK?

Döndüm. İstanbul'a, evime, kocama, Ve tabii anneme!
Evde kalan ben, seyahatlere giden genellikle Bülent olduğu için, tersine bir kavuşma tablosu yaşıyorduk. Evet, kocam beni özlemişti. "Yerin belli oldu, aradım seni," diyerek anlattı özlemini. Ben de onu özlemiş miydim? Evet ya da hayır diye kesin bir yanıtı yoktu bu sorunun. Özlemlerimi duyumsayacak fırsatım olmamıştı. Birkaç kez anneme uğramış Bülent. Sevdiği portakal kabuklu kestane şekerlerinden, un kurabiyelerinden götürmüş. "Ne yaptımsa yaranamadım Semra Sultan'a," diye yakındı. "Nerede Verda, ne zaman dönecek diye başımın etini yedi." Oysa her gün aramıştım Ankara'dan. Hem kendisiyle, hem de Nezaket Hanım'la konuşmuş, işimin uzadığı masalıyla oyalayabildiğimi sanmıştım. Hiçbir şeyi eksik değildi aslında, tek eksiği bendim!

Babamın öldüğünü anneme söyleyecek miydim? Evet, bana kalırsa bilmeliydi. Bülent benimle aynı fikirde değildi ama. "Kızmasın gene," diyerek güldü. "Bana yaptıklarını unuttun mu?" "Ölüm bu! Geçerken uğramaya benzemez," diye ağzına tıkadım sözünü. Ama iki yıl önce yaşadığımız can sıkıcı karelerin yeniden canlanmasını engelleyemedim.

Bülent, önemli bir toplantı için Ankara'ya gitmişti... O sıralar koltuk değneğiyle yürüyordu babam. Burkulan ayağı dize kadar alçıya alınmış, alçı açıldıktan sonra evde dinlenmeye çekilmişti. Kaan'ın üniversite sınavları öncesiydi, gidememiştim. Sık sık telefonla arayıp hatır sormakla yetiniyordum. Hazır Bülent oradayken, uğrayıp geçmiş olsun diyebilirdi. Bu konuda isteğim ya da ısrarım olmadı, sabah yerine akşam uçağında yer bulununca, doğan fırsatı değerlendirmiş Bülent. Neyse, iyiymiş babam, fizik tedavisinden sonra eskisinden de iyi olacakmış bacağı.

Bülent'in döndüğü gün anneme uğradım. İçgüdüsel bir sezişle olmadık sorular soruyordu.

"Kayınpederine uğramış mı Bülent?" diye başladı.

Sonunun nereye varacağını düşünmeden, "Uğramış," dedim. "Bir kahve içimi, hatır sormaya..."

"Kim yapmış kahveyi? O kadın mı?"

"Sence? Koltuk değneğiyle yürüyen birinden ikram beklenir mi?"

"Evdeymiş yani kadın!"

"Olmaması mı gerekiyordu? Bakıma muhtaç bir adama, 'Karını evden gönder, kahve içmeye geliyorum ben' mi deseydi Bülent?"

Söylediklerimin annemi yatıştırmasını beklemek, ne büyük gaflet! Sönmeye yüz tutmuşken yeniden alevlenen köz bir ateş gibi, aniden fırlayıp ayağını yere vura vura bağırmaya başladı.

"Benim için Bülent diye biri yok artık! Bitti! Madem oraya gidip o kadının elinden kahve içti, o ikisiyle baş başa tatlı tatlı sohbet etti... Yüzüne bile bakmam bundan sonra."

"Bu kadarı da fazla ama!" diye isyan ettim. "Bana uyguladığın baskı yetmedi, şimdi de damadına mı geldi sıra? Adı üstünde, damat! Eloğlu! Bu yaşa, bu mevkie gelmiş, kariyer ve isim sahibi bir insan... Kayınpederine geçmiş olsuna gidip kahve içmek için senden izin mi alacak? Kendine gel lütfen..."

"Benim bu konudaki hassasiyetimi bilmiyor musunuz?"

"Damada sökmez o hassasiyet! Söylediklerini Bülent'e iletecek değilim. Annem için sen yoksun artık dediğimde, haklı olarak, 'Annen de benim için yok' diyebilir çünkü. Ama sen istersen, tepkini bizzat kendin iletebilirsin, seçim sana kalmış."

Görünürde, bu konuşmalardan Bülent'in haberi olmadı. Annem öyle bildi. Öfkeli bağrış çağrışlarını yenir yutulur hale getirip yumuşatarak anlattım Bülent'e. Hoşgörüyle, gülerek dinledi, geçti... Ama o kadarı bile zihninde yer etmiş olmalı ki, anneme babamın ölümünü, Ankara'ya cenaze için gittiğimi anlatırken karşılaşabileceğim tepkilerden endişe duyuyor.

*

Kapıyı Nezaket Hanım açtı. Ceketimi çıkarırken, bir haftadır annemle yaşadıklarını özetleyiverdi ayaküstü. Doğruca salona geçtim. Annem, televizyonun karşısındaki koltuğuna kurulmuş, Nezaket Hanım'ın soyup dilimlediği meyvelerini yiyerek, bol seyircili sabah programlarından birini izliyordu. İçeri her girişimde yerinden fırlayıp kollarını açarak beni kucaklayan kendisi değilmiş gibi, görmezden geldi beni. Belli ki kırgın, belli ki kızgın...

"Merhabalar..." deyişime, "Hoş gelmişsin," dedi kayıtsızca.

Aldırmadım, "Canım annem!" deyip geçtim karşısına.

Kaşlarını çatarak yüzüme baktı... Daha fazla direnemedi.

"Gel kâfirin kızı, gel!" diyerek kollarını açtı. *Kâfirin kızı,* anneannemden anneme miras kalan, aile içinde sevgi ve muhabbeti çağrıştıran, en çok da benim için kullanılan özel bir hitap şekliydi.

"Çok özledim seni," diyerek içini çekti. Ben de onu çok özlemiştim, sımsıkı sarıldım, başımı omzuna gömdüm. Sezdirmeden, yaralarıma merhem aradım sıcaklığında. Bu kadarı yeterdi şimdilik. Kötü haberi, en az acıtacak zamanı kollayarak vermeliydim.

Sitemleri, serzenişleri bu kadarla kalsa sorun yoktu. Ama annem bu! Çektiklerini çektirmeden yatışır mı hiç?

"On gündür hasret kaldım yüzüne," diye yeniden açtı perdeyi.

"Sekiz gün," diye düzelttim. "Telefonda konuştuk ya. İş bu, umduğumdan uzun sürdü."

"Bir daha tekerrür etmesin!" diyerek işaretparmağını yüzüme doğru salladı. "Üç günden fazlasına razı değilim, bilmiş ol!"

"Bak şimdi!" diyerek güldüm. "Almaya hazırlandığım iş Ankara'da. Bundan sonra daha çok ayrı kalacağız."

"Dünyada olmaz! Beni tek başıma buralarda bırakıp Ankaralara gideceksin ha! Anneciğini..."

Terliğini hafiften yere vurarak konuşması, Bülent'e tavır koyuşunu çağrıştırınca kafam atıverdi.

"Ne diyorsun sen anacığım? Ne gün yalnız bıraktım seni, ne gün bensiz kaldın sen?"

"Elimde değil be kızım! Seni görmeden yapamıyorum. Şu bir hafta var ya... Nezaket de gördü, deliye döndüm. Çok özledim seni, çok..."

İşte iplerin koptuğu an!

"Çok özledin beni ha!" diye bağırdım. "Çok özledin... Dinle o zaman. Babam da çok özlemişti beni. Deliler gibi... Öldü! Bana hasret gitti... Onun, açık kalmış gözlerini kapatmaya gittim Ankara'ya."

Derin bir sessizlik çöküyor üzerimize. Söylenebilecek tüm sözleri yitirmişiz gibi, suskunluğumuzu, gözlerimizden ip gibi inen suskun gözyaşlarımızı paylaşıyoruz bir süre.

Yerinden kalkıp, iki kişilik kanepeye, yanıma geliyor annem. Çelimsiz kollarıyla sarıyor beni, saçlarımı okşuyor, yanaklarımdan süzülen yaşları siliyor.

"Ağlama," diyor. "Acı çekmene dayanamıyorum. Ölüm hepimiz için..."

Büyük bir üzüntünün pençesinde çırpındığını görebiliyorum. Ancak bunun, benim çektiğim acıya dayanamadığından mı, yoksa babamın kaybından dolayı mı olduğunu kestiremiyorum. Bildiğim tek şey, Meliha Hanım'la yaşadığımızdan farklı, ama içimi serinleten bir paylaşımla, annemle beraber babamın arkasından, onun ölümüne ağladığımız...

İÇTEN İÇE KANAYAN YARALAR

Hafta sonu İstanbul'a gelecek Kaan. Üç yaşındaki karşılaşmayı say mazsak, dedesini neredeyse hiç görmemiş bir delikanlıdan, onun yasını tutmasını, ardından gözyaşı dökmesini beklemenin abes olacağını düşünmüş, Ankara'ya cenazeye gelmesini engellemiştim. Ama şimdi, sınavlarının başlamasına bir hafta kala, sırf bana başsağlığı dilemek, beni avutmak için geliyor oğlum.

Ankara'dan dönünce, dolap derinliklerine, kütüphanedeki ciltli kitapların yaprak aralarına gizlediği yasaklanmış fotoğrafları hapsoldukları yerlerden çıkarıp sehpaların, büfelerin üzerine, vitrindeki biblolorın arasına serpiştirivermiştim. Yasaklı değil artık hiçbiri. *(Özgürlüklerine kavuşmak için bugünü beklemeselerdi keşke!)*

Üçayak ceviz sehpanın üzerinde duran, stüdyoda çekilmiş siyah beyaz fotoğrafta dört beş yaşlarındayım. Omuzlarından fiyonkla bağlanmış askılı bir elbise var üstümde. Elimi boynuna atmışım babamın, yanaklarımız birbirine yapışık. Takım elbise, papyon kravat var babamın üzerinde, fotoğraf çekilecek diye özen gösterdiği belli. Dudaklarımızdaki gülümseyiş, gözlerimizden taşıyor. Hele ben, o bacak kadar kız, "Çok mutluyum!" diye haykırıyorum sanki.

Bir diğerinde babam tek başına. Fotoğrafın çekildiği günü hatırlıyorum, ben çekmiştim fotoğrafı. Liseye yeni başladığım sıralar... Sabah işe gitmek için giyinmiş, hazırlanmıştı babam. Yeni aldığı fotoğraf makinesini tutuşturdu elime, salonun köşesindeki koltuğa oturdu. Takım elbiseli, kravatlı, şık ve her zamanki gibi çok yakışıklı... Salona girer girmez değişiklikleri fark ediyor Kaan. Fotoğrafların hepsini tek tek inceliyor.

"Dedemle ben, gerçekten de birbirimize çok benziyoruz galiba," diyor.

"Hem de nasıl!" derken yaşlar boşanıyor gözlerimden. Onları birbirlerinden mahrum etmenin ezinciyle kahroluyorum.

"Üzülmen için söylemedim," diyerek boynuma sarılıyor Kaan. "Sil gözlerini," diyor. "Ağlamak yok artık! Dedem öldü ama ben varım. Gerektiğinde baban da olurum senin!"

Kaan, İzmir Ekonomi Üniversitesi'ni kazanıp İstanbul'la İzmir arasında mekik dokumaya başladığından bu yana âdet haline getirdik, İzmir'e, okuluna dönmeden, mutlaka anneme uğrayıp elini öpüyor. Açıktan açığa telaffuz etmesem de, kendi içimi rahatlatmayı hedefliyorum Kaan'ı anneme gönderirken. O burada yokken anneme bir şey olursa eğer, oğlum anneannesini son kez görmüş olsun diye. Babam için yapamadıklarımı annem için yapmak, küçük bir avuntu benim için.

Beraber gittiğimiz de oluyor ama, çoğu zaman Kaan tek başına gider veda ziyaretine. Döndüğünde hep aynı şeylerden yakınır. Annem bıkıp usanmadan babamı çekiştirir, onlarca yıl öncesinin nasıl bu denli canlı kalabildiğine şaştığım tatsız anılarını, kendi görüş açısıyla, bire bin katarak anlatır torununa. Sabırla dinler güzel oğlum. Anneannesinin konuşup konuşup, "Haksız mıyım a yavrum?" diye sorması karşısında çaresiz kalsa da, durumu idare etmeyi becerir.

Bakalım bu kez, babamın ölümünden sonra, konuşma tarzında değişiklik olacak mı annemin?

Akşam yemeği için sofrayı hazırlarken, kendi anahtarıyla kapıyı açıp içeriye giriyor Kaan. Her zamanki cıvıltılı haliyle, "Ben geldim!" diye seslenişini beklemem boşuna. Suratı asık oğlumun. Canı bir şeye sıkılmış, belli.

"Ne oldu?" diyorum korkuyla. "İyi mi anneannen?"

"İyi... Evet, bedenen ve sağlık olarak gayet iyi. Ama ruhsal yönden ağır hasta."

Başka zaman olsa, hâlâ dünkü çocuk gözüyle baktığım oğlumun yaptığı bu yoruma gülebilirdim. Ama şimdi gülmek bir yana, birkaç yaş birden olgunlaşmış haliyle ciddiye alınması gereken, önemli bir şeyler anlatacağını sezinleyebiliyorum.

"Anneannem, senin düşündüğünden çok daha fazla etkilenmiş dedemin ölümünden. Tek bir kötü söz etmedi onun hakkında. Ama ağladı! Oturduğumuz sürece hep ağladı. İçini çeke çeke, usulca. 'Sana çok benzerdi deden,' dedi. 'Senin gibi yakışıklıydı o da. Öldü. Senin deden, annenin babası... Benim de kocam! Yok artık...' Anneannemin de kanayan yaraları var anne. Sen, geç de olsa açığa vurdun. Ama onunkiler içten içe kanamayı sürdürüyorlar."

Kaan konuşmuyor da, kürekler dolusu ateşi üzerime boca ediyor sanki. Amansız bir yangın palazlanıyor yüreğimde...

Ne biçim bir aymazlığın içindeyim ben! Anacığımın da en az benim kadar acı çektiğini nasıl göremiyorum? Beni avutmanın dışında, kendisi için de gözyaşı dökebileceğini nasıl düşünemiyorum?

Ayrıldık diye her şeyi tek kalemde silip atabilir mi insan? Sokaktaki yabancı değil ki ölen! Kızının babası. Bir zamanlar âşık olduğu adam... Kocası!

Meliha Hanım babamı annemden çok sevdi, derken hata mı etmiştim acaba? Yaşanan tatsızlıklar yüzünden bir kısmı nefrete dönüşse de, ömür boyu süren yıkılmaz bir sevgiyi yüreğinde taşıdı annem. Öyle ki, ayrıldıktan sonra yaşamına başka bir erkeği almayı asla düşünmedi. Kin sandı, öfke sandı, sevgiyle değil nefretle andığını sandı ama, dilinden hiç düşürmedi kendisini terk edip gideni...

Akşam, Kaan'ı İzmir'e uğurlayıp eve döndüğümüzde, annemle ilgili duygusal çalkantılarımı Bülent'le paylaşmak istiyorum. "Babamı *keşke*'lerle uğurladım. İçime dert olan pişmanlık düğümleriyle... Aynı yanlışı annem için de yinelemek istemiyorum. Arkasından dökeceğim gözyaşları, yalnızca onu yitirmekle ilgili olmalı, yapamadıklarım ya da yanlış yaptıklarım için değil."

Beni destekleyecek, kararlarımı uygulamakta yüreklendirecek birkaç olumlu söz bekliyorum kocamdan. Ölü gözünden yaş bekler gibi! Ne zaman benimle aynı görüşleri paylaştı ki? Doğruluğuna yürekten inandığım fikirlerimin bile –sanırım yalnızca bana ait oldukları için– onaylandığını görmedim hiç. Çelişkiye düştüğüm konularda görüşünü almaya kalktığımda, karşı tarafın avukatıyla konuşur gibi hissediyorum kendimi.

Aramızdaki yaş farkından dolayı kendini deneyimli, beni toy gördüğünden mi, yoksa sırf bana inat olsun diye mi böyle davranıyor, çözemedim bunca zamandır. Tam bir *Bay Muhalif*!

Bu kez de yanıltmıyor beni. Destek yerine köstek olmak diye tanımlanabilecek kemikleşmiş alışkanlıklarından ödün vermeye niyeti yok. İçten içe bana hak vermiş olsa da...

Gözlerini iyice kısıp iki ince çizgi haline getirerek, "Kendini suçlamaktan ne zaman vazgeçeceksin?" diyor. "Birilerinin başına gelen ya da gelecek olan tüm olumsuzlukların sorumlusu sen misin? Eziklik, güçsüzlük, âcizlik hücrelerine sinmiş. Yakışıyor mu sana? *Çetrefilli davaların avukatı* diye göklere çıkaranlar, gelip görsünler şu halini. Şaşıyor insan... Başkalarını savunurken atağa kalkıp aslan kesilen sen, kendi duygusal dünyanda, en ufacık bir güçlük karşısında ürkek bir fareye dönüşüveriyorsun."

"Sağ ol, çok iyi tanımladın beni," diyorum sitemle. "Senin de işine gelmiyor mu böylesi? Çelik gibi eğilmez bükülmez güçlü bir kadın yerine, kolaylıkla ezip geçebileceğin âciz bir fareyle beraber olmak işini kolaylaştırmıyor mu?"

Kavgaya dönüşmeden, tartışma kıvamındayken noktayı koymayı pek iyi beceriyor kocam.

"Pek belli etmesem de farelerden korkarım ben," diyerek barış çubuğunu uzatıyor. "Seni en iyi tanıyan benim Verda," diyor. "Tarafsız olarak düşündüğünde bana hak vereceksin. Yıllar önce annenle babanın boşanmalarından da kendini sorumlu tutmamış mıydın? Ta o bunalımlı günlerine dayanıyor bu halin. *Depresyonun Alfabesi* adlı çeviri bir kitap okudum geçenlerde. 'Çevremde kötü bir şey olursa, bunun suçu benimdir!' demek, tıbben depresyonun ilk belirtilerinden sayılıyormuş. Duruma bir de bu açıdan yaklaş..."

Doğru aslında. Annemle babam boşandıklarında, onları bir arada tutamadığım için, "Bütün suç benim!" diye hata, günah ne vardıysa ortada, hepsini üstlenmedim mi? Okulu bırakmalara kalkmalar, Muzo'yla yaşadığımız çılgınlıklar... İçinde debelendiğin bunalımın ürünü değiller miydi?

Ancak, Bülent'in yanıldığı bir nokta var. Şu anda içinde bulunduğum durumun eski yaşadıklarımla da, gelebilecek yeni bir depresyon atağıyla da uzaktan yakından ilgisi yok.

"Beni benden iyi kimse tanıyamaz Bülentçiğim," diyorum. "Sen bile! Merak etmene gerek yok, iyiyim ben, ruh sağlığım da yerinde. Babamın ölümüne kahrolduğum doğru, kendimi kendi vicdanımda acımasızca yargıladığım da. Geçici bir sorgulamaydı, bitti. Annem içinse, şimdiden tedbir alıp daha çok ilgi ve sevgi göstererek, sonrasındaki kişisel yargılamaların yolunu kesmeyi amaçlıyorum, hepsi bu."

"Ya şu dava meselesi? Babanın bıraktığı yerden devralarak, bir bakıma bilinçaltından, kendi eksik bıraktıklarını bütünlemeye çalışmıyor musun? İz sürerek babanın ölüm nedenine ulaşmak falan hikâye. Bu davayla ölüm nedeni arasında herhangi bir bağ olacağına inanmıyorum ben."

"Çayyolu hakkında kesin kararımı vermedim henüz. Davayı almak isteyişim, eksilerimi kendi gözümde artıya çevirmek için değil, babamın yarım bıraktığı bir işi tamamlamaktan mutluluk duyacağımı hissettiğim için. Ayrıca, davayı devralmadan da babamı bu sona taşıyan etkenleri araştırabilirim. Avukat olmadan önce de iz sürüyordum ben. Kaldı ki, bu konuda seninle aynı görüşteyim, babam gibi güçlü yapıdaki bir insanın, sıradan sayılabilecek bir arazi davası yüzünden canına kıyabileceğine ihtimal vermiyorum. Duygusal bir zaaf anı, içine düşülüp kaybolunan karanlık bir boşluk ya da baş edilemeyen amansız bunalımlar... Her ne ise, er ya da geç o *iz*'e ulaşacağıma inanıyorum. Bunun için ille de o davanın avukatı olmam gerekmiyor..."

SÜRPRİZ TEKLİF

On günlük zorunlu aradan sonra, İstanbul'daki ilk işgünüm... Tam evden çıkacakken, Ankara'dan getirip hiç açmadan salonun bir köşesine bıraktığım, içinde Çayyolu dosyalarının, evrakların bulunduğu çanta ilişiyor gözüme. En iyisi büroya götürmek, evde kalabalık yapacağına, orada elimin altında dursun. Bülent'le önceki gece konuştuklarımızdan sonra eski isteğim kalmasa da, olumsuz yönde gelişen son noktayı koymadım henüz.

Yaklaşık iki saatim avukat arkadaşlarımın, büro çalışanlarının ve aynı binadaki işyerlerinden gelen komşularımızın taziye dileklerini kabul etmekle geçiyor. Ancak, en umulmadık taziye dileği, sürpriz bir telefonla Ankara'dan geliyor.

"Ben Aydın Arslanlı," diyor telefondaki ses. Algılamak için gayret sarf etmeme gerek bırakmadan ekliyor. "Rahmetli babanızın müvekkiliydim."

Donup kalıyorum. Elim ayağım buz kesiyor heyecandan. Kendime bile itiraf edemeden, için için beklediğim an buymuş demek. Dilim dolaşıyor konuşurken...

Kısa bir tanışma ve hatır sorma faslının ardından, babamın ölümünden duyduğu üzüntüyü dile getiriyor Aydın Arslanlı.

"Babanız bizim için çok değerliydi," diyor. "Çok özel bir insandı o. Cenazesinde bulunmamak, üzüntümüzü ikiye katladı. Uzunca bir iş seyahati için İngiltere'deydim. Annemin ve ablamın da en az benim kadar üzgün olduklarını belirtmeliyim. Size ve ailenize başsağlığı diliyoruz." Konuşmuyor da, birilerinin yazıp eline tutuşturduğu bir metni okuyor sanki. Tekdüze ses tonu, karşısındakine söz hakkı tanımayan sabırsız, aceleci bir tavır... Verdiği kısa soluklanma arasını fırsat bilip, gösterdikleri ilgi için teşekkür ediyorum.

"Biliyorsunuz, babanız bizim hem dostumuz hem de avukatımızdı," diyerek konuşmasının ikinci bölümüne geçiyor Aydın Arslanlı. "Ve... biten yaşamlara inat, davalar sürüyor bildiğiniz gibi. Bizler, Arslanlı ailesi olarak, Çayyolu davasının bundan sonrasını, sizin avukatlığınızla sürdürmek arzusundayız. Vedat Karacan'ın, babanızın bıraktığı yerden devam etmeyi düşünür müsünüz Verda Hanım?"

İşte bu! Bir gece önceki göstermelik gönülsüzlüğüm, ya olmazsa kaygısıyla, eğer karşı taraftan teklif gelmezse, "Zaten istemiyordum!" kalkanının ardına gizlenme niyetindeki bilinçaltımın, kendini üzmeme çabasıymış meğer.

İstiyorum arkadaşım! Hem de deliler gibi... Ancak, fazla hevesli görünüp hemen teklifin üstüne atlamak yakışık almaz. Ağırdan alıp düşünme payı istemeli...

Sahi, nereden esti Arslanlıların aklına da içimden geçenleri duymuş gibi arayıverdiler hemen? Tabii ya... birileri duyurdu onlara. Remzi Bey olabilir mi? Her neyse, önemli olan sonuç.

"Teşekkür ederim Aydın Bey. Babamın yıllardır emek verdiği davanın avukatı olmaktan onur duyarım. Ancak, takdir edersiniz ki, acımız çok taze, kendimi toparlayamadım henüz. Yanı sıra, sorumlu olduğum başka davalar da var. Onları gözden geçirip, yeni bir dava için yola çıkabileceğimden emin olmam gerek. Umarım beni anlamışsınızdır..."

"Çok haklısınız Verda Hanım. Hemen yanıt beklemiyorum zaten. Bugün pazartesi. Hafta sonundan önce kararınızı verirseniz sevinirim. Cuma sabahı saat 11.00'de konuşalım mı?"

Telefon konuşması için bile randevu alacak derecede prensip sahibi bir işadamı! Arslanlılar Holding'in yönetim kurulu başkanı Aydın Arslanlı'nın olumlu ya da olumsuz yanıt alması için birkaç gün beklemesi gerekiyor...

Cuma sabahı saat tam 11.00'de telefonum çalıyor. Aydın Arslanlı! Bir önceki konuşmasına göre daha rahat ve neşeli diyebileceğim sesle, "Merhaba Verda Hanım," diyor, hatır soruyor ve benim, verdiğim kararı telaffuz etmemi bekliyor.

"Öncelikle, teklifinizin benim yönümden hesapta olmayan bir gelişme olduğunu söylemeliyim. Yoğun işlerimin üzerine, ağır bir yükü daha üstlenmek zorunda kalacağım. Ama, babama karşı son görevimi yerine getirmek adına, bu davayı üstlenmeyi kabul ediyorum."

"Sevindim," diyor Aydın Bey. "Umarım babanızla ulaşamadığımız mutlu sona sizinle ulaşırız."

Hemen ardından, yapılması gereken ayrıntılara giriyor.

"Sizi avukatımız olarak tayin etmek için vekâletname çıkarıp kargo yoluyla göndermemiz yeterli. Ancak, yüz yüze görüşmeden işe girişmenin doğru olmayacağını düşünüyorum. İstanbul'a gelip vekâletnameyi bizzat ben takdim edebilirdim ama, annem ve ablamla da tanışmanızı, böylelikle bütün aileyi tanımanızı isterim. Eğer uygun görürseniz, Ankara'ya davet edelim sizi. Hem birbirimizi daha iyi tanır, hem de dava yönünden daha sağlıklı adımlar atma fırsatı yaratabiliriz."

Bütün ayrıntıların Aydın Arslanlı tarafından düşünülüp, yutulmaya hazır bir tablet gibi avucuma bırakılmasından duyduğum sıkıntıyla, "Olabilir," diyorum. "Gelecek hafta içinde Ankara'ya gelebilirim."

"Bundan sonraki duruşma önümüzdeki ayın 18'inde olduğuna göre, fazla uzatmanın anlamı yok. Dava dosyalarını inceleyip konuya ısınmanız için zamana ihtiyacınız olacak... Çarşamba günü uygun mu sizin için?"

Pazartesi sabahı Aydın Arslanlı'nın asistanı arayarak, çarşamba günü için uçak biletimin alındığı, gidiş saatimin 9.00, dönüş saatimin 18.00 olduğu ve havaalanında karşılanacağım konularında bilgilendirdi beni. Elektronik bileti göndermek için e-posta adresimi aldı. Mekanik bir sesle yaptığı konuşmasını, "İyi yolculuklar," diyerek noktaladı.

Anneme, ince ayrıntılara girmeden, Ankara'da bir dava aldığımı söyledim. Son zamanlardaki uysal ve hoşgörülü haliyle başını sallayarak, "Hayırlı olsun," dedi. "Dualarım seninle, umarım yüzünün akıyla çıkarsın."

Bülent, içten içe onaylamasa da, hoşnut olmadığı yanlarını kendine saklayarak –ki bunların başında sık sık Ankara'ya gidip gelmek zorunda olmam geliyor– "Kolay gelsin," dedi. Sonra da her zamanki gibi, *babaca* öğütlerini sıralayıverdi: "Elinden geleni yap ama, kazanmaya şartlandırma kendini! Hüsrana uğrayabilirsin. Her davanın bir kazananı, bir kaybedeni olur ya... Şansın yüzde elli, asla elli bir değil! Aklından çıkarma bunu."

Anamın duasını, kocamın rızasını aldıktan sonra, iç rahatlığıyla yola çıkabilirdim artık...

İLGİNÇ VE SIRA DIŞI BİR AİLE

Esenboğa Havaalanı'nda günübirlik seyahatin bagajsız yolcu ayrıcalığının tadını çıkararak, omzuma astığım çanta ve elimde tuttuğum evrak çantası dışında yük taşımamanın keyfiyle, zaman kaybetmeden çıkışa doğru yürüyorum. Elindeki "Verda Aktuna" yazısıyla gelene geçene gülümseyerek aradığı kişiyi bulmaya çabalayan güzel mi güzel, şirin mi şirin bir genç kızla göz göze geliyoruz. Uzaktan başımı sallayarak onaylıyorum önce, yanına gelince de elimi uzatıp, "Verda Aktuna," diye tanıtıyorum kendimi.

Genç kızın adı Selen. Aydın Arslanlı tarafından refakatçi olarak görevlendirilmiş. Gönderilen araba ise ayrıcalıklı yolcuların ulaşımını sağlamak için kullanılan, dışının gösterişi kadar içinin konforuyla da kendini kanıtlayan lüks bir panelvan. Gerektiğinde iş toplantılarının yapılmasına olanak tanıyan geniş mekândaki yumuşacık koltuklara geçip karşılıklı oturuyoruz Selen'le. Çikolata, meyve suyu, çay, kahve... Ne ikram edebileceğini soruyor Selen. "Hiçbir şey," diyerek, hareket halindeki bir araçta yiyip içme alışkanlığım olmadığını söylüyorum. Reddedişim, bu ikramın abartılı bir gövde gösterisinin ilk adımı olduğundan kuşku duymamdan kaynaklanıyor aslında. Sadelikten, doğallıktan ödün vermeyen, yapay süslemeleri, abartıları kendinden uzak tutma alışkanlığındaki biri için, gereksiz bir şatafat bu. Bir yandan da haksızlık ettiğimi düşünmüyor değilim. Holding sahibi olmak, belli bir düzeyin üzerinde yaşam sürmek suç mu? Kaldı ki, gözüme gereksiz görünen şu karşılama, bana verilen değerin somut bir göstergesi...

Silindirik bir kabartmanın üzerinde iri puntolarla "Arslanlılar Holding" yazan kapıdan içeri girip asansörle sekizinci kata çıkıyoruz. Selen'in görevi burada bitiyor. Beni Aydın Arslanlı'nın asistanı Merve'ye emanet edip yanımızdan ayrılıyor. Hiç bekletmeden içeriye, Aydın Arslanlı'nın odasına alıyor beni Merve. Buraya *oda* demek ne kadar doğruysa...

Orta ölçekte bir apartman dairesinin alanına sahip salon, yoğun bir iş ortamı olmaktan çok, dinlendirici, huzurlu bir keyif mekânıymış izlenimi uyandırıyor. Geniş cepheli pencereleri, modern çizgideki koltuk takımları, çok sayıda katılımcının yararlanabileceği U şeklindeki toplantı masası ve her bir yana serpiştirilmiş rengârenk, albenili saksı çiçekleriyle daha önce gördüğüm benzeri işyerlerine fark atıyor.

Giriş kapısının tam karşısındaki oval masada oturan Aydın Arslanlı beni görür görmez yerinden kalkıyor, "Hoş geldiniz Verda Hanım," diyerek içten bir tavırla karşılıyor. Elimi sımsıkı kavrayıp, orada bulunmamdan duyduğu memnuniyeti ifade ediyor.

Merve'nin dışarı çıkmasıyla baş başa kalıyoruz. Alışılageldiği gibi masasının başına geçip konuğunu karşısına alacağına, salonun yan tarafındaki oturma grubuna yöneltiyor beni. İşyerlerinde görmeyi kanıksadığımız hantal mobilyaların yerine, somon rengi zarif koltuklarda karşılıklı oturuyoruz Aydın Arslanlı ile.

İlginçtir, yeni tanışmanın gerginliği yok üzerimizde, ilk kez paylaşılacak bir sohbetin tedirginliği de. O, yolculuğumun nasıl geçtiğini sorarken, ben de işleri hakkında, fikir sahibi olmadığım sorular yöneltiyorum. Olağan, yaşanması gereken bir süreç bu. Birbirimizi ölçüp tartma, alacağımız sonuçlara göre kişisel yargılara varma yolunda, paralel çizgilerde ilerliyoruz.

Konuşurken, gözlerimiz birbirimizin üzerinde. Mercek altındayız ikimiz de. Hem dış görünüm olarak, hem de insan ilişkilerinde, umduğumdan iyi buluyorum Aydın Arslanlı'yı. Tahminimce kırk, kırk beş yaşlarında olmalı, ama daha genç duruyor. Konuşma tarzı ve davranışlarındaki sıcaklık doğal. Bulunduğu konumu, yaşam düzeyini karşısındaki kişiye hissettirmemek için özel gayret gösteriyor sanki, üstünlük taslamıyor. Eşit konumdaki koltuklarda, aynı hizada oturmamız da bu gayretin göstergesi.

"Kahvelerimizi içtikten sonra kalkalım mı?" diyor. "Annemle ablam bizi evde bekliyorlar."

Şaşırmış halime bakarak açıklama gereği duyuyor.

"Holdinge gelmezler pek. Sizinle ev ortamında tanışmayı istediler."

Gaziosmanpaşa'da, dört bir yanı kalın duvarlarla çevrili, kale benzeri bir yapı. Duvarların üzerindeki siyah demirler, sık örgülü sarmaşıklarla sarılı olduğu için, içerisi hakkında hiçbir bilgi sızdırmıyor dışarıya.

Girişteki güvenlikli demir kapı, Aydın Arslanlı'nın arabasını algılayarak ardına kadar açılıveriyor. Duvarların gerisinde ne muhteşem bir âlemin gizlenmiş olduğunu ancak o zaman görebiliyorum.

Nadir görülecek güzellikteki bahçe, Hollanda'nın çiçek pazarındaki tüm çiçeklerden örnekler alınıp belli bir düzen ve ahenk içinde buraya dikildiğini düşündürtüyor. Kim düzenlediyse, peyzaj sanatının ustalarından olmalı. Çiçeklerin oluşturduğu renk cümbüşünün ortasında fıskiyeli bir havuz var. Suyun üzerinde bembeyaz nilüfer çiçekleri... Bahçenin gerisinde yükselen üç katlı köşkün iki yanında sıralanmış akasya ağaçları, verandaya dökmüşler gölgelerini. Bodur çamlar, zakkumlar, dört bir yana dağılmış renk renk güller...

Arabadan inip merdivenlere doğru yürürken, ilk izlenimlerimin ne yolda olduğunun merakıyla yüzüme bakıyor Aydın Arslanlı. Büyülenerek hayran kalmamı değil, beklenenden daha az etkilenmemi ister gibi bir hali var.

"Çok güzel bir bahçe, insanın içine huzur veriyor," diyorum, onun isteğini sezinlemiş gibi, abartmadan.

Aldığı yanıttan hoşnut, yol gösteriyor bana. Yan yana adımlıyoruz merdivenleri. Basamakların yarısına geldiğimizde, köşkün beyaz parmaklıklı kapısı açılıyor. Bir kadın beliriyor kapının aralığında.

"Hoş geldiniz," diyor kadın gelişimden memnun olup olmadığının izini taşımayan donuk sesiyle.

"Ablam Hale Arslanlı!"

Hayret, tahminlerimden çok daha genç bir Hale Arslanlı var karşımda, Aydın Bey'in ablası gibi durmuyor. Aydın Arslanlı kırk beş yaşında olsa, onun da kırk beş - elli aralığında olması gerekir ki, kırkından bile küçük görünüyor Hale Hanım. Ufak tefek oluşundan belki. Çarpıcı bir güzelliği olmasa da, kısacık boyuna, balıketiyle tombulluk arasında gidip gelen bedenine kafa tutan, farklı bir çekiciliği var. Platine bakan açık sarı saçlarını omuzlarına dökmüş. Makyajı da epey abartılı. Kat kat rimellenmiş kirpiklerinin takma olma ihtimali yüksek. Suratının merkezi gibi duran dolgun (Dolgulu olabilir!) dudakları, parlak kırmızı ruj tabakasının altında eziliyor.

Bir yanımda Aydın, diğer yanımda Hale Arslanlı ile beraber, giriş katındaki salona geçiyoruz. Asıl tanışma/tanıştırılma faslı burada gerçekleşecek.

Salonun döşenme tarzı, tam da beklediğim gibi, holdingdeki modern çizgilerin tam tersine klasik, ağır, ağdalı, aristokrat... Benim dekorasyon anlayışımla taban tabana zıt. Kadife üzerine sırma işlemeli perdelerin, ipek taban halılarının, abartılı kristallerin, gümüşlerin kol gezdiği, eskiyle antikanın birbirine karıştığı, gözü yoran, kalabalık bir salon.

Kolçakları altın yaldızlarla bezeli antika bir koltuğa oturmuş bizi bekleyen Mebrure Arslanlı, tanıştırılmamızın ardından ölçülü bir sevecenlikle elimi sıkıyor. Onun hakkındaki tahminlerimde başarısızım. Cenazeye gitmek bir yana, taziye dileklerini iletmekten bile âciz, yaşını başını almış, hatta köşesine çekilerek meydanı gençlere bırakmış, geçkince, edilgen bir kadın beklerken... gerçek anlamda şaşırtıyor beni. Hem görünüm olarak, hem de dakikalar içinde gelişen farklı davranışları ve konuşma biçimiyle. Yaptığım matematiksel hesaplara göre yetmiş yaşından aşağı olmaması gereken Mebrure Hanım, taş çatlasa ellisinde gösteriyor. Hale ve Aydın Arslanlı'nın genç ve dinç duruşları da, annelerinin genleriyle geçen kalıtımsal bir ödül olmalı...

Bedenine oturan gülkurusu krep bir elbise giymiş Mebrure Hanım. En ufacık bir taşkınlık yok, kızından çok daha ince ve zarif görünüyor. Hale'nın abartılı makyajının tersine, giysisine uygun tonlardaki birkaç dokunuşu yeterli görmüş. Ensesinde toplanmış kumral saçları, göğsündeki elmas taşlarla işli dal, aynı montüre sahip küpe ve yüzüğüyle çok hoş bir görünüm sergiliyor.

Belli ki titizlenmiş hazırlanırken. Bana verdiği önemi gösteriyor bu. Ben de siyah pantolon ceket takımım ve ölçülü makyajımla geçer not aldığıma inanıyorum. Aydın Bey ise, gri takım elbisesi içinde başarılı bir işadamı rolünü gayet iyi taşıyor. Ancak, Hale Arslanlı için aynı şeyleri söyleyemeyeceğim. Gerek giyim tarzı, gerekse davranışları annesinin asil havasıyla çelişiyor. Giydiği daracık pantolonun belden dize kadar olan bölümü üç boğum olmuş. Kolsuz, göğsü payet işlemeli bir bluz giymiş üzerine. Ayaklarında –boyunu uzun göstersin diye olacak– yüksek ökçeli taşlı terlikler... Kollarına, boynuna doladığı incik boncuklar da cabası. Karşıdan gördüğüm kadarıyla, yalnız bu tablo bile, Mebrure Hanım gibi bir annenin yüreğine indirmeye yeter!

Köşke gelişimin âdet yerini bulsun diye yapılan göstermelik bir ziyaret olacağını düşünmekle hata etmişim. Arslanlı ailesinin fertleriyle konuştukça, onların birbirlerine ve bana olan davranışlarından, iplerin kimin elinde olduğunu az çok çıkarabiliyorum. Tahminlerimin tersine, biricik hak ve söz sahibi, sülalenin veliahdı Aydın Arslanlı değil. Evet, Mebrure ve Hale hanımlar genel vekâletname vererek işlerin yürütülmesini Aydın Arslanlı'ya devretmiş olsalar da, perde arkasından ipleri oynatan kişi Mebrure Hanım! Oğlu da, kızı da ağzının içine bakıyor kadının. İmparatoriçe, patroniçe, kraliçe, hanım ağa... Hangisi ya da hangileri –belki de hepsi– uyar bilemem ama, onun arzusu dışında tek söz, tek karar çıkmaz bu aileden!

"Babanızla yıllarca uyum içinde çalıştık," diyor Mebrure Hanım. "Umarım sizinle de aynı uyumu yakalamayı başarırız. Vedat Bey'in ölümüne çok üzüldüm, yeri doldurulamayacak bir değeri kaybettik."

"Madem öyle, neden yoktunuz cenazesinde, neden gelmediniz taziyesine, neden telefonla olsun başsağlığı dilemediniz?" diye haykırmak geliyor içimden. Ama, şu kısacık sürede tanıdığım kadarıyla, Mebrure Hanım'ın gönül indirip, her kim olursa olsun, birilerinin taziyesine gidecek yapıda olmadığını görebiliyorum. Hanım ağalara yakışır mı hiç, böyle halk tipi âdetlerde boy göstermek...

Mebrure Hanım, benim düşündüklerimi onaylar gibi, hatta bir adım ötesine geçerek ilginç şeyler anlatıyor.

"Hasta ziyareti, cenaze ve taziyeye gitmem yasak," diyor.

Boş bulunup, "Doktor yasağı mı?" diyorum. "Herhangi bir rahatsızlığınız falan mı var?"

"Yoo," diyerek gülümsüyor. "Yasağı koyan benim. Kocamı toprağa verdiğim günden bu yana, aşağı yukarı on yıldır bana üzüntü verecek yerlere gitmiyorum, öyle karar aldım."

Şaşkınlığım gözlerimden taşıyor olmalı ki, açıklamalarını sürdürüyor.

"Yaşamın olumsuz yanları hırpalar insanı. Kendi acılarımız yetmezmiş gibi, bir de başkaları için mi örselenelim? Benim ve yakın çevremin dışında gelişen olaylara üzülmek istemiyorum. Bu yüzden, televizyon haberlerini izlemem ben. Gazetelerin üçüncü sayfasını yüzüne bakmadan çeviririm. Hüzünlü şarkıları dinlemeye çoktan veda ettim. Kocamın çok sevdiği bir şarkı vardı: *Şimdi uzaklardasın, gönül hicranla doldu / Hiç ayrıla-*

mam derken kavuşmak hayal oldu.' Dinlemeye kalksam kahrolacağım belli ki... Ne gerek var? Bir yerlerde kulağıma çalınsa, duymazdan geliyorum. Sözleri anlam yüklü şarkılarla çoktan işimi bitirdim... Benim yaşımda pop müzik ve rap dinleyen kaç kadın vardır şu Türkiye'de? Acı çekmek, insanın gücünü törpüler, yok eder. Oysa güçlü olmak ve dik durmak zorundayız. Şimdi söyleyin bana... Bu görüşlere sahip bir insanın taziye evinde ne işi var?"

Yanıt beklemediği sorusunun ardından son cümlesini söylüyor.

"Biz çok acılar görmüş, çok gözyaşı dökmüş bir aileyiz Verda Hanım; başkalarının acıları, bizimkilerin yanında çok hafif kalıyor inanın..."

Kapının önünde bir belirip bir kaybolan görevlinin verdiği işareti almış gibi, "Yemek hazırlattım sizin için," diyor Mebrure Hanım. "Emrivaki olarak addetmeyin lütfen, aynı sofrayı paylaşmanın bizleri daha da yakınlaştıracağını düşündüm."

Programda yoktu bu! Aydın Bey'e bakıyorum gözucuyla. Gülümseyerek başını yana eğiyor. Yüzünde, "Annemin dediği olur!" gibi bir peşinen razı oluş ifadesi. Holdingde gördüğüm haşmetli kaplan, küçücük, uysal bir kedi yavrusuna dönüşmüş annesinin yanında...

Hep beraber yemek salonuna geçiyoruz. Evin diğer taraflarıyla aynı klasik çizgiyi yansıtan bir yemek odası takımı... Arslanlıların adına yaraşır yetkinlikte dört dörtlük bir sofra, incecik porselen tabaklar, gümüş çatal bıçak takımları, kristal bardak ve kadehler... Ve ziyafet kıvamında, özenle sunuma hazırlanmış, en zor beğenen gurmeleri bile memnun edecek zengin bir mönü. Bu hazırlıkların hepsi benim için!

"Gün içinde yemek yeme alışkanlığım yok, hafif şeyler yiyerek geçiştiririm öğünümü," desem de tabağımı doldurtuyor Mebrure Hanım. Israrcı tutumunu konukseverliğine yorarak, ayıp olmasın diye birer ikişer lokma alıp, tabağıma konan her çeşidin tadına bakmaya çalışıyorum.

Yemek sırasında gitgide ısınıyor sohbetimiz. Bu sayede Mebrure Hanım'ın eşini yıllar önce kaybettiğini, Hale'nin biri erkek diğeri kız iki yetişkin çocuğu olduğunu, Mebrure Hanım'ın kızı ve torunlarıyla beraber burada aynı evi paylaştıklarını, Aydın Bey'in ise Çankaya'da ayrı bir evde tek başına yaşadığını öğreniyorum. Aile hakkındaki bu önemli bilgileri bana aktaran, Mebrure Hanım.

"Aydın, iki yıl önce eşinden boşandı," diyor. "Sekiz yıllık bir evliliğin ardından. Neyse ki çocuk yoktu arada..."

Hale'nin durumu daha karışık görünüyor. İki yetişkin çocuk var ortada ama, babalarından hiç söz edilmiyor.

Eksik bıraktıklarını tamamlamak ister gibi, "Kızımın yarası daha derin," diye içini çekiyor Mebrure Hanım. "Damadım öldü. Daha doğrusu öldürüldü!"

Başını eğip hüzünlü bakışlarını kaçırıyor benden.

"O da bir başka günün hikâyesi olsun," diyerek bitmeyen cümlesine noktayı koyuyor.

Hale... Genç, güzelce, zengin ve yalnız bir kadın. Bu zamanda, despot sayılabilecek kadar otoriter bir annenin kanatları altında yaşıyor! Gözlemlediğim kadarıyla konuşmalarımız, bizleri bir araya getiren arazi davası, Arslanlılar Holding ve holdingle ilgili işler pek umurunda değil. Zorunlu tutulduğu bir işlevi yerine getirmek için oradaymış gibi, eğreti oturuyor sofrada. Bir an önce kaçıp kurtulmak, kendini daha rahat hissedebileceği bir yerlere atmak için sabırsızlandığını düşünüyorum. Buradan çıkıp nereye gidebilir? Kafa dengi arkadaşlar, aldığı soluğu özgürleştirecek salaş ortamlar, sosyal dernek toplantıları, elinde tuttuğu en somut gücü, parayı hesapsızca harcayabileceği elit mağazalar, alışveriş merkezleri... Belki de kafasındaki çelişkileri ve çözümsüzlükleri bir kenara itebileceği bir konken ya da briç masası... Kişiliğiyle en iyi örtüşen seçenek bu galiba. Kırmızı ojelerle sonlanan tombulacık parmakların kavradığı iskambil kâğıtlarının büyüsüne kapılmış bir Hale Arslanlı!

Tatlı ve kahve servisinin ardından sadede geliyoruz. Aydın Bey çantasından çıkardığı dosyayı bana uzatıyor.

"Vekâletname!" diyor.

Dosyayı açıp kabaca göz gezdiriyorum. Evet, Çayyolu davasını yürütmem için gereken noter tasdikli bir vekâletname bu. Aydın Arslanlı vekil tayin etmiş beni, müvekkilim olarak görünüyor kâğıt üzerinde. Ancak, asıl müvekkilimin, sorumlu kılındığım asıl muhatabın Mebrure Hanım olduğu tartışılmaz. Bu durum işimi zorlaştırır mı? Şimdiden kestirmesi güç. Bir avuntum var ama... Babamın yıllar boyu bu insanlarla çalışıp hiçbir çatlak yaşamadan iş beraberliğini sürdürmüş olması. Neden ben de aynı çizgide yürümeyi beceremeyeyim? Zaman içinde kördüğüme dönüşmüş bir davayı neden mutlu sona taşımayayım... Bunları başaracak güce sahip olduğuma inanıyorum.

Mebrure Hanım'ın biraz daha kalmam yolundaki ısrarlarını nazikçe geri çevirerek, Aydın Bey'le beraber köşkten ayrılıyorum. Uçağım saat 18.00'de. İstediğim gibi kullanabileceğim uzunca bir zaman dilimi var önümde. Aydın Bey'den beni babamın bürosuna bırakmasını istiyorum.

"Almam gereken dosyalar var. İlk duruşma için hazırlıklara başlamalıyım."

"Telaşa gerek yok," diyerek gülüyor gayretkeş halime. "Dava dosyasını yeni aldım, diyerek inceleme süresi isteyebilirsiniz ilk duruşmada."

"Ama bu, iki üç ay ileriye atar davayı."

"Atacağı kadar attı zaten. Otomatiğe bağlandı artık, bir duruşmadan çıkılıp diğerine hazırlanılıyor."

Sonuca ulaşmak için hiç acelesi yokmuş gibi konuşuyor. Geciktirmeyi istercesine ağırdan almasını, beni de bu doğrultuda yönlendirmeye çalışmasını yadırgıyorum.

"Ertelemeye gerek yok," diyorum. "İlk duruşmada ağzımın laf yapmasını sağlayacak birikime şimdiden sahibim. Biraz üzerinde çalışırsam, inceleme süresi istemeye gerek kalmaz."

"Siz bilirsiniz," diyor nazikçe, biraz önceki sözleri sırf beni düşündüğü, ilk günden zora koşmak istemediği için söylemiş gibi. Yüzünde anlamlandıramadığım, belli belirsiz bir gülümseme. Başka bir şehirden gelmiş, yeni sınıfında kendini gösterip başarılı olmak için olağanüstü gayretle çalışıp çabalayan çömez bir öğrenciyle konuşur gibi. Oysa ben sorumluluklarımın bilincindeyim ve kendime güveniyorum. Aydın Bey ne düşünürse düşünsün, Mebrure Hanım'ın, "Ailece çok gözyaşı döktük," derken yüzünün aldığı ifade geliyor gözümün önüne. Çekilen acıların ne kadarının bu davadan kaynaklandığını bilmiyorum ama, Arslanlı ailesinin yüzünü güldürmek için elimden geleni yapmak, boynumun borcu...

*

Büroya girer girmez, babamın çalıştığı bölüm yerine, doğruca Remzi Bey'in odasına gidiyorum.

"Hayırlı olsun, davayı almışsın," diyerek karşılıyor beni. Anlıyorum ki, kendisiyle bire bir konuşmadığım halde, vekâletnameden ve son gelişmelerden haberdar.

"Sayenizde," diyorum. "Arslanlıların kulağına kar suyu kaçıranın kim olduğunu tahmin etmek hiç de zor değil."

"Sandığın gibi değil," diyor. "Aydın Bey telefon numaranı almak için aramıştı, taziye dileklerini iletecekti sana. O arada konuşuldu. Ama inan ki, 'Verda bu işe gönüllü,' falan demedim ben. Onların niyeti senden yanaydı zaten."

Uzatmanın anlamı yok. Geride kalmışları bir yana itip, uçak saatine kadarki kısıtlı zamanımda Arslanlılarla ilgili, kafama takılıp kalmış birkaç pürüzü konuşacağım Remzi Bey'le.

"Beraber çalışacağım insanları daha yakından tanımak istiyorum Remzi Bey. Arslanlı ailesi hakkında ne biliyorsanız anlatmanızı rica ediyorum."

"Bugünkü tanışmanız yeterince aydınlatıcı olmamış anlaşılan..."

"İlk karşılaşma, yüzeysel sohbetlerle örgülenen birkaç saat ve anlatılan ama üzerine gidemediğim aile içi konular..."

"Aslanlılar hakkında benim bildiklerim de kısıtlı. Vedat'tan duyduklarımdan aklımda kalanlar..."

"Olduğu kadarına razıyım ben."

"Neyi öğrenmek istiyorsun?"

"Sizin bildiğiniz her şeyi."

"Senin aradığın zenginlikte bir kaynak değilim ben ama, Vedat ve uzun yıllara yayılan Çayyolu davası sayesinde Arslanlıları tanıma fırsatım oldu. İzlenimlerime dayanarak, ilginç ve sıra dışı bir aile olduklarını söyleyebilirim. Arazilerin, malın mülkün gerçek sahibi Mebrure Hanım. Söz konusu olan, babadan, dededen, büyük dededen gelen azımsanamayacak bir servet. Uzun yıllar önce ölen eşi Abdullah Arslanlı, hem malvarlığı hem de aile yönetiminde söz sahibi olma konusunda, daima bir adım gerisinde kalmış karısının. Karar verme gücü Mebrure Hanım'ın ellerinde olmuş hep."

"Orası belli. Baskın karakterin izleri bugüne kadar uzanmış."

"Evet, senin de gördüğün gibi, perde arkasından hem holdingi hem de oğluyla kızını idare eden Mebrure Hanım'dır. Vedat'ın anlattığına göre, Çayyolu davasının açılma nedeni de Mebrure Arslanlı'nın, Alpagut ailesine duyduğu, çok eskilere dayanan husumet. Bu arada, Arslanlılarla Alpagutların uzaktan akraba olduklarını biliyor muydun?"

"Ciddi mi?" diye haykırıyorum. "Ne derece yakın ya da uzak bir akrabalık bu?"

Gereğinden çok konuşmuş gibi sıkıntıyla, "Bundan fazlasını ben de bilmiyorum," diye kestirip atıyor Remzi Bey.

Kızıyorum kendime, güzel güzel anlatırken, verdiğim tepkiyle ürküttüm onu. Akrabalıkla ilgili çizgide daha derinlere inmeyeceği belli oldu. Konuyu değiştirmeli...

"Dışardan bakıldığında, çoğu insanın erişemeyeceği saltanatlı bir yaşam, ama bir o kadar da sancılı. Mutluluk ve huzuru yakalamak, para sahibi olmaktan çok daha zor galiba. Baksanıza, o muhteşem servetin üstünde, karısından ayrılmış oğlu, kocası öldürülmüş dul kızıyla yaşamını sürdürüyor Mebrure Hanım."

Sakin sakin dinlerken, irkiliveriyor Remzi Bey.

"Nereden öğrendin bunları?"

"Hangisini?"

"Hale'nin kocasının öldürülmüş olduğunu."

"Bizzat Mebrure Hanım'ın ağzından."

"Sevmiş seni desene... Her önüne gelenle paylaşmaz aile sırlarını."

"Herkesin bildiği bir şey sır sayılır mı? Başka yerden de duyabilirdim bunları. Laf arasında anlatıverdi Mebrure Hanım. Ama cinayet nedenini bilmiyorum henüz. Onu da sizden öğrensem..."

"Hiçbir fikrim yok. Çiftlikteki köylülerden biriymiş öldüren, öyle demişlerdi o zamanlar."

"Azmettirilmiş olabilir mi?"

"Mümkün... Ama sen neden ilgileniyorsun ki bunlarla? Aile içinde yaşananları öğrenmenin, üzerinde çalışacağın davaya ne yararı olacak? Gereksiz ayrıntılarla ne diye kafa yoruyorsun, anlamıyorum."

Bir şekilde aralarına karışmak durumunda kaldığım insanlar hakkında bilgi sahibi olmak isterken, nasihat dinliyorum.

"Bırak kimin kimi neden öldürdüğünü, işine bak!"

Anlatılmak istenen bu. Ne var ki, bana dayatılan davranış biçimi, benim tarzıma hiç mi hiç uymuyor...

ÇİFTLİK EVİNDE İŞLENEN CİNAYET

İstanbul'a döner dönmez yaşadıklarımı, duyduklarımı, kafamda beliren bin bir soru işaretini, acabaları, belkileri en ince ayrıntılarına kadar Bülent'le paylaşıyorum. Davayı üstlenmemi bile gönülsüzce kabullenen kocam, farklı –ona göre beni ilgilendirmeyen– konularda araştırma yapmaya kalkmamdan hiç hoşlanmıyor. "Sana ne bilmem kaç yıl önce işlenmiş cinayetten?" diyor. "Gireceğin davayı ilgilendiren bir durum değil ki. Yaptığın işe odaklanacağına, saçma sapan şeylerle uğraşıyorsun."

Tıpkı Remzi Bey gibi konuşuyor. Remzi Bey babamın arkadaşı, beni kızı gibi görüp kollamasını bir dereceye kadar anlayabiliyorum ama Bülent'in onunla aynı çizgide, kendi istekleri doğrultusunda beni yönlendirmeye çalışmasına dayanamıyorum. Kocam değil de babammış gibi davranıyor bana. Böyle zamanlarda, babamın en uzlaşılmaz haliyle konuşuyormuşum duygusuna kapılıyorum. Tek bir olumlu getirisi var bu durumun. Babama yapamadığım nazı, göstermekten kaçındığım şımarıklığı, yeri geldiğinde kocama karşı koz olarak kullanabiliyorum.

"Çeneni yorma Bülentçiğim," diyorum en yumuşacık sesimle. "İşe yaramaz, biliyorsun. Gel bana bir iyilik yap... Gazete arşivlerinden şu cinayetin künyesini çıkarttırıver. Biliyorum ki sen de en az benim kadar merak ediyorsun. Üstü örtülü kalacağına neymiş, neden olmuş, bilelim. Değişen bir şey olmayacak, söz veriyorum sana. Duruşmalara daha huzurlu hazırlanacağım, sonuca ulaşmak için daha istekli, daha gönülden çalışacağım bu sayede..."

Her daim bildiğini okuyan, dediğim dedik çizgisinden asla sapmayan kocamı bu sözlerle etkilemek zor, ama gazetecilik damarı ağır basınca, kendi yanıma çekmem kolaylaşıyor. İki gün sonra, istediğim bilgileri içeren, eski tarihli bir gazete getiriyor bana.

Ankara'nın ileri gelen ailelerinden Arslanlıların kızı Hale Arslanlı Budak'ın eşi Ahmet Budak öldürüldü. / *Polatlı yolu üzerindeki çiftlik evinde işlenen cinayetin faili, çiftliğin eski bekçisi Zülküf Konca. İşten çıkarıldığı için aileye husumet besleyen katil, yaralı olarak kaçmaya çalışırken kıskıvrak yakalandı.*

Gazeteyi katlayıp, "Teşekkür ederim," diyerek gülümsüyorum Bülent'e. "Gördüğün gibi, gazeteyi bulup getirdin diye kıyamet kopmadı."

Çantasından bir başka gazete çıkararak, "Bir de şuna bak," diyor.

... Arslanlıların damadı Ahmet Budak'ın katili Zülküf Konca, cezaevi koğuşunda şişlenerek öldürüldü. / *Cinayet nedeni, koğuş ağasına itaatsizlik!*

Vay be, gözünün üstünde kaşın var misali temizleyivermişler adamı!

"Bu muydu istediğin?" diyor Bülent. "Öğrendin işte, başın göğe erdi mi?"

Duymuyorum bile, "Adamın şişlenmesinde Arslanlıların rolü olabilir mi?" diye söyleniyorum kendi kendime.

Omuzlarımdan tutup hafifçe silkeliyor beni Bülent.

"Varsayımların üzerinde konuşmanın anlamı yok," diyor. "Öyle ya da böyle, on küsur yıl öncesinde kalmış, üstü kapanmış bir dava. Tırnaklarınla bir yerleri kazıyıp hayali defineler aramaktan vazgeç de, üstlendiğin davanın özüne dön artık..."

Başka ne yapabilirim ki? Yıllar önce işlenen cinayetlerin kökenine inip birilerini suçlamanın ne yararı var bana? Remzi Bey'in ve Bülent'in söylediği gibi, işime bakacağım elbette. Ancak, ilk duruşmada davayı sımsıkı kucaklamama, hiç zaman kaybetmeden kaldığı yerden sürdürmeye çalışmama gerek yok. Biraz ağırdan almalı. Aydın Bey'in önerdiği gibi, inceleme süresi talebinde bulunmak, bundan sonraki duruşmalara daha iyi uyum sağlayabilmek için, en doğrusu olacak...

*

"Dava dosyalarını yeni aldım. İnceleme için süre talep ediyorum."
"... Talebin kabulüne..."

Beklenen son. Hem biz, hem karşı taraf, hem de mahkeme heyeti için, bana göre, boşa harcanmış bir celse. Bugünün tek kayda değer gelişmesi, Alpagutların avukatı Vural Türkoğlu ile tanışmış olmam.

Duruşma başlamadan, hafifçe başını eğerek selamlıyor beni. Nezaketen yapılmış bir harekete, nezaketle karşılık veriyorum ben de. İfadesiz bir yüzle, hiçbir göz teması olmadan, başımı belli belirsiz öne eğerek. Ama duruşma süresince, babamın pek çok kez buluştuğunu bildiğim –ne yazık ki nedenine ulaşamadığım– karşı taraf avukatını kaçamak bakışlarla incelemekten kendimi alamıyorum.

Kırk, kırk beş yaşlarında, kumral saçları tepede hafifçe açılmış, uzunca boylu, avukat cüppesinin içinde yakışıklı sayılabilecek, yaptığı işe ters düşecek derecede güler yüzlü (Mahkeme salonunda konuşmasını yaparken bile gülümseyebiliyor!), avukatlıktan çok sanatsal uğraşlardan biriyle haşır neşir olduğu izlenimini veren, bütün peşin hükümlerime karşın bende olumlu duygular yaratabilen, koskoca bir soru işareti...

Duruşma bitip dışarı çıktığımızda, arkamdan koşup geliyor.

"Merhaba Verda Hanım," diyor. "Kim olduğumu bilseniz de, yeniden tanıtacağım kendimi... Ben Vural Türkoğlu."

Elimi uzatmamı beklemeden elini uzatışını yadırgasam da geri çevirmiyorum, tokalaşıyoruz.

"Başınız sağ olsun," diyor. "Vedat Karacan çok önemliydi benim için. Pek çok şeyi paylaştık kendisiyle. Meslek ağabeyimdi o benim, duayenimdi."

Gözlerindeki hüzün, sesindeki titreyiş gerçek gibi duruyor. Yüzüne perde perde yayılan gülümsemesiyle ekliyor.

"Onun yerinde bir yabancı yerine kızını, sizi görmek, benim yönümden sevindirici. Karşı cephelerde olsak da uyumla çalışacağımıza inanıyorum."

"İyi dilekleriniz ve öngörüleriniz için teşekkür ederim," diyorum alaycı bir tavırla. "Ancak, siz de çok iyi bilirsiniz ki, davalı ve davacı taraf avukatlarının birbirleriyle uyumlu olmaları şart değildir."

Ters davranışımı umursamıyor. Çıkardığı kartviziti uzatıyor bana.

"Avukat Vural Türkoğlu değil, babanızın dostu olarak, gerek duyduğunuz her an arayabilirsiniz beni," diyor.

Yabancısı değilim bu kartın. *16 Mayıs - 11.00* yazısı canlanıyor gözümde. Arkasını çeviriyorum kartın. Randevu saati yazılı mı diye...

Hayır, elimdeki kartın arkası boş. Hiçbir zaman da dolmayacak...

BABAMIN NİŞANLISI

Arslanlılarla tanışmak ve vekâletnameyi almak için geldiğimde, aynı akşam dönmüştüm İstanbul'a. Ama bu kez, duruşma salonundan çıkar çıkmaz havaalanının yolunu tutmayacağım, iki günlüğüne geldim Ankara'ya. Programım baştan belli, akşam yemeğinde Sumrulardayım, gece de orada kalacağım. Yarın sabah Meliha Hanım'ı ziyaret etmek istiyorum. Akşamüzeri döneceğim İstanbul'a.

Babamın taziyesinden sonra ilk kez bir araya geliyoruz... Adnan amca, Makbule yenge, Sumru, Sumru'nun kocası Reşat, amcamın oğlu Cezmi. Sermet amca yok gene. "Evden dışarı adımını atmıyor artık," diyor yengem. Bir sonraki gelişimde mutlaka uğramalıyım ona. Karısı iş seyahatinde olan büyük kuzenim Cezmi de yalnız gelmiş.

Aramızdan eksilenler ve eksikler olsa da, aynı masanın etrafında toplanabilmenin sevinci var yüzlerimizde. Harika bir sofra hazırlamış Sumru. Sıcacık, samimi, aile kokan... Her lokmamıza sevgisini katmış. Eminim ki hiç yüksünmeden, hevesle, zevkle yaptı ne yaptıysa.

"Ellerine sağlık Sumrucuğum," diyorum masaya otururken. "Ne çok şey hazırlamışsın böyle..."

"Sarmalarla börek annemden," diye itiraf ediyor.

Ortaya ekmek peynir koysa fark etmez. Önemli olan ne yediğimiz değil, nasıl ve kiminle yediğimiz. Nicedir özlemini çektiğim bir tablo bu.

Ancak gözlerimizden, gülüşlerimizden mutluluk taşıyor olsa da, ruh halimiz değişken. Bir aradalığın her dakikasını içimize sindirerek, yılların susamışlığıyla lafları birbirimizin ağzından alarak, kana kana, coşkuyla konuşup gülerken, birdenbire hüzünleniveriyoruz.

Cezmi'nin, Sumru'nun ve benim çocukluk günlerimizden yeniyetmeliğimize, evliliklerimize uzanan sohbet, geçmişte kalmış sisli anıları dile getirmeye dönüştüğünde, *babam*'la ilgili yaşanmışlıklar dökülüyor ortaya. Çünkü, ne kadar kanıksamaya başladığımızı düşünsek de, gündemimizin baş konusu hâlâ o ve onun ölümü...

Kanaması durmuş, için için işleyen, ilk günkü yangılı, keskin, dayanılmaz halini daha dingin, daha ince sızılara bırakmış bir yaranın kabuk tutması için zamana ihtiyacımız var. Epey yol almışız gene de, artık gözyaşı dökmeden, daha serinkanlı konuşabiliyoruz babam hakkında. Öncesinde dile getirmeye cesaret edemediğimiz, tabu sayılabilecek konularda esprili yorumlar yaparak gülebiliyoruz bile.

"Eğri oturup doğru konuşalım," diyor amcam. "Çapkın adamdı ağabeyim! Ama ne yapsın, öyle yakışıklıydı ki, o istemese de çevresi rahat bırakmıyordu zavallıyı."

"Böyle zavallılığa can kurban!" diyerek gülüyor Reşat. "Öldükten sonra bile gönül maceralarıyla anılmak, her babayiğide nasip olmaz."

"Pek imrendin bakıyorum!" diye kocasına çıkışıyor Sumru. "Çekinme, ne istiyorsan yap, içinde kalmasın... Ceza niyetine öldürüveririm seni. Ölümünden sonra, yaşadığın gönül maceralarıyla anılacağından kuşkun olmasın."

"Bırakın şimdi bunları," diyor yengem. "Çapkınlık bile yakışırdı Vedat ağabeyime. Yavuklularına vefa konusunda biraz sabıkalıydı ama, bana kalırsa, iki evliliğini de âşık olarak yapmıştı. Gönül adamıydı, sevda adamıydı..."

"İki evlilik, bir nişan!" diyor Cezmi. "Nikâh masasına gitmeden bozulan nişanı da unutmayın."

"Ne nişanı?" diyorum şaşkınlıkla. "Ne zaman nişanlanmış babam? Annemle tanışmadan önce mi?"

"Bilmiyor musun sen?" diye hayretle soruyor Sumru. "Semra yengeden boşandıktan sonra, kısa bir nişanlılık dönemi yaşamıştı ya amcam..."

"Evet," diyor Makbule yenge de. "Nişanda takılmak üzere inci bir gerdanlık almıştı hatta Vedat ağabey."

Suratımın ortasına okkalı bir yumruk yemiş gibi, sersemleyen beynimi toparlamaya çalışarak dağınık, birbiriyle ilintisiz sorular soruyorum peş peşe.

"Neden benim haberim yok? Böyle önemli bir olayı kim sakladı benden?"

"Saklayan falan yok kızım," diyor amcam. "Gördüğün gibi, hepimiz haberdarız durumdan. Senin bilmiyor oluşuna da çok şaşırdık açıkçası."

"Başından anlatın şunu hele... Ne zaman gerçekleşti bu nişan? Nişanlandığı kimdi babamın?"

Sorularımın tek muhatabı oymuş gibi, yanıt verme işini üstleniveriyor Sumru.

"Dediğim gibi," diyor. "Boşanmanın hemen sonrasıydı. Burada, bir akşam yemeğinde toplanmıştık gene. 'Nişanlanıyorum ben!' dedi amcam. Çantasından çıkardığı kadife kutuyu açıp beyaz inci gerdanlığı gösterdi. 'Bunu takacağım nişanda,' dedi."

"Sizler nişanda bulundunuz mu?"

"Hayır. İstanbul'da oldu nişan. Hiçbirimiz gidemedik, daha doğrusu gitmek istemedik. Öyle tazeydi ki yengemle ayrılmaları, bir başkasını çarçabuk onun yerine koyuvermeyi içimize sindiremedik."

"Kimmiş kadın? Neyin nesiymiş?"

"İstanbul'da yabancı kolejlerden birinde Fransızca öğretmeniymiş. Amcamla iş seyahatlerinden birinde tanışmışlar. Oldukça genç ve güzelmiş."

"Kendisini görmediniz yani..."

"Küçücük vesikalık bir fotoğrafını gösterdi amcam. Siyah beyazdı fotoğraf, gerçek renkleri yansıtmıyordu. Kızıl saçlı, ela gözlü, hoş bir kadın diye anlattı amcam. İstanbul'dan nişan çikolatası getirmişti bize..."

"Neden evlenmemişler, neden bozulmuş nişan?"

"İstanbul'dan ayrılmak istememiş hanımefendi. Amcam da Ankara üzerinde ısrarcı olunca... nişanı atmışlar."

"Ve rotasını Meliha Hanım'ın üzerine çevirmiş babam, öyle mi?"

"Aynen öyle."

"Senin de bütün bunlardan haberin var sanıyordum," diye araya giriyor amcam. "Ağabeyimin, hepimizin bildiği bir şeyi sana anlatmamış olmasını anlayamıyorum."

Biraz önceki çılgınca merakımın yatışmasıyla, daha akılcı yaklaşabiliyorum konuya.

"Babamın sıradan gönül macelarından biri değil bu!" diyorum. "Nişanlanarak işi ciddiye aldığını göstermesi de önem taşımıyor benim için. Önemli olan, nişanın zamanlaması! Düşünsenize... Nişan yüzükleri annemle babamın boşanmalarının hemen ardından takılıyor. Ne anlama geliyor bu? Nişanlı adayı hanımefendi, annemle babamın evliliği sürerken de vardı, beraberlikleri daha o zamandan başlamıştı."

Nasıl olmuş da akıl edememişler gibi, ifadesiz bakışlarla bakıyorlar yüzüme.

"Bana neden söylemediği apaçık ortada," diye devam ediyorum. "Bir şekilde aldatmış annemi. Henüz ayrılmadan, birileriyle gönül macerası yaşamış. Annemin ve benim kesinlikle bilmememiz gereken bir durum bu. Nişan bozulunca da üstünü örtüp kapatmış konuyu. İçinizden biri benimle paylaşsaydı ya bunları..."

"Her şey öyle çabuk oldu bitti ki, biz bile üzerinde konuşma fırsatı bulamadık," diyor yengem. "Kısa süre sonra Meliha Hanım'la evlenmeye kalkınca, bir önceki nişan unutulup gitti."

"Meliha Hanım ya!" diye söyleniyorum. "Eğer bu anlattıklarınız doğruysa, onun da günahını aldık boş yere."

"Ne demek anlattıklarınız doğruysa?" diye dikleniyor Cezmi. "Gerçekdışı bir şeyi neden anlatalım ki?"

"Doğruluk payındaki kuşkularım, sizlerden kaynaklanmıyor. Sözünü ettiğiniz nişanın gerçekliğinden emin misiniz? Nişan yüzükleri takılırken çekilmiş bir fotoğrafı gören oldu mu aranızda?" Yok! Bana yanıt olabilecek tek bir söz çıkmıyor ağızlarından. "Dinleyin o halde," diyerek kafamdakileri döküveriyorum ortaya. "İki ihtimal var... Bu nişan gerçekten takıldıysa, babam evlilik süresi sona ermeden tanışıp anlaştığı bir kadınla annemi aldatarak evliliğini sonlandırdı. Yani, annemin dediği gibi *bir başka kadın* yüzünden boşandılar. Ve bu kadın Meliha Hanım değildi! Ancak, bu durumdan haberdar olmamızı asla istemiyordu babam, evlenme gerçekleşinceye kadar da gizli tutmaya çalışacaktı belki. O kadar ki, Meliha Hanım'ı suçladığımızda, onu temize çıkaracak hiçbir girişimde bulunmadı. Diğer kadının varlığını bilsek, Meliha Hanım'ı acımasızca yargılamayacaktık oysa...

İkinci ihtimalse, bu nişanın gerçek değil kurgu olduğu. Meliha Hanım'ın, en azından sizin vicdanlarınızda yargılanmasını önlemek için hazırlanmış bir mizansen..."

"Her ne ise kızım," diye kesiyor Makbule yenge. "Hepsinin üzerine kalın bir sünger çekip bütün tatsızlıkları unutmanın zamanıdır artık."

"Ölmüş ağabeyimi toprağında rahat bırakıp bir de bana bakın," diyor amcam. "Çifte nikâhlar, nişanlar, dilden dile dolaşan gönül maceraları onda... Ya ben! Bir kez bile nikâh masasına oturamadan göçüp gideceğim şu dünyadan. Ağabeyim için tam bir yüz karası değilsem, neyim ben?"

"Sen iste, yarın birini bulayım," diyor yengem. "Benim kız aramaya kalkmam da gereksiz ya, neyse. Yakışıklılıkta ağabeyinden eksik kalır yanın yok çok şükür."

Amcamın, konuyu değiştirmek için ilgiyi kendi üzerine çektiğinin farkındayım. Bana söyleyeceği sözü bitmemiş ama. Kapıdan çıkarken, "Dedektif olmalıymışsın sen," diyerek sarılıyor. "Zehir gibi işliyor kafan, aynı baban gibi... Kimsenin aklına gelmeyenler, senin gözlerinde canlanıyor. Yaman kızsın vesselam..."

Varlığını derinden etkileyen durumlar karşısında, işte böyle dedektif kesilebiliyor insan, amcacığım. Eh, biraz da yetenek olacak tabii... Yoksa nasıl *iz* süreceğim ben?...

*

Meliha Hanım'la taziyeden sonraki ilk karşılaşmamız. Heyecanlıyız ikimiz de. Özlemle kucaklıyoruz birbirimizi, belli ki o acılı günlerde yakaladığımız beklenmedik sıcaklık aynen sürüyor.

Son gördüğüm haline göre epey zayıflamış Meliha Hanım. Verdiği kilo dışında, yüzünde ve bedeninde belirgin bir çökme var. Sesine yansıyan ağlamaklı ifade, tüm hücrelerine sinmiş sanki.

"Alışamıyorum Verda," diyor. "Babanın yokluğuna, onsuzluğa alışamıyorum. Bırakıp gitti görünürde ama, hep benimle. İçimde yaşatıyorum onu ben. Tek bedende iki can gibi. Bundan sonra böyle..."

Durmadan konuşuyor. Beni ilgilendiren ilgilendirmeyen ne geçiyorsa o an aklından coşkuyla, şevkle, sesini bir alçaltıp bir yükselterek, oturduğu yerde kıpır kıpır; anlatıyor, ağlıyor, gülüyor... Manik depresif bir ruh hali içinde olduğunu görebiliyorum. Gülüşüyle ağlayışı birbirinin içine geçmiş, gözlerinden yaşlar inerken birdenbire toparlanıp, kendi anlattıklarına kahkahalarla gülebiliyor. Geçici bir durum olmasını umuyorum, zaman içinde normale dönmesini.

Genç kız çevikliğiyle fırlıyor yerinden. "Kahve pişireyim sana," diyor. "İçeriz, değil mi?"

Ondan önce davranıp mutfağa doğru yürüyorum. Peşimden gelip kahvenin, şekerin, fincanların yerini gösteriyor. Dünden razı kahveyi benim pişirmeme, daha rahat konuşacak bu sayede. Anlatacak çok şeyi var ya...

Her gece benim için dua ettiğini, komşularının beni ne kadar çok sevdiklerini, Makbule yenge, Sumru, Cezmi ve Adnan amcanın taziye bittiğinden beri kapısını açmadıklarını, buna bir anlam veremediğini, Melda'nın iş yoğunluğundan pek seyrek uğrayabildiğini, birileriyle kavga eder gibi bağıra çağıra anlatıyor bana.

Kahvelerimizi alıp içeriye geçiyoruz.

"Şöyle oturun Meliha Hanım," diyorum. "Size soracağım bazı şeyler var."

Hafiften çatılıyor kaşları. Başını dikleştirip, "Söyledim sana Verda," diyor. "Sormana gerek yok, bu evde senin de payın var. Ölüm hak, miras helal. Neden hepsini bana vereceksin ki?"

"Yanlış anladınız Meliha Hanım. Soracaklarımın bu evle ilgisi yok. O konuyu kapattık. Bu evden bir kum tanesi bile almam ben!"

"Biliyordum zaten," diyor gizleyemediği, çocuksu bir sevinçle. "Komşularım da söylemişti, 'Duruşunda asalet var Verda'nın, seni perişan etmez bu kız,' demişlerdi. Allah senden razı olsun!"

"Böyle konuşmanız beni üzüyor ama..."

"Tamam, tamam sustum," diyerek kahvesinden kocaman bir yudum alıp arkasına yaslanıyor, soracağım soruyu bekliyor.

"Yeni değil, yıllar öncesine ait bir olay," diye başlıyorum. "Ama ben yeni öğrendim. Doğruluk derecesinden emin olamadım. Belki siz hatırlarsınız..."

"Neymiş o?"

"Babam, sizinle evlenmeden önce bir başkasıyla nişanlanmış, öyle mi?"

Söylediklerimi kavrayamamış gibi boş bakışlarla, hiçbir tepki vermeden, uzunca bir süre sessiz kalıyor.

"Evet," diyor sonunda. "Hatırlıyorum. Benden önce başka biriyle nişanlanmıştı Vedat. İstanbulluydu nişanlısı."

"Kendisi mi anlattı, başkalarından mı duydunuz?"

"O zamanlar hukuk bürosunda çalışıyordum ya... Semra Hanım'dan boşanmasının üzerinden bir hafta on gün geçti geçmedi; İstanbul'a gitti Vedat. Döndüğünde, 'Nişanlanmış!' dediler. Odasına gidip kutladık hepimiz. Nişan çikolatası ikram etti bize."

Meliha Hanım'ın anlattıkları yeterli değil. Konuştuğum herkes çikolatadan söz ediyor ama, başkaca somut kanıt yok ortada.

"Böyle bir nişanın gerçekleştiğine inanıyor musunuz siz?"

Kocaman kocaman açıyor gözlerini.

"Nasıl inanmam! Kutlamaya gittiğimizde nişan fotoğraflarını gösterdi bize. Kızıl saçlı, açık renk gözlü, çok güzel bir kadındı nişanlısı. Şaşılacak şey değil mi, ondan ayrılıp benimle evlendi Vedat. Çok şey istemiş o kadın..."

Bu sözler, yelkenleri suya indirmeme yetiyor. Akşam anlatılanlarla Meliha Hanım'ın söyledikleri bire bir örtüşüyor. Dilden dile dolaşan, ne var ki benim kulağıma yeni çalınan nişanın, kurgulanmış bir masal olduğu faraziyesi, kendi yarattığım bir komplo teorisi olmaktan öteye geçemiyor.

Bu kadarla kalsa iyi, Meliha Hanım'ın dudaklarından dökülen yeni sözcüklere inanmakta güçlük çekiyorum.

"Kadının kendisini de gördüm ben!"

"Nasıl? Tanıştınız mı onunla?"

"Evet, ama senin düşündüğün gibi bir tanışma değil. Yeni evliydik Vedat'la... Unutmuştum bile o nişan olayını. Tarihini tam olarak çıkaramıyorum ama, evliliğimizin ilk aylarıydı. Bir sabah, Vedat'ın evde olmadığı sırada kapı çalındı. Gidip açtım. Karşımda süslü püslü, güzel mi güzel bir kadın. Hemen tanıdım. Alev alev yanan kızıl saçlarından... Nişan fotoğrafındaki kadındı bu! Beni görünce afalladı, evlendiğimizi bilmiyordu sanırım. 'Vedat Bey yok mu?' diye geveledi ağzının içinde. Yok dedim, çekti gitti. Hem evimizin kapısından, hem de hayatımızdan..."

Uzanıp elini tutuyorum.

"Neden anlatmadınız bunları bana, neden paylaşmadınız benimle?"

"O günlerde senin yanına yaklaşmak bile cesaret istiyordu," diyerek gülüyor. "Hem, nereden bilecektim bu durumdan haberdar olmadığını..."

Dün akşamdan şu ana kadar duyduklarım, Meliha Hanım'ı gözümde aklamaya yetiyor. Ama o, bu durumun farkında bile değil. Olsun, ben bileyim yeter. Ancak, bilmesi gereken biri daha var: Annem! Anlatacaklarım, yıllar yılı suçladığı insanı bağışlatacak güçte mi, orasını bilemem. Emin olduğum tek şey, onun da öğrenmeye hakkı olduğu...

*

Daha önce annemi hiç böyle görmedim. Solgun, bitkin, tepkisiz... Derin üzüntülere gark olduğu babamla ayrılma dönemlerinde bile şu halinden çok daha canlı, çok daha hayat doluydu.

Öncesinde de yolunda gitmeyen bir şeyler vardı gerçi ama, babamın ölüm haberini aldığı günden bu yana, kötüye gidiş süreci hızlandı sanki.

Beni görünce, her zamanki gibi sevinç ışıltıları beliriyor gözlerinde, ama çarçabuk sönüveriyor hepsi. Bakışlarını hayali bir noktaya dikip kendi âlemine dalıyor. Neler düşünüyor, neler kuruyor kim bilir...

Büyük acılar, kişiden kişiye değişen tablolarla kendini gösteriyor galiba. Meliha Hanım, eskisinden de konuşkan ve dışadönük bir çizgide ilerlerken, annem, dış dünyaya kendini kapatma yolunda. Bakalım anlatacaklarıma nasıl bir tepki verecek...

"Babam hakkında çok ilginç şeyler öğrendim," diyorum. Körelmiş ilgisini çekebilmek için ekliyorum hemen. "Sen de çok şaşıracaksın."

Başını kaldırıp, "Dinliyorum seni, anlat," der gibi bir ifadeyle yüzüme bakıyor.

"Meliha Hanım hakkında yanılmışız galiba," diyorum. "Babamın daha önce de farklı ilişkileri olmuş."

Belli belirsiz, alaycı bir gülümseme yayılıyor yüzüne. Onun için yeni sayılabilecek şeyler değil söylediklerim. Yıllarca inatla, ısrarla yineleyip durmadı mı, "Başka bir kadın var arada," diye bizleri inandırmak için umarsızca çırpınmadı mı? "Şimdi mi aklınız başınıza geldi" bakışını görmezden gelerek devam ediyorum.

"Hatta, Meliha Hanım'la evlenmeden önce, başka birisiyle nişanlanmış babam."

Hayrettir, daha önce öğrenmiş olsa kıyametleri koparacakken, şimdi hiçbir tepki göstermiyor annem! Sonrasında anlattıklarımla da pek ilgilenmiyor.

"Bu durumda Meliha Hanım'ı suçlamamız da anlamını yitiriyor," deyip susuyorum. Bir şeyler söylemesini, küçük de olsa olumlu ya da olumsuz bir tepki vermesini bekliyorum.

Neden sonra, fısıldar gibi, ağır ağır konuşuyor.

"Meliha Hanım ya da bir başkası... Ne fark eder ki? Baban beni aldattı Verda! Gerisi lafügüzaf."

İnanılacak gibi değil, bunca yıl geçti aradan, o hâlâ aynı noktada takılı kalmış! *Saplantı* dedikleri bu olsa gerek.

Yanlış yapmıştım galiba. Daha doğrusu hareket noktam ve beklentilerim yanlıştı. Geçmişin derinliklerinde paslanmaya yüz tutmuş *nişan* olayını ısıtıp önüne koymakla neyi hedefliyordum? Tek sorun, annemin gözünde de Meliha Hanım'ın üzerine yapışmış "suçlu" etiketini kazıyıp, eskilerin iade-i itibar dedikleri gibi, haksızca örselenmiş saygınlığını geri vermek miydi?

Hayır! Annemi ilgilendiren biricik sorun, kendisinin de söylediği gibi, babamın onu aldatmış olmasıydı. Ölüm bile değiştirmemişti bu gerçeği. Geçmişte böyleydi, kesinlikle inanıyorum ki, soluk alıp verdiği sürece de öyle olacak...

GARİP BİR RÜYA

Ankara'ya gidiş gelişlerim, İstanbul'daki daha önce üstlenmiş olduğum davaların yanında Çayyolu davasıyla ilgili gitgide yoğunlaşan çalışma ve araştırmalarım, neredeyse zamanımın tümünü ele geçirmiş durumda. Bunca işin arasında özel hayatıma yer açabilmek, her geçen gün biraz daha zorlaşıyor. Kocam, oğlum, annem... Her birinin ayrı beklentileri var benden. Çok parçaya bölünmek zorunda kaldıkça, gücümün de un ufak olduğunu hissedebiliyorum. "Hafta sonu, iki günlük küçük bir kaçamak yapmaya ne dersin? Yorulduk ikimiz de. Yoğun iş temposunun arasında kısacık bir mola..."

Beni razı etmek için dil dökmesine gerek yok, Bülent'in önerisine, patlamış denizin ortasında uzatılan can simidiymiş gibi, sımsıkı sarılıyorum. Rotamız belli, ne zaman işten güçten bunalsak, bedenlerimizi dinginliğine teslim ettiğimiz Abant ve gölün kenarındaki huzur vaat eden o şirin otel...

Büyük şehir keşmekeşinde oksijene hasret kalmış hücrelerimiz için gerçek bir bayramyeri Abant. Sivri tepeleri göğe uzanmış çam ağaçları arasında yaptığımız orman yürüyüşü, göl kenarında içtiğimiz tavşankanı çaylar, hafif müzik eşliğinde yenen akşam yemeği... İyi ki gelmişiz dedirtecek kadar mükemmel her şey.

Yabancı bir yerde geçirdiğim ilk gece, yatağımı yadırgama gibi bir huyum var. Ama bu kez öyle olmuyor, başımı yastığa koyar koymaz derin bir uykuya dalıveriyorum. Bir de o garip rüya olmasa! Küçük, küçücük bir yer sofrası... Annem ve anneannem bağdaş kurup yere oturmuş, neşeyle bir şeyler yiyorlar. Ayaktayım ben, tepeden izliyorum onları. "Gel," diyorlar bana da. "Gel otur, sen de ye!" Hayır diyorum ve yanlarından uzaklaşıyorum.

Ter içinde uyanıyorum uykudan. Rüyaları yorumlamak, hele içlerinden olmayacak mesajlar çıkarmak gibi bir alışkanlığım yok. Hatta, birilerinden duyduğumda, *batıl* diyerek dudak büktüğüm olmuştur. Ama öylesine etkisindeyim ki rüyanın, sıtmaya tutulmuş gibi her yanım titriyor. Ne oluyor diye soruyorum kendi kendime. Anneannem yanına mı almak istiyor annemi?

Gün ortasında olsa, saçmaladığımı düşünerek gülüp geçeceğim. Yapamıyorum. Yabancısı olduğum otel odasının alacakaranlığında düşüncelerimi berraklaştırmayı beceremiyorum. Daha iyimser bir yorumla yaklaşmak istiyorum gördüklerime. Mahalleli büyükhanımlar gibi, "Ölü, haberdir," diyorum. "Anneannemi annemin yanında gördüm, annemden acil bir haber alacağım."

Yan taraftaki yatakta mışıl mışıl uyuyan kocama imrenerek, gözlerim tavana dikili, beynimin içinde dans eden binlerce oyunbaz tilkiyle beraber, sabahı bekliyorum.

Bu aralar işe güce dalıp annemi ihmal ettim galiba. Döner dönmez gideceğim ve daha fazla zaman ayırmaya çalışacağım ona. Yitirdikten sonra arkasından ağıt yakmanın hiçbir yararı olmadığı, tecrübeyle sabit!

Pazar akşamı Bülent'le beraber uğruyoruz anneme. Gündelik şikâyetler dışında, her şey yolunda görünüyor. Halsizlikten, sabahları yataktan yorgun kalkmaktan yakınıyor annem. Bizi uğurlamak için birden doğrulunca başı döner gibi oluyor. "Ani hareketlerden kaçınmalısın," diye uyarıyorum.

Canım annem benim, yaşadığı çalkantılı hayatın içinde oraya buraya savrulurken, ne derece hırpalandığının farkına varamamış, kendini hâlâ gençlik günlerindeki gibi görüyor, aynı hareketliliği sürdürmeye çalışıyor. Her geçen gün biraz daha tekleyen bedeniyle savaş halinde... Tek çocuk olmak zor, annemin bütün sorumluluğu benim üzerimde. Bülent elinden geldiğince destek oluyor ama, bir yere kadar. Bana kalsa, yıllar önce Ankara'daki evini kapatıp İstanbul'a göç ettiğinde yanıma alırdım onu. Seve seve... Bu konu ne zaman gündeme gelse, şiddetle karşı çıkardı annem. Gerekçesi belliydi, bunca yıldır yalnız yaşamaya alışmış biri, kimselere tabi olamazdı!

Neyse ki Nezaket Hanım vardı. İstanbul'a geldiğinden beri, sekiz yıldır annemin yanında. Kocası trafik kazasında ölmüş Nezaket Hanım'ın, kimsesi yok. Dört elle sarıldı anneme, annesi bildi. İş seyahatine çıktığımda ya da iş yoğunluğunda elimin kolumun yetmediği zamanlarda tek avuntum onun varlığı oluyor.

Ertesi sabah, Bülent her günden erken çıkıyor evden, önemli bir toplantıya yetişmesi gerek. Ben de çıkmak için hazırlanırken telefon çalıyor. Annem! Güçsüz sesiyle kesik kesik konuşuyor.

"Başım dönüyor Verda. Sokak kapısının kilidini açtım. Kendi anahtarınla açıp girebilesin diye..."

"Nezaket Hanım nerede?"

"Bankaya gitti. Emekli maaşını çekecek."

"Tamam. Telaş etme anneciğim, hemen geliyorum ben. Büfenin üzerinde baş dönmesi için aldığın ilaç olacak, dün gece geldiğimde gördüm. Yavaş yavaş gidip bir tane içebilirsen iyi olur. Ben gelinceye kadar tesir eder hiç değilse."

Aceleyle giyinip çıkmaya hazırlanırken bir kez daha çalıyor telefon. Annem, ilacı almak için yan odaya gittiğinde yere yığılmış. Güçlükle, sürüne sürüne yatağına dönmüş, başucundaki telefondan konuşuyor benimle.

İkiye katlanıyor telaşım. Bülent'i arıyorum, ulaşamıyorum. Asistanına not bırakıp sokağa fırlıyorum. Apartmanın kapısına geldiğimde heyecanım dorukta. Asansörle altıncı kata çıkıyorum. Çantamdan yedek anahtarı çıkarıp kilide sokuyorum. O da nesi? Kapı açılmıyor! Hemen cep telefonumu çıkarıyorum. "Anneciğim, ben kapıdayım. Anahtarım açmıyor. Sakın telaşlanma. Yavaş yavaş kalk, duvarlara tutunarak yürü, acele etme..." Bana asırlar kadar uzun gelen birkaç dakikanın sonunda kapı açılıyor. "Yanlış anahtar mı aldın yanına?" diye sitemli bir azar işitiyorum annemden.

Bir de bakıyorum ki, iç taraftan anahtar var kilidin içinde. Anacığım kilidi açmış ama, anahtarı çıkarmayı akıl edememiş. Üzerinde durulacak zaman değil. Hemen koluna girip yatağına uzatıyorum annemi. İlk işim tansiyonunu ölçmek. 12/7, tansiyon normal, hatta yaşına göre normalden de öte. O halde, bu baş dönmesi neyin nesi? Gene o pas tutmuş beyin damarları mı? Öyle de olsa, tanı koymak bana düşmez, kesinlikle doktor görmeli!

Hukuk büromuzun anlaşmalı olduğu özel hastanede bir değil, ayrı branşlarda birkaç doktorun kontrolünden geçiyor annem. Tahliller yapılıyor, beyin MR'ı çekiliyor.

Daha önceden çeşitli nedenlerle pek çok kez kapısını çaldığımız dahiliye uzmanı Ekrem Bey, ültrasonla tüm bedenini tarıyor annemin. Tansiyonunu ölçüyor, gene 12/7.

"Genç kız gibisiniz," diyor.

Annem gayet mutlu, "Biliyor musunuz, Verda benim kızım," diyor yapılan iltifatı pekiştirmek ister gibi.

"O zaten çocuk sayılır," diye bana da şirin bir gönderme yapıyor Ekrem Bey. Görecek halim olsa keşke...

Beyin Cerrahisi ve Nöroloji servisinde çözülüyor iş. Eski ve yeni çekilen MR'lar karşılaştırılıyor. Daha önceki "beyne giden damarlarda kireçlenme" tanısı geçerliliğini koruyor. "Bu durumda baş dönmesi olağandır," diyor doktor. Bana doğru eğilerek alçak sesle, "Unutkanlık da!" diye ekliyor. "Hoş göreceksiniz..."

Baş dönmesinin kaynaklandığı yerlerin başında kulaklar geliyor. Kesin tanı konulmuş olsa da, KBB[1] uzmanının görüşlerini almamız şart. Uzun uzun muayene ediyor doktor, odyometre cihazıyla işitme testi yapıyor. Kulak yapısı normal, ancak beyin damarlarındaki kireçlenme kulaklarda da mevcut. Ve %35 oranında işitme kaybı var! Bizim çoktan fark ettiğimiz, ama annemin asla kabul etmek istemediği –acı– gerçek. Neyse, doktorun ağzından duyunca kabullenmek zorunda kalıyor. "Şimdilik işitme cihazına gerek yok," diyor doktor. Kayıp %50 olursa düşünülecekmiş...

Eczaneye uğrayıp, annemin avuçla yuttuğu ilaçlara birkaç tane daha ekleyerek eve dönüyoruz.

Yatağına temiz çarşaflar sermiş Nezaket Hanım, çorba yapmış. Beraberce elbisesini çıkarıp geceliğini giydiriyoruz anneme, yatağına yatırıyoruz. Mutfağa geçiyoruz Nezaket Hanım'la. O annemin yiyeceği çorbayı ısıtırken, ben de yeni aldığımız ilaçların nasıl kullanılacağını anlatıyorum. Birden, annemin, "Verda, düşüyorum ben!" haykırışıyla ikimiz birden dışarı fırlıyoruz. Koridorun ortasında, yere yığılırken yakalıyorum annemi. Olanca gücümü harcadığım halde düşmesini önleyemiyorum, ancak düşme hızını yavaşlatabiliyorum. Koridorun ortasına yumuşak bir iniş yapıyor annem. Bir süre yolluğun üzerinde öylece yatıyor, sonra duvara dayanıp oturuyor. Nezaket Hanım'la beraber kollarının altından tutup kaldırarak yatağına götürüyoruz.

"Acıktın mı?" diye soruyorum. Acıkmış, Nezaket Hanım'ın yaptığı çorbayı iştahla içiyor. İlaçlarını verip, "Şimdi dinlenme vakti," diyorum.

---

(1) Kulak, Burun, Boğaz.

Yaptığı yaramazlıktan pişmanlık duyan uysal bir çocuk gibi, "Tamam," diyor. "Ama önce bizim kızlara haber verelim."

Bizim kızlar dediği, annemin oyun arkadaşları grubu. Yaşlılık çağının değişik safhalarında, konkeni tek uğraş olarak bellemiş *tonton kızlar...* Epeyidir (Babamın ölümünden bu yana!) oyuna gitmemiş annem. Bu hafta çok ısrar etmişler, bizimki de niyetlenmiş.

Telefonda önce ben konuşarak annemin rahatsız olduğunu, perşembe günü oyuna gidemeyeceğini anlatıyorum. Sonra telefonu annem alıyor. Yaşadıklarını kendi yorumuyla anlatmaya başlıyor.

"Üç gün önce düştüm ben," diyor. "Sürüne sürüne yatağıma çıktım. Bugün gene düştüm. Verda beni doktora götürdü."

İki düşmenin aynı günde olduğunun bilincinde değil. Zaman kavramı yok!

Bu arada, karşıdaki insan onun söylediklerini doğru kabul ederse, vay benim halime! Kadıncağız üç gün önce düşmüş, sürüne sürüne yatağına gitmiş... Hayırsız kızı ancak üç gün sonra, bir kez daha düşünce ilgilenmiş annesiyle.

Derin bir nefes alıyorum. Bundan sonrasında benzer gelişmelere hazırlıklı olmam gerek. Annemin gitgide yitirmekte olduğu zaman ve mekân kavramlarının yanına kim bilir neler neler eklenecek...

İŞ YEMEĞİ

Duruşmasına gireceğim davanın dosyasını birkaç gün öncesinden yanımda taşırım. Mahkeme günü yaklaşınca, bürodaki çalışma masasının üzerinden evdeki çalışma odasına, salona, hatta mutfağa bile girip çıkar evraklar. Öyle ki, aklıma bir şey geldiğinde uzağımda olmasınlar, açıp bakabileyim... Duruşma sonrası, yeniden üzerinde çalışılmaya başlanıncaya kadar, klasöre konup dolaba kilitlenir, sıralarının gelmesini beklerler.

Ancak Çayyolu dosyası, ilk günden çalışma masamın demirbaşı oldu. Elimde hangi dava dosyası bulunursa bulunsun, her gün üzerinde çalışmasam, bir şeyler eksik kalıyor sanki. İkinci duruşmaya yaklaşık iki ay var daha ama, konuşmamın ana hatları şimdiden kafamda şekillendi.

Köşkteki tanışma gününün ardından Mebrure ve Hale hanımlarla hiçbir iletişimimiz olmadı ama Aydın Bey'le arada bir konuşuyoruz. Annesinin ve ablasının sözcüsü konumunda olduğu için, bir tek onunla konuşmak yetiyor. Düşüncelerimi, yapmak istediklerimi onunla paylaşıyorum. Dikkatle dinliyor beni.

Ne söylersem söyleyeyim, "Münasiptir," diyor, önüne konulan evraka hiç bakmadan imzayı basan üst düzey yöneticiler gibi. Ya benim önerilerim onların isteklerine uygun düşüyor ya da davaya asılma gibi bir eğilimleri yok Arslanlıların. Aydın Bey'in yerine Mebrure Hanım'la konuşup tartışsak, daha sağlıklı yol alabileceğimizi düşünüyorum.

Alpagutların *yıkım* talebiyle yola çıkarak, öncesinde *durdurma* kararı aldırdıkları alışveriş merkezi inşaatının atıl bir halde kaderine terk edilmiş olması kanıma dokunuyor. Atağa geçmek gerek. Öncelikle karşı tarafın, inşaatın devamını önlemek için koydurduğu ihtiyati tedbir kararının kaldırılması gerekiyor. Bundan sonraki duruşmada, üzerinde durmak istediğim esas konu bu olacak.

Aydın Arslanlı'nın davanın gidişatıyla benim kadar bile ilgilenmeyişi canımı sıkıyor. Arazi benim sanki, onca masrafla temeli atılıp birinci katı yarılanmış alışveriş merkezi tamamlanınca, bana pay verecekler, giriş kapısının üstüne iri puntolarla adımı yazacaklarmış gibi cansiperane çalışmam anlamsız. "Ne haliniz varsa görün!" diyerek çekip gitmesini de bilirim ama, beni bu davaya mecbur kılan, geçerli bir nedenim var: Babam! Onun hatırı olmasa, bu kadar paralar mıyım kendimi?

Sahi, babama nasıl davranıyordu Arslanlılar? Umursamaz, ağırdan alan, kaderci, "olduğu kadar" havalarıyla onun da canını sıkıyorlar mıydı? Sanmam. Hem Remzi Bey'in hem de bizzat Arslanlıların ağzından duyduğum kadarıyla aralarında avukat-müvekkil ilişkisinin ötesinde bir yakınlık olduğunu düşünüyorum. Bu bağı *dostluk* diye tanımlamak ne derece doğru olur bilemiyorum ama, babamı kendilerine çok daha yakın gördükleri ve onunla benim bilmediğim pek çok şeyi paylaştıkları kesin.

*

Aydın Bey, kendisi ve ailesi hakkındaki olumsuz izlenimlerimi silmek ister gibi, hiç beklemediğim bir sürprizle şaşırtıyor beni.

"Merhaba Verda Hanım. Şu an İstanbul'dayım. Önemli bir toplantı için geldim. Bu arada sizinle görüşmek, telefonda paylaştıklarımızı yüz yüze konuşmak isterim."

"Tabii," diyorum. "Zorlu bir dava duruşmasından çıktım ben de. Bu saatten sonra boşum, gün içinde ne zaman isterseniz buluşabiliriz."

"Ama ben, her dakikası dolu, yüklü bir programla boğuşmaktayım Verda Hanım. Sizinle akşam yemeğinde buluşsak?"

Kararsız kalıyorum bir an. Akşam olacağına, öğlen olsaydı ya şu yemek! Aydın Arslanlı ile baş başa yenecek bir akşam yemeğinden Bülent'in de hoşlanmayacağından eminim. Hata bende belki, böyle alıştırdım kocamı. Bunca yıllık avukatlığıma, yoğun bir iş temposuna sahip olmama karşın, çalışma saatlerimi, özellikle de farklı ortamlarda gerçekleştirilecek buluşmaları belli sınırlar içinde tutmaya dikkat etmişimdir hep. Çok zorunlu olmadıkça gece saatlerine sarkmaz randevularım. Hayır, bu konuda Bülent'le aramızda hiçbir konuşma geçmedi, daha doğrusu böyle bir konuşmayı gerektirecek bir girişimim olmadı. Sezgilerime göre hareket ettim hep. Sırf kocamı düşündüğümden değil, evin içinde oluşabilecek huzursuzluğun öncelikle beni yıpratacağını bildiğimden, kendimi korumaya aldım bir bakıma. Profesyonel çizgide ses getirecek önemli başarılara imza atarken, amatör ruhumu korudum.

Ama bu kez, prensiplerimden ödün vermem gerekecek galiba. Aydın Bey'e "evet" demekten başka çıkar yolum yok...

Aydın Arslanlı'yla, kaldığı Boğaz manzaralı otelin çatı katındaki restoranda buluşuyoruz. İçeri girdiğimde, bembeyaz kolalı masa örtülerinin üzerindeki mumların ışığıyla aydınlatılmış, alt perdeden çalınan, kulakları okşayan klasik müzikle, iş görüşmelerinden çok özel buluşmalara uygun düşecek, romantik bir havaya bürünmüş yemek salonunu tarayarak, Aydın Bey'i arıyorum. Gözlerim loş ışığa alışınca daha iyi seçebiliyorum çevremi. Aydın Bey benden önce gelmiş, geniş cepheli pencerenin önündeki masalardan birinde, beni bekliyor. Geldiğimi görünce yerinden kalkıp üzerine ikinci bir deri gibi yapışmış abartılı nezaketiyle karşılıyor beni. İyi ki salon loş, diye geçiriyorum içimden. Bir gören olsa, neler düşünür kim bilir. Mum ışığında, gül yapraklarıyla süslenmiş bir masada karşılıklı oturmuş bir kadınla bir erkek... Avukat ve müvekkili diye düşünecek bir babayiğit varsa, beri gelsin.

Oysa biz, gerçekten *iş* konuşuyoruz Aydın Bey'le. Tartışmalı alışveriş merkezi inşaatının başlangıcına gidiyoruz.

"Bize ait toprakları boş tutmak kadar, üzerine herhangi bir yapıyı kondurmak da hakkımız değil mi?" diyor Aydın Bey. "Bilen bilmeyen, aceleci davranmakla suçluyor bizi. Neymiş efendim, dava sonuçlanmadan inşaata kalkışmak hataymış. Yaşadığımız kente katkımız olsun diye iddialı bir alışveriş merkezi projesiyle yola çıkmıştık ama, leşkargaları önümüzü kesmekte gecikmediler. Bıraksalar, şimdiye bitmişti. Yağmurun, karın altında çürümeye terk edildi, gözleri aydın olsun. Onlarla hesabımız bitmedi ama. Henüz yıkım kararı alınmadı, alınmayacak da. İnşaatı durdurmaya yetti güçleri. Bildiğiniz gibi, ihtiyati tedbir kararı aldılar, taş üstüne taş koyamayız bu durumda."

"Önümüzdeki duruşmada, ilk hamlemiz bu olacak. Tedbir kararını kaldırıp inşaata kaldığı yerden devam etmeyi isteyeceğiz."

"İstemekle elde etmek arasındaki yol öyle uzun ki... Bir sonraki duruşmayı kim bilir hangi tarihe atacaklar. Neyse, o günlerde yurtdışında olacağım ben, sonuçları sizden öğrenirim."

Annesinin bulunmadığı ortamlarda daha rahat davranıyor Aydın Bey, konuşması bile daha doğal ve akıcı. Kendini dinletecek cinsten, iyi bir konuşmacı olduğunu söyleyebilirim. Kabul etmeliyim ki, oldukça da yakışıklı. Şu anda gerçekleştirdiğimiz iş görüşmesi için bana gereksiz gelen bu özellikleri artı değil, eksi hanesine yazıyorum. Karşısına oturduğum andan bu yana, içimde çöreklenen huzursuzluğu söküp atabilmiş değilim.

Kızıveriyorum kendime. Kime karşı sorumluyum ben? Kocama mı? O da *iş* adı altında benzer toplantılara, yemeklere katılmıyor mu? Hem de benden çok daha sık! Gazete içinde düzenlenen ya da basın camiasının bir araya geldiği kutlamalar, bazen kalabalık, yeri geldiğince iki ya da üç kişilik birliktelikler... Kocamın yaptığı hiçbir işten pişmanlık ya da rahatsızlık duyduğunu sanmıyorum. O halde nedir benim bu, babasından güçlükle izin kopararak kaçamak bir buluşmaya gelmiş, süklüm püklüm yeniyetme hallerim...

Başımı dikleştirerek, "Nerede olursanız olun, duruşmanın sonucunu size bildireceğim," diyerek gülümsüyorum.

"Bu arada, önemli bir noktaya da açıklık getirmek istiyorum Verda Hanım. Çayyolu, bizim baş koyduğumuz bir dava. Tüm aileyi ilgilendiren bu derece önemli bir konuda, yeterince atak olmadığımızı, hatta fazlaca edilgen davrandığımızı düşünebilirsiniz. Bizi böyle davranmaya, bir adım geride durmaya alıştıran, bizzat babanızdır. Vedat Bey, sorunlarımıza öylesine hâkimdi ki, işlerine karışmamanın en doğru yol olduğuna inandırmıştı hepimizi. Topraklaı ımızın geleceğini onun güvenli ellerine teslim etmiştik. Karışmazdık yapacaklarına, davanın gidişatını etkileyecek telkinlerde bulunmazdık."

Biraz duraklayıp, söylediklerinin bendeki yansımalarını gözledikten sonra devam ediyor.

"Sizin için de aynı şeyler söz konusu Verda Hanım. Çizilen yol belli, bu yolda nasıl yürüyeceğiniz ise size kalmış."

Yanlış düşünmüşüm demek. Bu son sözleriyle davaya soğukkanlı yaklaşımını, kayıtsız duruşunu ve o çok garipsediğim ağırdan alış nedenlerini açıklamış oluyor Aydın Bey. Ve bu akşamki konuşmalarımızın ışığında, "annesinin ağzına bakan hanım evladı" yakıştırmasını geri almam gerektiğini düşündürtüyor değerli müvekkilim...

*

Salonda oturmuş dönüşümü bekliyor Bülent. Bekliyor havasında değil ama. Yumuşak minderli kanepeye kaykılarak yarı uzanmış, ünlü piyano virtüözümüzün notaları aracılığıyla gönderdiği iletileri incelikle algılayabilmek için, tüm varlığıyla kulak kesilmiş gibi, içeri girdiğimi bile fark etmemiş pozunda. Önüne çektiği sehpanın üzeri karmakarışık. Dibi görünmüş bir viski şişesi, boş bir kadeh, içindeki buzların eriyerek suya dönüştüğü buz kalıbı, izmarit dolu bir küllük, çerezlikten taşan, kabukları oraya buraya saçılmış kuruyemiş artıkları...

Salon yarı loş. Köşedeki kedigözü lambadan gelen ışık, nesnelerin belli belirsiz seçilmelerini sağlayacak güçte ama, daha iyi görebilmek, kocamın yüzündeki ifadeyi yeterince değerlendirebilmek için, ışığı artırmam gerekiyor.

"Merhaba," diyerek, derecesi ayarlı elektrik düğmesini en hafife çeviriyorum.

Işıktan gözleri kamaşmış gibi, ellerini yüzüne siper ederek, abartılı ve yapmacık bir neşeyle yerinden doğruluyor.

"Ooo, kimler gelmiş! Saygıdeğer avukatımız Verda Aktuna! Ee, ne oldu? Arslanlıları kurtarabildiniz mi bari?"

Alaycı tavrını görmezden gelerek, "Sen de bu akşam gazetedeki köşe yazarlarıyla yemeğe çıkmayacak mıydın?" diyorum.

"Çıkmadım, canım istemedi," diyor her şeye itiraz eden inatçı çocuk tavrıyla. Belli ki kızmış, aldığı alkolün etkisiyle de katlanarak artmış öfkesi. Sesimi yükseltmeden onu yatıştırmayı başarabilecek miyim bakalım...

"Sen de fena zaman geçirmemişsin ama," deyip gülümseyerek sehpanın üstündeki döküntüleri toplamaya girişiyorum.

"Bırak kalsınlar," diye engelliyor beni. "Böyle sıradan işler, senin çapındaki bir avukata yakışır mı hiç? Ellerine yazık... Anlat sen! Başarı hanene hangi bomba haberleri ekledin bu gece? Dur, istersen ben tahmin edeyim. Yalnız söz konusu araziyi değil, Çayyolu'nun tamamını Arslanlı ailesinin topraklarına katıp, üzerine aslan başı işlenmiş aile bayrağını göndere çektiniz o adamla beraber. Şerefine kadeh kaldırdınız sonra da..."

"Ne söylediğini bilmiyorsun sen," diyerek kalkmaya davranıyorum. Bileğimden tutup oturtuyor beni.

"Dinle!" diyor. "Eski köye yeni âdet istemem ben! Evin erkeği evde oturup karısını bekleyecek, kadın da otel köşelerinde elin erkekleriyle buluşup, sözüm ona iş konuşacak... Oh, ne âlâ! Gündüzler torbaya mı girdi yahu?"

"Milyonların okuduğu bir gazetenin açık görüşlü genel yayın yönetmenine yakışıyor mu bu laflar?" diyecek oluyorum.

Birdenbire yükseliveriyor sesi.

"Mesleki etiketim bir yana, her şeyden önce erkeğim ben! Bize uymaz Verda Hanım! Baştan uyarayım da bilmiş ol, böyle çarpık işlere gelemem ben!"

"Hangi çarpık iş?" diye haykırıyorum isyanla. "Bu gece ne yaptım ben? Müvekkilimle buluşup dava üzerinde konuşmak dışında ne suç işledim? Takıldığın nokta *zamanlama* idiyse eğer... bu mantıkla, gece değil de gündüz işlenen cürümlerin hepsini temize çıkarmak mı gerekiyor?"

"Laf cambazlığı yapma bana, yemezler..."

Bıçkın tavırlarıyla susturmaya, yıldırmaya çalışıyor. Böyle davrandığında üzerimde ters etki yarattığını, tepki patlamalarına yol açtığını öğrenememiş hâlâ.

"Hak ve hukukla ilgili bir iş yapıyorum ben Bülent Bey!" diye yükseltiyorum sesimi. "Herkese hak ettiği adaleti vermeye çabalarken, kendime yönelik haksızlıklara boyun eğmem beklenemez. Adaletsiz davranışın sahibi kocam olsa bile..."

Dumanlı kafasıyla söylediklerimin ne kadarını algıladığını bilemiyorum. Dizginleyemediğimiz taze öfkelerimizle daha fazla konuşmamız anlamsız.

"İyi geceler sana," diyerek kalkıyorum.

Yanıt verip vermemekte kararsız kalıyor bir an. Kaşları çatılmış, suratı asık, "İyi geceler," diyor dişlerinin arasından. Gözlerinde öfke parıltıları, "Bu iş burada bitmez!" der gibi, ağır ağır başını sallayarak...

Ne kadar benziyor ona! Şu hali tıpkı o...

Yatak odasına geçip hiç acele etmeden, ağır ağır soyunuyorum. Adım gibi biliyorum ki, bu gece salondaki kanepede yatacak Bülent, her çatışma sonrasında yaptığı gibi.

Makyajımı silip geceliğimi geçiriyorum üstüme. Buz gibi yatağın bana ait sol yanına kıvrılıp yorganı başıma çekiyorum. Keşke hemen uyuyabilsem, biraz önce olanları kafamdan silmek mümkün olsa keşke...

Yapma Bülent, babammış gibi davranma bana!
İnsanların değişik ruh hallerine, yaşam içinde evrilen şartlara göre
takındıkları farklı yüzler vardır ya... Babamın da karşısındakine söz hak-
kı tanımayan, despot, buyurgan hallerinin tanığı oldum ben. Ve bu yüzle-
ri takınmışken nefret ettim ondan. Nefret dönemlerimin geçici süreçler ol-
duğunu ve bu durumun onu sevmediğim anlamına gelmediğini yeni yeni
fark ediyorum.

Ancak, –içimden ya da dışımdan itiraf edemesem de– gücünden asla
kuşku duymadığım, zaman içinde hiçbir değişime uğramayan, kalıcı duy-
gularım da var babama karşı. Masal ağacının dallarındaki tomurcuklara
*asılı kalan çocuk gülüşlerimi bana geri verecek **kahraman** hallerini sev-*
dim ben onun, o haline taptım.

Senden böyle bir beklentim yok, merak etme. Yüzümde zaten var olan
gülüşlerimi soldurma yeter. Belki farkında değilsin ama, babamda bile
görmek istemediğim hoşgörüsüz ve hükmedici tavırlar, hiç mi hiç yakışmı-
yor sana, iğreti duruyor üzerinde. Çünkü sen benim babam değil, kocam-
sın. Bana da kocam gibi davran, babam gibi değil. Senden tek isteğim bu...

KARŞI TARAFIN AVUKATI

Aramızda anlaşmışız gibi, o geceki kavganın üzerine tek laf etmiyoruz Bülent'le. O, payına düşen pişmanlıktan ders almışçasına ezik, süklüm püklüm dolanıyor çevremde; bense haklılığımı kanıtlamak isteğiyle, daha fazla uzatıp işin tadını kaçırma çekincesi arasında gidip geliyorum. Davranışlarımızı göreceli yumuşatarak, orta yol üzerinde buluşuyoruz sonunda. Eskisine göre daha anlayışlı davranıyoruz birbirimize.

İyimser ruh halim, işime de olumlu yansıyor. Gireceğim ikinci duruşmaya hazırlanırken, Bülent'in görüşlerini alıyorum. Tarafsız gözle yaptığı yorumlar, dikkatimden kaçan ayrıntılara ayna tutarak, onları yeniden gündemime taşıyor.

Bu moralle, pembe gözlüklerimi takarak gidiyorum Ankara'ya. Ne var ki, duruşma salonundan çıkarken, alınan karardan pek hoşnut değilim.

Aydın Bey'le de konuştuğumuz gibi, Alpagutların isteği üzerine durdurulan alışveriş merkezi inşaatı üzerindeki ihtiyati tedbir kararının kaldırılmasını talep ediyorum. Karşı tarafın avukatı Vural Türkoğlu'nun konuşmasının ardından inşaatın, belirlenecek bilirkişi tarafından incelenmesi kararı alınıyor.

Buraya kadar tamam, beklenen bir sonuç bu. Beni rahatsız eden, bir sonraki duruşmanın, bir, bir buçuk ay sonra olabilecekken, adli tatil sonrasına atılması. Bu da en azından dört aylık bir gecikme anlamına geliyor.

Fazla mı abartıyorum acaba? Davanın birinci dereceden muhatapları olan Arslanlılar bile benim kadar titizlenmezken, acelem ne benim? Biliyorum aslında... Bu davayı Arslanlılardan da, Alpagutlardan da çok benimsememin biricik nedeni babam! O olmasa işin içinde, gittiği yerde onu huzura kavuşturmak için çıkmamış olsam bu yola, daha rahat davranabileceğim belki. Ama yapamıyorum işte. Bu dünyada aradığı huzuru ona armağan etmeden, benim huzur bulmam mümkün değil...

*

Alpagutların avukatı Vural Türkoğlu, bu kez de hatırımı sormadan edemiyor. Duruşma çıkışında, mahkeme binasının merdivenlerinde yakalıyor beni.

"Merhaba Verda Hanım, zamanınız varsa sizinle bir kahve içebilir miyiz?"

Bakışlarımdan taşan olumsuzluk, yeterli yanıtı vermiş olmalı ki, ağzımdan ters bir söz çıkmadan ekliyor hemen.

"Yanlış anlamanızı istemem. Dostça, kısacık bir kahve sohbeti."

Öyle kibar, halim selim bir hali var ki, ses tonumu onunkinden fazla yükseltmenin ayıp olacağını düşünüyorum.

"Teşekkür ederim Vural Bey, çok naziksiniz. Ancak böyle bir şeyi kabul etmem mümkün değil."

"Karşıt tarafları temsil ettiğimiz için mi?"

"Nedenlerden biri o tabii... Kusura bakmayın ama, benim için gereksiz bir zaman kaybından öte hiçbir şey ifade etmiyor teklifiniz. Yanı sıra, mesleki yönden etik bulmadığımı da söylemeliyim."

Arkamı dönüp gidecekken, üzerimdeki etkisini yadsıyamayacağım bir hamle yapıyor Vural Türkoğlu.

"Babanızla pek çok kahve sohbetini paylaştık ama!"

Ne anlama geliyor şimdi bu? "Babanız, etik metik dinlemeden benimle, yani rakibi konumundaki avukatla yârenlik etti" mi demek istiyor, yoksa sırf beni razı edebilmek için elindeki son kozu mu öne sürüyor? Her ne olursa olsun, hoşlanmıyorum bu tavrından.

"O konudan haberdarım Vural Bey," diyorum başımı dikleştirerek.

"Ancak kabul etmelisiniz ki, baba kız olsak da Avukat Vedat Karacan'la benim ve davranış biçimlerimiz arasında büyük farklılıklar var. Kaldı ki, o sizi tanıyordu. Görüşmesinin altında geçerli nedenleri vardır mutlaka. Benimse, sizinle mesleklerimiz dışında hiçbir ortak noktam olmadığı gibi, görüşmem için de hiçbir neden yok. Hoşça kalın..."

Merdivenleri hızla inip, Aydın Bey'in beni havaalanından aldırmak için gönderdiği camları koyu renk, siyah arabaya atıyorum kendimi. Nedir bu adamın amacı? Ne ıstiyor benden? Babamla arasında herhangi bir nedenle kurulmuş olan iletişimi kullanarak beni köşeye sıkıştırmak, böylelikle davanın seyrini değiştirmek için fırsat mı kolluyor? Eğer öyleyse, havasını alır!

Umduğunuzdan çok daha dişli ve mücadeleci bir rakip var karşınızda Vural Bey! Babamı sizinle görüşmeye nasıl –ve neden– ikna ettiniz, aranızda ne tür bir paylaşım vardı bilemiyorum ama, ne yaparsanız yapın, bana ulaşmanız, bileğimi bükmeniz çok zor olacak...

ALZHEIMER VE DEMANS

Adli tatil, yan gelip yatılacak, yoğun bir çalışma döneminin ardından doyasıya dinlenilecek gerçek bir tatil değil benim için. Sorumlu olduğum davalar üzerindeki çalışmalarım yaz boyunca da sürecek. Duruşmalara girip çıkmanın dışında, mesleğimle ilgili etkinliklerimi kızağa çekme gibi bir lüksüm yok. Bülent ise tatil kavramına kapılarını hepten kapatmış. Gazete çalışanları izin alıp bir yerlere gidebilirken, genel yayın yönetmeni işinin başında olacak, dur durak bilmeden çalışacak! Böyle bir şart yok tabii. Diğer gazetelerde aynı konumda bulunanların farklı davranışlarını dile getirdiğimde, "Başkaları beni ilgilendirmez, gazetemle arama girmeye kalkma," diyor.

Annemin Silivri'deki yazlığında geçirdiğimiz birkaç hafta dışında (Bu süre içinde Bülent, sabah İstanbul'a gidip akşam dönerek işini asla aksatmıyor!), fırsat buldukça kısa sürelerle Ege ya da Akdeniz kıyılarına inerek küçük kaçamaklar yapıyoruz Bülent'le. Bölük pörçük soluklanmalarla geçiyor yazımız...

Silivri'deki yazlık anneme ait. Her ne kadar, "Orası Verda'nın!" dese de. Bana yakın olmak için İstanbul'a göç ederken, Ankara'daki evi satıp şimdi oturduğu bize yakın küçük daireyle bu yazlığı satın aldı. "Tek vârisim sensin," diyerek ikisini de benim adıma yapmak istediyse de, ben karşı çıktım. İnatçı ısrarlarına daha fazla direnemedim ama. Ve yazlık ev benim adıma oldu. Kâğıt üstündeki sahibi ben olsam da, hep annemin evi gibi gördüm orayı. Böylesi işime geldiği için belki...

Annem ve Nezaket Hanım, ilkyaz günlerinin gerçek yaza evrilmeye yüz tuttuğu haziranın ikinci yarısında Silivri'ye gider, evi tepeden tırnağa temizletir, oturmaya hazır hale getirirlerdi. Bize de küçük valizler ya da el çantalarıyla gitmek ve konuk gibi ağırlanmak düşerdi.

Ama bu yıl durum çok farklı. Annemle rollerimizi değişmek zorundayız; evi ben hazırlayacağım, o benim konuğum olacak... Önemli sağlık sorunları var annemin. Başı dönüp yere düştüğü o gün, kötü bir milat oldu onun için. *(Gerçek milat, babamın ölüm haberini aldığı gün olabilir mi?)*

Sıradan görünen unutkanlıklarla başlayıp zaman ve mekân bağlantılarını kuramamakla süregelen aksaklıklar, şaşılacak bir hızla büyümekte. Yazlıkta geçireceğimiz günler, Nezaket Hanım'ın üzüntüyle karışık yakınmalarının gerçeklik derecesini yakından görmem için de iyi bir fırsat olacak...

Haftada en az üç gün uğradığım halde, annemin sağlık durumundaki kötüye gidişin boyutlarını yeterince görememişim. Bir bütün günü aynı çatı altında geçirince, durumun vahametini ancak kavrayabiliyorum. Ve gördüklerim, yaşadıklarım beni kahrediyor!

Dikkatimi ilk çeken aksaklık, annemin gereğinden fazla uyuması. Giriş katındaki odasına kapanıp saatlerce çıkmıyor içeriden. Eskiden olsa kitap okuduğunu düşünürdüm. (Bir zamanlar gerçek bir kitap kurduydu!) Oysa nicedir gazete bile almıyor eline. Uzun süre ortalıkta görünmeyince, bir şey mi oldu diye telaşa kapılıyorum. Merak edip kapıyı araladığımda uyuduğunu görerek rahat bir nefes alıyorum ama, bunun hastalıklı bir uyku olduğunun da farkındayım.

Silivri'ye gelmekten hiç hoşnut değil annem. "Nereye geldik biz?" diye sorup duruyor Nezaket Hanım'a.

"Burası senin evin anacığım," dediğimde, aramızdaki çelişmeyle ilgili bir şeyler canlanıyor kafasında.

"Burası benim değil, senin evin Verda!"

Seviniyorum. Bu kadarını toparlaması bile avuntu oluyor bana. Eskisi gibi televizyon da seyretmiyor artık. Tiryakisi olduğu dizilere dönüp bakmıyor. Ekran karşısında her zamanki yerinde oturuyor ama, ifadesi donmuş gözlerini dışarılarda bir yerlere dikiyor. Bakışlarını yoğunlaştırdığı yer, evin içindeki ya da bahçedeki herhangi bir nesne değil, kendi kafasının içinde yarattığı kocaman bir kördüğüm.

Yeme alışkanlıkları da değişmiş. Pek sevdiği ekşili dolmadan bir çatal alıp bırakıyor.

"Hep böyle," diyor Nezaket Hanım. "Eski iştahı yok. Hangi yemeği sevdiğini de unuttu sanki."

Bilmez miyim? Aynı durumun bir benzerini birkaç ay önce yaşamamış mıydık... Annemin en sevdiği meyve yenidünyaydı. Baharla ilkyaz arasında bir görünüp bir kaybolan meyve için, "O da benim diğer sevgilerim gibi kısa ömürlü," derdi annem. Yenidünya saltanatının sürdüğü o kısacık dönemde bol bol yesin diye, pazar ya da manav tezgâhlarında görür görmez alıp götürürdüm. Bu yıl da üst üste birkaç kez götürüp dolaptaki meyveliğe kendi ellerimle yerleştirdim. Son seferinde, "Bir daha yenidünya almayın," dedi Nezaket Hanım. "İlk getirdikleriniz duruyor hâlâ."

"Yemiyor mu annem?"

"Yemiyor. Birkaç defa kabuklarını soyup eline verdim, ekşi diye yüzünü buruşturdu, ısırıp ısırıp bıraktı."

O zaman kavrayamamıştım annemin sevdiği tatları unuttuğunu. "Ekşilermiş!" diyerek aldığım yenidünyalara yüklemiştim suçu. Keşke öyle olsaydı...

*

Bir şeyler yapmam gerek, ama ne? Hangi doktordan, kimden yardım almalıyım? Tek çocuk olmanın ağır yükünü her zamankinden çok hissediyorum omuzlarımda. Nezaket Hanım en büyük yardımcım, Bülent de elinden geldiğince destek oluyor ama, çözüm getirecek kararları vermesi gereken benim.

Üzerime bulut gibi çöken şaşkınlık ve kararsızlıktan sıyrılmamı sağlayan son gelişme, harekete geçme zamanımın geldiğini haykırıyor...

Nezaket Hanım elinde bir tepsi patlıcanla salona gelip, televizyonun karşısında boş gözlerle ekrana bakan annemin yanına oturuyor.

"Akşama dolma var Semra Sultan," diyerek patlıcanları oymaya başlıyor.

"Rahmetli anneannem kilolarca patlıcanı oyar, iplere dizerek kuruturdu," diyorum Nezaket Hanım'a. "Kış boyunca hem kıymalı, hem zeytinyağlı dolma yerdik bu sayede."

"Ne!" diye birden haykırıyor annem. "Rahmetli mi dedin sen?"

Ayağa fırlayıp kendisinden beklenmeyecek bir güçle, dizlerine vura vura ağlamaya başlıyor.

"Annem öldü de bana söylemediniz mi yoksa?"

Nezaket Hanım'la beraber güçlükle yatıştırıp yatağına uzatıyoruz. On beş yıl önce ölmüş anneannemin arkasından gözyaşı dökerek, derin bir uykuya dalıyor. Tam üç saat deliksiz uyuduktan sonra, sarhoş gibi yalpalayarak yanımıza geliyor. Yatmadan önceki haline göre daha iyi, bakışlarına canlılık gelmiş.

"Saçmaladım, değil mi?" diyor. "Annem öleli tamı tamına üç yıl olmadı mı?"

Bu kadarına çoktan razıyım, anneannemin öldüğünü kabullendi en azından.

"Hastayım ben Verda," diyor. Elimi tutup başının tepesine, saçlarının üstüne koyuyor. "Baksana," diyor. "Alev alev yanıyor kafam. Beynimin içinde ateş var sanki."

Avucumun içini başına bastırıyorum. Gerçekten de elimin içine garip bir ısı yayılıyor. Kendi başımı yokluyorum, hayır, beden ısımın üzerinde bir sıcaklık artışı yok. Beyin hücrelerine düşen bu ateş, annemin şikâyetlerinin nedeni olabilir mi?

Hemen o akşam Bülent'le konuşuyorum.

"Doktora götürelim," diyor.

Defalarca götürmedik mi doktorlara? Gereksiz yere örselemek istemiyorum annemi. Yaralı, ürkek bir kuş gibi o şimdi... Önce ben giderim doktora, konuşurum. Görmek isterse, bir çaresine bakarız...

Eve uğrayıp daha önce çekilmiş beyin ve beyin damarlarına ait ne kadar MR, tomografi ve sağlık raporu varsa, hepsini toparlayıp annemin kontrolü altında olduğu doktorlardan Beyin Cerrahisi ve Nöroloji Uzmanı Halil Bey'in kapısını çalıyorum. Anlattıklarımı dikkatle dinliyor, MR ve tomografileri inceliyor.

"Beyin damarlarında kireçlenme vardı zaten," diyor. "Bu bile tek başına beyin hücrelerinin iyi beslenememesi sorununu yaratabilir. Ancak, bunun ötesinde de bir şeyler var tabii."

Nicedir aklımda takılı duran, telaffuz etmeye çekindiğim kuşkumu dile getiriyorum sonunda.

"Annem Alzheimer mi Halil Bey?"

"Alzheimer tanısı koymak göründüğü kadar kolay değil. Ancak, anlattıklarınızdan ve yapılan inceleme çalışmalarından yola çıkarak, annenizin demans tablosu gösterdiğini söyleyebilirim."

"Alzheimer ve demans... Aynı şey değiller mi? Ne fark var aralarında?"

"Demans, bunama durumlarına verilen genel ad. Pek çok nedenle oluşabiliyor. Alzheimer de onlardan biri. Her demans vakası Alzheimer değildir ama, her Alzheimer'de demans vardır. Unutkanlık, dikkat azalması, işlev ve davranış bozuklukları ve zaman içinde üzerine eklenecek diğer şikâyetler her ikisinde de mevcut. Ancak Alzheimer beyin dokusunun ilerleyici tarzda erimesine neden olan farklı bir hastalık, çok genç –yirmili– yaşlarda bile görülebiliyor. Oysa demans genellikle ileri yaşlarda görülür."

"Annem için geçerli olan hangisi?"

"Bir yaştan sonra, bunun pek önemi yok. Alzheimer üzerine geniş araştırmalar yapmış dünya çapındaki otoriteler, kesin Alzheimer tanısının, ancak hastanın ölümünden sonra, otopsi sonucuna göre, hücrelerin ayrıntılı incelenmesiyle konulabileceğini söylüyorlar. Ama bizler çağımızın moda hastalığı diyerek, yaşını başını almış, unutkanlık şikâyetleri olan herkese Alzheimer yakıştırması yapabiliyoruz. Tıbben yanlış olsa da, günlük yaşamda sakıncası yok. Siz de ister demans deyin annenizin hastalığına, ister Alzheimer... Demanstan pek bir şey anlamazlar ama, 'Annem Alzheimer,' dediğinizde, herkes anlayacaktır sizi."

"Tedavi yönünden ikisi arasında bir fark var mı?"

"Geniş etki alanına sahip ilaçlar, başta Alzheimer olmak üzere, bütün demans vakalarında yararlı olabiliyor."

"İyileşme umudu var yani..."

"Keşke olumlu bir yanıt verebilseydim. Bu konuda fazla iyimser olamıyoruz ne yazık ki. Çabalarımız bir yere kadar. Beyindeki tahribatın geri dönüşü yok çünkü. Sorunun kökten çözülmesi mümkün değil. Başarımız, hastalığın ilerleyişini yavaşlatmakla sınırlı."

"Nereye kadar ilerleyebilir tablo?"

"Üç evreye ayırıyoruz hastalığı. Erken evredeki gelişmeler belli belirsiz. Örneğin Semra Hanım'da en az iki üç yıl öncesinden başlamıştır da siz fark edememişsinizdir. Anlattıklarınıza göre, annenizin şu anda orta evrede olduğunu düşünüyorum. Depresyonu çağrıştıran bunalımlar, hareketsizlik, ilgi ve heves kaybı beklenen belirtiler. Ancak, ileri evre dediğimiz bir adım ötesi, zor bir dönem. O evrede karşılaşabileceğiniz zorlukları beraberce bertaraf etmeye çalışacağız."

"Kendisini görmek ister misiniz?"

"Şu aşamada gerek yok. Evden çıkıp buraya gelmesi, doktorla karşılaşma heyecanı... bunları yaşatmayalım ona. En azından şimdilik."

"Alzheimer, demans, ileri derecede unutkanlık ya da bunama... Hangi nedenle oluşuyor bunlar? Aynı yaştaki insanların hepsinde değil de bazılarında ortaya çıkmasının altında yatan nedir? Sorularımla sizi yoruyorum ama, bu hastalıkların kalıtsal yönü var mı?"

"Bilinçli ve yerinde sorulan sorular beni yormaz Verda Hanım. Ayrıca hasta yakını olarak, merak ettiğiniz her ayrıntının yanıtını alma hakkınız var... Evet, tıp otoriteleri, kalıtımsal geçişin önemini vurguluyorlar. Henüz anne karnındayken alınan genler, tüm yaşamımızı şekillendirebiliyor. Ancak, bunun tam tersini gösteren durumlar da var. Amerika'da Duke Üniversitesi'nde yürütülen 'İkiz Alzheimer Hastalıkları' çalışmasına deneklik eden tek yumurta ikizi iki kadın, çok çarpıcı bir örnek teşkil ediyor. Aynı genleri taşıyorlar, belli bir yaşa kadar benzer yaşamlar sürdürüyorlar. Ancak, altmış üç yaşına geldiklerinde, birisi eşi, çocukları ve annesiyle iyi ilişkiler içinde mutlu bir yaşam sürerken, diğeri ileri derecede Alzheimer hastası. Bu durum, çevresel faktörlerin de en az kalıtım kadar önemli olduğu tezini doğruluyor.

Biz de karşılaştığımız hastalarda benzer örnekleri görebiliyoruz. Örneğin yaşam boyu bunalımlarla boğuşmuş ya da çeşitli nedenlerle sık sık depresyon geçirmiş olanların Alzheimer ve demansa yakalanma riski, iki kat daha yüksek. Kendini bir şekilde yalnızlığa mahkûm edenler, çevresindekilerle hiçbir şeyi paylaşmayıp kuşkularını, endişelerini içlerine atanlar birinci dereceden risk grubunda..."

Boğazıma kocaman bir yumru oturuveriyor. Yaşamı boyunca depresyondaydı annem. Gerçekten var olan ya da kendisinin yaratıp abarttığı bunalımlarla boğuştu hep. Verdiği amansız iç savaşımıyla, beyin hücrelerinin sinsice kemirilmesine yardımcı olduğunu nereden bilecekti?

ALZHEIMER TESTİ

Zor günler bekliyor beni... Anneminki, tedavi görüp iyileşilecek sıradan bir hastalık değil. Ömrü yeterse –ki ben, hangi şartlarda olursa olsun, anacığımın yaşamasından yanayım– hastalığın *ileri* evresine geçmesi kaçınılmaz.

"Daha iyi olduğu dönemler olacak," dedi doktor. "Umut verici gelgitler... Ve önlenemeyen geri dönüşler!"

Bu tür vakalarda hastanın yerini değiştirmek doğru değilmiş, evlerini ararlarmış hastalar; yeni öğrendim. "Bundan sonrasında yanıma alsam mı annemi?" dediğimde, "Sakın ha!" dedi doktor. "En uygunu, evinde tedavi edilmesi."

Yerinden oynatıp yazlığa getirdim diye mi oldu son ataklar? Şehirdeyken bu kadar kötü değildi ya da ben fark edememiştim işin boyutlarını.

Bir süre sonra yer kavramının tümüyle yok olabileceğini söyledi doktor. "O zaman nereye istersen götür," der gibi.

Ne yapmam gerek Tanrım! Hepimizi etkileyecek güçteki acımasız canavarla baş etmek hiç de kolay görünmüyor. Eski huyum depreşti... "Ben nerede yanlış yaptım da annem böyle oldu?" diye sorguluyorum kendimi. Çok mu yalnız bıraktım onu? İşe güce dalıp da yeterince ilgilenmedim mi?

Mantıklı düşününce, gitgide çarpıklaşmaya yüz tutan iç hesaplaşmalarımın yanlışlığını görebiliyorum. Ben ne yaparsam yapayım, olacakları önleyemeyecektim. Eğer bir yanlış varsa ortada, kendini dış dünyadan soyutlayıp, saplantı haline getirdiği sabit fikirleriyle boğuşmayı seçen annemin kendisine ait...

"Zaman, mekân ve kişiler... Bu üç kavramla ilgili zihin karışıklığının derecesi, bizim için en iyi ölçüttür," demişti Halil Bey.

Bülent'le beraber Silivri'ye dönerken, "Doktorun önerdiği küçük bir sınavı uygulayacağım anneme," diyorum. "Vereceği yanıtlara göre, hastalık tablosunun hangi evresinde olduğunu saptayabilirmişiz."

Yol boyunca asılı duran yüzüm, demir parmaklıklı bahçe kapısının aralanmasıyla aydınlanıveriyor. Annem, Nezaket Hanım'la beraber, üzerinde krem rengi poplin elbisesi, taranıp ensede toplanmış saçları ve dudaklarındaki o pek özlediğim sıcacık gülüşüyle Bülent'le beni karşılamaya hazırlanıyor.

"Hoş geldiniz!"

Yazlığa geldiğimizden beri ilk kez bu kadar canlı ve yaşamın içinde görüyorum onu. Sevinçten uçmak için erken olduğunu düşünmesem, çocukça taşkınlıklar yapacağım...

Hareketleri, bize karşı davranışları, konuşması, oturup kalkması eski günlerdeki Semra Hanım'ı çağrıştıracak derecede doğal ve sağlıklı. Nezaket Hanım'ın hazırladığı sofraya otururken de her zamankinden daha keyifli ve neşeli.

"Çok yoruldu bugün Nezaket," diyor. "Hiç durmadı. Güzel yemekler yaptı. Ben de ona yardım ettim. Sarmaları beraber sardık. Kompostonun vişnelerini de ben ayıkladım."

"Ellerine sağlık!" diyoruz Bülent'le bir ağızdan, bu belirgin iyileşmeyi neye bağlayacağımızı bilemeden.

Yemekten sonra kahvelerimizi içmek için verandaya geçiyoruz.

"Doktor Halil Bey'e uğradım bugün," diyorum. "Senin şikâyetlerini anlattım. Yeni ilaçlar yazdı."

"Selamımı söyleseydin. Doktorlarımın içinde en çok onu severim."

"Küçük bir test uygulaması gerekiyormuş. Birkaç basit soru. 'Benim yerime siz sorarsınız,' dedi."

"Sor bakalım..."

Öyle canlı, öyle güzel, öyle kendinden emin bakıyor ki, alacağım yanıtların yanlış olabileceğine ihtimal vermiyorum. Dualar ediyorum içimden, anacığını bu sınavı başarıyla geçsin diye...

"Sıkı dur bakalım Semra Sultan, soruyorum... İyi düşün, öyle yanıt ver."

Gözlerini kocaman kocaman açıp bekliyor.

"Hangi mevsimdeyiz biz?"

Hemen yanıt vereceğini umarken, çaresizlik içinde, kopya almak ister gibi Bülent'e bakışını, ondan umudunu kesince kafasını toplamak için gösterdiği gayreti içim sızlayarak izliyorum.

"Kış..." diyor ürkek bir sesle. "Değil!" diye düzeltiyor hemen. "Sonbahar! Evet, sonbahardayız biz."

Bülent'le orta yerde buluşan bakışlarımız, derin bir üzüntüyle kucaklaşıyor.

"Peki... Hangi aydayız?"

İşini kolaylaştırmak için Ocak'tan Aralık'a kadar bütün ayları sayıyorum. Uzun uzun düşünüyor, verandanın kenarındaki mevsimlik çiçeklere, tam karşımızda duran yüzme havuzuna çevirdiği gözlerinden aldığım güçle, doğru ya da doğruya yakın bir yanıt bekliyorum annemden.

"Şubat!"

Palazlanmaya niyetlenen cılız umutlarım yerle bir...

"Ayın kaçı olduğunu biliyor musun?"

"Nezaket günlerdir gazete vermiyor bana," diye yakınarak yükü üstünden atıveriyor. "Gazeteye baksam, ayın kaçı olduğunu bilirdim."

"Hangi yıldayız, onu biliyor musun?"

Zorlu bir sınavda bildiği yerden soru gelmiş bir öğrencinin sevinciyle başını sallıyor.

"Bin... Bin... 2000! Bildim mi?"

"Yaklaştın. Son bir sorum daha var... Şu anda günün hangi zamanındayız? Sabah, öğlen, akşam..."

"Sabah!" diyor. Söylediğinin doğruluğunu kanıtlamak ister gibi ekliyor hemen. "Biraz önce kahvaltı yaptık ya!"

"Bu kadar yeter," diyor Bülent. "Daha fazla yorma kadıncağızı."

Yanlışlarını düzeltmeden olmaz. Sakin, yumuşacık bir sesle, "Şu anda mevsim yaz anneciğim," diyorum. "Aylardan temmuz. Vakit akşam... Bak, hava kararmış, görüyor musun?"

"Gördüm," diyerek başını sallıyor. "Yaz... Temmuz... Akşam..." diye yineliyor söylediklerimi.

Bildiklerini unutmuşsa bile, yeniden öğrenebilir umuduyla, beş dakika sonra bir kez daha sıralıyorum soruları...

"Hangi mevsimdeyiz?"

"Sonbaharda."

"Hangi aydayız?"

"Şubat."

"Günün hangi vakti?"

"Sabah."

O *sabah*'ı yaşıyor kendi âleminde ama, benim umutlarım kopkoyu bir gecenin kuytu karanlığında can çekişiyorlar...

Yaşadığımız şu birkaç saat, doktorun söylediği aldatıcı gelgitlerden biriydi demek... Uyguladığımız sınavın sonucu ortada: *Zaman* kavramını tümüyle yitirmiş annem. *Mekân* değişikliklerine uyum sağlamakta güçlük çekiyor. *Kişi* kavramıyla ilgili belirgin bir sorun yaşamadık henüz, hepimizi tanıyabiliyor. Nereye kadar tanıyacak, orası meçhul. Gelecek günlerin bizlere neler getireceği de...

*

Annemin beynini ele geçirmeye ahdetmiş canavar, hiç zaman kaybetmiyor. Yaşanan tüm olumsuzluklara karşın, bedensel ve ruhsal sağlığında iyileşmeler olduğuna inanmaya başlamışken, birdenbire tersyüz oluveriyor her şey.

En sağlam durduğumuzu sandığımız cepheden geliyor darbe! Daha önce pek sorun yaşamadığımız *kişi* kavramındaki ağır yenilgiden... Hem de en çarpıcı biçimde!

Cumartesi ve pazar, Bülent'in yazlıktaki dinlenme günleri. O pazar sabahı da kahvaltımızı etmiş, tatil günleri sayıları iki katına çıkan gazeteleri okuyoruz.

Her zamankinden de iyi görünüyor annem. Gazetelerden birini alıp, "Bakalım televizyonda neler var?" diyor. Sayfaları evirip çeviriyor, yazıları okumadan yalnızca resimlerine bakıyor. Sonra da katlayıp bir kenara koyuyor gazeteyi.

"Doğru dürüst bir şey yok," diyor. "Seyrettiğim diziler de bitti zaten."

Aradığı televizyon sayfasını bulamadığını, daha önce izlediği dizilerin hâlâ sürdüğünü ama kendisinin o dizileri artık seyretmediğini bilsem de yüzüne vurmuyorum. Azla yetinmeyi öğrendim artık. Gazetede televizyon programı olduğunu hatırlaması bile büyük nimet!

Nezaket Hanım kahvelerimizi getiriyor.

"Mantı açacağım bugün," diyor. "Sarmısak kalmamış evde, gidip alıvereyim."

Bekçiyi gönderip aldırabiliriz ama, "İyi olur," diyorum. "Ne istiyorsan al, biraz da yürüyüş yap, gez, dolaş. Ayakların açılsın, evde kapalı kalmaktan bunaldın sen de..."

"Yok canım, olur mu hiç?" dese de için için sevindiği her halinden belli.

Nezaket Hanım, "Gecikmem ben," diyerek kapıdan çıkarken, annemin yüzünde yakaladığım ifadeyle dehşete düşüyorum. Yokluk, hiçlik, terk edilmişlik, çaresizlik, korku, panik...

Gazeteyi bırakıp annemin karşısına geçiyorum. Ellerini avucumun içine alarak, okuduğum magazin haberlerinden onun ilgisini çekebilecek neşeli bir şeyler anlatmaya çalışıyorum. Hayır, dinlemiyor bile beni. Tek söz çıkmıyor ağzından. Dudaklarını sımsıkı kapatmış, korku dolu gözleriyle çevresini, Bülent'i, beni süzüyor.

"Bir dakika," diyor işaretparmağını havaya kaldırarak. "Rica etsem, bir dakika beni dinler misiniz?

Bülent'le beraber, ne söyleyeceğinin merakıyla bekliyoruz.

"Siz..." diyor, susuyor. Derin bir soluk alıp güç topladıktan sonra devam ediyor. "Beni evime götürür müsünüz?"

Ne diyeceğimizi bilemiyoruz. Bakışları, tavırları, duruşu öylesine garip, öylesine yabancı ki...

"Çok özledim evimi," diyor. "Nezaket var orada, beni bekliyor." Yalvarır gibi yineleyip duruyor. "Beni evime götürür müsünüz?"

Siz'li konuşmasını, ikimize birden hitap ettiği için doğal karşılıyoruz önce. Ama son söyledikleri, acımasız bir tokat gibi patlıyor suratlarımızda...

Benden istediği sonucu alacağından umudunu kesmiş gibi, Bülent'e dönüyor annem. "İyi birine benziyorsunuz siz," diyor. "Temiz bir yüzünüz var. Rica etsem beni evime götürür müsünüz? Zahmet olacak size ama, çok makbule geçecek. Nezaket... beni bekliyor."

Evet, annem bizi tanımıyor! En yakınlarını, kızını, damadını... Hadi Bülent bir yana, yerlere göklere sığdıramadığı bir tanesi, canı, her şeyi, biricik kızını, Verda'sını nasıl tanımaz annem!

Gözümden süzülen sessiz yaşları elimin tersiyle silerek, sarılmak istiyorum anneme. Tanımadığı bir yabancının yapabileceği kötülüklerden korunmak ister gibi, ellerini bedenine siper ederek var gücüyle iteliyor beni. Bülent'e yönelen bakışları daha yumuşak. Kafasında yarattığı gerekçe neyse, düşmanıymışım gibi bakıyor bana.

"Tamam," diyor Bülent. "Evinize götüreceğim sizi. Ama bir şartla! Önce biraz dinlenin, sonra söz, istediğiniz yere gideriz sizinle."

Yatışıveriyor hırçınlığı, söz dinleyen uslu çocuklar gibi Bülent'in elini tutup doğruluyor. Ters bir tepki vermesinden korkarak, diğer koluna giriyorum ben de. Sesini çıkarmıyor.

"Benden destek alırsanız daha rahat yürürsünüz," diyorum. Onun gibi, sizli bizli konuşma dilini kullanarak, bize biçtiği *yabancı* rolünün hakkını vermeye çalışıyoruz Bülent'le. Odasına götürüp yatağına uzatıyoruz annemi.

"Şimdi uyku zamanı!" diyor Bülent.

Yastığa koyduğu başını yana çevirip sımsıkı yumuyor gözlerini. Ucunda evine dönmek var ya, ellerine düştüğü kötü yabancılardan kurtulmak için ne söyleseler yapmaya hazır...

*

Uykudan uyandığında, iki saat öncesine ait hiçbir şey hatırlamıyordu annem. Normale dönmüş, beni, Bülent'i, Nezaket Hanım'ı yapboz tahtasında gereken yerlere oturtabiliyordu.

Doktorun sözünü ettiği gelgitlerin en trajik olanını yaşamıştık. Şimdilik geldiği gibi gitmesini bilen bu kâbuslar, bir gün hiç gitmeyiverir, annemin bedenini mesken tutar korkusuyla kasılıyordu içim. Henüz ikinci evrede olduğumuzu söylemişti doktor. Üçüncü evreyi düşünmek bile istemiyordum.

Ertesi gün eşyalarımızı toplayıp İstanbul'a döndük. Bir zamanlar gitmek için can attığı Silivri'deki yazlık evde kalmaya zorlamak, bu şartlarda, anneme işkence etmekle eşanlamlıydı.

Bizim için de zor oluyordu zaten. Özellikle Bülent, her gün İstanbul trafiğinde saatlerini harcamaktan şikâyetçiydi. Her yaz, sırf annemin hatırına kapısını açtığımız evi kilitleyip çıktık. Bir daha ne zaman buralara geleceğimizi, daha doğrusu gelip gelemeyeceğimizi bilemeden...

MESLEK ETİĞİNİ
ÇİĞNETEN BULUŞMALAR

Adli tatil bitti. Nasıl geçtiğini bilemediğim yaz aylarını çoktan geride bıraktık.

Kaan'ın İngiltere'deki yaz okuluna gidişi, dönüşü, kısa süre yanımızda kalıp arkadaşlarıyla Bodrum tatiline çıkışı, Bülent'le benim ikişer üçer günlük kısacık tatil kaçamaklarımız, yeni dönem davaları için yaptığım ön hazırlıklar ve tabii annem...

Yazlıktan döndükten sonra toparlanır gibi oldu annem. Hastalık tablosunda belirgin bir düzelme var, Nezaket Hanım da eskisinden daha az yakınıyor. Ama ben, diken üstünde oturmaktan vazgeçemiyorum. Her an kötü bir şeyler olacakmış gibi... Neredeyse her gün, bazen gerektiğinde sabah akşam uğruyorum anneme. İyi ki Nezaket Hanım var, o olmasa ne yapardım ben...

Bu arada, yeni başlayan adli yılla beraber çalışmalarıma hız verdim. Ekim ayının ilk yarısında İstanbul'da iki duruşmam var. Çayyolu davası üçüncü sırada. Tarihi 24 Ekim. Kaplumbağa hızıyla ilerlemeyi bile beceremeyip yerinde sayan davada, bu kez nasıl bir gelişme kaydedeceğiz bakalım...

*

Önceki iki duruşmada, yanıma gelip konuşarak beraberce kahve içme önerisinde bulunmak için oturumun bitmesini bekleyen rakip meslektaşım Vural Türkoğlu, bu kez sabırsız davranıyor. Henüz salona girmeden, koridorun başında yanıma yaklaşıp, "Merhaba Verda Hanım," diyor. Hatır sormakla zaman kaybetmek istemiyor gibi, doğrudan konuya giriyor.

"Sizinle mutlaka konuşmamız gerek. Duruşmadan sonra bir kahve içsek..."

Gene aynı nakarat, diye geçiriyorum içimden. Aynı yanıtı veriyorum ben de.

"Özel olarak konuşmamızı gerektiren bir konu yok aramızda Vural Bey. Gerekenler mahkeme salonunda konuşulacak zaten."

"Anlamıyorsunuz beni," diyor sıkıntıyla. "Çok önemli. Babanızla ilgili bilmediğiniz ve öğrenmek isteyebileceğiniz çok şey var..."

İrkiliveriyorum. Merak ve ürküntü aynı anda boy veriyor yüreğimde. Babamla ilgili bazı olumsuzlukları koz olarak kullanıp şantaj mı yapmak istiyorlar bana?

"Davanın seyrini etkileyecek derecede önemli!" diyor Vural Bey.

Tabii ya... Beni korkutup sindirirlerse, davanın seyrinin değişeceği ortada.

Benimle konuşurken, bir yandan da çevremizdekileri kolaçan ediyor Vural Bey. İki rakip avukatın fısıldaşmasını kimler görüyor diye. Bu kadar çekiniyorsa, yaklaşmasın yanıma.

Ama... ya söyleyecekleri gerçekten de her şeyi göze alacak önemdeyse! İyi ya da kötü niyetle yaklaşmayı amaçlarken, bana ulaşamamanın çaresizliğiyle bu kalabalık ortamda şansını denemeye kalkmışsa... Bana da onun davetini kabul etmek düşmez mi?

İçimde savaşım halinde olan duygulardan *merak*, diğerlerinin üstüne basıp öne çıkmayı başarıyor.

"Peki," diyorum alçak sesle. "Duruşmadan sonra görüşelim sizinle."

Kaskatı kesilmiş yüz hatlarındaki huzurlu gülümseyişle cebinden çıkardığı kartviziti uzatıyor. Kartın arkasında buluşma saati ve yeri yazılı. Belli ki önceden hazırlamış. *(Gideceğimden eminmiş demek!)* Tıpkı babama verdiği o kart gibi! Değişen tek şey buluşma tarihi ve yeri. Bir de babamın yerinde, bugün benim oluşum...

Vural Türkoğlu, buluşma noktası olarak Kavaklıdere'deki ünlü otelin giriş salonunu seçmiş. Göz önünden uzak, sessiz ve sakin görüşmeler için ideal bir mekân.

Otelin döner kapısından içeri girdiğimde, çok sayıda oturma grubunun yer aldığı geniş lobide göz gezdirirken, "Verda Hanım," diye karşı köşeden sesleniyor Vural Bey ve hemen yerinden fırlayıp yanıma gelerek, samimi bir ifadeyle elimi sıkıyor.

"Merhaba Verda Hanım, hoş geldiniz!"

İlginçtir, kendimi bildim bileli güçlü bir belleğe sahip olmakla övünen ben, Vural Türkoğlu'nu sokakta görsem tanımayabileceğimi düşünüyorum. Neden? Daha önceki karşılaşmalarımızda yüzüne dikkatle bakmadığımdan, ona vereceğim önemi duruşmalarda kısa süreliğine aynı ortamda bulunulacak bir *avukat* figürüyle sınırlı tutmaya çalıştığımdan mı? İlk kez adliye binası dışında, üzerinde cüppe olmadan gördüğüm için mi? Ya da bilinçaltımda yer etmiş, onu yok sayma kararlılığımın bir sonucu mu bu? Her ne ise, hiç öğrenmemişim yüzünü, duruşunu, konuşma biçimini... Öğrenmeye, ister istemez öğrendiklerimi özümsemeye karşı direnmişim.

İlk izlenimlerimdeki yanılma payım yok denecek kadar azdır, içgüdülerim nadiren yanıltır beni. Ancak içinde bulunduğum durum, izlenimlerimi değerlendirmekte her zamankinden daha ölçülü davranmaya zorluyor beni. Öyle ki, farklı şartlarda tanışmış olsak Vural Türkoğlu'na sağlam dostluklar kurulabilecek güvenilir biri gözüyle bakacakken, mesafeli bir yaklaşımla, uzak ve yabancı gözlerle bakıyorum. Bakışlarım, tanımak isterken yüz göz olma sınırını aşmamaya çalışırcasına ifadesiz ve yüzeysel.

Kabul etmeliyim ki, benim ölçülerimce yakışıklı olmasa da, asla çirkin ya da itici değil Vural Türkoğlu. Gözleriyle dudaklarının ortaklaşa gülüşüyle güzelleşebiliyor hatta. Yüz ve beden diliyle yansıttığı içtenlik sayesinde, ince eleyip sık dokuyarak önüne koyduğum ilk bariyeri başarıyla geçiyor.

"Kahve içmek üzere davet ettim sizi ama iflah olmaz bir çay tiryakisiyim ben," diyor mahcup bir ifadeyle. "İzninizle tercihimi çaydan yana kullanabilir miyim?"

Nezaketin sınırı yok! Bakalım nereye kadar gidecek bu ılıman hava... Ben de çayı tercih edince, Vural Bey'in aylardır ısrarla yinelediği kahve sohbeti, çay sohbetine dönüşüveriyor. Buna itirazım yok ama, birbirini tanımayan, tanışıklıkları iş çerçevesinde kalmaya mahkûm iki kişinin havadan sudan konuşmalarındaki anlamsızlık gitgide canımı sıkmakta. Bir an önce sadede gelsin istiyorum. O ise, nereden başlayacağını bilemediğinden olsa gerek, laf kalabalığının ortasında debelenip duruyor.

"Heyecanımı hoş görün Verda Hanım," diyerek sayfayı açıyor sonunda. "Vedat Bey'le de çay içmiştik ilk buluşmamızda. Ona da hep kahve sohbeti önermiştim oysa. Aynı şeyleri bir kez daha yaşıyorum sanki."

"Babam sizin teklifinizi hemen kabul etmiş miydi?"

"Hayır. Geçmişteki paylaşımlarımıza rağmen, aylarca uğraştırmıştı beni. Avukatlık stajımı Vedat Bey'in yanında yaptım ben Verda Hanım. Edindiğim mesleki prensipleri, hatta hayat görüşümü bile ona borçluyum. Stajdan sonra da bitmedi ilişkilerimiz, başım sıkışınca ona danıştım hep. Çayyolu davasını alırken de fikrini sordum. Destekledi beni, 'Profesyoneliz biz,' dedi. Ancak Alpagut ve Arslanlı aileleri arasındaki gerilim, ister istemez bizlere de yansıyınca eski iletişimimiz kalmadı. Meslek etiğini her şeyin üzerinde tutardı babanız. Davalı ve davacı tarafların avukatları olarak görüşmelerimizi baştan beri belli sınırlar içinde tutuyordu zaten. Müvekkillerimize karşı sorumluyduk ve birbirimizden çok, onlara yakın durmak zorundaydık..."

Bundan sonra söyleyecekleri daha da önem kazanıyor. Madem meslek etiği her şeyin önündeydi, hangi nedenlerle hepsini çiğneyip buluşmayı, görüşmeyi kabul etti babam? Hem de bir kez değil, defalarca... "Hepimiz profesyonel avukatlarız," diye devam ediyor Vural Bey. "Yeri geldiğinde katilin, hırsızın, dolandırıcının, sahtekârın haklarını savunmak zorunda kalabiliyoruz. Ancak babanız, yaptığı işle bağdaşmayacak derecede idealist ve dürüst bir insandı. Staj yaptığım günlerde de yakından gözlemiştim, Vedat Bey, özüne inanmadığı davayı asla almazdı. Çayyolu davasında da Arslanlıların haklılığına inandığı için avukatlıklarını üstlendi. Ancak yanılmıştı. Onu derinden etkileyen, onlarca yıllık meslek yaşamındaki en büyük yanılgıydı bu."

"Ne yani? Arslanlıların haksız olduğunu kanıtlayarak beni de onlardan koparmak mı amacınız? Eğer öyleyse boşuna uğraşmayın. Avukat olarak görevimiz, haklıyla haksızı birbirinden ayırmak değil, haksız da olsa müvekkilimizi savunmaktır. Babam farklı düşünmüş olabilir, onun doğruları beni bağlamaz."

"Bilmediğiniz çok şey var Verda Hanım."

"Bilmem de gerekmiyor. Gördüğüm dava için yeterli bilgiye sahibim ben. Bir tek sorum olacak size: Arslanlılar hakkında yanıldığı kanısına nasıl vardı babam?"

"Davanın selameti açısından, önemli bazı gerçeklerle tanışması gerekiyordu Vedat Bey'in."

"Ve bu işi siz üstlendiniz..."

"Evet. Göz göre göre aldatılmasına katlanamazdım. İnanmadı önceleri, inanamadı. Ama söylediklerimin hepsini kanıtlayınca inanmak zorunda kaldı."

"Avukatlık görevinin içinde bunlar da mı var? Karşı tarafın avukatının beynini yıkamak... Ne gerek var bunlara, anlamıyorum. Altı üstü, paylaşılamayan bir arazi üzerinde dönüyor bütün hesaplar. Yarım kalmış alışveriş merkezi inşaatı, yıkım isteği, durdurma kararı... Adım başı rastlanacak sıradan olaylar."

"O kadar basit değil Verda Hanım, sözünü ettiğim durum Vedat Bey'i çok etkiledi."

"Yapmayın Vural Bey, hepimiz aynı camianın insanlarıyız, meslektaşlarımızı iyi tanırız. Hangi avukat, müvekkilinin haksız oluşundan delicesine etkilenir? Babam deneyimli ve güçlü bir avukattı. Müvekkilleriyle arasında onarılması güç çatlaklar olsa bile, üstesinden gelmesini bilirdi. Baktı ki olmadı, istediği gibi yürümüyor işler, davayı bırakıp çıkabilirdi pekâlâ..."

Hararetli konuşmamızı tetikleyen küçük ses bombalarının yerini derin bir suskunluk alıyor. Vural Bey, dudaklarından dökülecek sözcükleri engellemekle onları özgürlüklerine kavuşturmak arasında gidip gelen kararsızlığını bastırarak gözlerimin içine bakıyor ve, "Babanız davayı bırakmak istedi," diyor. "Ama bıraktırmadılar!"

Yanlış mı duydum?

Babam davayı bırakmak istemiş!

Bıraktırmamışlar...

Kim? Kimler?

Neden?

İlk aklıma gelen soruların yanına eklenen diğerleri, kanımı donduracak güçte...

Bütün bunların babamın ölümüyle bir ilgisi var mı?

Davayı bıraktırmayanlar, her kim iseler, bu amaca yönelik nasıl bir yaptırım uyguladılar babama?

AKREP MİSALİ KISKAÇLAR

Tüm varlığımla kocaman bir soru işaretine dönüşmüş, Vural Bey'in ağzından çıkacak yanıtları bekliyorum. O ise beni istediği dinleme kıvamına getirdiğini görerek, "Anlatmamı ister misiniz?" türünden sorulara gerek bile duymadan, "Baştan başlayalım isterseniz," diyor. "En baştan... Yarım asır öncesinden."

O kadar gerilere gitmenin gereksiz olduğunu düşünsem de itiraz etmeden dinlemeye hazırlanıyorum.

"Arslanlı ve Alpagut aileleri, uzaktan akraba," diyor Vural Bey. "Birkaç kuşak öncesinde kız alıp vermeyle başlayan bir kan bağı var aralarında. Ancak, başlangıçta iyi olan ilişkiler tapu ve kadastro çalışmaları sırasında ortaya çıkan arazi anlaşmazlıkları yüzünden bozuluyor. Küçük inatlaşmalarla başlayıp gitgide büyüyen kavgalar, gürültüler, kocalarının ailesince istenmeyip kapıya konulan çocuklu kadınlar, parçalanmış aileler... Kısa sürede düşman haline geliyorlar.

Asıl büyük sorun, Arslanlıların kızı Hale'nin, Alpagutlardan ipsiz sapsız bir gence, Zülküf'e âşık olmasıyla başlıyor. Delikanlı yakışıklı, ancak Alpagutların yoksul kesiminden geliyor. Üstelik kolejlerde okumuş Hale'nin aksine, doğru dürüst eğitim bile alamamış, ortaokuldan terk.

Kısa bir süre önce kocasını toprağa verip ailenin –hatta sülalenin– yönetimini üstlenen Mebrure Arslanlı, hemen duruma el koyuyor. Amerika'daki bir yüksekokula gönderiyor kızını. İki hafta sonra Türkiye'ye geri dönüyor

Hale. 'Zülküf'le evleneceğim!' diye tutturuyor. Ana kız, ikisi de birbirinden inatçı, geri adım atmamakta kararlılar.

Olanlar oluyor sonunda. Annesini razı etmekten umudunu kesen Hale, Zülküf'e kaçarak, sevdiği gencin ailesiyle beraber oturduğu köy evine sığınıyor. Bu beklenmedik yenilgiyi hazmedemeyen Mebrure Hanım, silahlı adamlarıyla beraber Zülküf'ün evini basıyor. Kızına kavuşuyor ama, bu kavuşma onu avutmaktan çok uzak... Çünkü Hale, Zülküf'ten hamile kalmış! Aracılar giriyor devreye, aile büyükleri ricacı olup kapısını aşındırıyorlar Mebrure Hanım'ın. 'Baş göz edelim gençleri, mesele kapansın,' diye yalvar yakar oluyorlar. Nuh diyor, peygamber demiyor hanım ağa. 'Çocuğu aldıralım,' diyor kızına. Şiddetle karşı çıkıyor Hale. Günlerce gözyaşı döküyor annesinin yüreğini yumuşatmak için.

Sonunda kararını veriyor Mebrure Hanım. Çocuk doğacak, ancak Hale ve Zülküf birbirlerinin yüzünü bir daha asla göremeyecekler!

Babasız bir çocuğun dünyaya gelişinin aile onuruyla bağdaşmayacağını düşünerek, uzaktan akrabaları olan bir gençle evlendiriveriyor kızını. Kartlarını açık oynuyor Mebrure Hanım. Ahmet, Hale'nin hamile olduğunu bilerek oturuyor nikâh masasına. Evlendiği kızın ayıbını görmemesi için hesabına yatırılan yüklüce para, altına çekilen son model araba sayesinde.

Görünürde her şey yolunda... Hale, Zülküf'ten hamile kaldığı çocuğun ardından, Ahmet'ten de bir çocuk doğuruyor. İki çocuklu mutlu bir aile tablosu çizerlerken, Hale'nin rahat durmayıp gizli gizli Zülküf'le buluştuğu haberini alıyor Mebrure Hanım. Oğlu Aydın'la konuşuyor önce, 'Temizle bu lekeyi,' diyor. 'Ya da temizlet!' Aydın'ın o taraklarda bezi yok. 'Bu işlere bulaşmam ben,' deyip çıkıyor işin içinden.

Mebrure Hanım, bu kez de damadını alıyor karşısına. 'Namus meselesi,' diyor. 'Temizlemek sana düşer!'

Zülküf'ü çiftliğe çağırıyor Ahmet. İkisi de silahlı. Tabancalar çekilip aynı anda ateşleniyor. Hemen oracıkta ölüyor Ahmet. Kanlar içinde yere yığılan Zülküf'se ağır yaralı. Ne var ki o da fazla yaşamıyor, hastaneden çıkıp hapishaneye girdiği gün şişliyorlar Zülküf'ü. Çeşitli iddialar öne sürülüyor. Koğuş ağasına itaatsizlik etmiş diyorlar, hasımları yapmıştır diyorlar. Sihirli bir değnek dokunmuş gibi, olayın üstü örtülüveriyor. Oysa tetikçi belli. Elinin uzanmayacağı yer yok Mebrure Hanım'ın... Koğuşta Zülküf'ü şişleyenler, yaptıkları işin karşılığını fazlasıyla alıyorlar. 'Sen nasılsa hapistesin; anan, baban, çoluğun çocuğun rahat etsin hiç değilse,' diyerek onlar için servet sayılabilecek paralarla ödüllendiriliyorlar."

"Neden anlatıyorsunuz bütün bunları?" diyerek kesmek zorunda kalıyorum. "İddialarınıza göre, Arslanlılar sandığımın aksine, kara bir sicile sahip ve iki aile arasında arazi davasını aşıp kan davasına dönüşmüş bir husumet söz konusu. Ancak, benim öğrenmek istediğim bunlar değil, anlattıklarınızın babamı ne derece ilgilendirdiği."

"Konuyu bir bütün olarak ele almazsak, eksik kalan parçalar yanıltıcı boşluklar yaratabilirler."

"Anlattıklarınız gerçek mi, masal mı, hikâye mi ne olduğu belli değil. İnandırıcılığı tartışmaya açık. Bunca bilgiyi hangi kaynaklara, hangi sağlam kanıtlara dayanarak elde ettiğinizi sorabilir miyim?"

"Babanız da benzer kuşkularla dinlemişti beni," diyerek gülüyor Vural Bey. "Öne sürdüğüm kanıtları görünce, yavaş yavaş dağıldı kuşkuları."

"Ne gibi kanıtlar koydunuz ortaya?"

"Köye götürdüm onu, köylülerle konuşturdum. Olayların tanığı olmuş, genç yaşlı, kadın erkek köylülerle..."

"Ne gerek vardı bunlara?"

"Vedat Bey'in avukatlığını yaptığı kişileri gerçek yüzleriyle tanımasını istedim."

"Arslanlılarla ilgili aile içi olayları ve sırları, onlarla beraber yaşamış gibi anlatabilmeniz şaşırtıcı."

"Anlattıklarım, bir zamanlar Arslanlıların yanında yaşamış kişilerin ağzından alınarak, uzun araştırmalar sonucu doğrulukları kanıtlanmış bilgilerdir Verda Hanım."

"Ne gerek vardı bunca araştırmaya? Kan davası değil, arazi davası yürütüyorsunuz siz."

"Karşımıza aldığımız kişi ya da kişilere ait her bilgi, yeni bir pencere açar önümüze. Siz de aldığınız davalarda davalı ya da davacının gerçek yüzünü merak etmez misiniz?"

"Kişilerden çok olaylarla ilgilenirim ben."

"Olayları yaratan kim? Kökenine inmeden, yüzeysel girişimlerle çözülemez davalar Verda Hanım. Siz de en az benim kadar bilirsiniz bunu..."

"Peki, Arslanlılar hakkında bu anlattıklarınızdan babamın haberi yok muydu?"

"Herkesin dilinde dolaştığı kadarını biliyordu Vedat Bey de. Daha doğrusu Arslanlıların ağzından duyduklarıyla sınırlıydı bildikleri. Mebrure Hanım kaynaklı bir dizi masal dinlemişti... Şanssız bir aileydi Arslanlılar, büyük acılar çekmişlerdi. Kocasının ölümü yetmemiş gibi, damadını da köylünün biri öldürmüştü. Arazi davasında mağdur duruma düşürülmüşlerdi. Alışveriş merkezi inşaatının durdurulması haksızlıktı... Gerçekdışıydı bunların hepsi! Geri planda gizlemeye çalıştıkları çirkin çarpıklıkları örtmek için vitrin önüne çıkardıkları süslemelerle Vedat Bey'in gözünü boyamak amacındaydılar."

"İyi de... babam... yılların deneyimli, kurt avukatı, böyle bir tuzağa düşecek kadar saf mıydı?"

"Değildi tabii. Ancak öylesine güven duymuştu ki müvekkillerine, söylediklerini irdeleme gereği duymamıştı. Birilerinin gözünü açması gerekiyordu, o görevi de seve seve ben üstlendim."

"Duydukları karşısında ilk tepkisi ne oldu babamın?"

"İnanmak istemedi önce. Eski tanışıklığımız olsa da, karşı tarafın avukatıydım ben. Temkinli yaklaştı anlattıklarıma, akılcı sorularıyla sınadı beni. Üçüncü şahıslarla konuşturdum onu, yazılı kanıtlar koydum önüne. İnandı. Hatta, benden bir adım öteye geçerek son derece ilginç verilere ulaştı."

"Sizin gibi iz mi sürdü babam da?"

"Pek sayılmaz. Silinmeye yüz tutmuş izler gelip onu buldu... Hale Arslanlı'nın yavuklusu Zülküf'ü hapiste şişleyen adam var ya... Hapishanenin tuvaletinde ölü bulundu. Gazetelerde okumuşsunuzdur belki, 'Mahpusların kavgası ölümle sonuçlandı!' manşetiyle verildi haber. İşin içinde iş varmış meğer...

Tuvalette ölüsü bulunan mahkûmun yakınları Vedat Bey'in bürosuna giderek, Mebrure Hanım'ın, damadının katilini şişlemesi için oğullarına para verdiğini, sonrasında susturmak amacıyla onu da ortadan kaldırdığını anlatmışlar.

O sıralar burnundan soluyordu zaten Vedat Bey. Tapu kayıtları üzerinde yaptığı araştırma sonuçlarına dayanarak, alışveriş merkezi inşaatı konusunda Arslanlıların haksız olduğu kanısına varmıştı. Mebrure Hanım, Alpagutlara meydan okumak amacıyla gövde gösterisi yaparak kendi sınırlarının dışına taşmış, 'Ben yaptım, oldu!' anlayışlıyla yasadışı eylemlerine meşruluk kazandırmaya çabalıyordu.

'İşgalci ve yayılımcı bir politika uygulanıyor. Böyle bir çarpıklığa nasıl alet oldum ben!' diyordu Vedat Bey.

Üstüne bir de şişleyici cinayeti gelince, ne yapacağını şaşırmıştı. 'Böylesi ilk kez başıma geliyor,' diyordu. 'Elleri kanlı pek çok katili savundum bugüne kadar. Hafifletici nedenleri, arkasına sığınabilecekleri kendilerince geçerli gerekçeleri vardı hiç değilse. Bunlarsa, ellerindeki kurumuş kanı maskeleyip *masum*'u ve *mağdur*'u oynuyorlar karşımda. Kirli işlerin savunucusu olamam ben! Onların yasadışı amaçlarına hizmet etmek, diplomamı, mesleğimi, onurumu satmak anlamına gelir ki, bugüne kadar dişimle tırnağımla ve namusumla edindiğim maddi manevi tüm varlığımı ve değerlerimi inkâr etmiş olurum...'

Kararlı görünüyordu Vedat Bey, Arslanlıların avukatlığını bırakacaktı. Ama olmadı, aralarında ne tür bir konuşma geçti, nasıl ikna ettiler onu bilemiyorum ama, onlardan kopmayı başaramadı babanız. Ayrıntılı bir açıklama yapmadan, 'Bırakmadılar!' dedi yalnızca. Kerhen de olsa, Arslanlıları savunmayı sürdürecekti."

"Neden ısrarla babamın üzerinde duruyorlardı? Kendileriyle çalışmak istemeyen birinin yerine, başka avukatlarla anlaşabilirlerdi."

"Doğru, bu işi canla başla yapacak çok sayıda avukat bulabilirlerdi. Ancak hiçbir isim, hukuk camiasında marka haline gelmiş Vedat Karacan'ın yerini tutmazdı. Üstelik ayrılmayı isteyen Vedat Bey'di. Kendileri azletse neyseydi de, avukatlarının onları yarı yolda bırakıp gitmesi, Arslanlıların otoritesini sarsacak, onur kırıcı bir durumdu. Akrep misali kıskaçlarıyla yapışmaya görsünler, onlar istemeden onların yörüngesinden kopmak mümkün değildi."

"Ne anlama geliyor bu? Zorla mı tutmaya çalıştılar babamı? Nasıl bir yaptırım uygulamaya kalktılar kalması için? Tehdit etmiş olabilirler mi?"

Sorularımı sıralarken, gözüm saatte, çantamı topluyorum bir yandan. Zamanım azalıyor...

"Her şey beklenir onlardan," diyor Vural Bey. "İsteklerini kabul ettirmek için denemeyecekleri yol yoktur Arslanlıların."

"Bu durumda ben de tehdit edilmeye aday olmuyor muyum?"

"Sanmam," diyerek gülümsüyor Vural Bey. "Kaybedecek bir şeyiniz yok sizin."

Ne demek bu? Babamın kaybedecek neyi vardı?

Uçağa yetişme telaşıyla düşünme becerimi kaybettim galiba. İyi ki yüksek sesle düşünüp Vural Bey'i üzerime güldürmedim. Ben kim, Vedat Karacan'la aynı terazide tartılmak kim! Onun adının yanında, benimkinin ne önemi var? Marka olmuş bir avukat, onca yıllık parlak kariyer... Kaybetmekten korkacağı başka neyi olabilir ki insanın?

"Vakit daraldı," diyorum. "Ucu ucuna yetişeceğim alana. Oysa aklıma takılan sorular vardı."

"Umarım kartvizitimi kaybetmemişsinizdir," diyor hınzırca bir gülüşle. Bugüne kadar ben koştum arkandan, bundan sonra arayan sen olacaksın, demeye getiriyor. Arayacağımdan emin. Haklı da. Vedalaşmamızın üzerinden henüz beş dakika geçmeden, yığınla soru birikti kafamda. Acilen yanıt bekleyen, içinden çıkılması güç sorular...

*

Vural Türkoğlu ile buluşup konuşmamıza hiç ummadığım kadar büyük bir tepki gösteriyor Bülent. Müvekkillerimin rakibi, hatta daha ötesinde hasmı olan ailenin avukatıyla kafa kafaya verip gerçekliği kanıtlanmamış faraziyeler üzerinde tartışmaya ne gerek varmış? Birbirine zıt tezleri savunan avukatların birlik olup tek tarafa yüklenmeleri nerede görülmüş? Ne meslek etiğine sığarmış böylesi, ne de insani değerlere. Ancak avukatlardan birinin karşı tarafça satın alındığı durumlarda görülürmüş bu tür gizli saklı buluşmalar.

Söyledikleri, aşağılama sınırlarını zorlasa da onunla söz dalaşına girmeye niyetim yok. Beni anlayışla dinleyip fikir vermesini beklerken, haksız yere üzerime çullanması, yeterince yaralayıcı zaten.

"Ne Çayyolu davası, ne de Arslanlı ve Alpagut aileleri umurumda," diyorum bezginlikle. "Babamla ilgili, benim bilmediğim önemli bilgilere sahipti Vural Bey. Onlar için oradaydım."

Yanıtımın ne derece yerine ulaştığını görmek için yüzüne bakmam gereksiz, zembereği boşalmış saat gibi, bütün öfkesini kusmadan rahatlamayacak. Benimse, kocamın ağzından çıkacak yeni cevherleri duyacak, onlarla savaşacak gücüm yok.

"Çok yorgunum Bülent, konuşacak halde değilim," diyerek kalkıp salondan çıkıyorum. Tek düşüncem bir an önce kendimi yatağa atıp yorganı başıma çekmek... O ise arkamdan söyleniyor hâlâ.

"Elin herifiyle saatlerce baş başa... İyi ki vereceği bilgilerin karşılığında farklı isteklerde bulunmamış adam!"

PARA HESABI

Sabah, telefonun sesiyle uyanıyorum. Bir gün öncenin yorgunluğunu atamamışım üzerimden. Güçlükle doğruluyorum yataktan. Bülent çoktan kalkmış, giyinip işe gitmiş bile.

Nezaket Hanım, telefonun diğer ucundan, "Günaydın Verda Hanım," diyor. "Uyandırdım mı?"

"Önemli değil," diyorum. "Kalkacaktım zaten. Annem nasıl?"

"İyi... Ama size söylemek istediğim bir şey var. Semra Hanım, gündelik alışverişler için bile para vermiyor bana. Bozuklukları koyuyor avucuma. Kâğıt paraları gözlük kılıfında biriktiriyor."

"Tamam Nezaket Hanım, büroya gitmeden uğrayacaktım zaten. Yarım saate kadar oradayım."

Annem, sağlıklı günlerinde kendi parasını kendi çekerdi bankadan. Kısa sürede bu kadarını bile beceremeyecek hale gelince genel bir vekâletname verdi bana, mali işlerini ben hallediyorum artık. Her ayın ilk haftasında çektiğim parayı götürüp doğruca anneme teslim ediyorum. Aile geleneklerimizin geçerliliğini yitirmeyen saygı kavramını ayakta tutabilmek adına... Zihni, para hesabını yapamayacak derecede gerilemiş olsa da, duyguları hâlâ capcanlı annemin. Onu çiğneyip parayı Nezaket Hanım'a verirsem üzüleceğini, hatta alınıp küsebileceğini düşünüyorum.

Görünen o ki, bu konuya da köklü bir çözüm getirmenin zamanı gelmiş...

Son birkaç aydır iyice tembelleşti annem, eskiden evin içinde gezip dolanırken, şimdi zamanının çoğunu yatakta geçirmeyi tercih ediyor. Nezaket Hanım'ın zoruyla kalkıp salona geçtiğinde, televizyon ekranına duvara bakar gibi bakarak, bir zamanlar pek sevdiği programları izleme zahmetine katlanmadan odasına dönüyor yeniden. Yalnız evinden değil, odasından bile ayrılmaktan ürküntü duyuyor sanki.

İçinde bulunduğu durumu *tembellik* diye nitelemek doğru değil, biliyorum. Elinde olmayan nedenlerle, yavaşlatılmış tempoda yaşıyor artık annem. Ağır çekimle perdeye düşmüş film kareleri gibi...

Beni de odasında, yatağına uzanmış halde karşılıyor. Yüzü aydınlanıyor içeri girdiğimde, seviniyor. Önce odaya kasvetli bir hava yükleyen perdeleri açıp, ışığı çağırıyorum içeriye. Arkasına yastık verip oturtuyorum annemi. Boynuma sarılarak, susamış gibi kana kana öpüyor beni.

"İyi ki geldin," diyor. "Paramız kalmamıştı. Ekmek alacak Nezaket; elma, portakal alacak... Para yok!"

"Merak etme sen güzel annem, ben size para getirdim. Ne istersen onu alacak Nezaket Hanım."

Yastığının altına elini sokup gözlük kılıfını çıkarıyor.

"Bunun içine koy getirdiklerini," diyor.

Kılıfın içi sıkıştırılmış, buruşturulmuş banknotlarla dolu.

"Şunları çıkaralım önce," diyerek boşaltıyorum paraları. "Bunlar eski," diyorum. "Nezaket Hanım'a verelim gitsin. Ben sana yenilerini getirdim."

Ellilik, yüzlük banknotları Nezaket Hanım'a teslim ediyorum. Gelirken bankaya uğrayıp deste halinde aldığım, elli liraya çok benzeyen beş liralıkları çıkarıyorum çantamdan.

"Bu paralar yeni tedavüle çıkmış, baksana gıcır gıcır, hiç kullanılmamışlar," diyerek birkaç tanesini avucuna bırakıyorum annemin. Duymuyor beni, çocuksu bir sevinçle evirip çeviriyor paraları. Üzerindeki rakamlar hiçbir şey ifade etmiyor onun için, ellilik ya da beşlik olmuş, umurunda değil. Yepyeni, gıcır gıcır paraları var ya, keyif onun keyfi...

Türkiye'nin ilk kurulan bankalarından birinde yıllarca kontrol amirliği yapmış eski bir bankacı için hazin bir tablo. Hesabını yapmak bir yana, elinde tuttuğu paranın kaç lira olduğunu çıkaramıyor. Ama mutlu!

Unutmak yoluyla acıları duymamak, mutluluksa eğer...

DİL YARELERİ VE ÇATLAKLAR

Yoğun bir işgününün ardından, pestil gibi yorgun bir halde eve giriyorum. Akşam, gazetenin yönetim kurulu üyeleriyle yemeğe gidecek Bülent. Haftalık olağan toplantı. Hiç şikâyetim yok, tam tersine huzur duyuyorum yalnızlığımdan. Ayağımı uzatıp oturacağım, dinginlik vaat eden, sakin bir gece beni bekliyor.

Mutfağa girip salata hazırlıyorum kendime. Marul, roka, maydanoz, dereotu, nane, domates; üzerine de tonbalığı... Ayran yapmak üzere yoğurdu çırparken, sokak kapısının kilidi içinde dönen anahtarın sesiyle irkiliyorum.

Bülent! Elinde renkleri bordoya çalan kıpkırmızı güllerden oluşmuş kocaman bir buketle mutfak kapısının önünde beliriyor.

"Merhaba," diyor beni şaşırtmanın keyfiyle. "Hoş geldin demek yok mu?"

"Hoş geldin," diyorum yarım ağızla.

"Bizimkileri ektim bu gece," diyerek çiçekleri tutuşturuyor elime. Yarım yamalak sarılıp yanaklarımdan öpüyor. Gözleri salata kâsesinde. "Kurt gibi acıktım," diyor. "Salatanı benimle paylaşmak zorundasın."

Bir gece önceki kâbusu hiç yaşamamışız gibi. Her zamanki Bülent işte! "Hatalıydım, bağışla beni!" dememek için bin bir dereden su getirmesini kanıksadım artık ama, hoyratça açılan *dil yareleri*, çiçeklere, gülücüklere boğularak sağaltılamıyor ne yazık ki.

Evliliğimizin ilk yıllarında, her kavgamızın ardından gözyaşlarına gark olmuş bir halde, avutulmayı beklerdim. Hiç yoktan çıkan kavgalar, mutlaka benim gözyaşlarımla sonuçlanırdı, çünkü Bülent, gözlerimden yaş getirtmeden sonlandırmazdı tartışmayı; kızgınlığının bedelini ödetmeden, canımı yeterince acıttığından emin olmadan rahat etmezdi içi. En çok da, "Annesi babası ayrılmış birini mutlu etmek zordur, mutsuzluğa şartlanmışlardır onlar," dediğinde incinirdi yüreğim. Ne acımasız bir genellemeydi yaptığı! Yanlıştı da üstelik... Yaşamamıştı ki bilsin. Varlığın değil, yokluğun değerini bilir insanlar. Mutluluğun değerini bilenler, mutsuzluğu tatmış olanlardır. Onları mutlu etmek çok daha kolaydır. Annesiyle babası boşanmış kadın ya da erkekler, kendi evlerindeki olumsuzlukları evliliklerinde de yaşamamak için çok daha özenli hareket ederler, üzerine titrerler beraberliklerinin. Alttan alan, uzlaşmaya yakın duran taraf hep onlardır.

Bunca yıllık evliliğimizde Bülent, kavgaların tamamına yakınını kendisi çıkarttığı halde, bir kez bile özür dilemedi benden. Yarattığı küçük hoşluklarla gönlümü almaya çalıştı sözüm ona. Oysa her seferinde ince bir *çatlak* oluşuyordu aramızda. O çatlağı onarmadan, üzerine bir yenisi eklenince büyüyordu çatlak. Kırılma noktasına gelmedik hiç ama, uç uca eklenen, dallara ayrılıp yaşamımızın geniş alanlarına yayılma eğilimi gösteren çatlakların bugünkü boyutlarını nereye kadar koruyabileceklerini kestirmekte zorlanıyorum artık. Konuşup tartışılmadan üzeri örtülmüş açık yaralara gül yapraklarının ne derece derman olabileceğini ise zaman içinde, beraberce göreceğiz...

DÜŞÜNSEL AŞKLAR

Bülent'le paylaştığımız birliktelikte bir çatlağın daha üstünü örterek, kaldığımız yerden gündelik yaşantımıza dönüyoruz. O işine, ben işime... Davalar, duruşmalar, müvekkil görüşmeleri... Ne kadar meşgul olursam olayım, beynimin en işlek bölümü, yalnızca babama ait. Kafamın içinde birbirine girmiş soru işaretleri aydınlanmadıkça rahat yok bana. Çözülmesi gereken çok sayıdaki düğümün, Vural Türkoğlu ile konuştuktan sonra azalmasını beklerken, katlanarak artması canımı sıkıyor. Ankara'dan döndüğümden beri o günü dakika dakika yeniden yaşıyor, konuştuklarımızı didik didik eşeleyerek, işe yarar ipuçlarını yakalamaya çalışıyorum. Fasit bir dairenin içine hapsolmuş gibiyim, dönüp dolanıp aynı noktaya geliyorum. Çaresizliğim gitgide bunalıma dönüşmekte; patlamaya hazır bomba gibi dolanıp duruyorum ortalıkta.

Vural Türkoğlu'nu aramak geçiyor aklımdan... Vedalaşırken takındığı kendinden emin tavırlar geliyor gözümün önüne, vazgeçiyorum. Dayanamayıp, kartvizitin üzerindeki numarayı tuşluyorum sonunda.

Karşı taraftan kulağıma gelen ses öyle cılız ve güçsüz ki, yanlış çevirdim ya da telefona bir başkası çıktı diye düşünüyorum.

"Vural Bey?"

"Evet, benim Verda Hanım. Kusura bakmayın, duruşmadan yeni çıktım da... Daha sonra ben sizi arasam?"

Öncekilere hiç benzemiyor konuşması. Aranmaktan memnun olmamışçasına sıkıntılı ve tutuk.

O gün aramıyor Vural Bey. Merak içindeyim ama, öfkem de gitgide artmakta.

Ertesi sabah, cep telefonumun ekranında numarasını görünce heyecanlanıyorum. Açmamak, yanıt vermemek var ya... Yapamıyorum. Zorunlu olduğu bir işlevi yerine getirmek ister gibi, gönülsüzce, "Kusura bakmayın Verda Hanım," diyor. "Dün arayamadım. İşler çok yoğun bu ara. Şimdi de duruşmaya girmek üzereyim. Ne için aramıştınız beni?"

"Yanıtını aradığım sorular vardı, biliyorsunuz. Ama sanırım iyi bir zamanlama yapamamışım."

Sesime yansıyan sitemi fark etmemiş gibi, "Böyle ayaküstü konuşamayız," diyor. "Bir sonraki duruşmaya geldiğinizde görüşsek?"

Resmiyet sınırlarını aşmamayı hedeflediği biriyle ya da müvekkiliyle konuşuyor sanki... Hırsla kapatıyorum telefonu.

Onunla konuşmamak için başlangıçta gösterdiğim direncin cezası mı bu? Anlattı, kışkırttı, ateşledi... Sonra da orta yerde, çözümsüzlüklerimle baş başa bırakıverdi beni.

Neden?

Bu sorunun yanıtını alabilmem için, ne yazık ki en azından bir ay beklemem gerekiyor...

*

Yaşamımın hiçbir döneminde kendimi bu denli çaresiz hissetmemiştim. Ne annemle babamın ayrılışı, ne babamın trajik ölümü, ne de annemin bende derin yaralar açan baş edilmesi güç hastalığı... Hepsinin üstünü örtecek derecede koyu bir karanlığın ortasındayım şu an.

Belirsizlik! İşte en büyük kâbus.

Şanssızlığın diz boyunu aşıp gırtlağa dayandığı, hiçbir işimin yolunda gitmediği, ters bir süreç... Neye elimi atsam kuruyor sanki.

Vural Bey'le konuşmamızın üzerine, bir ve bir buçuk aylık aralarla iki duruşmaya daha girdik. Havanda su dövmekten başka işe yaramayan, iki tarafın da sözleşmiş gibi, ileri tarihlere atmaya çabaladığı, âdet yerini bulsun türünden geçiştirilen iki duruşma...

Görünürde Vural Bey'in bana olan tutumunda değişiklik yok. Aynı nezaket, ince davranışlar, hatta uzaktan uzağa kollayıcı bir tavır... Ancak, çözemediğim bir tutukluk var hareketlerinde. Karşılıklı oturup konuşmayı talep edemesem de, ondan gelecek yeni bir görüşme önerisinin bekleyişi içindeyim. O ise beni kırmadan uzak durma çabasında. Düşündükçe çıldıracak gibi oluyorum. Çayyolu davasını alalı bir yılı geçti, ikinci adli tatil kapımızda ve ben bir arpa boyu yol alamadım. Dava umurumda değil, babamın toprağını örten sır perdesinin ucunu bir milim bile aralayamamak deli ediyor beni. Ne işte huzurum var, ne de evde. Bülent'le aramızdaki adı konmamış soğuk savaş, her geçen gün daha da dayanılmaz bir hal alıyor. Hiçbir derdimi paylaşamıyorum onunla.

Ankara'dan, adli tatil öncesindeki son duruşmadan döndüğümde, "Karşı taraf avukatları özel görüşmeler yapmıyor mu artık?" diye şaka yollu sorgulama yaptı kendince Bülent.

"Merak ettiğin buysa söyleyeyim," dedim. "O günden sonra özel bir görüşmemiz olmadı kendisiyle."

Belli etmemeye çalışsa da, kasılmış yüz hatları, istediği yanıtı almanın rahatlığıyla yumuşayıverdi.

"Herkes işini yapsın," dedi. "İki dava arasına gönül macerası sıkıştırmaya kalkmanın abes olacağını anladı demek."

Karşılık vermem gerekmiyordu. Her zamanki Bülent'ti işte! İlk günden beri kıskanmıştı beni, yakın çevremdeki herkese şüpheli gözüyle bakmıştı. Birileriyle evlilik bağımızı etkileyecek uzun soluklu ilişkilere girmemi beklemese de, en azından platonik bir şeyler yaşayabileceğimden kuşku duymuştu hep. Aramızdaki yaş farkından belki. Belki de, dışarı yansıttığı çelik gibi güçlü görünümünün altında sakladığı kendine güvensizliğinden.

Çözemiyorum onu... İşle ilgili bir şeyleri paylaştığım meslektaşlarım ya da müvekkillerimle ilgili yaptığı yakıştırmalar onurumu yaralıyor. Her önüme çıkan insanla yakınlaşmaya kalksam... Davranışı yanlış. Aklımın ucundan geçmeyeni aklıma sokuyor. Şartlanmış gibi, hiç yoktan Avukat Vural Türkoğlu'nu farklı bakış açısıyla gözümün önüne getiriyorum... Hayır; tipiyle, duruşuyla, hali tavrıyla hoş sayılabilse de, benim beğeni ölçülerime uymuyor. Ancak, kafa yapısı ve düşünce paylaşımı yönünden bana çok yakın olduğunu kabul etmeliyim. Nereye kadar uzanabilir ortak buluşma noktalarımız?

Uzanabilir mi?

Bedensel ya da platonik olmayan, ruhsal/düşünsel aşkların da var olduğundan haberli mi benim sevgili kocam?

Neden kendi elleriyle böyle farklı bir çekimin içine itiyor beni?

Bedenlerin geride durduğu, ruhların sevgiyle beklediği, yalnızca fikirlerin sarmaş dolaş sevgili olduğu düşünsel aşklar...

Böyle bir aşkı yaşamak için iki ayrı cinsin varlığı gerekmiyor. İki kadın, iki erkek, bir kadın bir erkek ya da eşcinsel bir çift, aralarında platonik ya da bedensel bir ilişki kurmadan, düşünsel ya da ruhsal bir beraberliği paylaşabilirler pekâlâ.

Bunun adına *dostluk* diyorlar. Avukat Vural Türkoğlu ile benim aramda olduğu gibi. İkimiz, benzer fikirlerle beslenen düşünsel bir aşkın, daha doğrusu arkadaşlığın, dostluğun tarafları olabiliriz ancak.

Evet sevgili kocam, senin değer ölçülerine sığmasa da, yaşamın içinde paylaşılabilen bu tür sıcaklıklar da var. Hem de yeri geldiğinde aşktan bile güçlü ve kalıcı olabiliyor kendileri...

SÖYLENECEK ŞEY Mİ BUNLAR!

Yorucu bir günün ardından, çöl sıcağının üzerine yağan serinletici yağmur misali, dinginliğiyle gelen akşamüstü saatleri... Eve girer girmez çantamı bir yana fırlatıp, süngerleşmiş beynimi diriltecek kopkoyu bir kahve hazırlamaya koyuluyorum. Fincanımı alıp salona doğru yürürken kapı çalınıyor. Bu saatte kim ola ki?

Araladığım kapının ardında Bülent var.

"Anahtarımı diğer ceketin cebinde unutmuşum," diyor en sevimli yüzüyle. "Ne o, içeri almayacak mısın beni?"

İyi gününde anlaşılan. Ağzından bal damlıyor. Nicedir sessizce sürdürdüğü soğuk savaşı noktalamak ister gibi, ne kadarının içten ne kadarının yapmacık olduğunu kestiremediğim bir sevecenlikle süzülüveriyor içeri.

"Bu saatte beklemiyordum seni."

"Erken çıktım gazeteden. Dışarılarda oyalanacağıma, evime geldim diye suç mu işledim yani?"

Çocuksulaşmış bakışlarıyla desteklediği şaka yollu sitemlerle uzun süredir gerginliğini koruyan ilişkimizi yumuşatma çabasında olduğunu görebiliyorum.

"Kahve ister misin?" diyerek, olumlu yaklaşımına olumlu yanıt veriyorum ben de.

"Keyfine bak sen," diyor. "Ben hazırlarım."

Ancak, birkaç dakika sonra salona geldiğinde elinde kahve değil, viski kadehi ve kuruyemiş kâsesi var.

"Sen de ister miydin?" diye soruyor. "Ya da hafif bir şeyler hazırlayayım sana. Malibu, cin..." Gerilere gidip en son ne zaman böyle sıcak bir paylaşımın içine girdiğimizi çıkarmaya çalışıyorum... Bulamıyorum. Öyle çok zaman geçmiş ki üzerinden! Evliliğimizin ilk yarısında kalmış hepsi. Son yıllarda Bülent'in maç izlerken ya da bir şeyler okurken saatlerce sürdürdüğü viski-çerez muhabbetini uzaktan izlemekle yetiniyorum ben. Kafası dumanlanıp saldırganlaşmaya başladığında, yanından uzaklaşmak da sonradan edindiğim alışkanlıklar arasında.

Deneyimlerime göre, genellikle kafasına takılan bir sorun, canını sıkan, benimle ilgili ya da benim dışımda herhangi bir konu olduğunda hırçınlaşıyor kocam. Ama bugün uzlaşmak niyetiyle erkenden eve geldiğine ve şu ana kadar gösterdiği uyuma bakılırsa, tatsız bir durum yaşanmayacağa benziyor. Gördüğüm kadarıyla, her zamanki gibi, prensiplerinden ödün vermeden, doğrudan özür dileme, alttan alma gibi kendini kendi gözünde küçültecek eylemlere kalkışmadan, yıktıklarını onarmaya çalışıyor.

"Akşam yemeğini dışarıda yiyelim mi?" diyor.

"Emine ablaya ayıp olur," diye gülüyorum. "Hiç üşenmeden yaprak sarmış bugün. Zeytinyağlı barbunya, fava... Dolap dolu anlayacağın."

"Tamam," diyor, soyunup dökünüp eşofmanını üzerine geçirmişken yeniden giyinmenin yükünden kurtulmuş olmanın memnuniyetiyle. "Salatayı ben yapacağım ama... Hafta sonu da bizim balıkçıya gideriz, epeydir uğramadık o taraflara."

Başımızın üzerinde esen, gerçekliğinden kuşku duyduğum bahar meltemini duraksatan telefonun sesiyle irkiliyoruz. İsteksizce uzanıyorum telefona ama, ekrandaki ismi görmemle yerimden fırlamam bir oluyor. Vural Türkoğlu yazıyor siyah camın üzerinde.

"İstanbul'dayım," diyor Vural Türkoğlu. "Adli tatil öncesindeki son duruşmam için geldim. Gün boyu koşturup durdum. Gece son uçakla

Ankara'ya döneceğim. Bir daha fırsat bulamayabiliriz, sizin için de uygunsa eğer, bir yerlerde buluşup son gelişmeleri değerlendirmeyi isterim." Elim ayağım buz kesiyor heyecandan, yanaklarımsa inadına alev alev. Bülent'i, biraz önceki konuşmalarımızı ezip geçiyor duyduklarım. Aylardır beklediğim fırsat karşımda! Sevincimi, hevesimi elimden geldiğince törpülemeye çabalayarak, nerede buluşabileceğimizi soruyorum Vural Bey'e.

Telefonun karşı tarafındaki muhatabım nasıl heyecanlandığımı, bedenimi bir anda sarıveren titreyişi göremiyor, ama kocam, bendeki olağanüstü değişimin en yakın tanığı. İri birer buz küreciğine dönüşmüş gri mavi gözleriyle, dikkatle izliyor beni. Çelik gibi soğuk, delici bakışlarına çarpan sevincim tuz buz oluyor. Aklından neler geçtiğini tahmin etmem güç değil... Benim tanıdığım Bülent, karısının kendi gözleri önünde bir başka erkek için heyecanlandığından başka hiçbir şey düşünemiyor şu an.

Bir şeyler söylemem, onu ikna etmem gerek, ama beceremiyorum.

"Kusura bakma," diyorum çaresizce. "Biliyorsun, beklediğim an bu. Sonuca varmak için tek umarım. Vural Türkoğlu'yla konuşmak, onun anlatacaklarını duymak zorundayım."

Vereceği yanıtı beklemeden, yatak odasına koşup hazırlanmaya koyuluyorum. Makyajımı tazeliyorum aceleyle. Ne giyeceğimi bilememenin kararsızlığıyla gardırobun önünde dikiliyorum bir süre. Gereğinden fazla ciddi olduğunu bilsem de, özel müvekkil görüşmelerinde, ağırbaşlılığın öne çıktığı toplantılarda giydiğim, her giyişimde Bülent'in rahibe kıyafeti dediği, siyah gabardin döpiyeste karar kılıyorum. Hem evden çıkarken beni tepeden tırnağa süzecek kocamın içine su serpmek, hem de ona ve buluşacağım insana, bu buluşmanın benim yönümden yalnızca iş ve ciddiyet anlamına geldiğini vurgulamak için. Ceketin içine giydiğim gri ipek gömlek bile, dolaptakiler arasında en iddiasız ve sade olanı. Kolumdaki saatle taşlı alyansım dışında süslenmeyi çağrıştıracak tek bir takı yok üzerimde.

Saçımı fırçalayıp rujumu sürüyorum en son. Aynadaki aksime bakıyorum, bu akşamın amacına uygun bir yansıma. Her zamanki el alışkanlığıyla, dışarı çıkma hazırlığına son noktayı koymak üzere, parfüm şişesine uzanıyor elim. Birkaç küçük fıs'la yetinerek küçük portföy çantamı çıkarıyorum dolaptan. Ve... kapının önünde dikilmiş beni izleyen Bülent'le çarpışıyor bakışlarımız. Ne zamandır orada olduğunun farkında değilim. Uzanıp iki eliyle iki bileğimi sıkıca kavrıyor. Ellerimi dışa doğru bükerek bileklerimin içini kokluyor. "Bu kadarı yetmez," diyor kısılarak incecik bir çizgi haline gelmiş dudaklarının arasından. "Sık, biraz daha sık o iç gıcıklayıcı parfümden..."

Sertçe geriye atıyorum bedenimi. Kaçıp kurtulmak bir yana, kan çanağına dönmüş gözlerinden, çürümüş alkol kokan nefesinden uzak durmak için kapıya doğru bilinçsizce hamle yapıyorum. Omzumdan tutup yüzünü yüzüme yaklaştırıyor.

"Bu ne hırs yavrum!" diyor öfkesini kusan alaycı tavrıyla. "Tanıyamıyorum kız seni! Sen... Benim karım... Altı üstü bir dava kazanmak uğruna ailesini, kocasını, manevi değerlerini ayaklar altına alabiliyor ha! Pes doğrusu..."

"Bırak beni," diye sıyrılmaya çalışıyorum ellerinden.

"Bırakacağım, merak etme," derken hırsla yatağa savuruyor beni. "Güzel olmuşsun," diyerek tuttuğu soluğunu yüzümde gezdiriyor. "Beğendim. İddiaya girerim ki, her kimse, o hergele de beğenecek seni. Bayılacak!"

Fırlayıp kalkıyorum yataktan.

"Dur," diyor peltek peltek. "Son bir şey... İç çamaşırını değiştirdin mi? Bu gözü dönmüş halinle, ağzından laf alacağım diye o adamla yatarsın da sen! Ayıp olur herife. Temiz pak, misler gibi git bari..."

Dar atıyorum kendimi dışarı. Asansörün gelmesini beklemeden, merdivenleri ikişer üçer atlayarak iniyorum dördüncü kattan aşağıya. Her basamakta kulaklarımı yırtarcasına çınlatan, Bülent'in o sözleri yankılanıyor beynimde.

"... o adamla yatarsın da sen!..."

OLAN OLUVERMEZ, ÖLMESİNİ BİL!

Vural Türkoğlu'nun karşısında, aylardır bu görüşmenin düşlerini kuran ben değilmişim de, rica minnet buraya getirilip, vitrin mankeni niyetine oturtulmuşum sanki. Gönülsüz, kafası dağınık, suspus... Konuşacak, konuşulanlar üzerine yorum yapacak gücüm yok. Havai bulutlar gibi oraya buraya saçılmış dikkatimi toparlamaya çalışarak, hiç değilse Vural Bey'in anlattıklarını dinler görünme çabasındayım. Ancak, başını kaçırdığım cümlenin ikinci yarısını duymak bile beni diriltmeye yetiyor.

"... ben kabul etmeyince tehdit yoluna gittiler!"

"Kim? Kimler? Ne için tehdit ettiler sizi?"

"Sakin olun," diyerek gülümsüyor Vural Bey. "Arslanlıların değişmez taktiğidir bu. Tehdit, yıldırma, bir adım ötesinde kaba kuvvet. Doğrudan konuşmayı sevmezler, araya maşalar girer hep. Bu kez maşaların en büyüğüyle çıktılar karşıma. Aydın Bey'le! Mebrure Hanım'ın bir adım geriye çekilerek oğlunu öne sürmesi, alışılagelmişin dışında bir durum."

"Ne anlama geliyor bu? Aydın Arslanlı açıktan açığa tehdit mi etti sizi?"

"Görüşmek istedi benimle. İlk attığı adım, görünürde barışçı ve çözümden yanaydı. 'Bu iş fazla uzadı, uzlaşalım sizinle,' diye başladı. Nasıl olacaktı bu uzlaşma? Alpagutların avukatlığını bırakacak, o güne kadar topladığım verileri ve tüm bildiklerimi unutacaktım. Karşılığında, Çayyolu'nda imara açık bir arsa, inşasına yeni başlanacak sitede dubleks villa ve hesabıma yatırılacak yüklüce bir meblağın sahibi olacaktım."

İZ 259

"Neden sizin Alpagutların avukatı olmanızı kendileri için tehlike olarak görüyorlar? Siz bıraksanız bir başka avukat girmeyecek mi davaya?" "Davayı kazanmak ya da kaybetmek umurlarında değil. Tüm çabaları, bugüne kadar yaptıkları karanlık işlerin üstüne sünger çekip beyaz ve temiz bir sayfa açmak. İzlemek istedikleri yolun üzerindeki engelleri bir bir temizliyorlar. Vedat Karacan'dan sonra en büyük engel benim onlar için. Yerime gelecek avukat ise, yıllardır dişimle tırnağımla ulaştığım verilerden habersiz, sıfırdan başlayacak işe. Yanı sıra, bana teklif ettikleri servetin bir benzerini ona da sunacakları kesin."

"Ne yanıt verdiniz Aydın Bey'e?"

"Anlamayacağını bilsem de, münasip bir dille, *satılık* olmadığımı anlatmaya çalıştım. Aniden değişti tavrı. Üzerinde eğreti duran nezaketinden sıyrılıp, Mebrure Hanım'ın üslubuyla konuşmaya başladı. 'Bizden size zarar gelmez ama, genç kuşak Arslanlıların delişmen gençlerini zapt etmemiz güç olabilir,' dedi. 'Sizin ve ailenizin başına gelebileceklerden sorumlu değiliz,' gibi kibar bir gözdağıyla süsledi meramını. Son söz olarak, 'Avukatımız Verda Hanım'dan uzak durun!' demeyi de ihmal etmedi."

"Ne zaman oldu bu konuşma?"

"Sizinle ilk görüşmemizin ardından."

"Bu yüzden mi daha sonraki duruşmalarda benden uzak durmaya çalıştınız?"

"Hayır. Meslek yaşamımda daha başka tehditler de aldım bugüne kadar, hiçbiri yıldırmadı beni. Ancak, bu konuşmadan sonra peşime adam takmışlardı. Sizi tehlikeye atmak istemedim açıkçası."

"Bu ne cüret! Önce babam, sonra siz... Sıra bende galiba. Bu arada, anlamadığım bir şey var... Hazır babamdan kurtulmuşken, neden bir başkasını değil de beni, Vedat Karacan'ın kızını seçtiler avukatları olarak?"

Geniş bir gülümseme yayılıyor Vural Türkoğlu'nun yüzüne. "Sizi avuçlarının içinde tutmak için!" diyor. "Babanızın ölümünün altında yatan gizi kurcalayacağınızı çok iyi biliyorlardı. Yanlarına alarak, attığınız her adımı kontrol altında tutacaklarını düşündüler."

"Ne için, neyin uğruna bütün bunlar? Çayyolu'ndaki arazinin, üzerinde atıl kalmış alışveriş merkezi inşaatının ya da iki aile arasındaki kan davasına dönüşmüş çekişmelerin, bu işlerle hiçbir ilgisi olmayan insanların hayatlarına kastedecek nedenler olabileceğini düşünmüyorum."

"Doğru. Siz de farkındasınız ki, Çayyolu davası başlangıçtaki önemini çoktan yitirdi, buzdağının görünürdeki kısmı yalnızca o. Örtbas edilmeye çalışılan pislikler bataklığın altında. Asıl amaçları, bunların açığa çıkmasını önlemek."

"Tamam, babam da, siz de aynı kişilerce ve aynı nedenlerle tehdit edildiniz. Ancak siz fazlaca umursamadan yolunuza devam edebilirken, neden babam yaşamına son verme yolunu seçti?"

Duraksıyor Vural Bey. Gözlerini kaçırıyor benden, ama kısa sürede toparlanıp yeniden konuşmaya başlıyor.

"Bunu öğrenmek için biraz beklemeniz gerekecek... Bakın Verda Hanım, Çayyolu davasının zerrece umurunuzda olmadığının, sizin için bir amaç değil, sonuca ulaşmak yolunda bir araç olduğunun farkındayım. Bana kalsa, bütün bildiklerimi en ince ayrıntısına kadar paylaşırım sizinle. Ne var ki, düğümü çözecek kişiden izin almam gerekiyor. Uzun zamandır çabalıyorum bu iş için. Karşı taraftan yeşil ışık alınca sizinle konuşacağım. Ama o gün, bugün değil..."

"Küçücük bir ipucu olsun vermeyecek misiniz bana?"

Duygusal yanı ağır basan, hüzünlü diyebileceğim yumuşacık bir bakışla gölgeleniyor yüzü.

"Özdemir Asaf'ın pek sevdiğim *BİL* adlı şiirinin dizeleriyle yanıt vermemi ister misiniz? Vedat ağabeyi (İlk kez *ağabey* diyor babam için!) kaybettiğimiz günlerde dilime dolanmıştı."

Duruşu, yüzünün ifadesi, ses tonu bir anda değişiveriyor. Ve her harfi, her hecesi, her sözcüğüyle içime işleyen o dizeler doluyor kulaklarıma...

"Kendini bir şeye bölmesini bil
Bilmezsen, bir şeyi bilmesini bil,
Onu da bilmezsen anlatıyorum,
Olan oluvermez, ÖLMESİNİ BİL."

Zaten hazırdaymışlar da, gözlerimden dökülmek için o anı bekliyorlarmış gibi, yanaklarımdan aşağıya süzülüveriyor yaşlar.

"Vedat ağabeyi ve onun ölümünü anlatıyor sanki," diyor kendi kendine konuşur gibi. "Çok çabaladı, olan'ı durdurmak için, ama olmadı. 'Ben de ölmesını bilirim!' diyerek çekti gitti. Adam gibi, mertçe, eğilip bükülmeden. Onun doğrusuydu bu, kendine göre yapabileceği tek şeydi ölmesini bilmek! Yanlıştı yaptığı... Ölümden başka her şeyin çaresi vardı."

Susuyor Vural Bey. Aynı acıyı, aynı hüznü paylaşıyor gözlerimiz. Herkesten daha yakın şu an bana. Masanın üzerinden uzanıp dostça sıkıyor elimi.

"Az kaldı," diyor. "Biraz sabır..."

Madem bekle diyor, madem başka çarem yok, beklemesini bileceğim ben de. Güveniyorum ona, dar zamanımda yanımda olacağından eminim.

İçinde bulunduğumuz hal, *düşünsel aşklar*'ı getiriyor aklıma. Bedensel çekimin geri planda kaldığı, fikirlerin ve duyguların sarmaş dolaş olduğu düşünsel aşkları... İşte onu paylaşıyoruz Vural Türkoğlu ile. Diğer bir deyişle, arkadaşlığı, dostluğu...

BÖYLE SÜRDÜREMEYİZ!

Dönüşte doğruca anneme gidiyorum. Evimde, kocamın yanında olmak gelmiyor içimden. Kendi anahtarımla kapıyı açıp içeri süzülüyorum. Nezaket Hanım annemi uyutmuş, salonda televizyon seyrediyor. Beni görünce, "Hayırdır Verda Hanım!" diye fırlıyor yerinden. "Merak edecek bir şey yok," diyerek zoraki bir gülümseyişle yatıştırıyorum kadıncağızı. "İş yemeği vardı," diyorum hesap vermek zorundaymışım gibi. "Eve gideceğime anacığıma geleyim dedim."

Bu kadar açıklamayı yeterli görmüş olmalı ki, "İyi etmişsin," diyerek, ayağını sürüye sürüye misafir odasına doğru yollanıyor. "Yatağını hazırlayayım ben."

Temiz çarşaflar seriyor yatağa, annemin giyilmemiş geceliklerinden birini çıkarıp veriyor. İki beden büyük geceliği geçiriveriyorum üstüme. Acı bir gülümseyiş dolanıyor dudaklarımda. Bu gecelik, bir zamanların balıketli Semra Hanım'ına da birkaç beden büyük artık. Küçüle küçüle kavrulup kaldı bedeni, çelimsiz bir kız çocuğundan farkı yok anneciğimin.

Nezaket Hanım benim için çıkardığı kenarları fistolu havluyu banyodaki askılığa yerleştirirken, annemin odasına geçiyorum. Onun yatağın bir köşesine büzüşmüş minicik bedenini, tüm hırçınlıklarından arınmış, masum uyuyuşlara teslim olmuş halini içim yanarak seyrediyorum. Kemik ve damardan ibaret kalmış ellerini okşuyorum usulca, yastığın üzerine dağılmış saçlarını... Eğilip kokusunu çekiyorum içime, varla yok arasındaki ince çizgide gidip gelen cılız soluklarını dinliyorum. Solgun yanaklarında gezdiriyorum parmaklarımı. "Annem!" diyorum. "Annem... Gitme ne olur! Tek bir solukla yaşasan da yanımda kal..."

*

Kâbus gibi bir gece. Bülent'le aramızda geçenler, Vural Bey'le konuştuklarımız film şeridi gibi gözlerimin önünden geçmekle kalmayıp, beni de filmin içine çekerek, her şeyi sıl baştan, bir kez daha yaşatıyorlar bana. Uyku tutmuyor, sağa sola dönmekten yorgun düşüyorum, yatakla yorganla tepişirken, üzerimdeki bol gecelik bacaklarıma dolaşıyor.

Bülent'in saldırgan hali, yenir yutulur cinsten olmayan sözleri, Vural Bey'in ılıman, sevecen, dost söylemine baskın çıkıyor sonunda.

"Böyle sürdüremeyiz!"

Dudaklarımdan yüksek sesle dökülüveren sözcüklere odaklanıyorum hayretle. Ben mi söyledim bunları, benim ağzımdan mı çıktı bu sözler? Uykuyla uyanıklık arasındaki sayıklama ya da bilinçaltımın sesli dışavurumu deyip geçemeyeceğim kadar gerçek ve kesin bir hüküm bu! Saatler süren iç mücadelemden artakalan, gecenin özü, özeti aynı zamanda...

İlk kez ayrılığı bu derece net somutlaştırıyorum yüreğimde. Daha öncekilere benzemiyor bu seferki, boşanmak eskisi kadar ürkütücü görünmüyor gözüme. Tam tersine, geç bile kaldığımı düşünerek, üzerimdeki yoğun ve gereksiz baskıdan kurtulmanın özlemini çekiyorum.

Gerekçesi ne olursa olsun –ki zerrece haklı olduğu bir nokta yok!– hiç kimse bu derece aşağılayamaz beni! Buna izin veremem.

Kocam sözünün üstünü karakalemle çiziyorum. "Ya *çocuğumun babası?*" derken kızıyorum kendime, bunun için mi bekledim bunca yıl, bu yüzden mi böylesine geciktim diye. *Kocam* sıfatını defterimden silerken, *çocuğumun babası* kavramını idam sehpasına göndermiyordum ki. Boşanmış olsak da Bülent, Kaan'ın babası sıfatını yitirmeyecekti.

Kendi ailemle karıştırmıştım galiba. Annemle babam ayrılırlarken, annem *koca* sözcüğünün üzerine kocaman bir çizik atarken, bana da *baba* demeyi yasaklamıştı ya... Onlara takılmıştı kafam.

Ama ben o yanlışı asla yapmayacağım. Ayrı da olsalar hem annesi, hem de babası olacak oğlumun...

Sabaha karşı daldığım uykudan geç uyanıyorum. Nezaket Hanım da, annem de çoktan kalkmışlar.

Nezaket Hanım annemin üzerine yeni bir gecelik giydirmiş, elini yüzünü yıkamış, salondaki dikdörtgen masanın başına oturtmuş, kahvaltısını ettiriyor. Ne yazık ki, eski günlerdeki anlamını yitirmiş bir kahvaltı bu. Peynir, çekirdeği çıkarılmış zeytin, haşlanmış yumurta ve bir dilim ekmeği öğütücüden geçirip sütle karıştırarak, ortaya çıkan bebek maması kıvamındaki karışımı kaşık kaşık yediriyor anneme.

Beni görünce, kaşlarını çatıp dikkatle yüzüme bakıyor annem.

"Kim bu?" diye soruyor Nezaket Hanım'a.

"Tanımadın mı?" deyince, bakışlarını defalarca üzerimde gezdirerek tepeden tırnağa inceliyor beni.

"Üzülme sen," diyor Nezaket Hanım. "Sabahları böyle durgun oluyor, birazdan açılır."

Bana asırlar kadar uzun gelen birkaç dakikanın ardından, "Verda," diyor annem fısıldarcasına alçak sesle.

"Verda ya..." diyorum yanaklarından öperken.

Gevşeyiveriyor yüzü, süzgün yanakları titrek gülüşlerle seğiriyor. Nezaket Hanım'ın verdiği lokmaları ağzının içinde çevirirken, avucunun içindeki, Kaan'ın çocukluk günlerinden kalma kahverengi küçük ayıcığıyla oynuyor. Ara ara bana bakıp gülümsemeyi de ihmal etmiyor ama...

Son gördüğümden bu yana, iki üç gün içinde bile öyle belirgin bir kötüye gidiş var ki, paniğe kapılmamak elde değil. Tüm hareketleri olabildiğince ağır. Çok az konuşuyor, o da alçak sesle, yarısı anlaşılır, yarısı anlaşılmaz sözcük parçalarıyla.

İşaretparmağıyla tabağını gösteriyor Nezaket Hanım'a. "Verda," diyor belli belirsiz.

"Tabağındakileri sana ikram ediyor," deyip gülüyor Nezaket Hanım. "Merak etme," diyor anneme. "Seni doyuralım, kahvaltı yapacağız biz de." Değil kahvaltı etmek, lokma yutacak halim yok. Mutfağa gidip ocağın üzerinde fokurdayan çaydanlıktan bir bardak çay dolduruyorum kendime. Bu kadarı başımdan fazla... Salona geçip annemin karşısına oturuyorum. Beni unutmuş gibi, ayıcığıyla oynuyor. Nasıl ve neden bu hale geldi annem? Hatırlamak istemediği yaşam parçalarını yok saymak için bir kaçış yolu muydu unutmak? Ya da o yaşananlara beyin hücrelerini kızağa çekerek verdiği somut bir tepki mi?

Birden, farklı bir bakış açısıyla, küçücük bir avuntu ışığı çakıyor kafamda... Karşımda oturmuş, dünyada ve yakın çevresinde olup bitenlerden habersiz, oyuncak ayısıyla oynayan annem, öylesine mutlu görünüyor ki! Tüm acılarını sökmüş yüreğinden, fırlatıp atmış. Unutmak istediklerini unutmuş, silmek istedikleri kendiliğinden silinmiş; dert, tasa, kaygı, keder ne varsa eski günlere ait, geride bırakmış hepsini. Şu anda üzülen, tasalanan, acı çeken biri varsa burada, o da benim, annem değil...

*

Ertesi sabah, annemin evinden gidiyorum büroya. Akşamüstü de her zamankinden erken çıkıp kendi evimin yolunu tutuyorum.

Emine abla gelmiş, ortalığı temizlemiş, kirli çamaşırları makineye atmış, Bülent'in önceden yıkanmış gömleklerini ütülüyor.

Merhaba'ma yanıtı, sitemle, "Dün yaptığım yemeklere el sürmemişsiniz!" demek oluyor.

"Ben yoktum, Bülent de yememiş demek," diye geçiştirmeye çalışıyorum.

"Onca emeğim boşa gitti, saatlerce uğraşmıştım," diye sızlanıyor.

Naz, tuz, tafra çekecek halde değilim.

"Akşam annemde kaldım," diyorum sertleşmesini engelleyemediğim bir sesle. "Birkaç gün daha oradayım. Bülent'e ne istediğini sorup öyle kalkış işe. Dışarıda yemeyi tercih edebilir."

"Semra Hanım'ın durumu çok mu kötü?"

Gidişimi anneme bağlaması işime geliyor.

"Bildiğin gibi Emine abla," diyerek gerginlikten kurtardığım yumuşacık sesimle gönlünü almaya çalışıyorum. "Gün gün eriyor gözümün önünde, hazır işler biraz azalmışken, birkaç gün yanında olmak istedim."

"İyi etmişsin. Burayı merak etme, ne gerekiyorsa hallederim ben."

Yatak odasındaki dolabın üstünden küçük bir valiz indirip en gerekli gördüğüm birkaç parça eşyayı, giysilerimi, iç çamaşırlarımı gelişigüzel yerleştiriyorum içine.

Bu benim, koca evi'nden anne evi'ne ilk gidişim. Yaptığım işi, yeniyetme gelinlerin kocasına, kaynanasına gücenip baba evine sığınmasını çağrıştıran bir *kaçış* olarak nitelemek istemiyorum. Çünkü, *evim* dediğim bu çatı altıyla işimiz bitmedi henüz...

LAHMACUN KOKUSU

İki gün hiç görüşmüyoruz Bülent'le. Üçüncü günün akşamüzeri, bürodan döndüğümde Nezaket Hanım'ı sıra dışı bir telaşın içinde buluyorum. "Yavaş ol, Semra Hanım uyuyor," diyor büyücek bir tepsinin içindeki biberli baharlı, salçalı maydanozlu kıyma harcını yoğururken.

"Hayrola Nezaket Hanım, nedir bu yaptığın?"

"Lahmacun içi. Birazdan kapıcıyla fırına göndereceğim."

"İyi de ne gerek vardı bunca zahmete? Bana ikram olarak düşündüysen..."

"Sana değil," diye kesiyor sözümü. "Bülent Bey istedi. Telefon etti sabah, akşama seni almaya gelecekmiş, 'Lahmacununu özledim Nezaket abla,' dedi."

"Yok artık, bu kadarı da yüzsüzlük!" diye söyleniyorum.

"Öyle deme kızım," diye susturuyor beni. "Yabancı yer mi burası? Canı çekmiş besbelli... Elime mi yapışır? Yoğurdum işte."

Birazdan, onun için erken sayılabilecek bir saatte, en güler yüzlü, en cana yakın halini takınmış, eli kolu dolu, kapıdan içeriye giriyor Bülent. Bir elinde kocaman bir buket gül, diğerinde heybetli bir tatlı paketi. Kestaneşekeri getirmiş anneme, Nezaket Hanım'a sargı burma, bana da profiterol. Kim ne seviyorsa o... İnce düşünceden kırılıp un ufak olacak beyzade! Tazeliğini aynen koruyan o gecenin izlerini üzerimde taşımasam, çizdiği tablonun mükemmelliği karşısında eriyip gidebilirim. Ne düşünceli bir koca, ne hayırlı bir damat, günümüz şartlarında eşine ender rastlanacak gerçek bir beyefendi...

Aramızda olumsuz hiçbir şey geçmemiş, sözüm ona annemin hastalığından kaynaklanan zorunlu ayrılık günlerinde, yere göğe sığdıramadığı karısını çok özlemiş gibi, sımsıkı sarılıp yanaklarımdan öpüyor beni. Kimi kandırıyor? Beni mi, kendini mi? Annem zaten olanın bitenin çok uzağında. Nezaket Hanım'sa hedefindeki kişi, zahmetine değmez. Çok iyi biliyorum ki, duyduklarını duymazdan, gördüklerini görmezden gelen, anladıklarını anlamamış görünen, söylendiği kadarını dinleyip, istendiği kadarını veren bu mükemmel insan, aramızda hiçbir şey konuşmamış olsak da, ilk geldiğim geceden bu yana neler yaşadığımın farkında.

Benden sonra, kanepenin bir köşesinde sessizce oturan anneme yöneliyor Bülent.

"Merhaba Semra Hanım!"

Yanıt yok. Annemin gözlerinde gördüğü tanımayan, yadırgayan, ürkek ve huzursuz bakışlarla, Bülent'in ne kadarının gerçek, ne kadarının göstermelik olduğu meçhul neşesi, canlılığını yitirip donuveriyor üzerinde.

"Semra Sultan?"

Kaşları çatılıveriyor annemin. Kimsin sen, der gibi bakıyor Bülent'in yüzüne. Nezaket Hanım'la benim aramda bölüştürdüğü endişeli bakışlarıyla, evine gelen yabancıdan rahatsız olduğunu anlatmaya çalışıyor.

"Tanımadın mı anneciğim, Bülent..." diye araya giriyorum.

Hafifçe kıpırdanıyor dudakları. Bir şeyler hatırlamış olmanın sevinciyle, "Bülent Ecevit mi?" diye fısıldıyor.

Gülsen gülünmez, ağlasan ağlanmaz, trajik bir durum.

"Bülent!" diye yineliyorum. "Benim kocam, senin de damadın."

Tam anlamıyla algılayamasa da, ortada tehlikeli bir durum olmadığını sezinlemiş gibi, başını sallayarak, her kim ise, bu beklenmeyen konuğu kabul ettiğini anlatıyor.

Bülent, çığ gibi büyüyen hüzün yumağını frenlemek ister gibi, Nezaket Hanım'ın verilen özel siparişle yetinmeyip çeşit çeşit salatalar ve zey-

tinyağlılarla donattığı sofraya bakarak, "Neler hazırlamışsın böyle Neza-
ket Hanım," diyor. "Bir lahmacun istedik senden... Sahi nerede onlar?"
"Eli kulağındadır Bülent Bey. Mehmet Efendi fırına gitti, birazdan
getirir."

Yapay bir neşeyle, "Kendim için istedimse namerdim," diyor Bülent.
"Semra Sultan sever diye... O eski lahmacun yeme yarışmalarımızı yâd et-
mek için."

Evet, paylaştığımız uzun yıllar içinde, annemle Bülent arasındaki en
sıcak yakınlaşmaydı lahmacun yeme yarışı. İçi evde hazırlanıp fırında pi-
şirilen lahmacunlar, aileyi bir araya toplar, Semra Sultan'ın Bülent'le, hatta
Kaan'ı da aralarına alarak, "Sen kaç tane yedin?", "Beni geçemedin!" yo-
lunda çekişmeli bir yarışa girmelerine neden olurdu. Ama şimdi böyle bir
cıvıltıyı yaşayacak durumda mıyız?

"İnce düşüncen için teşekkürler," diyorum buz gibi bir sesle. "Ama,
bunlara akıl yoracak yerde, Semra Sultan'ın sağlığındaki gelişmelerle
daha yakından ilgilensen, onun püre kıvamındaki yiyecekler dışında hiç-
bir şeyi yutamadığını bilirdin."

İyi niyetle, özenle, hevesle giriştiği işin amacına ulaşmak şöyle dur-
sun, hezimetle sonuçlanması karşısında dünyası yıkılan küçük bir çocuk
gibi boynunu büküyor Bülent. Üzüntüsünde samimi olduğu kesin. Ne var
ki, yüzündeki kırık dökük ifade, içimden yükselen öfkeyi bastırmaktan
çok uzak.

Kapının çalınması, Bülent'i bana yanıt verme zahmetinden kurtarı-
yor. Nezaket Hanım kapıyı açmaya gidiyor, birkaç dakika sonra salona gir-
diğinde, kocaman bir fırın tepsisi var elinde. Yemek masasının orta yeri-
ne koyuyor tepsiyi, üzerindeki kâğıdı kaldırıyor. Kıymanın, soğanın, sar-
mısağın, bin bir çeşit baharatın özdeşleşip pişirilmesiyle ortaya çıkan mis
gibi bir lahmacun kokusu sarıyor ortalığı.

Hiçbirimizde, daha önceki lahmacun şenliklerinde yaşadığımız se-
vinçli iştahtan eser yok. Hele ben... Kokuyu içime çekmemek için, elimden
gelse soluk almayacağım.

Bizler ne yapacağımızı bilmez bir halde, bakışlarımızı birbirimizden kaçırarak, içinde bulunduğumuz durumu dayanılır kılmaya çabalarken, ilk somut tepki annemden geliyor:

"Bu koku... ne?" Gözleri parlıyor konuşurken, güçsüz soluklarla derin derin içine çekiyor lahmacun kokusunu. Yutkunuyor belli belirsiz.

Gerilmiş bir yay gibi fırlıyorum yerimden. "Buyurun sofraya!" diyorum öfkeyle. "Hadi, ne duruyorsunuz? Lahmacun ziyafeti! Semra Sultan'ın en sevdiği şey... O yemese de olur! Onun yerine siz yiyin. Doya doya... Ama benden bunu beklemeyin. O karşımda yutkunurken, tek lokma geçmez boğazımdan. Afiyet olsun size..."

Annemi kaldırıp salondan çıkarmaya niyetlenmişken, "Dur hele Verda," diye engelliyor Nezaket Hanım. "Senin içine sinmez de, beninkine siner mi sanki? Merak etme, bizden önce o yiyecek lahmacunu..."

Tepsiden iki lahmacun alıp bir tabağa koyuyor, büfenin üst gözünden çıkardığı kalın örtüyle geride kalanların üstünü örtüyor. "Soğumasınlar," diyerek elindeki tabakla mutfağa doğru yürüyor. Ben de peşinden...

Önce lahmacunun daha sert olan kenar kısımlarını bıçakla keserek çıkarıyor Nezaket Hanım. Geri kalan orta bölümlerini öğütücünün içine atıyor. İki dakikada yumuşacık bir püre haline gelen karışımı çukur bir tabağa alıyor. Bir kâse yoğurtla beraber küçük bir tepsiye yerleştiriyor.

"Semra Hanım'ın yemeği hazır işte," diye neşeyle göz kırpıyor.

Bir kaşık lahmacun püresi, bir kaşık yoğurt, bir yudum su... Annemin cılız bir iştahla ama hevesle yuttuğu her lokma, benim sevinç haneme yazılıyor. Minnetle izliyorum Nezaket Hanım'ı. Bulunmaz bir insan o. Parayla pulla, zorla yaptırılacak işler değil bunlar. İçinden gelerek, gönlüyle yapıyor ne yapıyorsa...

"Ne sandın Verda Hanım," diyor. "Senin annense benim de canım o. Etle tırnak gibi olduk biz. Yiyemeyeceğini bilsem, Bülent Bey lahmacun istediğinde, olmaz derdim."

Annemin önünden boş tabağı alıyor, sabunlu bezle ağzını siliyor. "Hadi bakalım," diyor. "Biz de iç rahatlığıyla sofraya oturabiliriz artık."

"Allah senden razı olsun!" diyorum. "İyi ki varsın. Sen olmasan ne yapardım ben?"

"Hayatımı kurtardın Nezaket Hanım," diyerek gülüyor Bülent. "Şaka maka, ipten aldın beni. Verda kızınız, ağzımdan sokup burnumdan çıkarırdı o lahmacunları..."

Yitirmeye yüz tutmuş neşesine yeniden kavuşmuş gibi, daldan dala atlayarak biteviye konuşuyor Bülent. Yemeğin sonlarına doğru, asıl vurgulamak istediği konuya getiriyor sözü.

"Gazetedeki arkadaşlar birkaç günlük bir Karadeniz yayla turu düzenliyorlar. Kalabalık değil, bizim grup. Sekiz on kişi olacağız. Sana sormadan, biz de geliriz dedim ama..."

"Hata etmişsin," diye kesiyorum. "Annemi bu durumda bırakıp hiçbir yere gidemem ben."

"Daha şimdi Nezaket Hanım'a, 'İyi ki sen varsın,' demedin mi? Anasını, çocuğunu, yakınını böyle özverili, böyle candan birine emanet eden insanın gözü arkada kalır mı hiç?"

"Zamanlama kötü," diyorum, bahane içinde bahane üretmeye çalışarak. "Kaan gelecek, okulu tatil oldu çocuğun."

"Oğlunun bütün yaz tatilini senin dizinin dibinde geçireceğini sanıyorsan, aldanıyorsun. Çoktan kendi planını yapmıştır o..."

Kendisiyle ilgili noktalara açıklık getirmek ister gibi, "İşin Kaan'la ilgili yanını bilemem ama, Semra Hanım'ı düşünmeyin siz," diyor Nezaket Hanım. "Elimden geleni yaparım ben. Hem annen, başı beklenecek ağır bir hasta değil ki Verdacığım. Nereye isterseniz gidebilirsiniz."

Cümlesini bitirir bitirmez, gereksiz yere konuştuğunu fark etmişçesine, susuveriyor. Benim karşı koyuşumun altında yatan gerçek nedenleri kavramış gibi, ikimizden de gözlerini kaçırarak, "Semra Hanım'ı yatırayım ben," diyor. "Uykusu gelmiştir. Sonra da kahve yaparım size..."

"Kahveye gerek yok, kalkarız zaten," diyor Bülent. Annemle Nezaket Hanım'ın kol kola, kaplumbağa adımlarıyla salondan çıkmalarını izliyor. Sonra da bana dönüp, "Toparlan da gidelim artık," diyor. Her zamanki aymazlığıyla, Bülentçe konuşup Bülentçe davranıyor gene. Bin bir emekle inşa edilmiş nadide bir binayı bir anlık öfkeye kapılarak yerle bir edeceksin, sonra da öfken yatışınca, "Hadi kalk toparlan, eski haline dön," diyeceksin ayaklarının dibine serilmiş yıkıntı parçalarına. O kadar kolay değil Bülent Bey!

"Ben gelmiyorum!"

"Ne demek gelmiyorum?"

Her zamanki, "Benim, ben!" üslubu. Kendisine karşı çıkılmasına alışık değil ya, istekleri gerçekleşmediği an, hemen saldırganlaşabiliyor.

"Bu kez farklı," diyorum bıkkınlıkla. "Senden ayrılmaya karar verdim ben."

"Sen!" diyor gözlerini olabildiğince açarak. "Benden ayrılmayı düşünebildin ha..."

"Neden olmasın? Ayrılan diğer çiftlerden ne farkımız var?"

"Bunları kendi evimizde konuşsak?"

"Konuşacağız, ama şimdi değil."

"Ne yani, benimle gelmiyor musun şimdi sen? Hafta sonu oğlunun geleceğini unuttun galiba. Onu da burada mı karşılayacaksın? Boş eve mi girecek oğlun?"

"Orası benim de evim Bülent. Kaan geldiğinde beni orada bulacak, merak etme. Ama şu an, aramızda hiçbir şey olmamış gibi senin peşine takılıp, kişiliğimi yerlerde süründüremem. Kendim çıktım o evden, kendim girerim, senin davetinle ya da zorunla değil..."

SICAK İMAMBAYILDI

Kaan'ın İzmir'den geleceği günün sabahı, eşyalarımı toplayıp eve dö nüyorum. Emine abla gelmiş, mutfağa girmiş bile. Her zamanki halimiz, Kaan'ın sevdiği yemekler pişecek bugün.

Emine abla patlıcanları kızartmış, imambayıldının içini hazırlıyor tavada.

"En önce o pişsin," diyorum. "Pişsin, soğusun, yenecek kıvama gelsin."

Küçükken, Kaan henüz üç dört yaşındayken, en sevdiği yemek imambayıldıydı. Bol soğanlı, sarmısaklı, maydanozlu içiyle, akranlarının pek hoşlanmadığı patlıcan tadıyla, o yaştaki çocuk için şaşılası bir seçimdi. Yabancı bir yerde, pek çok seçenek arasından zeytinyağlı bir sebze yemeğini tercih eden oğlumla içten içe gurur duyardım. Nazar değdi galiba... İmambayıldıyı pişirip soğumaya bıraktığım bir gün, sabredemedi çocukcağız, sıcak da olsa yiyeceğim diye tutturdu. Ancak o haliyle nefret etti imambayıldıdan, uzunca bir süre ağzına sürmedi. Okul yıllarında yeniden barıştırdım onları. Bana da ders oldu, o günden sonra yalnız imambayıldıyı değil, hiçbir zeytinyağlı yemeği iyice soğumadan sofraya, hele hele oğlumun önüne asla koymadım.

Mönümüz belli, baştan sona özlediği ev yemeklerini sunacağız özel konuğumuza. Mercimek çorbası (ezme olacak!), etli lahana sarması (tembelliğe kapılıp iri sarılmayacak!), yeşil salata (limon, nar ekşisi ve zeytinyağından oluşan sos, sofraya geldiğinde dökülecek!), parmak kalınlığında sarılmış sigarabörekleri (sıcak!), imambayıldı (soğuk!), dondurmalı ve çikolata soslu irmik helvası (tane tane!)... her şey Kaan'ın istediği gibi olacak.

Yaşamımın merkezine oturttuğum oğlumun, yemek seçiminde gösterdiği titizliği diğer alanlara yaydığımda, davranışlarında öne çıkan seçiciliğin, mutlu olma yolunda ona neler getirebileceğinin yanında, neleri götürebileceğini de sorgulamaktan kendimi alamıyorum.

Akranlarına kıyasla, yaşının en az on yıl ilerisindeymişçesine olgun bir duruşu var Kaan'ın. Öyle ki, tartıştığımız sıradan konularda bile, zaman zaman benden ve babasından ileride olduğunu görebiliyorum. Bu yapıdaki genç bir insan nasıl âşık olacak, nasıl bir eş seçecek kendine; hem tarafsız gözle, hem de annesi olarak, merak ediyorum açıkçası.

Onun, gelecekteki eş seçimine kafa yorarken, kendi seçimimin ne derece doğru olduğunda takılıp kalıyorum. Bülent benim için ne derece doğru bir eş? Ya da ben onun için...

Oğlumun, henüz yolun başındayken gösterdiği titizliği gösteremediğimden mi ayrılmanın eşiğindeyiz şu an? Yıllar yılı farkında olmadan *sıcak imambayıldı* yiyip, sesimi çıkarmadığım için mi?

Bülent'in yerinde kim olsa daha mutlu olabilirdim? Ya da Bülent, kendi yaşına yakın, daha iddiasız biriyle daha mı kolay anlaşırdı? Belki de tam tersine, medya dünyasında isim yapmış, onunla at başı yarışacak, üzerinde baskı kurulmasına asla izin vermeyecek, en az onun kadar bencil, hükümran, despot biriyle... Mutlu olamasalar da uyumlu bir çift oluştururlardı hiç değilse.

Beynimin içinde bilinmezler yumağı oluşturan yanıt vermesi güç sorular, gerilere, çok eskilere taşıyor beni. Annemle babamın yanlış seçimleriyle başlayan, onların attığı tohumların filizlerinden biri olarak, ister is-temez bir parçası haline geldiğim *karmaşa*'ya... Geçmişi irdelemeden, so-runların kökenine inmeden *bugün*'ü çözmek olanaksız.

Dönüp dolaşıp aynı noktaya geliyor, aynı düğümün göbeğinde bulu-yorum kendimi: Babam! Nefret etmek isterken âşığı olduğum, tapındığım insan o. Uzağında durmaya çalışırken, ateşböceği misali ateşine koşmuş, kaçmaya çalışırken gölgesine sığınmış, farkında olmadan yaşam halkala-rımı onun çizdiği eksende bütünlemişim.

Şimdi, geldiğim bu noktada daha sağlıklı tahliller yapabiliyorum. An-cak... babama olan gizli düşkünlüğümden dolayı mı ona benzer birileri-nin arayışına girdim, yoksa aynı özellikleri taşımadığını evlendikten son-ra fark ettiğim kocamı ona benzetmeye çalıştığım için mi başarısız oldum, orasını çözemiyorum...

BABALAR VE KIZLARI /
ANALAR VE OĞULLARI

Mutfaktaki işi biter bitmez, erkenden gönderiyorum Emine ablayı. Oğlumu tek başıma karşılayacağım.

"Sofrayı hazırlasaydım bari," diyor Emine abla, yarım bıraktığı işlerin ezikliğiyle. "Kendini yorma, öylece kalsın her şey, sabah gelir toplarım etrafı..."

Öğleden sonra, umduğumdan da erken bir saatte çıkageliyor Kaan. İzmir Ekonomi Üniversitesi'nde okuyan, aynı liseden mezun iki arkadaşıyla beraber, sabah erkenden yola çıkmışlar. "Bu saatte beklemiyordun değil mi?" diyerek atılıyor kollarıma. "Soner'in cipiyle geldik. 'Sürat Turizm'e hoş geldiniz!' deyip gaza bir bastı, soluğu İstanbul'da aldık."

Eşyalarını kapının önünde bırakıp, baştan aşağı kısa bir tur atıyor evin içinde. "Seni de, evimi de çok özlemişim," diyor. "Kaldığı yer ne kadar huzurlu bir ortam olursa olsun, ait olduğu yeri arıyor insan."

Çayın altını yakıyorum hemen. Emine abla yemekleri pişirirken, mutfağın bir köşesinde hazırladığım kakaolu, cevizli keki dilimliyorum bir yandan.

"Ana oğulun keyif saatidir şimdi!"

Her zamanki sohbet köşemizde, yumuşacık koltuklarımıza yerleşip karşılıklı oturuyoruz. Kavuşma sevincinin ışığıyla aydınlanmış yüzüne bakıyorum Kaan'ın, her hücresinden canlılık ve neşenin fışkırdığı gencecik bedenine... "Biraz kilo mu aldın sen?" diyorum. "Dur bakayım... Kilo değil de, irileşmişsin sanki."

"Body[1] yapıyorum ya... İki ay oldu başlayalı, sonuçlarını yeni alıyoruz."

"Yakışmış," diyorum. "Zaten yakışıklı oğlum, daha da yakışıklı olmuş."

Dalıp gidiyorum yüzüne, babam gibi bakan gözlerine, babam gibi konuşan dillerine... "Yeter!" diye çıkışıyor iç sesim. "Bunca yıl tapındığın babandı, şimdi de sıra oğluna mı geldi?"

Hayır, oğlunu putlaştırıp kendi yarattığı puta tapınan, aşırı düşkünlüğüyle onu boğucu bir cenderenin içine hapseden annelerden olmayacağım ben. Oğluma yapacağım en büyük kötülük olur bu. Birbirimizi çok seveceğiz, tamam, ama sınırları aşmadan, bencilce bir aidiyet çemberi yaratmadan...

Bülent'le ayrıldığımızda da değişmeyecek bu durum. Eşinden boşanmış kadınların evlatlarına, özellikle de oğullarına dört elle sarılmalarını, onları da *bağlı* olmanın ötesinde *bağımlı* kılmaya çalışmalarını anlayamamışımdır hiç.

Babalar ve kızları... Analar ve oğulları... Elektra ve Oidipus kompleksleri... Kızlar babaya, oğlanlar anneye düşkündür söylemleri...

Babalar ve kızları kısmını doğrulayan somut bir örnek olduğumu kabul etmeye yanaşmasam da, içimden yükselen ses, "Kendini aldatma!" diyor. "Görünürde annene yakın dursan da, her daim babandı, senin için aslolan."

---

(1) Vücut geliştirme sporu.

Bülent'le Kaan, birbirini çok seven bir *baba oğul*. Ancak bizim aramızda *ana-oğul* ilişkisinin ötesinde, çok güçlü bir paylaşım söz konusu. Kimi zaman dost, kimi zaman arkadaş, kimi zaman da dert ortağı gibiyiz Kaan'la. Bana olan aşırı düşkünlüğü yadsınamaz bir gerçek. Ancak bu gerçekliği kendi yararıma kullanıp hastalıklı bir ana oğul tablosu çizmemeye kararlıyım.

Havada asılı kalmış hayali bir şeyleri kovalar gibi bir el hareketiyle, "Nerelere daldın öyle?" diyor Kaan. "Neler geçiyor aklından?"

"Hiçbir şey," diyorum suçüstü yakalanmış gibi. Tabağıma bir dilim kek koyup arkama yaslanıyorum.

"Bakışların öyle söylemiyor ama. Tanımaz mıyım ben annemi? Seni üzen bir şeyler var, yanılıyor muyum?"

"Yok oğlum, nereden çıkarıyorsun bunları?"

Dinlemiyor beni. "Hadi anlat," diyor. "Yoksa babam mı üzdü gene seni?"

"Üstüme gelme Kaan. Daha terin bile soğumadan... Yarın konuşuruz."

"Hayır, şimdi! Seni üzen her ne ise, öğrenmek hakkım."

Neresinden başlayacağımı bilememenin kararsızlığıyla bocalarken, birden, istemsizce dökülüveriyor sözcükler:

"Babandan ayrılmaya karar verdim ben!"

Hayret, hiçbir şaşkınlık ifadesi yok yüzünde. Bu muydu söyleyeceğin dercesine kayıtsız, devamını getirmemi bekliyor.

"Kendisine de söyledim..."

"Her zamanki hikâye değil mi bu? Kendimi bildim bileli çelişir, çatışırsınız siz."

"Ama bu kez kararlıyım."

"Seni kararlı kılan nedenleri anlat o zaman. Anlat da, öncekilerden farklı mı, değil mi görelim."

Baştan başlayarak, Bülent'in son zamanlarda uyguladığı dayanılmaz baskıyı, anlamsız kıskançlıklarını, mesleğimle ilgili gereksiz dayatmalarını, Avukat Vural Türkoğlu ile buluşmamıza yaklaşımını, çirkin yakıştırmalarını –o adamla yatarsın sen, sözleri dışında– her şeyi anlatıyorum Kaan'a. Dikkatle, hiç lafımı kesmeden dinliyor beni.

"Ve sen de babamla boşanmaya karar verdin, öyle mi?"

"Aynen öyle. Çok geç verilmiş bir karar aslında. Yıllar önce yapmam gerekirdi ama yapamadım."

"Neden? Neyi bekledin ayrılmak için?"

"Benim gibi, annesiyle babası ayrılmış insanlar, kendi evliliklerinde ayrılık kavramından uzak durmaya çabalarlar. Bilinçsizce yaparlar bunu... 'Ön teker nereye giderse, arka teker de oraya,' yorumlarını duymamak için. Yaygın inanışların tersine, boşanmayı en az düşünen kişilerdir onlar. Yanlış tabii... Nerede kopuyorsa ipler, orada bırakmayı bileceksin.

Kendi hesabıma konuşursam, beceremedim açıkçası. Bir de... seni düşündüm Kaan. Bizim ayrılığımızın senin üzerinde yaratacağı olumsuz etkileri. Parçalanmış bir ailenin çocuğu olmaman için direndim bunca yıl."

"Hata etmişsin!" diyor, bir yabancının anlattıklarını yorumlar gibi.

"Bitmesi gereken birliktelikler, kimsenin hatırı için sürdürülmemeli."

İşte bu! Eskilerin *nesil*, şimdikilerin *kuşak* farkı dedikleri, bu olmalı. Duygusal ezinçlerle, labirent misali dolambaçlı yollarda kendini yitireceğine, kestirmeden son noktaya ulaşıveriyor gençler. Üstelik bizlerden daha akılcı, daha soğukkanlı yaklaşabiliyorlar sorunlara. İlginçtir, onlar bizden ders alacağına, yerine göre, ders veren konumuna geçebiliyorlar.

"Yani sen, babanla boşanırsak, bu durumun seni hiç etkilemeyeceğini mi söylüyorsun?"

"Bak canım annem... Hukukçu olarak benden çok daha iyi bilirsin sen. Boşanmak da evlenmek kadar geçerli bir kurum. Ne var ki, birini törenlerle kutlarız, diğerini üzüntüyle karşılarız. Ayrılmanıza üzülürüm tabii. Ama bu yaştan sonra fazla etkilemez beni. Hem siz birbirinizden boşanacaksınız, benden değil. Aramızdaki kan bağı bizi hep bir arada tutacak, birbirimizden kopmamızı, farklı kutuplara savrulmamızı engelleyecek. İsteseniz de annem ve babam olmaktan istifa edemezsiniz. Benim yönümden için rahat olsun anacığım, sizin hayatınız bu, nasıl isterseniz öyle sürdürmek hakkınız."

Karşımda oğlum değil de, benden onlarca yaş büyük biri var sanki. Büyülenmiş gibi dinliyorum, hayretle, gururla, biraz da ben onun durumundayken neden bu dirayeti, bu aklıselimi gösterip annemle babam arasındaki dengeyi tutturamadım diye hayıflanarak.

"Beni yanlış anlamanı istemem Kaan. Kendi davranış biçimini kendin belirlemiş olmasan da, bir zamanlar annemin yaptığı yanlışları yapmazdım ben. Babanla aranıza engeller koyup düşman etmezdim sizi birbirinize, onu kötüleyerek senin sevgi dağarcığındaki payımı artırmaya çalışmazdım. Şunu iyi bil ki, babanla aramızda hakemlik yapmanı asla beklemiyorum senden. Eşler arasında hakem olacak en son kişi evlattır. Bilmek istedin, anlattım. Keşke anlatmasaydım..."

"Olur mu hiç canım annem! Sen demez misin, üzüntüler paylaştıkça azalır, sevinçler paylaştıkça katlanarak artar, diye... Benimle değilse, yabancı biriyle mi paylaşacaktın bütün bunları? Hakem olmaya gelince... Mağdur, şiddet gören, ezilen, kendini savunmaktan âciz bir annem olsa, ister istemez devreye girmek zorunda kalabilirdim. Ama başkalarının derdine bile derman olabilen başarılı bir avukatın, kendi sorunlarını en doğru biçimde çözeceğinden kuşkum yok."

"Babanı karşılarken bu konuştuklarımızı getirme aklına. O da en az benim kadar özlemiştir seni."

"Merak etme, özlemler karşılıklıdır. Hem biliyorsun, babamı da çok seviyorum ben. Hatalarıyla, sevaplarıyla, günahlarıyla bir bütün olarak... Zaman zaman kızsam da, karşı çıksam da... Ne yaparsa yapsın, o benim babam!"

MACERACI SEYYAHLAR

Kaan, caddenin karşı köşesinden Bülent'in arabasının döndüğünü görür görmez aşağıya inip otoparkın önünde karşılıyor babasını. Kucaklaşıp uzunca bir süre birbirlerine kenetlenmiş halde kalıyorlar. Başımı cama yaslamış, kol kola apartmana girerlerken başlarını kaldırıp bana el sallamalarını yukarıdan izliyorum. Hoşuma gidiyor birbirlerine yakın durmaları. Ayrıldığımızda, baba oğul arasında ilişki bozukluğu yaşanmayacak hiç değilse. Kavuşma coşkusuyla yaşlarını eşitlemişler gibi, çocuksu bir neşeyle içeri giriyorlar. Bülent, bir eli Kaan'ın omzunda, "Gözün aydın Verda Sultan," diyor. "Biricik gözbebeğin baba ocağında!"

Baba ocağı! Öylesine söylenmiş gibi dursa da, sözlerin altında yatan ima apaçık ortada. "Senin gözünün bebeği, benim evimin çatısı altında! O çatıyı bölmeye kalkarsan, kendin bilirsin," demeye getiriyor.

Salona geçip, biraz önce Kaan'la karşılıklı oturduğumuz koltuklara yerleşerek, derin bir sohbete dalıyorlar. Kaan'ın yıl sonu sınavları, dönem notları, gelecek dönem alacağı dersler, arkadaşlarıyla beraber yeni bir eve taşınma projeleri...

Sofranın eksiklerini tamamlamak, biraz da onları baş başa bırakmak için mutfakla salon arasında gidip gelirken, Bülent'i en son ne zaman bu kadar keyifli gördüğümü çıkarmaya çalışıyorum. Oğluyla paylaştığı keyfe eşlik eden viski kadehinin bir dolup bir boşalması da gözümden kaçmıyor bu arada. Son günlerde içkiyi artırdı mı ne? Küçük bir aperitif diye başlayan yemek öncesi alışkanlığı, sınırlarını aşma yolunda... Yerinden kalkıp kadehini bir kez daha doldurmaya davranınca, atılıveriyorum.

"Sofra hazır, oturalım mı artık?"

Masaya geçmeden, içki dolabının önünde dikilip şişeler arasında seçim yapmaya çalışıyor Bülent. "İşte bu!" diyor sonunda. "Yıllanmış bir Fransız Bordeaux. Kadehleri çıkarır mısın Verdacığım?"

Yeni boşalmış viski bardağıyla elinde tuttuğu şişe arasında gidip gelen bakışlarıma aldırmadan, "Bu nadide şarabı böyle özel bir gecede açmayıp da ne zaman açacağız?" diyor. "Oğlum sınıfını başarıyla geçmiş, tatile gelmiş... Ondan daha özel bir konuğun varsa, söyle de bilelim Verda Hanım."

Vitrinden kadehleri kendisi çıkarıyor. Önündeki kadehe koyduğu bir parmak şaraptan küçük bir yudum alıp ağzının içinde gezdirerek tadına bakıyor.

"Tek kelimeyle harika!" diyerek, bordoya evrilmiş kırmızı şarabı kadehlere dolduruyor. "İyi ki geldin oğlum," deyip göz kırpıyor Kaan'a. "Senin şerefine hazırlanan sofradan biz de nasipleneceğiz..."

Her sözünde, her davranışında ufak da olsa bir dokundurma var. Bilmeyen birinin fark edemeyeceği küçük, ince iğnecikler... Kaan'la ara ara ortak bir gülüşte buluşuyor gözlerimiz. İki kadeh içtikten sonra, kızılmayı değil, üstü örtülü gülüşlerle geçiştirilmeyi, iyi niyetli bir yaklaşımla, hoş görülmeyi hak ediyor çünkü Bülent. Farkında değil ama, içkiyi kaldıramıyor artık...

Yemeğin sonlarına doğru, önemli bir konuşma yapmaya hazırlanan hatip edasıyla ayağa kalkarak, "Beni dinleyin," diyor Bülent. Kaan'a dönüp ekliyor: "Annenden şikâyetçiyim oğlum!"

Arkasından ne geleceğinin merakıyla bekliyoruz. Bülent, benim ayrılma kararımı açığa vurarak, üçümüzün bir arada olduğu bu samimi aile ortamında konuyu gündeme getirip, Kaan'ın desteğini almayı amaçlıyor olabilir mi? Benden şikâyetçi olabileceği başka bir neden gelmiyor aklıma.

Bülent'ten sözlerinin devamını getirmesini beklerken, Kaan'ın sesiyle irkiliyorum. Sevgi yüklü sıcacık bakışlarını üzerimde gezdirerek, "O benim canım!" diyor oğlum. "Eşsiz bir insan o... Benim dünyalar tatlısı annemden ne gibi bir şikâyetin olabilir babacığım?"

"Benim de canım, her şeyim o!" diyerek yerine oturuyor Bülent. Daha yumuşak bir sesle devam ediyor. "Şikâyet derken abarttım galiba, serzeniş demek daha doğru olur. Bir konuda anneni ikna edemiyorum oğlum... Gazetedeki arkadaşlarla kısa bir Karadeniz yayla turu düzenliyoruz. Gelmek istemiyor, inadını kıramadım bir türlü. Topu topu üç gün. Cuma sabahı erkenden uçakla gidip pazar akşamı döneceğiz. Yabancı yok, Bizim Grup, dört aile. Daha önce de hep beraber turlara katılmıştık. Yazıişleri müdürü Nihat Bey çocuklarını da getirecek. İstersen sen de gelebilirsin. Keyifli olacak. Görmediğin yerleri görür, tatil yaparsın sen de..."

"Beni hesaba katmayın," diyor Kaan. "Pazartesi sabahı Antalya'ya gidiyorum ben. Arkadaşlarla kamp yapacağız, iki haftalık bir tatil. Yaz boyunca yapabileceğim biricik tatil de diyebiliriz buna. Dönünce, Soner'le beraber banka stajına başlayacağız. Tatilin geri kalanında çalışacağım anlayacağınız..."

"Söylemiştim sana Verda Sultan," diyerek gülüyor Bülent. "Bu yaşa gelmiş oğlunu dizinin dibinde oturtamazsın. Bundan sonrasında, ikimiz üzerine yapacağız hesaplarımızı."

"Durun bakalım," diye araya giriyor Kaan. "Sizinle gelmiyorum diye hemen silkip atmayın beni. Her zaman yanınızdayım ama, grup gezileri ve turlar bana göre değil."

"Anneni razı et o halde... İkimiz için de değişiklik olacak. Kafalarımızı dağıtıp yıl boyu kıyasıya yorduğumuz bedenlerimizi dinlendireceğiz. Her yönden yenilenmiş olarak döneceğiz evimize."

"Bence de iyi bir yenilenme fırsatı," diyor Kaan gözlerimin içine bakarak. "Ne dersin canım annem?"

"Annemi bırakamam," diyorum bakışlarımı kaçırarak.

"Yarın gidip anneannemi göreceğim. Şehir dışına çıkmanıza engel olacak kadar kötü mü durumu?"

"Hayır!" diye atılıyor Bülent. "İki gün önce oradaydık. Tamam, sağlık durumu çok iyi değil ama, anneanneni emanet ettiğimiz Nezaket Hanım öyle mükemmel bir insan ve öyle becerikli ki, biz olsak onun kadar iyi bakamayız. Üstelik okyanus ötesine de gitmiyoruz. Gerektiğinde uçağa atladığımız gibi..."

"İstemiyorum Bülent, ısrar etme lütfen!"

Kesin tavrım Bülent'i susturmaya yetiyor ama, Kaan'ın şaşırtıcı çıkışına yanıt vermekte zorlanıyorum.

"Bir kez daha düşünsen canım annem? Hazır adli tatile girmişken... Senin için de iyi bir değişiklik olmaz mı?"

Güzel oğlum benim, gitmemi istiyor. Bu gidişin Bülent'le aramızdaki sorunlara çözüm olabileceğini düşünüyor. Her ne kadar ayrılmamızdan etkilenmeyeceğini söylese de, çok iyi biliyorum ki, yüreği barışmamızdan yana.

Oysa, Bülent'in alışkanlık haline getirdiği bir taktik bu. Ne zaman ilişkimiz çıkmaza girse, elimden tutup bir yerlere götürür beni, kimi zaman çok uzaklara, kimi zaman yakın yörelere... Yollara düşer, efkârımızı, dertlerimizi, çözümsüzlüklerimizi dağlara bayırlara savururuz sözüm ona.

Ama bu kez durum farklı be oğlum! Her şeyi sana anlattığımı sanıyorsun ya, kendime sakladıklarım çok incitti beni. Anlatmadım hepsini, anlatamadım... *(Babanın beni ne derece aşağıladığını bilmesen de olurdu!)*

İç hesaplaşmalarımdan habersiz, hem babasının yerine, hem de kendisi için konuşuyor.

"Yaşlanıyor mu yoksa benim güzel annem? Gezmenin, seyahat etmenin, farklı iklimleri, farklı kültürleri tanımadın tadını siz öğrettiniz bana. Ben küçükken ne çok gezerdik... Kırıkkale'ye gittiğimiz o günü hatırlıyor musunuz? Dün gibi aklımda benim... Kaç yaşlarındaydım, tam olarak bilemiyorum ama, okula gitmiyordum henüz. Sabah çok erkenden yola çıkmamız gerektiği için, beni uyandırmadan, pijamalarımla arabanın arka koltuğuna yatırmıştınız. Yatağımdan farklı bir yerde uyanmanın şaşkınlığıyla, 'Kaçırıyorlar beni! Kurtarın...' diye bağırmıştım. Ne çok gülmüştünüz, hatırladınız mı? Rahatça gülebilmek için, arabayı kenara çekmişti babam... Çocuk aklımla, en çok seyahatteyken severdim sizi. İkinizin yüzü de en çok o günlerde gülerdi çünkü."

"Köprülerin altından çok sular aktı Kaancığım," diyorum. "Ne sen annenle babanın yüzlerindeki gülümseyişi kovalayan o küçük çocuksun, ne de biz yollarda dirilip can bulan maceracı seyyahlarız."

"Bir kez daha seyyah olabilme şansı tanısak birbirimize..." diyor Bülent. "Belli mi olur, başarırız belki."

"Bu saatten sonra zor be Bülentçiğim. Değil maceracı seyyah, çöldeki bedevi bile olamayız biz!"

Havada uçuşan her bir sözün ne anlama geldiğinin farkındayız ikimiz de.

"Öyle deme anne!" diye *anlamaz*'ı oynayarak, Kaan da katılıyor bize. "Çok keyifli bir seyahat olabilir bu," diyor. "Gruptakiler bir yana, babamla ikiniz... Babamın çok iyi bir *yol arkadaşı* olduğunu söylemez miydin sen?"

Yüzüne bakıp hafifçe gülümsemeyle yetiniyorum...

Doğru, çok iyi bir yol arkadaşıdır baban. Her seyahat dönüşünde on numara almıştır benden.

*Ancak, bunca yıllık beraberliğimizi içine alan **uzun yol arkadaşlığı**'ndan, on üzerinden sıfır alarak sınıfta kaldığını söylemiş miydim sana?*

*

Pazartesi sabahı Bülent'le beraber Antalya'ya yolcu ediyoruz Kaan'ı. Arkadaşları gelip alıyor. Soner'in cipiyle gidecekler gene. Arkalarından bir tas su döküp içeri girdiğimde, günlerden sonra ilk kez baş başa kalıyoruz Bülent'le.

"Allah kavuştursun," diyor barışçı, ılıman bir havayla.

"Sana da Allah kavuştursun," diyerek salondan çıkmaya davranıyorum, kolumdan tutup engelliyor beni.

"Otur, konuşalım biraz."

Oturuyorum.

"Soner'in cipini görünce ne düşündüm, biliyor musun? Oğlumuza araba almanın zamanı gelmiş... İyi bir sınıf geçme armağanı olmaz mı sence de?"

"Olur, iyi düşünmüşsün," diyerek doğruluyorum yerimden.

"Otur," diyor ricacı bir sesle. "Bitmedi konuşacaklarımız... Teklifimi düşündün mü? Gidiyor muyuz Karadeniz'e? Bugün son gün, para yatıracağım gideceksek."

"Neyi değiştirecek bu seyahat Bülent? Yüreklerimizdeki, beyinlerimizdeki tortuları da beraberimizde götürmeyecek miyiz? Bizden umutlu musun hâlâ? Kendi adıma konuşacak olursam, en ufacık bir ışık göremiyorum ben."

"Büyük hedefler koymamıza gerek yok Verda. Üç günlük bir soluklanma diyerek koyuluruz yola. Ne çıkarsa bahtımıza... Büyük vaatlerim yok ama, çok iyi vakit geçireceğimizin garantisini verebilirim. Bilirsin, oğlumun da dediği gibi, iyi bir yol arkadaşıyımdır. Bir kez daha kanıtlayacağım bunu sana. Tamam mı, gidiyor muyuz?"

Deli gibi güveniyor kendine. Eğer gidersem, üç gün boyunca elinden geleni ardına koymayacağından da eminim. Yeter ki beni razı etsin...

Bu kadar çırpınacağına, bir kez olsun yanlış yaptığını kabul etse! "Hata ettim, bağışla beni," diyebilse... Bu kadar zor mu bunları yapmak?

Diyelim gittik. Ya sonrası! Sonrasında olacakların garantisini de verebiliyor mu? "Gitmemiz, verdiğin kararları gözden geçirmen yönünden de yararlı olabilir," diyor Bülent. "Son bir şans ver bize Verda..." Gözlerini yüzüme dikip yanıtımı bekliyor. Olumlu ya da olumsuz tek söz çıkmıyor ağzımdan. Neden sonra, başımı hafifçe öne eğerek, "Tamam," diyorum. "Dediğin gibi olsun, gidelim..."

Dağ tepe gezerken gösterdiği yol arkadaşlığına on numara verdiğim, ancak evliliğimizdeki uzun yol arkadaşlığından sıfır not ortalamasıyla sınıfta bıraktığım kocam, bu kez ortalamayı tutturabilecek mi bakalım?

ÜÇ GÜNLÜK BİR TUR

Yola çıktıktan sonra, gezilen görülen yerlerin, farklı damak tatlarının, bilinmeyeni keşfedip bilinenle yeniden merhabalaşmanın keyfini çıkarmayı herkesten iyi beceririz Bülent'le. Ortak noktalarımızın en çok ortaya çıktığı günlerdir seyahat dönemlerimiz. Ancak öncesi, tam bir kâbustur benim için.

Her zaman olduğu gibi, bu kez de ilk çatışmamızı henüz bavul hazırlama aşamasında yaşıyoruz. Bu konuda benim kadar titizlik göstermesini beklemiyorum ondan, umursamaz tavırlarla işi son ana bırakmasın yeter. Fazla bir şey de istemiyorum üstelik.

Hata benim aslında. Baştan kötü alıştırdım kocamı. Bir yere gitmeye niyetlendiğimizde, "Ne götürmek istiyorsan çıkar ya da bana göster," diyerek klişeleşmiş girişimi yaptıktan sonra, bu sözleri bıkıp usanmadan birkaç kez yinelemem gerekir. Oysa yapacağı yalnızca bundan ibarettir. Dolabın içindeki pantolon, gömlek, ayakkabı, çorap, her ne ise seçtiği, parmağıyla işaret edecek, hazırlanma faslının geri kalanını bana bırakacaktır. Onları yerlerinden çıkarmak, katlayıp bükmek, bavula yerleştirmek, eksik kalmışları tamamlamak, gidilecek yerlerin iklimini göz önüne alarak ayarlamalar yapmak, benim işimdir.

Diğer ailelerde de bizimkine benzer bir hazırlık sürecinin yaşandığını varsayarak, yıllarca sürdürdüm bu alışkanlığı. Nereden bilebilirdim herkesin tarzının farklı olduğunu? Annemden ne gördümse onu uyguluyordum.

Pek sık olmasa da beraberce seyahate çıkılacaksa ya da babam iş için bir yerlere gidecekse, birkaç gün önceden hazırlıklara başlardı annem. Babamın eşyalarını çıkarmasını ya da, "Şunlar gitsin," diye göstermesini bile beklemeden uygun gördüğü gömlekleri, pantolonları, takım elbise ve onlarla uyuşacak kravat ve çorapları çıkarır, yatağın üzerine dizer, babamın onayını aldıktan sonra, özenle bavula yerleştirirdi.

Zaman içinde, yakın çevremizdeki erkeklerin kendi bavullarını kendilerinin hazırladıklarını duydukça ve gördükçe (Kaan bile kendisi hazırlıyor bavulunu!), kızmaya başladım. Bülent'e değil, kendime...

Ne yapsın zavallı, verdiğim sınırsız hizmeti kanıksamış, tembelliğe alışmıştı bir kere. Tembelliğini, yolculuktan bir önceki geceye kadar götüreceği eşyalar konusunda ağzını açmayıp, son anda beni işe koşma derecesine getirmese, şikâyetçi olmayacaktım belki. Ama beni zorla razı ettiği bir seyahatin öncesinde bile kendine çekidüzen vermemesi, bardağı taşıran son damla oldu.

Seyahat öncesi son gecemiz... Ertesi sabah saat 6.00'da havaalanında olmamız gerekiyor. Bülent, her zamankinden erken geldi eve, yemeğimizi yiyip kalktık, hâlâ en ufacık bir kıpırtı yok kendisinde.

Kapının önünde duran bavula bakıp, "Hazırız galiba," diyor.

"Hazır olan benim," deyip gülüyorum. "Bu da benim bavulum." Kenarda duran boş bavulu uzatıp, "Ne götürmek istiyorsan buna koyabilirsin," diyorum.

"Eski köye yeni âdet mi getiriyorsun," dercesine sitemli ve şaşkın bir bakış... Görmezden gelerek salona geçip televizyonun karşısına kuruluyorum. Sözüm ona tartışma programı izliyorum ama, içim rahat değil. On dakika geçiyor geçmiyor, dayanamayıp yanına gidiyorum.

Hiç de fena değil doğrusu... Pantolonlar, spor gömlekler, iç çamaşırları... Katlayıp kanepenin üzerine sıralamış, bavula yerleştirmeye hazırlanıyor.

"Nasıl, becerebilmiş miyim?"

"İsteyince oluyormuş demek," derken, çıkardığı pijamaya ilişiyor gözüm. Kaan'ın Babalar Günü armağanı olarak aldığı ipek takım...

"Üşümez misin bununla?"

"Ne üşümesi! Nerdeyse temmuzun ortası oldu Verdacığım."

"Gideceğimiz yer, Akdeniz sahillerinde bir tatil köyü değil ama. Deniz, güneş, kum üçlüsüyle yakın ilişkiler içinde olmayı mı hayal ediyordun yoksa? Bu pijamalarla Karadeniz yaylalarında kıçın donar ayol senin!"

Şifoniyerin gözünden kalın bir pijamayla eşofman takımı çıkarıp uzatıyorum.

"Bunları koy bavula."

İpek pijamayı kaldırmak için elime aldığımda, kaygan kumaş çözülüveriyor ve pijamanın altı elimde kalıyor. Pantolon değil, şort bu! Bıraksam, bununla çıkacaktı yaylalara...

Elimde tuttuğum ipek şort, ikimizi de gülme krizine sokmaya yetiyor. Benim yardımımla toparladığı eşyalarını bavula yerleştirirken, hâlâ gülüyor Bülent.

"Ah Verda Sultan, ah!" diye mırıldanıyor bir yandan da. "Sen olmasan ne yaparım ben?"

*

Sabah erkenden, havaalanının iç hatlar bölümünde buluşuyoruz. Yıllarca pek çok geziye, tura birlikte katıldığımız Bizim Grup'un (Bu adı hep beraber koyduk!) kadrosu belli. Yazıişleri müdürü Nihat Güney ve eşi Ayla, ekonomi yazarı Necmi Sencer ve eşi Oya, spor sayfası yazarı Baran Arcaklı ve ikinci eşi Selen, köşe yazarı Cemil Paksoy ve eşi Gülay. Bülent ve benimle beraber on kişi oluyoruz. Ancak, Güneyler oğulları Altay'la kızları Melis'i de getirdikleri için, genellikle on kişiyle sınırlı olan kadromuz, on iki kişiye çıktı bu kez.

Seyahatler, özel kutlamalar ve yemekler dışında pek bir araya gelmediğimizden, hiçbiriyle özel samimiyetim yok. İyi anlaşıyoruz hepsiyle, beraber geçireceğimiz zaman dilimlerini keyifle paylaşabiliyoruz. Ama bir adım öteye geçerek özel yaşamları ortaya döküp, yer yer dedikodu kokan senlibenli sohbetlere girmek, benim tarzım değil.

Gruptakilerden çalışmayan eşlerin birbirlerine sabah kahvelerine, akşam çaylarına gittiklerini, bir yerlerde buluşup yemek yediklerini biliyorum. Aralarında bu sayede kurulmuş olan yakınlığı da doğal karşılıyorum. Grupta en iyi anlaştığım, çok okunan bir kadın dergisinde editör olarak çalışan Oya Sencer. Derin bir dostluğun ortak paydasında buluşmasak da, baş başa kaldığımızda konuşulacak dişe dokunur bir şeyler yakalayabiliyoruz en azından.

Aramıza sonradan katılan Selen, spor yazarımız Baran Arcaklı'nın ikinci eşi. İlk evliliklerinden olma ikişer çocuğun sahibi onlar değilmiş de çiçeği burnunda gencecik sevgililermiş gibi, gözler önüne sermekten çekinmedikleri ten teması ve abartılı sevgi sözcükleriyle dudaklarımızda belli belirsiz gülümsemelere yol açsalar da, yarattıkları etkiyi umursamaz görünüyorlar. Selen, kendinden emin duruşuyla, Baran'ın ilk eşi Nurten'in geride bıraktığı izlerden etkilenmediğini kanıtlayarak, kendisinden çok önce kurulmuş grup ahengini bozmadan araziye uyum sağlamayı beceriyor. Kimseyle özel samimiyet kurmaya ihtiyacı yok, "ikinci kocasının ikinci karısı" sıfatını çok iyi taşıyor üzerinde.

Ayla Güney, yaşça hepimizden büyük. Gülay Paksoy'la beraber ayrılmaz bir ikili oluşturuyorlar. İkisi de emekli. Kafa kafaya verip fısıldaşmaya başladıklarında, kimi çekiştirdiklerini merak etmekten kendimi alamıyorum...

İstanbul'dan havalandıktan bir buçuk saat sonra Trabzon'a iniyoruz. Tur rehberimiz Necip karşılıyor bizi. Bavullarımızı alıp, üç gün boyunca bizleri taşıyacak panelvana yerleşiyoruz. Büyük otobüslerin dar ve virajlı yayla yolları için uygun olmadığını, otobüsle Karadeniz turu yapanların da yaylaya çıkarken minibüsleri kullandıklarını söylüyor Necip.

"Önce mükellef bir Karadeniz kahvaltısı yapacağız," diyor. "Uçakta bir şeyler yemiştik," diye mırıldananlara yanıtı hazır: "Kuzu yiyip gelseniz, Karadeniz sofrasında hükmü olmaz!"

Üç günlük kısa turumuzun ayrıntılarını içeren programı dağıtarak, eksik kalan yerlerini sözlü olarak tamamlıyor.

"Keşke bir haftalık, hatta on günlük bir tur olsaydı da, batıdan başlayıp Artvin'e, Sarp sınır kapısına kadar uzanabilseydik. Elimdeki program üç gün ve yalnızca birkaç yaylayla sınırlı ne yazık ki. Karadeniz'in çok sayıdaki yaylalarından Uzungöl, Ayder ve Hıdırnebi'yi görünce, diğerlerini de görme arzusuyla yeniden gelmek isteyeceğinizden eminim."

Bu arada, adının Necmi, Necati, Necip olarak değişik şekillerde telaffuz edilmesine de çözüm getiriyor. "Kısaca Neco diyebilirsiniz bana."

Denize tepeden bakan, kayalıkların üzerine kuş yuvası gibi kondurulmuş restoranda, doyumsuz manzaradan herkesin eşit pay alabileceği biçimde birleştiriyorlar masaları. Deniz, çarşaf gibi denecek kadar sakin, tek bir bulut yok gökyüzünde.

"Şansınıza," diyor Necip. "Böyle hava ender görülür buralarda. Ama bu durum aldatmasın sizi, aniden çıkan fırtınalarımız, birdenbire bastıran yağmurlarımız çoktur. On iki ay yağan yağmur, en vefalı dostumuzdur. Hırçındır denizimiz, dalgaları falezlerden aşar. Adı üstünde, Karadeniz! Şakaya gelmez... Umarım bu yüzünü de gösterir sizlere. Şehir içi değilse de yaylalardan umutluyum. Karadeniz yağmurunda sırılsıklam olup iliklerinize kadar ıslanmadan, buralara gelmiş sayılmazsınız."

Göz açıp kapayıncaya kadar geçen süre içinde donatıveriyorlar masayı. Karadeniz mutfağının baş yemeklerinden biri olan ve yalnız kahvaltılarda değil, diğer öğünlerde de sofraları süsleyen, kaşar peyniri, un ve tereyağıyla yapılan *mıhlama*, mıhlamanın mısır unundan yapılmışı olan *kuymak*, sucuk ve erimiş peynir üzerine kırılmış sahanda yumurtalar, çeşit çeşit peynirler, zeytinler, Trabzon'un ünlü tereyağı, en şifalı olma yarışında iddialı Karadeniz balı, fırından çıkarılıp sıcak sıcak getirilen mısır ekme-ği... Ve ince belli bardaklarda sunulan tavşankanı çaylar...

"En iştahsızı bile baştan çıkarır bu sofra", "Bu gidişle üç günde üç kilo alıp döneriz", "Bunları yiyip nasıl yağ tulumuna dönmüyor bu Karadenizliler?" nidaları arasında tamamlıyoruz kahvaltıyı.

Ardından, Atatürk Köşkü'nü gezmek üzere, şehri tepeden gören Soğuksu semtine çıkıyoruz. Türkiye'nin çeşitli şehirlerinde bulunan, Atatürk'ün ziyaret ettiği dönemlerde kaldığı, kendisine armağan edilip daha sonra müzeye çevrilen köşkler içinde en çok hangisine benzediğini çıkarmaya çalışıyorum. Diyarbakır'daki, bazalt taşlarla inşa edilmiş Gazi Köşkü'nden hem yapı malzemesi, hem de mimari tarzı yönünden çok farklı. Bursa ve Yalova'daki köşklere de pek benzemiyor. Çam ormanları içinde, beyazın aydınlık yüzünün baskın çıktığı asil duruşuyla, onun kadar iddialı ve muhteşem olmasa da, Dolmabahçe Sarayı'nı andırıyor.

Köşkü çepeçevre saran geniş bir alana yayılmış, renk renk, cins cins bakımlı çiçeklerin boy gösterdiği cennet misali bahçede, çiçeklerin arasında, orta yerdeki dikdörtgen şeklindeki havuzun başında, binaya çıkan beyaz mermer basamakların üzerinde grup halinde ve tek tek fotoğraflar çekip köşke giriyoruz.

Dört katlı binanın ilk katında, oturma ve yemek salonları, misafir odaları var. Atatürk 1924, 1930 ve 1937'de olmak üzere üç kez gelmiş Trabzon'a. Bu gelişlerinde çekilmiş fotoğraflar ve o günlerde yaptığı konuşmaların metinleri sergileniyor büyük salonda. Binanın inşa edildiği 19. yüzyıl sonu ile 20. yüzyıla ait mobilyalar, antika yemek takımları, halılar, porselenler, biblolar ve Atatürk'e ait tablolardan oluşan üç yüzün üzerinde etnografik nitelikli eser sergileniyor köşkte. Ahşap merdivenle çıkılan ikinci katta Atatürk'ün yatak odası, banyo dairesi, yaver odaları ve çalışma salonu var.

Fotoğraf makinelerimiz, hem köşkün odalarında hem de biri bahçenin havuzlu tarafına, diğeri kuşbakışı Trabzon manzarasına açık iki balkonunda, en güzel kareleri yakalamak için birbiriyle yarışıyor...

ALYANS MI KELEPÇE Mİ?

Köşkün çıkışında büyük bir takı mağazası var. "Yarım saat serbest zaman," diyor Necip. "Trabzon'a özgü gümüş işleme sanatının en güzel örneği olan ve *kazaziye* diye anılan hasır bileziği ve diğer takıları hanımefendilerimizin beğenisine sunuyorum." Meraklısı için, bulunmaz bir yer! Değerli ve yarı değerli taşlar; pırlantalar, akikler, topazlar, opaller, turkuvazlar, yeşimler, gümüşün maharetle işlenmiş en güzel örnekleri... Yolculuğa çıkarken bile tektaş yüzüklerinden, elmas küpelerinden vazgeçemeyen Ayla Hanım'la Selen, kendilerinden geçmişçesine takı seçimine girişiyorlar. Oya Hanım eşe dosta götürmek için birkaç küçük hediyelik seçiyor. Gülay Hanım'sa *kazaziyeler* arasında bileğine en yakışanını bulmaya çalışıyor.

Hiçbir şey almaya niyetim yok. Bin bir çeşit takı arasında şöyle bir tur atıp dışarı çıkmak, bahçeye atılmış masalardan birine oturup çay içerek, gruptakilerin alışverişlerinin bitmesini beklemek için kapıya doğru yürürken, bileğimden sıkıca tutup, güçlü ampullerle aydınlatılmış takı tezgâhlarından birine doğru sürüklüyor beni Bülent.

"Bir yerlerde mi düşürdün, yoksa söylediğin gibi gerçekten de annende mi unuttun, orasını kurcalamayacağım ama, evli bir kadına alyanssız gezmek hiç yakışmıyor, bilmiş ol."

Bana sormadan, fikrimi alma gereği duymadan, bordo ve lacivert kadifelerin üzerine dizilmiş yüzüklerle bezeli iki büyük kutuyu çıkarttırıyor.

Evet, annemde kaldığım ilk gece, daha odaya girer girmez parmağımdaki taşlı alyansı çıkarıp komodinin üst gözüne koymuştum. Sonra da, yeniden parmağıma takmak gelmedi içimden. Alyansı çıkarmak, verdiğim ayrılık kararının ilk adımıydı ve ben sessiz sedasız, kimselere fark ettirmeden halletmiştim bu işi... Evlilikteki yürek bağımı çözmüştüm kendimce. Eve döndüğümde, Bülent'in meraklı bakışlarıyla karşılaşınca, "Bir yerlerde unuttum," demiştim. "Sanırım annemde..."

Dileğimi kavrayan ellnin baskısını daha da artırarak, "Hadi," diyor. "Seç... Çok özel bir parça olması gerekmiyor, şu birkaç günü idare etsin, yeter. Dönünce gereğini yaparız."

Kızıveriyorum, isyanla doluyor içim. Parmağına zorla yüzük takılan, istemi dışında evliliğe zorlanan yeniyetmeler gibiyim. Çok sert tepkiler verebilirim şu an ama, yeri ve zamanı değil. Grup içinde, bizden kaynaklanan bir tatsızlık yaşanmasını istemiyorum.

Bugünkü mesele değil Bülent'le aramızdaki. Şekilcilik kanına işlemiş, "Dışarıdan bakan ne düşünür, el âlem ne der?" saplantısından kurtaramıyor kendini. Önemseme sıralamasında evin dışında kalan el âlem'i birinci sıraya oturturken, evin içindeki kaleleri yıktığının farkında değil.

"Güler misin, ağlar mısın Verda?" diye söyleniyorum içimden. "Bunca yıllık evliliğin üzerine, sana zorla alyans almaya kalkıyor kocan!"

Zorla takılan alyansın, zorla takılan kelepçeden, prangadan ne farkı var? Bunları düşünmekten âciz...

"Seç!" diye yineliyor.

Gözlerimin önünde çılgınca dans ediyor yüzükler, hepsi birbirinin aynı, hiçbir fark yok aralarında. Hangisi olursa olsun, zorla takılmayacak mı parmağıma?

Benden umudunu kesince, kadifenin üzerindeki minik çengellere geçirilmiş yüzükler arasında seçim yapmaya çalışıyor. "Şu nasıl?" diyor. "Taşları iri olan..." Sonra bir diğerine atlıyor. "Bak, bu daha iyi galiba..."

Beyaz altın üzerine küçük pırlantaların işlendiği zarif bir yüzükte karar kılıyor sonunda, elimi tutup yüzükparmağıma geçiriveriyor. Fena değil aslında, ama biraz küçük galiba. Kararlılığı karşısında duracak gücüm yok, madem alınacak birkaç tane daha deneyeyim bari düşüncesiyle parmağımdaki yüzüğü çıkarmak istiyorum... Ne mümkün! Öylesine oturmuş ki yerine, kımıldamıyor bile. Tezgâhın diğer yanında duran kızın yardım etme çabaları da sonuç vermiyor.

"Kalsın işte!" diyor Bülent. "Baksana, cuk diye oturdu parmağına, yakıştı da."

Lavaboya gidip sabunla ovalayarak çıkarabileceğimi düşünüyorum. Vazgeçiyorum hemen. Bu değilse, bir başkası olacak. Beni kendine bağlı tutabilmek için metal bir halkadan medet uman kocama, metalden daha sıcak ve daha yumuşak duygusal yaklaşımlara gereksinim duyduğumu anlatamayacak olduktan sonra...

UÇURUM KORKUSU

Minibüsteki yerlerimizi alıp Uzungöl'e doğru yola çıkıyoruz. Yorma, Asrln, Araklı ve Sürmene ilçelerinden geçerek, Rize'ye varmadan, Of yakınlarındaki sapaktan içeriye doğru kıvrılıyoruz. Çaykara'ya kadar nispeten düzgün giden yol yükselmeye, kıvrımlanmaya, tarazlanmaya başlıyor. "Çaykara Uzungöl arası on dokuz kilometre," diyor Necip. "İp gibi bir yol olsa, on dokuz dakika sürmez. Ama biz, bol virajlı, dik ve zorlu bir yokuşa tırmanmak zorundayız."

Bir yanımızda dibi görünmeyen bir uçurum, diğer yanımızda dimdik bir dağ, daracık yolda ilerlerken uçurumdan yana bakmamaya çalışıyorum. Küçüklükten kalma bir korku...

Zayıf noktamı yakalamanın keyfiyle, "Buradan aşağıya yuvarlansak var ya... Parçamızı bulamazlar!" diye üstüme geliyor Bülent.

Bende yarattığı depremlerin farkında değil. Çıktığımız seyahatlerde, benzer yollardan geçerken babamın beni otobüsün camına yaklaştırıp, "Bak ne kadar yüksekteyiz, uçurumun dibini görebiliyor musun?" demesiyle kasılıp kalan küçücük bedenime geri dönüyorum...

Her şeyin doğrusunu yapmaktan, doğrusunu öğretmekten yana olan babam, neden öyle davranırdı bilemiyorum. Oluşabilecek korkularımı, henüz işin başındayken yok etmek, zaaf gösterebileceğim yerlerde güçlü olmamı sağlamaktı belki amacı... Ama, meslektaşlarımca *dişli avukat* diye anılan ben, sosyal çevremde ve iş yaşamımda ne kadar güçlü durursam durayım, kimselere belli etmemeyi başarsam da, içten içe bir sürü korkuyla boğuşuyorum. Uçurum, yalnızca bir tanesi... Erkeklerin ortak noktası mı bu? En yakınları bile olsa, korkan, ürken birilerinin üzerine gitmek! Küçük çocuklarına yüzme öğretmeye kalkan anne ve babalar geliyor gözümün önüne... Hiçbir annenin çocuğunu havuza ya da denize atıp suya batırdığını görmedim bugüne kadar. Ama babaların, yüzme öğretme kalkanının arkasına sığınıp, çocuklarını suya batırarak umarsızca debelenmelerini zevkle izlediklerine çok kez tanık oldum. Yetişkinler arasında yüzme bilmeyen, hatta belli etmese de sudan korkan birilerini gördüğümde, bu durumun küçüklüklerinde yaşanmış tatsız bir olaydan kaynaklandığını düşünürüm. Kaan'ı yüzme öğrenmesi için babasının eline bırakacağıma, yüzme kulübüne göndermemin nedeni de bu.

Zayıf göründüğüm noktada Bülent'in eğlence konusu haline gelmem canımı sıkıyor.

"Virajı alırken sağ tekerlek boşta kaldı, gördün mü?" deyince dayanamıyorum.

"Baksana bana," diyorum. "Eğer seni rahatlatacaksa... Evet, yerden çok göğe yakın bir yerdeyiz ve ben uçurumdan korkuyorum. Oldu mu?"

"Kıyamam sana," diyerek elini omzuma atmaya çalışıyor. Sertçe itip camdan yana çeviriyorum başımı. İnatla bakıyorum uçurumun derinliklerine, gözümü kırpmadan.

Hayret, bakabiliyorum işte!

"Korkularını üzerine giderek yok edeceksin!" diyenler haklı mı ne?

Uzungöl'de gerçek bir doğa şöleni karşılıyor bizi. Dağların arasında, çam ormanlarıyla kaplı vadinin tam ortasında uzanan masalsı göl, gökyüzünün suya vuran mavisiyle göz alıcı yeşilliği harmanlamış, insanın içini huzurla dolduran tertemiz bir havayı üstüne katarak eşine ender rastlanacak nadide bir ödül gibi sunuyor ziyaretçilerine...

"Türkiye'de yağmur ormanlarının bulunduğu yer," diye tanımlıyor Necip, Uzungöl'ü. "Yürüme, tırmanma, bitki örtüsü incelemeleri için ideal bir alandır."

Minibüsten inip gölün çevresinde yürümeye başlıyoruz. Şu ana kadar yaptığım yürüyüşlerin belki de en keyiflisi... Yeşile boyanmış dağların arasında, fırça dokunuşlarıyla can bulmuş yağlıboya bir tablo gibi duran masmavi göl, içine çekiyor insanı. Yaylada bile olsak, temmuz ayının sıcağında yaptığımız hızlı yürüyüş, serin sulara atlama isteği yaratıyor. Ancak, suyun buz gibi olduğu gölde yuzulmodığini söylüyor rehberimiz. Serinlemek istiyorsak, kısa süreliğine ayaklarımızı sokabilirmişiz.

Göl kenarında çok sayıda konaklama tesisi var. Uzungöl sakinleri de evlerinin bir bölümünü pansiyon olarak, gelen konuklara açmışlar. Burada kalamayacak olmamız üzücü, yemek yiyip yolumuza devam etmek zorundayız.

İkinci dereceden doğal sit alanı olan Uzungöl, alabalığıyla ünlü. Gölün içinde çokça balık var, ama avlamak yasak. Restoranların yanlarındaki havuzlarda yüzen kırmızı benekli iri alabalıklar, başka bölgelerden getiriliyormuş. Sağa sola kıvrılarak nazlı nazlı süzülüyorlar suyun içinde...

O balıkları görüp, aramızda sıcak bir sempati bağı oluşunca, göle karşı oturduğumuz restoranda alabalık siparişi vermek gelmiyor içimden. Herkes ızgarada nar gibi kızarmış balıkları iştahla yerken, kuru fasulye istiyorum ben. Çömlekte pişmiş yuvarlak taneli İspir fasulyesi tam kıvamında, daha önce yediklerimle kıyasladığımda, diğerlerine açık ara fark atıyor.

Tatlı olarak, *Hamsiköy sütlacı* ikram ediyorlar.

"Adını aldığı köyün dışında da yense, Karadeniz bölgesinin her yanında, Hamsiköy sütlacı diye önünüze konur," diyor Necip.

Hem Atatürk, hem de İran Şahı Rıza Pehlevi, Karadeniz ziyaretleri sırasında, Hamsiköy'de yedikleri sütlacı çok beğenmişler ve yöredeki bütün sütlaçlar bu adla anılmaya başlanmış. Sütlaç da sütlaç hani! Yoğun tadı, kıvamı, üzerindeki bir parmak dövülmüş fındığıyla görünüm ve lezzet olarak iddiasını kanıtlıyor...

SIRILSIKLAM ISLANMAK

Geldiğimiz yolları gerisingeriye kat ederek Of'a, oradan da Rize'ye geçiyoruz. Rize'de, şehri tepeden gören, yeşillikler içindeki çay bahçesinde çaylarımızı yudumladıktan sonra, Doğu Karadeniz'in ünlü Ayder Yaylası'na çeviriyoruz rotamızı. Çayeli ilçesinde sahil yolundan ayrılıp Çamlıhemşin üzerinden Fırtına Vadisi boyunca güneye doğru tırmanmaya başlıyoruz. Fırtına Deresi'nin coşkun sularını solumuza alıp ağır ağır ilerlerken, zirvesine kadar yemyeşil ağaçlarla kaplı Kaçkar Dağları'ndan gözümüzü alamıyoruz. Dar ve derin bir vadinin içinde akan dere, her yanından yatağına ulaşan kaynak sularıyla gitgide coşkulu bir hal alıyor. Derenin üzerinde yer yer karşılaştığımız kemerli taş köprüler, küçük şelaleler, bir parçası olduğumuz manzarayı daha da doyumsuz kılıyor.

"Fırtına Deresi, raftingciler için önemli bir adres," diyor Necip. "Haziran sonundan ağustos sonlarına kadar rafting yapılabiliyor burada. Yaz aylarında yani..."

"Neden yaz ayları?" diye soruyorum safça. "Nehirlerin debisinin en az olduğu zaman değil mi bu aylar?"

"Karadeniz'de tam tersi bir durum söz konusu. Kış boyunca yağan karlar eriyip sularına karışınca, en yüksek debiye ulaşıyor dereler..."

Yola çıktığımızda parıltısını yitirmeye yüz tutan gökyüzü, iyiden iyiye kararıyor. Aniden çıkan fırtına minibüsümüzü sarsarak, ilerlememizi engelleyecek güçte. Yoğunluğu gitgide artan bulutlar, ilk meyvelerini veriyorlar sonunda. Yolculuğumuzun geri kalanını şiddetli bir yağmur eşliğinde sürdürüyoruz, ama öyle böyle değil, hiç hızını kesmeden, bardaktan boşanırcasına... Ayder Yaylası, yağmurunun bereketiyle karşılıyor bizi.

"İliklerinize kadar ıslanmadan Karadeniz'i yaşayamazsınız, demiştim size," diyor Necip. "Korkmayın, yüksekteyiz, sel falan gelmez buralara. Yağmurda ıslanmanın tadını çıkarmaya bakın."

Yerleşim merkezine ulaştığımızda, "Önce kısa bir tur atacağız," diyor Necip. Ayder'i boydan boya kat eden cadde üzerinde, sol kolda, dönüşte yerleşeceğimiz oteli gösteriyor. Tatlı eğimli yokuşun tepesine çıktığımızda, iki seçenek sunuyor bize. Ya dönüş yoluna geçerek burnunu yokuş aşağı çevirmiş minibüsten inmeyip doğruca otele gideceğiz ya da yağmurun altında yürüyerek ulaşacağız otelimize. Yürümeyi ve ıslanmayı seçiyoruz tabii.

Ellerimizde şemsiyelerle yokuş aşağı inerken, bedenlerimize kırbaç gibi inen yağmurla dostluk kurma çabası içindeyiz. O ise, dur durak bilmeden tüm marifetini gösterme derdinde. Şiddeti artan rüzgârın etkisiyle tersine dönen şemsiyeler, delice yağan yağmura kafa tutmaktan âciz.

Yolun iki yanına sıralanmış hediyelik eşya dükkânlarının sahipleri, tezgâhlarını, ıslanabilecek parçaların üzerini naylonla örterek geriye çekmiş, hiç duraklamadan hızla önlerinden geçen turistleri üzüntüyle izliyorlar. Tezgâhların üzerinde yalnızca şemsiyeler ve tek giyimlik naylon yağmurluklar var. Gruptan birkaç kişi parasını ödeyip üstüne geçiriveriyor yağmurluğu. Ama Bülent'le ben, durursak daha çok ıslanacakmışız gibi, koşar adımlarla iniyoruz yokuştan. Yaşadığımız her anın tadını çıkararak, sırılsıklam ıslanmanın verdiği şaşırtıcı sevinçle...

Dükkânların önündeki dar kaldırımlarda iki kişinin yan yana yürümesi güç, arkam sıra geliyor Bülent. Yolun yarısında geriye dönüp bakıyorum, o benden çok ıslanmış galiba... "Pantolonunun paçası çamura batmış," diyerek gülüyorum. "Çeksene şunu biraz." "Kendine bak sen," diyor. "Birazdan beline çıkacak su." Gerçekten de öyle, ikimizin kot pantolonu da dizlerimize kadar sırılsıklam. Sığ bir gölün içinde yürüyoruz sanki. Ama çok eğleniyoruz. Çocukluk günlerimizdeki kısıtlamalara başkaldırı niyetine geçtiği için belki... "Yağmurun altında gezmek de neymiş! Yağmurluğunu al, şemsiyeni unutma. Hemen kurulan, hasta olacaksın. Ayağını ıslatırsan nezle hazır..." Beni kötü hava şartlarından koruyup kollamak, annemle babamın ender buluştuğu noktalardan biriydi. Babam daha esnekti bu konuda ama, annemden kurtuluş yoktu. Bu çocuksu neşemin nedeni, üzerime çökmüş yıllanmış baskıların hafifleyip yağmur damlalarına karışarak yok olmasından başka ne olabilir ki?

Dağın yamacında, epeyce yüksek bir yerlerde, çam ormanları arasına iliştirilmiş kocaman bir bungalov gibi duran Nehirim Otel'in paraleline geldiğimizde (Önüne diyemiyorum, çünkü otel bizden çok uzak bir yükseltide!), şaşırtıcı bir manzarayla karşılaşıyoruz. Bulunduğumuz yerle otelin girişi arasında ilkel bir teleferik kurulmuş ve bavullarımız, çelik yayın üzerinde kayan ahşap bir düzenekle yukarıya taşınıyor. Bizse, teleferiğe paralel, gene ahşap bir merdiveni çıkarak ulaşıyoruz otele.

Yalnız otel değil, yayla evlerinin de hepsi ahşap ve değişik bir mimari yapıya sahip. Beton bina yapmak yasak diyorlar ama, bir kolayını bulanlar da yok değil. Biraz ilerideki çimento sıvalı inşaatın yükselmekte olan ilk katları, ahşap yapılanma zorunluluğu ile dalga geçiyor sanki. Birileri şikâyet etmezse, kimse kimseye karışmıyormuş. O vakte kadar da beton ve çimento yapının dış cepheleri ahşapla kaplanarak usulüne uygun hale getiriliyormuş.

Düzayak değil otelimiz, yamaca uygun eğimle yukarıya doğru yükseliyor. Restoran ve resepsiyonun bulunduğu binanın dışından, merdivenlerle çıkılıyor odalara. Odaya girer girmez duşun altına atıyoruz kendimizi. Önce ben, sonra Bülent. Bu nemli ortamda kuruyacaklarından umutlu olmasam da, sırılsıklam giysilerimizi sandalyelerin üzerine seriyorum. Üstüne geçirdiği kalın eşofmanın sıcağında yeniden can bulmuş gibi, "Hadi çıkalım," diyor Bülent. "Yağmur durmuş. Oturmaya mı geldik buralara?"

Herkes bir tarafa dağılmış. Yemeğe kadarki zamanı gönlümüzce değerlendirebileceğiz. Bir saat önceki çılgın yağmur kabuğuna çekilmiş, hâlâ alçaklarda seyreden bulutların kıvrımlarında pusuya yatarak, haşarı ve pervasız damlalarını yeniden döküştürmek için fırsat kolluyor.

Biraz önce önlerinden duraksamadan geçip gittiğimiz dükkânlara girip çıkıyoruz Bülent'le. "Biz de alalım şu yağmurluklardan," diyor. "Ne olur ne olmaz, bir öncekinden de beter bir sağanağa yakalanmamız an meselesi."

Tek kullanımlık renk renk yağmurluklar çok ucuz, iki üç lira. Bir de daha kaliteli diye beğenimize sunulan cins var, diğerinden biraz daha kalın, fiyatı on lira. En çok iki kullanımlık olduğunu bilsek de, tercihimizi iyi kaliteden yana kullanıyoruz. Beden farkı yok, hepsi battal boy. Bülent mavi renklisini seçiyor, bense sarı.

"Denemeden almam," diyerek, ceketimin üstüne giyiyorum yağmurluğu. Kapüşonunu başıma geçirip boy aynasına bakıyorum. Hoşuma gidiyor görüntüm, karşımda duran komik ve eğlenceli tiple dalga geçiyorum.

"Civciv gibi oldun," diyor Bülent. "Şipşirin bir civciv. Benim civcivim..."

Samimi ve sıcak bir övgü gibi dursa da, fazlaca sahiplenme kokan sözlerini duymamış gibi Nezaket Hanım'la Emine ablaya hediye seçiyorum. Nezaket Hanım'a bordo, Emine ablaya lacivert zemin üzerine çiçek desenli Rize bezi eşarplar... Ya annem! İçim cız ediyor. Ona alabileceğim hediyelik yok artık!

Tezgâhın üzerine dizilmiş küçük, tüylü oyuncaklar ilişiyor gözüme. Yeniden çocukluğunu yaşayan annemin son zamanlarda elinden düşürmediği küçük ayıcığın bir benzerini görmek sevinçle dolduruyor içimi. Sardırıveriyorum hemen. Her gittiği yerden bir şeyler alıp götüren kızı, bu kez de eli boş çıkmayacak annesinin karşısına. O farkında olmasa da...

KÜÇÜK VE KAVRUK BİR KADIN

Dükkânların arasında bir de kahve var. İçerisini internet kafe olarak kullanıyorlar. Geniş bir balkon gibi caddeye doğru uzanan dış bölüme, iki uzun deri kanepenin dik açı yapacak şekilde uç uca getirilmesiyle oluşmuş "L" şeklinde bir köşe oturma grubuyla bir masa, birkaç sandalye konulmuş.

"Oturalım mı?" diyor Bülent. Sonra da yanıtımı beklemeden, kanepelerden sırtını binanın duvarına dayamış, caddeye ve manzaraya hâkim olanına geçip oturuyor. Ben de ayakkabılarımı çıkarıp, L şeklindeki koltuk grubunun tam köşesine yerleşerek ayaklarımı uzatıyorum. Bizden başka kimse yok kahvede. Müşteriler ya yağmurdan kaçmış ya da içeride oturuyorlar.

Birkaç dakika geçiyor geçmiyor elinde çay tepsisiyle ince, uzun boylu bir delikanlı beliriyor karşımızda. "Hoş geldin abim," diyerek ince belli ama benzerlerine göre irice cam bardaklardaki çayı bırakıp kayboluyor. İki bardak çay koyuyor sehpanın üzerine, benim varlığımın farkında ama, Bülent'le konuşuyor yalnız, beni hesaba katmıyor.

"Saygıdan," diyor Bülent. "Hem sana, hem de bana duyduğu saygısından dolayı, rahatsız etmek istemiyor."

İlgilenen kimsenin olmaması, Bülent'in gerisinde gölgede kalmam, daha da rahatlatıyor beni. Başımı koltuğun köşesine koyup dizlerimi kıvırarak, en rahat ettiğim *tespihböceği* şeklini alıyorum.

"Battaniye isteyelim mi? Uyursun belki," diye takılıyor Bülent. Geleni geçeni seyredip laflıyoruz. Henüz bardağın dibini getirmeden, çaylarımızı tazeliyor kahveci delikanlı, her gidip gelişinde daha da artıyor Bülent'le samimiyeti.

"Oo, keyfiniz bol olsun!"

Spor yazarı Baran Arcaklı! Yanında da Selen, ama ilk bakışta tanıyamıyorum onu. Karadeniz kadınlarına özgü baş bağlamasıyla, "Nasıl olmuşum?" der gibi bakıyor yüzüme. Bir adım gerisinde duran genç kızın, Güneylerin kızı Melis olduğunu neden sonra fark edebiliyorum. Onun da başında benzer tarzda sarılmış çiçek desenli bir Karadeniz poşusu var.

"Çok yakışmış," diyorum. "Üstünüzde kot pantolonlar olmasa, fındık toplamaktan dönen Karadeniz kızları sanabilirdim sizi."

Karadeniz kızı lafı pek hoşuna gidiyor Selen'in. Bülent'in, "Çay ikram edeyim size," teklifini ikiletmeden, yanımdaki boş yere oturuveriyor. Kaykılmış bedenimi toparlayıp tespihböceği şeklimi bozarak bağdaş kuruyorum.

Gözleri Selen'le Melis'in poşularının üzerinde, "Sen de bağlatsana," diyor Bülent. "Nasıl olacak bakalım..."

"Cadde üzerinde sağ koldan ikinci dükkân," diye atılıyor Selen. "Bağlamadan para almıyorlar. Poşu satın alana soruyorlar, bağlama ister misin diye." Akranlarmış gibi, Melis'e bakıp gülüyor. "Fırsatı kaçırmayalım dedik biz de..."

Selen'in, grup içindeki diğer hemcinslerinden çok –ben de dahilim buna!– henüz lise ikinci sınıfa giden gencecik Melis'e yakın durması, kalabalık içinde yaşadığı yalnızlaşmanın sonucu olabilir mi?

"Ne dersin?" diyor Bülent. Üstü kapalı alaycılığıyla ekliyor. "Para da almıyorlarmış bak!"

Gerçekten beni Karadeniz baş bağlamasıyla görmek istiyor mu, yoksa bunca yıllık karısının kendisinden çok genç hemcinslerinin izlediği yolda benzer hevesleri gösterip göstermeyeceğini sınamak için mi ısrar ediyor, anlayamıyorum.

"Bu saatten sonra bana uymaz," diyeceğime, "Güzel görünüyor ama, sıkılırım ben," diyerek noktayı koyuyorum.

Bülent'in gözlerinden belli belirsiz bir memnuniyet ifadesi akıyor. "Birer çay daha alır mısınız?" diye soruyor, kendisi ev sahibi, diğerleri konukmuş gibi.

"Gidelim," diyor Baran. "Melis'i merak ederler."

Birer çay daha içip kalkmaya niyetlenirken, caddenin ortasında küçük bir kaynaşma oluyor. On, on iki yaşlarında iki oğlan, kan ter içinde, önlerinden koşarak yokuş aşağı inen iki ineğin peşinden koşturuyorlar. İnekleri kovalıyorlar mı, yakalamaya mı çalışıyorlar belli değil. Hemen arkalarında, yetmiş, yetmiş beş yaşlarında olduğunu tahmin ettiğim kamburu çıkmış bir kadın beliriyor. Elindeki ağaç dalından bozma bastonu sallayarak, bir şeyler anlatma çabasında. Gücü kesilmiş gibi, tam önümüzde duruveriyor. Görüş alanından çıkan ineklerin ve çocukların arkasından umarsızca bakıyor.

"Hayrola teyze," diyor Bülent. "İnekler senin mi?"

"Benim ya!" diye içini çekiyor kadın. "Yetişemedim arkalarından. Uşaklar yakalar inşallah."

"Gel bir çay iç, soluklan," diyor Bülent.

"İstemem!" diyerek kestirip atıyor kadın. "Hayvanları yakalamadan rahat yok bana."

"Karadeniz'in çilekeş kadınları," diye bilmiş bilmiş söyleniyor Bülent. "Çayı, fındığı toplayan, tarlada ırgat gibi çalışan, topladığı çalı çırpıyı sırtına vurup evine, ocağına taşıyan bunlar... Ağır işçi hepsi. Yan gelip yatıyor kocaları, kahvede oturup vakit öldürmekten başka iş yaptıkları yok. Baksana şu kadına, bu yaşa gelmiş, hâlâ hayvan peşinde koşuyor. Peşinde koştuğu hayvan kadar değeri yok..."

Nâzım Hikmet'in dizeleri geliyor aklıma...

... Ve kadınlar
bizim kadınlarımız:
korkunç ve mübarek elleri
ince, küçük çeneleri, kocaman gözleriyle
anamız, avradımız, yârimiz
ve sanki hiç yaşanmamış gibi ölen
ve soframızdaki yeri
öküzümüzden sonra gelen...

Endişeli bakışlarını yoldan çekerek, Bülent'e çeviriyor kadın, dikkatle bakıyor yüzüne.

"Kimsin sen?" diyor. "Nereden geldin? Ne iş yaparsın?"

Hedefi olduğu soru yağmurunu gülerek karşılayarak, tek tek yanıtlamaya girişiyor Bülent.

"İstanbul'dan buraları gezmeye geldik. Adım Bülent, gazeteciyim."

"Evli misin?"

"Evliyim."

"Kaç uşağın var?"

"Bir oğlum var. Yirmi yaşında."

"Maşallah. Eli ekmek tuttu mu oğlanın?"

"Öğrenci henüz, üniversitede okuyor."

"İyi, okur da adam olur inşallah." Başını dikleştirerek devam ediyor. "Bende de dört tane uşak var. Gelinler, kızlar, oğlanlar, torunlar... Kıymetimi bilir hepsi, bir dediğimi iki etmezler." Hınzırca bir gülüş dolanıyor yüzünde. "Gelin iken başkaydı," diyor. "Kaynana oldum, değişti işler."

Gelin olma konumundan kaynanalığa terfi edince güç kazanmış, saygı görür, sözü dinlenir olmuş besbelli. Şu anda genç bir kadın olsa, hiç tanımadığı bir erkekle kesinlikle sohbet edemezdi. Yaşı ve yaşadıkları onu güçlü kılmış belki ama, kadınlığını rafa kaldırarak, erkeksi bir kişiliğe bürünmesine yol açmış.

Dikkat ediyorum da, konuşurken hiç benim yüzüme bakmıyor, yok sayıyor beni. Muhatabı Bülent, çünkü o erkek! Dişiyle tırnağıyla elde ettiği erkeklere yakın bu mevkii ve üstünlüğü tepe tepe kullanacak. Ancak belli bir yaşa geldikten sonra kavuşabildiği söz hakkını, kendi cinsinden, genç bir kadına tanıyacak değil ya...

Uzunca bir süre, oradaki varlığımdan habersizmişçesine, aralarında konuşuyorlar Bülent'le. Neden sonra, beni yeni fark etmiş gibi, bastonunu bana doğru sallayarak, "Bu kim?" diye soruyor kadın. Sorunun muhatabı Bülent gene. Gönül indirip, "Sen kimsin?" diye sormuyor bana.

"Karım," diyor Bülent.

Yüzü asılıveriyor kadının. Tepeden tırnağa süzüyor beni. Sonra da Bülent'e dönüp, "Ne demeye böyle küçük kadın aldın?" diyor.

Bülent'le bakışlarımız, gülüp gülmemek arasındaki kararsızlıkta buluşuyor. Beni kocamın yanına yakıştırmasa da kızamıyorum ona. Ne yapsın, yaşını başını almış olgun bir erkeğin yanına benden daha olgun görünümlü birilerini yakıştırıyor. Tespihböceği oturuşuyla bağdaş kurma arasında kararsız kalmış, kadın mı çocuk mu, ne olduğu belli olmayan, akıllı uslu elbiseler yerine futbolcular gibi eşofman giymiş, onun kafasındaki ağırbaşlı, balıketli, ideal kadın tipiyle taban tabana zıt incelikte bir *küçük kadın*'ım ben.

Küçümseyen tavrını gizlemeye gerek duymadan, "Uşak verdi mi bu sana?" diye soruyor Bülent'e.

"Yirmi yaşında bir oğlumuz var dedim ya."

"Bu kavruk kadın mı doğurdu o oğlanı?"

Belli ki inanmamış. Aldatılmış olmanın isyanıyla, öfkeyle bakıyor Bülent'e.

İlk kez söze karışarak, "Bülent'in ikinci karısıyım ben," diyorum.

"Oğlan birinci karısından."

"Hah, şimdi oldu!" diyor kadın içi rahat etmiş gibi. "Kızın sanmıştım ben de..."

Gözlerini kısıp yolun aşağısına doğru bakıyor. "Gideyim ben," diyor. "Uşaklar beceremeyecek bu işi."

"Demek ikinci karımsın ha!" diyor Bülent buruk bir gülüşle. "Kızıyım demediğin için teşekkür mü borçluyum sana?"

"Abartıyorsun Bülent, güveni sarsılmıştı kadının, sana inanması için öyle demek zorunda kaldım."

Görünürde kapanıyor konu, daha fazla konuşmuyoruz üzerine. Ama Bülent, hâlâ olayın etkisinde olduğunu her fırsatta belli etmekten kendini alamıyor...

Otelin sahibi Ayderli bir aile. Yönetici koltuğunda genç bir kadın oturuyor. Oturuyor demek hata aslında, her işe o koşuyor, tüm aile fertleri yardımcı ona. Karadeniz mutfağının en güzel örneklerini, en leziz yöresel tatları içeren dört dörtlük bir açık büfe hazırlamışlar bizim için. Canlı müzik de var üstelik, kemençe eşliğinde Karadeniz türküleri...

Selen'le Melis başlarındaki poşuları çıkarmamışlar, gruptakilerin iltifatları eşliğinde yiyorlar yemeklerini. Yemeğin sonlarına doğru coştukça coşan kemençe horona, kolbastıya davet ediyor konukları. Necip'in çağrısına ilk yanıt Selen'le Melis'ten geliyor. Ayakları horonun hakkını veremese de, baş bağlamaları sayesinde, Karadeniz folkloruyla bütünleşebiliyorlar. Gözüm ikisinin üzerinde.

Girdiğimiz her toplulukta benim nereye baktığımı, bakışlarımın kimin ya da kimlerin üzerinde yoğunlaştığını benden iyi bilen kocam, bu yeteneğini bir kez daha kanıtlamakta gecikmiyor.

"Pişman oldun başını bağlatmadığına, değil mi?" diyor. "Yakışırdı sana, neden inat ettin bilmem ki..."

"Yakışıp yakışmama meselesi değil. Otantik giysilere, takılara olan merakımı bilirsin. Giymekte, takmakta, uygulamakta cesur olduğumu da... Karadeniz poşusu bağlamanın yaşı yok, sekseninde de bağlayabiliyor insanlar, ama benden çok daha genç birilerinin yaptığı işe özenmiş olmayı istemedim açıkçası."

"Hata etmişsin. Yaşla ne ilgin var senin? Baksana, herkes kızım sanıyor seni. Poşu da yakışır sana, horon da, kolbastı da..."

Susuyorum, böyle zamanlarda susmam gerektiğini iyi bilirim, konuşmanın anlamsızlığını da. Karadenizli gariban bir kadının ağzından duydukları, sandığımının çok üstünde etkilemiş Bülent'i. Kor düşmüş içine, yüreği yaralı. Belli ki, *küçük ve kavruk kadın*'la fena halde başı dertte kocamın...

YAYLADAN YAYLAYA

Sabahın köründe yaptığımız kahvaltının ardından, bavullarımız otelin mütevazı teleferiğiyle aşağıya indirilip minibüse yerleştiriliyor. Nehirim Otel, tek gecelik ziyaretçilerine gösterdiği konukseverliği son ana kadar sürdürüyor. Sahibinden çalışanına, aşçısından komisine kadar tam kadro el sallayarak, arkamızdan sular dökerek uğurluyorlar bizi. Bir daha yolumuz düşer de gelir miyiz bilemem ama, yüreklerimizde farklı bir yer edindikleri kesin.

Ayder'den Çamlıhemşin'e, oradan da Çayeli'ne varıyoruz. Rize bezi alışverişi yapmamız için kısa bir süre veriyor bize Necip. Yolumuz uzun, programımız yüklü, fazla oyalanmak yok.

Ama çay toplayan kadınları izlemeden gitmek olmaz! İlginç bir düzenek var bu iş için. Özel makaslarıyla kestikleri çaylar, kendiliğinden, makasın altındaki bez torbalara doluyor. Kol kuvveti isteyen, zorlu bir iş. Küçük torbalarda biriken çaylar, daha büyüklerine boşaltılıyor ve işlenmek üzere çay fabrikalarına gönderiliyorlar.

Rize'de kısa bir şehir turu atarak Trabzon'a, oradan da Akçaabat'a geçiyoruz.

"Öğlen yemeğinde Akçaabat köftesi yiyeceğiz," diyor Necip. "Ve Laz böreği..."

Laz böreğinin kıymalı, peynirli, patatesli olabileceğini söyleyip tercihlerimizi soruyor. Koltuklar arasında gezinerek, elindeki kâğıda tek tek not ediyor. Önceden telefonla haber verecek de gittiğimizde her şey hazır olacak...

"Sizinki nasıl olsun Verda abla?" diye yanıma geldiğinde, "Laz börcği, Karadeniz'e özgü bir tatlı değil mi?" diye soruyorum.

"Aman abla renk verme!" diyerek arka sıraya geçiyor.

Karadeniz'le iç içe, konuklarına dalgaların üzerinde oturuyormuş hissi veren restoranda, upuzun bir masa hazırlamışlar bizim için. Turşu kızartması, karalahana sarması, mıhlama, kaygana, hamsili pilav ve tepeleme dolu servis tabaklarında sunulan Akçaabat köftesi.

Yemeklerimizi yerken, küçük tabaklara konulmuş Laz böreklerini getirip herkesin önüne birer tane bırakıyorlar. Beklediğim gibi, elde açılmış kat kat yufkanın arasına muhallebi kıvamında harç konularak fırında çıtır çıtır pişirilmiş ve üstüne şerbet dökülmüş nefis bir tatlı.

Gruptaki herkes Necip'in yaptığı espriyi kavrıyor ama, Ayla Hanım isyanlarda.

"Patatesli olacaktı benimki!" diyor servis yapan kıza.

"Laz böreği budur efendim," diyecek oluyor kızcağız...

"Arabada tek tek sordular," diyor Ayla Hanım. "Patatesli olacak diye özellikle yazdırdım."

Necip'e düşüyor iş. Laz böreğinin tarihçesinden, günümüz mutfağındaki yerine kadar küçük bir bilgilendirme konuşması yaparak, güçlükle ikna ediyor Ayla Hanım'ı.

*

Bugünkü yaylamız Hıdırnebi. Akçaabat'a yalnızca otuz dört kilometre. Ancak buralarda, özellikle de yaylalara çıkan yollarda kilometrelerin önemli olmadığını öğrendik artık. Beş kilometrelik dar, virajlı, yokuşlu, yer yer bozuk bir yol, elli kilometreye bedel olabiliyor.

Akçaabat'ta sahilden ayrılıp Düzköy yönünde ilerliyoruz. On, on beş kilometre sonra tırmanmamız gereken zorlu bir yayla yoluna sapıyoruz.

Öncekilerden daha mı çok virajlı ne? Keskin "U" virajlar, zaman zaman "O"ya dönüşebiliyor. Bir yanımızda bize eşlik eden uçurumlara arkadaş olduk artık ama, yol çok dar, yer yer toprak ve bozuk.

Dağın yamacından yokuş yukarı kıvrıla kıvrıla bin altı yüz metreye ulaşmayı hedefliyoruz. Neyse ki, şartların elverişsizliğini örtecek derecede muhteşem bir manzaranın göbeğindeyiz. Geride bıraktığımız her dönemeçte değişiyor manzara. Dağlar, çam ormanları ve yeşilin daha önce görmediğimiz bin bir tonu...

Yükselti arttıkça, gökyüzü puslanıyor sanki. Sis mi, bulut mu anlayamadığımız tül gibi bir örtünün içinde ilerliyoruz.

"Sıkı durun," diyor Necip. "Birazdan bulutların üzerine çıkacaksınız."

Arabanın içindeki uçurum ve viraj tedirginliğini dağıtıp ortamı ısıtmak için bir CD koyuyor. Temel'li, Dursun'lu, İdris'li fıkralar... Ağzı yüzü açık; küfür, argo, ne ararsan var. Bülent'le kafa kafaya verip dikkatle dinliyor, fıkra bitince de kahkahayı patlatıyoruz. Bazıları dinlemiyor bile, aralarında uyuyanlar var, dinleyenler de bizim kadar gülmüyor nedense.

"Neden kimse gülmüyor?" diyorum Bülent'e.

Sesini alçaltarak kulağıma fısıldıyor.

"Hiçbiri seninle benim kadar uyumlu değil de ondan. Çiftler arasında biri gülüp diğeri gülmese, garip bir durum çıkar ortaya. İkisi de gülecek ki olsun. Ama bunun için, kafaca ortak bir paylaşım gerekiyor."

Keşke dediğin gibi olsa Bülent. Keşke her şey aynı espriye gülmek kadar basit ve kolay olabilse... Gerçek uyumun gerisinde, aynı noktaya bakıldığında aynı şeyleri görmek ve hissetmek de var!

Hıdırnebi, çıktığımız yaylaların en yükseği. Bulutları görmek için başımızı yukarı kaldıracağımıza, önümüze bakmak yetiyor. Bir anda değişiveriyor çehreleri, zaman zaman yoğunlaşıp sis gibi görüş mesafesini azaltıyor, zaman zaman da öbek öbek kayıp gidiyorlar yanımızdan.

Kalacağımız tatil köyü, yaylanın en yüksek yerine kurulmuş, doğal manzaraya karşı tam bir seyir terası konumunda. Yeşilliklerin üzerine serpiştirilmiş kiremit rengi ahşap bungalovlar, yan yana getirilmiş iskambil kâğıtlarının oluşturduğu üçgenleri andıran çatıları, her birinin önündeki minyatür balkonları, cetvelle çizilmişçesine düzgün sokakçıklara açılan çıngıraklı kapılarıyla çok sıcak ve çok şirin görünüyorlar.

Karadeniz yaylaları, yaz mevsimini çiçeklerin renklendirdiği çayırlar ve şenliklerle karşılıyorlar. Ayder Yaylası'nın haziran sonuna rastlayan şenliğini kaçırsak da, Hıdırnebi'ninkini kıl payı, ucundan yakalıyoruz. Henüz bir hafta var şenliğe ama, Hıdırnebi Kayası'nın arkasındaki Dernek çimeninde yapılacak şenliğin hazırlıkları sürüyor. Hazırlıkları böyle olursa, kendisi nasıl olur demekten kendimizi alamıyoruz. Her taraf cıvıl cıvıl ve kalabalık, kemençe sesleriyle inliyor her yan. Çadırlar kurulmuş, tezgâhlar açılmış; yiyecek, içecek, giyecek, hediyelik bin bir çeşit ürün ziyaretçilerin beğenisine sunulmuş. Yöreyi yansıtan ürünler çoğunlukta. El emeği püsküllü çantalar, alacalı çoraplar, örme sepetler, ahşap mutfak eşyaları...

Şenlik alanı önceleri, çobanların ürettikleri ürünleri pazarladıkları, çevre köylülerin gelip alışveriş ettikleri bir yermiş. Zaman içinde eğlence yönü öne çıkmaya başlamış.

Bize kalsa, uzun bir süre daha oyalanırız buralarda, ama Necip grubun dağılmasından yana değil.

"Sis bastırmadan yürüyüşümüzü yapalım," diyor. Küçük bir uyarı yapıyor bu arada. "Hava karardıktan sonra şenlik alanında kalmanız doğru olmaz. Şenlikle silah sesi aynı anlama gelir buralarda. Masum bir eğlence ve alışveriş alanı gibi görünen bu yerin kurşun sesleriyle inlemesi an meselesidir."

Yaklaşık bir saatlik dağ yürüyüşümüzün ardından tatil köyüne dönüp evlerimize dağılıyoruz. Evlerin içi, dış görünümleri kadar sıcak değil. Küçücük bir oda, iki adımla sınırlı minik bir banyo. Duvara dayalı iki kişilik karyolanın boşta kalan yanından tek kişi geçebiliyor ancak. Yatağın ayakucuna koyduğum bavulu açmakta zorlanıyorum. Üstümüzü değişip zor atıyoruz kendimizi dışarı...

Köyün ortasında ayrı bir binada yer alan alabildiğine geniş, şık döşenmiş yemek salonu, yalnız tatil köyünde kalan konukları değil, çevre il ve ilçelerden günübirliğine gelen Karadenizlileri de ağırlıyor. Yola çıktığımızdan bu yana, yöresel yemeklerin yanında ızgara türü etlerin ve zeytinyağlıların da sunulduğu ilk restoran burası. Canlı müzik de var üstelik.

Yemeğin sonlarına doğru, klasik şarkı ve türküler, âdet olduğu üzre, kemençeye ve Karadeniz ezgilerine bırakıyor yerini. Yöresel kıyafetler giymiş bir halk oyunları grubu, horonun, kolbastının inceliklerini sergiliyor. Karadenizliler içinde onlara katılıp ayak uyduranlar oluyor. Bizse yalnızca ayak hareketlerindeki uyumu izlemekle yetiniyoruz.

"Hiçbir yörenin oyununa benzemez Karadeniz'inki," diyor Necip. "Hiçbir oyun bu kadar hızlı tempoda oynanmaz çünkü. Ege'nin zeybeği, her adımda duraklayarak oynadıkları çökertme, İç Anadolu'nun, Ankara'nın seğmeni, dura düşüne oynadıkları fidayda... Buradaysa çabucak bitirilip bir yerlere yetişilecekmiş gibi aceleyle, telaşla oynanır oyunlar. Horon, hele kolbastı, Karadenizlilerin kanının ne kadar hızlı aktığının göstergesidir."

Gecenin sonunda, beynimize kazınan kolbastı nağmeleri içimizi coştursa da, çökertme ve fidayda adımlarıyla odalarımıza dağılıyoruz.

İçeri girmeden balkonda oturuyoruz biraz. Şenlik alanından yükselen sesler, tüm canlılığıyla yankılanıyor kulaklarımızda. Kemençe, tulum... Ve silah sesleri! Tek tük, arada bir artıp sonra susan sesler.

"Amma da abartmış bizim Neco," diyor Bülent. "Birkaç atımlık kurşun için dışarı çıkmamızı yasaklayacak neredeyse..."

İKİ KİŞİLİK HÜCRE

Yatağın hangi tarafında kimin yatacağı, Bülent'le aramızda küçük bir sorun yaratıyor.

"Duvarın dibinde yatmam ben!" diyorum.

Karısının anlamlı anlamsız, türlü türlü korkularına, titizliklerine alışık olsa da, "Nedenmiş o?" diyor Bülent.

"Böcek falan çıkar, neme lazım..."

"Öyle olsun bakalım," diye emekler gibi, dizlerinin üzerinde kayarak duvarın dibine atıyor kendini. Normal boyutlara göre eni hayli dar olan yatağın diğer köşesine kıvrılıp yatıyorum ben de.

Çok geçmeden uyuyuveriyor Bülent. Alışılmışın dışında, yüksek perdeden bir horlama eşliğinde... Yastığını düzeltiyorum, kesilir gibi oluyor horlaması, iki dakika geçmeden yeniden başlıyor. Bu kadarla kalsa iyi, yatağın ortası çukur, sol yanda Bülent, sağ yanda ben, ister istemez ortaya doğru kayıyoruz. Uyanık olduğum için toparlanıp yerime çekilebiliyorum ben, ama Bülent ağır uykusunun arasında, yatağın ortasına iyice yerleşiyor.

Boğulacak gibiyim, gizli bir el boğazımı sıkıyor sanki. Kalkıp banyoya geçiyorum, soğuk su çarpıyorum yüzüme. Parmaklarım şişmiş, bir gün önce Bülent'in zorla parmağıma geçirdiği alyans etime gömülmüş. Sabunla ovalayarak çıkarmaya çalışıyorum. Biraz zorluyor ama çıkıyor sonunda. Ferahlıyorum biraz.

Yatağıma dönüp gözlerimi kapatarak uyumaya çabalıyorum. Şenlik alanından gelen sesler, gecenin karanlığında katlanarak büyüyor. Birileri yanı başımda horon tepiyor sanki. Silah sesleriyse, gece ilerledikçe azalacağına gitgide artıyor.

Tam dalmak üzereyken, kulağımın dibindeki patlamayla sıçrıyorum yerimden. Hayır, yakınımda, odanın içinde olan bir şey yok...

Silah sesleri! Onlar mı uyandırdı beni?

Susacak gibi değiller. Yaklaşıyorlar... Beynimin içinde çınlayacak derecede yakınımdalar. Biri bitmeden diğeri başlıyor. Ardı ardına... Tabancadan değil, makineli tüfekten atıldığını düşündürecek kadar çok sayıda.

Durmuyor, susmuyor... İçimde yankılanıyorlar, yüreğimde. Her bir kurşunun hedefinde ben varım sanki. Kaçmak, kurtulmak istiyorum... Beceremiyorum. Birisi siper oluyor önüme...

Babam!

Son kurşun sesiyle beraber yere yıkılıyor. Şakağında kıpkırmızı bir delik...

Soluk soluğa fırlıyorum yataktan. Daha önce hiç bu kadar hızlı atmamıştı kalbim. Boğulmak üzereyim, boğazımdaki el öylesine acımasız, öylesine güçlü ki... Ölümü hissediyorum bedenimde, hücrelerimin birer birer öldüğünü...

Son bir gayretle kapının koluna uzanıp dışarı atıyorum kendimi. Kollarımı iki yana açarak nemli ve serin havayı kucaklıyorum.

Kurşunlar... Kurşunlar... Vızır vızır geçiyorlar yanımdan. Bu kez de ben siper oluyorum babama. Vurulmuş o zaten, ama olsun. Beni de vursunlar istiyorum. Babamın yanında olayım tek!

Bülent'in sesiyle kendime geldiğimde, yaylanın serin havasıyla kaskatı kesilmiş bedenimi güçlükle doğrultup, tanımayan gözlerle yüzüne bakıyorum.

"Ne yaptığını sanıyorsun sen?" diye çıkışıyor bana. "Gecenin bir vakti, incecik gecekliklerle dışarılarda..."

Ne halde olduğumun farkında bile değil. Gördüğünü anlamaktan, anladığını yorumlamaktan âciz. Kolumdan tutup içeriye sürüklüyor beni. "Yat, uyu!" diyor. "Sabah erken kalkacağız."

Yüzünü duvara dönüp bıraktığı yerden yakalıyor uykusunu. Horultusunun sesi, silah seslerine karışıyor...

*

Ancak sabaha karşı dalabildiğim birkaç saatlik huzursuz uykunun ardından, dinleneceğime daha da yorulmuş kırık dökük bedenimle, bezgin bir halde uyanıyorum yeni güne. Yüzüm gözüm şiş, gözlerimin altında mosmor halkalar...

Gecemizi paylaştığımız avuç içi kadar odaya son kez bakıyorum. Enlemesine iki eşit parçaya bölünse, en ağır suçlardan hüküm giymiş mahkûmların konuldukları tek göz hücrelerden farkı kalmayacak.

"İki kişilik hücre," diye mırıldanıyorum istemsizce. "Evliliğimiz gibi!"

Ünlü bir köşe yazarının yazdığı yazı düşüyor aklıma... Karısıyla anlaşmazlıklarının son raddeye geldiği dönemde, yakın dostları evliliklerini kurtarmak amacıyla son bir girişimde bulunarak, tekneyle mavi yolculuğa çıkarıyorlar onları. Deniz, güneş, eş, dost, keyifli bir paylaşım sözde... Ancak, hesaba katmadıkları bir şey var. Sıcaktan, güneşlenmekten, güneş altında kalarak şıpır şıpır terlemekten nefret ediyor yazarımız. Karısıyla baş başa kaldıkları küçücük kamarada boğulacak gibi oluyor. Ve... barışmaları, yeniden kaynaşmaları beklenen çift, soluk almanın bile işkence haline geldiği yolculuğun sonunda boşanma kararı alarak iniyor tekneden. İçine hapsoldukları iki kişilik bir hücreden bir an önce kaçıp kurtulmak ister gibi...

Aynı şartlar altında olsak da, grup içinde bir önceki geceyi keyifli geçirenler de yok değil... Karıkoca ikisi de ikinci evliliğini yaşayan Arcaklı çifti, aklımdan geçen bütün olumsuzlukları yadsıyarak, *iki kişilik hücre* öngörümü çürütecek derecede mutlu görünüyorlar.

"Kurşun sesleri mi?" diyor Selen. "Duymadım bile. Başımı Baran'ın göğsüne gömünce..." İmalı, çapkın bakışlarla gülümsüyor kocasına.

Dar yerler, birbirine sokulmak için fırsat kollayan kadınla erkek için *cennet* yerine geçebiliyor demek... Ya da ikinci baharın farklılığı!

Evlilik dedikleri bu işte. Kimine cennet, kimine iki kişilik hücre. Başlangıçta cennet gibi görünse de, zaman içinde hücreye dönüşmesi mümkün, hatta kaçınılmaz olabiliyor. Ama *hücre* olmaktan *cennet* konumuna terfi eden bir evliliği bugüne kadar görmedim hiç...

ÖZELEŞTİRİ

Karadeniz turumuzun son günü bugün. Gruptakilerin isteği doğrultusunda farklı bir program uyguluyor Necip. Hamsiköy'ü görmek istiyor çoğunluk. Hamsiköy sütlacını yerinde yemek, güzelliği dillere destan bu şirin köyü görmeden gitmemek için. Sümela Manastırı'nı daha önce görmüş herkes. Yolumuzu Zigana'ya kadar uzatıp manastırı gczccck kadar zamanımız yok zaten. Hıdırnebi'den Akçaabat'a, oradan da Trabzon'a geçip, içeriye, Maçka yoluna doğru kıvrılıyoruz. Maçka'dan sonra yaklaşık yirmi kilometre, virajlı ama öncekilere göre daha az eğimli bir yayla yoluyla Hamsiköy'e vardığımızda, gerçekliğinden kuşku duyulacak derecede muhteşem, ancak kartpostallarda rastlanabilecek güzellikte bir manzara karşılıyor bizi. Yeşilin bin bir tonunu barındıran yağlıboya, eşsiz bir tablo...

Yedi ay yeşil, beş ay kar örtüsüne sahipmiş Hamsiköy. Adı, düşünülenin aksine *hamsi*'den değil, Farsça *Hamse Köy*'den geliyormuş. *Beş köy* anlamında... Beş ayrı yerleşim merkezi varmış burada önceleri. Hepsi muhtarlık olmuş sonra, merkezdeki köy, Hamsiköy olarak anılır olmuş.

Köyün içine girip, baba mesleğini sürdüren, Hamsiköy'ün ünlü sütlaççısı Osman Usta'nın mekânına gidiyoruz. Dükkânın önündeki masalara yerleşir yerleşmez sütlaçlarımız geliyor. İsteyene bol fındıklı, isteyene tarçınlı, isteyene sade.

"Hamsiköy sütlacı Hamsiköy'de yenir!" diyenleri haklı çıkaracak, daha önce yediklerimizi unutturacak mükemmellikte. İçeri girip kocaman bir kazanda kaynamakta olan sütlacın başına geçiyoruz. "Önemli olan sütü!" diyor dev kepçeyle sütlacı karıştıran kadın. "Buraların otuyla, çimeniyle beslenecek ki hayvan, sütü lezzetli olsun. Katkı maddesi kullanmayız biz. Yalnız süt, şeker, pirinç, çok az da tuz..."

Dükkânın yan tarafındaki ayrı bir bölümde, sütlacınkine benzeyen bir kazanda kuru fasulye pişiyor. "Tadına bakın isterseniz," diyor Necip. Sütlacın üzerine kuru fasulye! Olacak iş değil ama, birer kaşıklık tadımlıklar porsiyona dönüşüveriyor. "Yediğim en güzel sütlaç"ın yanına, "Yediğim en mükemmel kuru fasulye!" nidaları ekleniyor. Tarifini alıyoruz, nasıl piştiğini öğreniyoruz. Evlerimizde pişirdiğimizden farklı değil yöntemleri, işin sırrı fasulyede! Adresi ise belli...

Caddenin karşı tarafındaki küçük dükkânın önünde sıraya giriyoruz. Yuvarlak taneli tombul fasulyelerden birer kiloluk iki torba da ben alıyorum. Biri bize, tencere yemeklerine pek iltifat etmeyen ama kuru fasulyeye bayılan oğlum için. Diğeri de anneme! Nezaket Hanım pişirsin, öğütücüden geçirip kaşık kaşık yedirsin diye...

*

Dönüş yolunda minibüsümüz havaalanına doğru hızla yol alırken, uzanıp usulca elimi tutuyor Bülent.

"Nasıldı?" diyor. "Yol arkadaşlığımdan memnun kaldın mı?"

Yaramazlık yapan, ama yaptığı yaramazlığın farkında olmayan, geçecek not verirsem seviniverecek yaramaz bir öğrenci gibi.

Önceki gece canlanıyor gözümde... Yaşadığım tek kişilik kâbus! Hemen ardından, gözlerimizden yaş gelene kadar güldüğümüz Karadeniz fıkraları... Hangisinin ağır bastığını çıkaramıyorum.

"On üzerinden beş!" demeye hazırlanırken, "Ya kendi notun?" diyen iç sesim susturuyor beni, ama kendisi susmak bilmiyor. "Özeleştiri yapmanın tam zamanı!" diyor. "Karşına aldığın birilerini eleştirmeden, aynaya bak önce... *İki kişilik hücre* olarak gördüğün evliliğinde, kendini cendereye girmiş gibi hissetmene yol açan asıl neden kocan mı, yoksa evlilik kurumuna duyduğun ezeli nefret mi?

Ne kadar savunursan savun, bir zamanlar annesiyle babası ayrılmış kadın ve erkeklerin kendi evliliklerine sıkı sıkıya yapışıp boşanmayı en son çare olarak gördükleri, kocaman bir palavra... Yanlış hareket noktasından yola çıkmak, yanıltıcı sonuçlara götürür insanı. Kendini aldatmaktan vazgeç. Depremlerin en şiddetlisini, annesiyle babasının boşanmasını tatmış hiç kimse yara almadan, aldığı yaranın izlerini üzerinde taşımadan, hiçbir şey olmamış gibi sürdüremez yaşamını.

Aranızdaki olumsuzlukların bedelini Bülent'e ödetmeye kalkmadan önce düşün biraz... Hiç mi hata yok sende! Kocanı suçlayacağına, onu günahlarıyla, sevaplarıyla bir bütün olarak değerlendirip, yaşananlara tarafsız gözle bakmayı denedin mi hiç?

Silkin ve kendine gel Verda! Bülent'e, kocana değil, sizi birbirinize kenetli kılan *evlilik kurumu'*na karşısın sen..."

"Yanıt vermedin," diyor Bülent. "Geçer not alamadım mı yoksa?"

"Yalnızca bu seyahati kastediyorsan, eksiklerin ve hataların olsa da, yol arkadaşlığından geçerli ortalamayı tutturdun sayılır. Ama, uzun yol arkadaşlığı dersen eğer... İkimizin aynı not ortalamasında buluşmamız gerekiyor galiba..."

ANNEM

İstanbul'a döner dönmez, ilk işim anneme gitmek oluyor. Gözleri parlıyor beni görünce, belli belirsiz gülümsüyor. Son zamanlarda çevresinde olup biteni algılamakta, Bülent'le Kaan'ı bile tanımakta zorlanırken, beni hiç unutmadı annem.

Sabahtan akşama elinden bırakmadığı, mıncıklanıp didiklenmekten perişan olmuş kahverengi ayıcığı bir kenara itip, Ayder'deki hediyelik eşya dükkânından aldığım kırmızı tüylü ayıcığı tutuşturuyorum eline. Bakışları gölgeleniyor hemen. Kırmızı ayıcığı itiyor elinin tersiyle, yalvarır gibi bakıyor yüzüme. Meramı belli, eski oyuncağını istiyor benden. Kahverengi ayıcığı kucağına bırakıyorum. Sevinçli bir gülümseyiş dolanıyor yüzünde. Ağzını açıp bir şeyler söylemek istiyor, beceremiyor. Bir kez daha deniyor, "Bebek," diye fısıldıyor, göğsüne bastırıyor ayıcığını.

"Biraz daha iyi sanki," diyor Nezaket Hanım. "Baksana, eski oyuncağından vazgeçmedi."

Gerçekten de, son gördüğümden daha iyi annem. Kesin bir iyileşmenin mümkün olmadığını bilsem de umutlanmaktan kendimi alamıyorum. Bir anı bir anına uymasa da, zaman zaman büyük çöküşler ve geriye gidişler yaşasak da, beyin fonksiyonlarındaki olumlu gelişmeler deli gibi sevindiriyor beni. Bu kadarına razıyım, çevresiyle ilgilenip küçük tepkiler verebilen, tek tük de olsa, içindekileri sözcüklerle dışa yansıtabilen bir çocuk gibi yaşaması da yeter bana.

Verdiğimiz ilaçlar yararlı oluyor galiba. Acaba... acaba, bir süre daha bu tempoda yaşatabilir miyiz onu? Bencillik ediyorum belki, iyi bakıldığına güvenerek, bir nefes de olsa yaşamasını istiyorum. Ama o da yaşama öyle sıkı sıkıya tutunuyor ki... Gözlerinden anlıyorum. Artık kalkamadığı yatağında bile, elindeki ayıcıktan keyif alabilmesinden...

*

Boşuna canlandırdığım umutlarım, palazlanıp zirveye tırmanmaya kalkarken, aniden yere çakılıveriyorlar.

"Semra Hanım fenalaştı," diyor Nezaket Hanım telefonda. "İki defa kustu. Sizden önce doktoruna da haber verdim, birazdan gelecek."

Koşup gidiyoruz Bülent'le. Halim Bey bizden önce gelmiş, annemi muayene ediyor.

"Kalp spazmı," diyor. İlaç yazıyor, önerilerini sıralıyor... "Yarın uğrarım ben," diyerek çekip gidiyor.

Annem... Canım annem benim! Kalp spazmı geçirmiş ha... Ama aklı başında. Neren ağrıyor deyince, kalbini ve midesinin üstünü gösterebiliyor.

Her zamanki gibi, gözleri gözlerimde. Canının acısını dindirmemi uman bakışları içime işliyor. Eğilip yanağından öpüyorum, yanağımı uzatıyorum, o da beni öpüyor. Bu yeteneğini yitirmemiş henüz. Bülent üzüntüyle izliyor bizi, saçlarını okşuyor annemin, bir deri bir kemik kalmış parmaklarını...

Kaçınılmaz sonun başlangıcında mıyız?

Hayır... Hayır... Hayır!

Kabullenmek istemiyorum!

Ne var ki tıkır tıkır işliyor saat, yakılan mum eriyip bittiğinde duruverecek o da...

Böbrek yetersizliği başlıyor ertesi gün. Hastaneye yatırmamız gerekir mi? Hayır, ne gerekiyorsa evde yapılabilir. Öyle söylüyor Halim Bey. Getirdiği hemşire serum takıyor annemin koluna, içinde bin bir çeşit ilaç... Çeperleri incelmiş damarına güçlükle giriyorlar.

"Allah'tan ümit kesilmez," diyor Nezaket Hanım, gerisini getiremiyor, söyleyebileceği ne kaldı ki...

Durumun kötüye gittiğini görebiliyorum ama, içimdeki umut kırıntıları olmayacak duaları doluyor dilime.

Ellerini öpüyorum anacığımın, yüzünü... Tüm gayretine rağmen yanıt veremiyor bana artık, ağzını toplayıp biricik Verda'sını öpmeyi beceremiyor.

Dalıp dalıp gidiyor... Yaşamla arasındaki tek bağ, yalnızca bir soluk. Eli elimde, kâh hızlanıp kâh yavaşlayan soluklarını dinliyorum başucunda.

Akşama doğru şaşırtıyor beni... Küçük bir titreyişle uyanıp, canını dişine takarak araladığı gözlerini gözlerime dikiyor. Uzun uzun bakıyor, bakıyor... Veda ediyor sanki bana. Gözünün pınarında bir yaş beliriyor... Kendi gidişine ağlıyor kendince.

Annemle son iletişimimiz bu. Derin bir uykuya dalıyor ardından, tüm kapılarını kapatıyor dış dünyaya...

İki gündür burada kalıyoruz Bülent'le. Nezaket Hanım, Bülent ve ben nöbet tutuyoruz annemin başında.

Ertesi gün sabaha karşı son nefesini veriyor annem. Uykusunun içinde, günlerdir nöbetleşe başında bekleyenlerden hiçbirinin yanında olmadığı bir anda, yalnız, yapayalnız... Tıpkı yaşamında olduğu gibi.

Yaşarken yalnızdı annem, gerçek anlamda yalnız olmasa da öyle hissederdi kendini. Ama cenazesi, onu hoşnut kılacak derecede kalabalıktı. İstanbul'daki uzak yakın akrabalarımız, şehir dışından gelenler; Eda teyzem (Büyük teyzemi iki yıl önce kaybetmiştik!), eniştem, dayım, yengem, kuzenlerim, Bülent'in ailesi, Bülent'in ve benim iş çevremizden duyup gelen dostlar, arkadaşlar... Ve tabii Kaan! Antalya'dan apar topar anneannesinin cenazesine koştu oğlum. Babasıyla beraber, tabutunun altına girdi, mezarına toprak attı.

Ve taziye faslı...

Avutmak için söylenen kimi sözler, biraz olsun ferahlatacağına, üzüntümü ve acımı katlayarak isyan etmeme neden oluyor. "Başınız sağ olsun," deyip bir kenara çekilmeyi bilmeyen insanlar, ille de konuşup ahkâm kesecekler...

Beklenen ve sıralı ölüm!

Bu ve benzeri lafları duymaktan nefret ediyorum. Bilmiyorlar mı ki, annelerin yaşı olmaz! İster genç, ister yaşlı, geride bıraktıkları doldurulmaz boşluk hep aynıdır.

Doğru; yıkıcı, yakıcı, kavurucu, ani bir ölüm değildir belki. Ama inceden inceye bir sızı kaplar yüreğinizi ve bu sızıyı ölene dek içinizde duyarsınız. Hele benim gibi, tek çocuk olma umarsızlığının pençesindeyseniz... Her geçen yıl daha da yaklaştırmıştır sizi birbirinize. Ancak roller değişmiştir, siz anne olmuşsunuzdur, o da üstüne titrediğiniz yavrunuz...

Ölümlerin ardından, herkesin *keşke* diyeceği bir şeyler dolanır dillerinde. Benim öyle olmadı, tüm *keşke*'lerimi babamın ölümünde harcamıştım çünkü. Belki de bu yüzden, hiç değilse annem için yapılabilecek her şeyi yapmaya çabaladım bunca zamandır.

Evet, keşke diye yanıp yakılacağım bir durum yok ortada. Aksine, "İyi ki şunu yapmışım," dediklerimle avunuyorum. İyi ki aklı başında olduğu son anına kadar onunla olabildim, iyi ki göz göze olma düzeyinde de kalsa, paylaşımımızı sürdürebildik...

Elimde kalan son *keşke*'mi babam için kullanıyorum gene.

"Keşke senin için de, seni kaybetmeden önce bir şeyler yapabilseydim babacığım..."

ERKEKLER AĞLAMAZ!

Annemin ölümünün ikinci günü. Sabah erkenden uyanıyorum. Bülent benden önce kalkmış, baktığı yeri görmeyen dalgın gözleriyle pencereden dışarıyı seyrediyor.

"Mezarlığa götüreyim mi seni?" diyor beni görünce.

Annemim kalp spazmı geçirdiği geceden beri beni hiç yalnız bırakmayıp acımı, üzüntümü, telaşımı paylaştığı için minnet borçluyum ona. Evliliğimizin başından bu yana gösterdiği şefkat ve sıcaklığın toplamından daha fazlasını gösterdi şu birkaç gündür. Annemi özlediğimi, onunla buluşmaya can attığımı hissetmiş gibi, beni ona götürmeyi teklif ediyor şimdi de.

"Sağ ol Bülent, teşekkür ederim. Her şey için..."

Dinlemiyor beni. Kaan'ın yattığı odanın kapısını tıklatıyor.

"Kaan... Kalk oğlum. Mezarlığa gideceğiz. Gözleri yollarda kalmıştır Semra Sultan'ın, özlemiştir bizi."

Anlayamadığım garip bir şeyler oluyor, ama ne? Bu davranışların sahibi Bülent değil de başkası sanki.

On dakika içinde hazırlanıp yola koyuluyoruz. Mezarlığın kapısına kadar tek söz etmiyor Bülent. Bende konuşacak hal yok zaten. Arka koltukta oturan Kaan da uyku mahmurluğundan sıyrılıp dilini çözemeyince, çıt çıkmıyor arabanın içinde.

Bir gün önce kalabalıkların ortasında gürültüye karışıp giden hıçkırıklarım, yüksek perdeden haykırışlarla hükmünü sürdürüyor bugün. Yanı başımda duran Bülent'le Kaan'ın varlığının hiçbir caydırıcı gücü yok üzerimde. Altında annemin yattığına inanamadığım toprak yığınına döküyorum yüreğimin acısını, kıpır kıpır dualarımın arasından sohbet ediyorum anacığımla, mezarlığın girişindeki çiçekçiden aldığım kucak dolusu çiçeği tek tek ayırarak bırakıyorum henüz toprağı kurumamış mezarının üzerine, gözyaşlarımla suluyorum hepsini.

Yakınımdan gelen bir hıçkırık sesiyle irkiliyorum... Bülent! Kendi annesinin ölümünde bile ağlamaya direnerek gözyaşlarını kıpkırmızı olmuş gözlerinin ardında tutmayı başaran kocam, hıçkıra hıçkıra ağlıyor karşımda... Yanıma gelip kucaklıyor beni, sımsıkı sarıyor, başını göğsüme yaslayarak sürdürüyor ağlamasını.

"Affet beni Verda!" diyor. "Yaptığım hatalar ve yapmam gerekip de yapamadıklarım için. Annenin huzurunda ve oğlunun tanıklığında söz veriyorum sana... Hiç üzmeyeceğim bundan sonra seni. Elimden geldiğince..." Saçlarımı okşuyor usulca. "Giderayak yaptı gene yapacağını Semra Sultan!" deyip gülüyor. "Çektiğin acının büyüklüğü karşısında, dize getirdi beni. Dayanamadım, boynunun bükülüşündeki çaresizliğe, kalabalıklar içinde acını tek başına çekmeye razı, umarsız haline... Çok seviyorum seni Verda. Bir kez daha görüp farkına varmam için, Semra Sultan'ın bu dünyadan göçüp gitmesi gerekmeseydi keşke..."

Şaşkın bakışlarım Kaan'ın üzerinde yoğunlaşıyor. Bülent'in beklenmedik dışavurumunda oğlumuzun da bulunması gerekir miydi, sorusunda düğümleniyor merakım. Aklımdan geçenleri okumuş gibi, "Senin burada olmanı özellikle istedim," diyor Kaan'a. "Hem verdiğim söze tanıklık etmen, hem de babanı bir de bu yüzüyle, 'Türkiye'nin en çok okunan gazetelerinden birinin genel yayın yönetmeni Bülent Aktuna' etiketinin gölgesinden sıyrılıp kendi içdünyasının gerçekleriyle yüzleşirken görebilmen için.

Bugüne kadar fazla öğüt vermedim sana, iyi bir örnek olmaya çalıştım yalnız. Ne derece başarılı olduğum tartışılır. Şimdi sana yüreğimin derinliklerinden gelen sızılı bir öğütle sesleniyorum: Gerektiğinde ağlamayı bileceksin oğlum! Ancak, kalabalıkların önüne çıkıp salya sümük, vara yoğa gözyaşı dökerek insanları etkilemeye çalışanların sergilediği, önceden kurgulanmış yapay ağlamalar değil kastettiğim. İçinden kopup gelen hıçkırıkları bastırmak için gayret gösterme yeter. Yanlış şartlandırmışlar bizi. Ergenliğe geçişte beynimize kazıyorlar: *Erkekler ağlamaz!* Erkekler ağlamaz, erkekler üşümez, uluorta duygularını açığa vurmaz erkek adam! İnsan değildir sanki erkek, duygularından arındırılmış, hayvan bile olamayan –hayvanlar da ağlar çünkü!– garip bir yaratıktır... Sonra da gelsin kalp krizleri, gelsin ani ölümler. Dışa vurulması engellenmiş ve bastırılmış duyguların katmerleşmiş zehrini nasıl taşıyacak beden?"

"Gerektiğinde ağlıyorum ben," diyor Kaan. "Ve ağlamanın zayıflık değil, güçlülük ifadesi olduğuna inanıyorum. İnsani bir duygunun kadını, erkeği olur mu?"

Yeniden bana dönüyor Bülent. "Huysuz adamın tekiyim ben," diyor. "Ama göreceksin, bundan sonra bambaşka bir Bülent olacağım."

Elimde kalan son çiçekleri de annemin mezarına bırakıyorum. Rahmine düştüğüm anda başlayan analık görevini ölene kadar sürdürdüğü yetmezmiş gibi, öldükten sonra bile varlığından (yokluğundan demek gerek aslında!) süzülen ışıkla yanımda olabildiği için teşekkür ediyorum ona.

Uzaklarda olsan da, varlığını hep yanımda hissedeceğim canım annem. Seni çok sevdiğimi biliyorsun, değil mi? Her seferinde sana da söylerdim ya...

KÜÇÜK BİR ARMAĞAN

Annemi toprağa vereli iki ay olmuş. Ne çabuk geçiyor zaman... Geçtiği yerleri tarumar ederek, yolunun üzerine çıkan canlı cansız her şeyi acımasızca kıra döke, hiç duraksamadan ilerliyor.

Annemin ölümünden sonraki en büyük acıyı, evini dağıtırken yaşadım. Elimi değdiğim her bir nesne ondan bir parçaydı ve ben ondan vazgeçmek zorundaydım. Neyse ki Nezaket Hanım vardı yanımda. Annemin canına yoldaş olan, ona bebeğiymiş gibi okşaya seve bakan, yükümlülüğünün çok üzerinde bir özveriyle geceli gündüzlü uğraş veren bu eşsiz insan için söylenecek söz yok. Çok bağlanmıştı anacığıma, üzüntüsü ve yıkımı da büyük oldu. Tüm yüreğiyle paylaştı acımı, yanımda bir kardeşin, bir ablanın varlığını hissettirdi bana.

Annemin evindeki işi bitince, İstanbul'da kalmayı istemedi. "Buralarda duramam ben artık," diyerek Eskişehir'e, önceki yıl kocasını iş kazasında kaybeden kız kardeşinin yanına gitti. Bu melek insana tüm kalbimle dua ediyorum, her şey gönlünce olsun, o gülen gözleri hiç solmasın diye...

Kaan İzmir'e döndü. Ders yılının başlamasına epey zaman var ama, arkadaşlarıyla beraber yeni eve çıkacaklar, okula daha yakın bir yerlerin arayışı içindeler. Gönüllerine göre bir ev bulduklarında haber verecekler, taşınmalarına yardım etmek için İzmir'e gideceğim.

Yaşamımdaki en hüzünlü sonbahar! Yere düşen solgun yapraklar benim yüreğimden kopuyorlar sanki. Her şeyin ilacı zaman değil! Unutulmayan/unutulamayacak acıların ilacı yok. Ama taşlar, yavaş yavaş yerine oturmakta... Kaldığımız yerden eski düzenimizi sürdürmekten başka bir şey gelmiyor elimizden.

Adli tatilin bitmesine az kaldı. Ekim ayının ortalarındaki duruşmaya hazırlanmam gerekiyor. Ancak, ilk günlerdeki heyecanımı yitirdiğimi kabul etmeliyim. Haklılığına inanmadığım birilerini savunuyor olmanın huzursuzluğu bir yana, annemin ardından hayat görüşümde oluşan farklılıklardan kaynaklanan yabansı bir boş vermişlik her yanımı sarmış durumda. Babamla ilgili yönü olmasa, Arslanlıların avukatlığından vazgeçeceğim.

"Acele etme," diyor Bülent. "Önümüzdeki duruşmadan sonra beraberce karar veririz."

Bana verdiği sözün arkasında, eski baskıcı tavrından vazgeçmiş görünüyor. Kocam olmanın yanında, gönüllü danışmanlığımı yapmakla kalmayıp, arkadaşım ve dostum olmanın gerekliliğine inanmış gibi, beni ilgilendiren her konuyla yeterince ilgileniyor. Doğrusu da bu değil mi zaten? Kadınla erkeği bir araya getiren aşkın tutkulu büyüsü tavsamaya yüz tuttuğunda, çiftleri bir arada tutacak olan, arkadaşça ve dostça bir paylaşım değil mi? Onlar olmasa, iki kişilik hücre hapsinden ne farkı kalır evliliklerin?

Nâzım Hikmet'in *Dostluk* şiirindeki dizelerinde anlattığı gibi...

... O gider, bu gider, şu gider,
  dostluk, sen yanı başımızda kalırsın...

*

Duruşmaya bir hafta kala, Aydın Arslanlı arıyor.

"Epeydir görüşmedik Verda Hanım," diyor. "Konuşacaklarımız birikti. Annem de taziyelerini telefonla iletmekten rahatsız, mutlaka görmek istiyor sizi. Duruşmadan birkaç gün önce gelseniz..."

Arslanlılarla aramızda avukat-müvekkil ilişkisi dışında hiçbir yakınlık olmadı bugüne kadar, olacağı da yok. Annemin ölümünde Mebrure Hanım, Aydın Bey ve Hale Hanım ayrı ayrı arayarak taziye dileklerini ilettiler. Bunun ötesinde bir beklentim yok kendilerinden. Gene de programımı değiştirip belirlediğim tarihten bir gün önce gidiyorum Ankara'ya.

Aydın Bey havaalanından arabasıyla aldırıyor beni, doğruca Arslanlı Holding'e gidiyoruz. İş adı altında nelerin döndüğünü bilmediğim holding binasının boğucu havasını solumaktan hoşnut değilim.

Kapısında "Yönetim Kurulu Başkanı" yazan odanın önünde, Aydın Bey'in asistanı karşılıyor beni.

"Buyurun efendim, hoş geldiniz," diyor yüzünde maske gibi duran yapay gülümsemesiyle. "İçeride, sizi bekliyorlar."

Bekliyor...lar! Kimler? Aydın Bey yalnız değil mi?

Değil! Annesi Mebrure Hanım var yanında. Tokalaşmak için elimi uzatırken, ana oğulun ne kadar birbirlerine benzediklerini düşünüyorum. Fizik olarak taban tabana zıt görünseler de, bakışlarında, davranışlarında adını koyamadığım belirgin bir benzerlik var.

Sırf beni görmek, annemin ölümünden duyduğu üzüntüyü bir kez daha dile getirmek için buralara kadar gelmiş gibi, oğluna küçük göndermeler yaparak, anneliğin erdemleri üzerine küçük bir nutuk atıyor Mebrure Hanım.

"Anneler özeldir," diyor. "Hiçbir şeye benzemez ana acısı! Geride bıraktıkları boşluğu kimseler dolduramaz. Sağlığında onu hoş tutacaksınız ki, ardından vicdan azabı çekmeyesiniz. Sizin gibi mükemmel bir insanın, annesini kırmadan, incitmeden ebediyete yolcu ettiğinden eminim."

İki ay önce ölmüş, hiç tanımadığı birinin ardından bu kadar konuşmayı yeterli görmüş gibi, küçük bir el hareketiyle oğluna bırakıyor sözü.

"Evet, yarın duruşmamız var," diyor Aydın Bey. "Hepimiz biliyoruz ki, somut bir sonuç çıkmayacak bu duruşmadan da. Ancak, Arslanlı ailesi olarak, davanın seyrini değiştirebilecek bir karar aldık. Avukatımız olarak bu kararı sizinle de paylaşmak istiyoruz."

Oturduğum koltuğa yapışmış, sözlerinin devamını getirmesini bekliyorum. O ise merakımı iyice artırmak ister gibi, ağırdan alıyor. Ve sonunda söylüyor söyleyeceğini:

"Mahkemenin nihai sonucunu beklemeden, Alpagutların yıkım kararı verilmesini istedikleri alışveriş merkezini bizzat biz yıkacağız!"

Yanlış mı duydum? Mahkeme kararıyla durdurulmuş inşaatı ayakta tutabilmek için değil miydi bunca çaba? Boşuna mı kürek çektik bugüne kadar? Madem yıkılacaktı, gırtlak gırtlağa gelinmesine ne gerek vardı?

"Peki ama neden?"

"Alışveriş merkezinin bulunduğu yer, Alpagutlarla aramızdaki sürtüşmenin başlangıç noktası. İki tarafın arazisinin kesiştiği ama sınırlarının kesinlik kazanmadığı, belirsiz bölge. Orayı temizlediğimizde, Alpagutların söyleyecek sözü kalmayacak."

"Davadan vazgeçmeniz anlamına mı geliyor bu?"

"Asla!" diye atılıyor Mebrure Hanım. "Vazgeçmek gibi bir kelime yoktur bizim lügatimizde. Dava devam edecek gene, ama farklı bir çehreyle."

"Amacından sapmış yeni haliyle bir on yıl daha sürer bu dava. İstediğiniz bu mu?"

Biraz önce yaptığı çıkışın sertliğinden rahatsız olmuş gibi sesini yumuşatarak, "O günleri göremem ben," diye boynunu büküyor. "Ömrüm vefa etmez! Kendimi değil, geride kalacakları düşünüyorum. Oğlum, kızım, torunlarım... Benden sonra da aynı nefret ve kinle bu anlamsız savaşı sürdürmesinler. Değer mi çekilen onca acıya? İki karış toprak için ne kayıplar verdik, can gitti canımızdan. Kan davasına döndü aramızdaki düşmanlık..."

Öyle içten, öyle inandırıcı konuşuyor ki, bilmeyen biri, tıpkı benim ilk karşılaştığımda gözü kapalı inandığım gibi kapılıp gidebilir anlattıklarına. Deneyimliyim artık, boynunu büküp sesini titreterek mağdur'u oynayan bu kadını gerçek kişiliğiyle tanıyorum ben.

Mebrure Hanım'ın her mimiğinden riyakârlık akan yüzüne bakmaya daha fazla dayanamayarak Aydın Bey'e dönüyorum.

"Yıkacağınız inşaatın altındaki araziyi ne yapmayı düşünüyorsunuz? Boş mu tutacaksınız?"

"Yeşil alan olacak orası. Alpagutlarla aramızda geçiş bölgesi niyetine."

"Ya geri kalan arazi?"

Asıl anlatmak istediği buymuş gibi, canlanıveriyor Aydın Bey.

"Orası için büyük ve iddialı bir projeye başlamak üzereyiz. Çayyolu' nun en seçkin sitesini kuracağız o araziye."

"Davası sonuçlanmamış, tartışmalı bir arazi üzerine... Büyük cesaret! Alpagutlar, alışveriş merkezi için gösterdikleri tepkinin bir benzerini kurulacak site için de göstermezler mi?"

Alaycı bir gülüşle aydınlanıyor Aydın Bey'in yüzü.

"Aradaki yeşil alanı yem olarak atarız önlerine, seslerini keser otururlar. Onların da işine gelir böylesi..."

İşte Arslanlıların gerçek yüzü! Ama hemen toparlanmayı bilip, düşürdükleri maskeyi çabucak yerine takmayı beceriyorlar.

"Yeni sitemizi tanıtayım size," diyerek ayağa kalkıyor Aydın Bey. Salonun köşesinde, dikdörtgen şeklindeki masaya yayılmış maket üzerinde tanıtımına başlıyor.

"En geride, arazinin arka sınırında on beşer katlı blok apartmanlar yükselecek. Beş tip ev olacak sitede; bahçe dubleksi, çatı dubleksi, ara katlar, stüdyo daireler ve villalar. Sitenin ortasında yapay bir gölet yer alacak. On iki tane tripleks villa inşa edilecek göletin çevresine. Ankara'nın en büyük inşaat şirketlerinden biriyle çalışacağız. Bittiğinde, cennetten bir köşe olacağına garanti verebilirim."

Arslanlıların avukatı olarak, mahkemesi **süren** tartışmalı bir arazi üzerine kurulacak iddialı sitenin yasal geçerliliğini nasıl savunabileceğimi kestirememenin sıkıntısıyla, "Hayırlı olsun," **diye ağzımın** içinde geveleyerek, yeniden Mebrure Hanım'ın karşısındaki **yerime** geçip oturuyorum.

"Beğendiniz mi?" diyor Mebrure Hanım. "Villalardan üçünü kendimize ayırdık. Bana, Aydın'a ve Hale'ye. Bir **tanesini** de size ayırmayı düşünüyoruz. Maket üzerinde seçim yaparsanız..."

"Teşekkür ederim ama, biliyorsunuz İstanbul'da yaşıyorum ben. Kocamın da benim de Ankara'da yatırım yapma **gibi** bir düşüncemiz olamaz."

"Yatırım yapmayacaksınız ki, bu villa bizim size küçük bir armağanımız olacak!"

Elimi ateşe sokmuşum gibi sıçrıyorum yerimden.

Küçücük bir armağan ha!

Avukat Vural Türkoğlu'na sunulan öneri **paketinin** bir benzeri mi bu?

"Böyle bir şeyi asla kabul edemem!"

"Aşk olsun Verda Hanım," diyor **Mebrure Hanım** gücenmiş gibi. "Ankara'nın en seçkin ailelerinin yer alacağı elit **bir** sitede sizin de bir evinizin olmasının neresi kötü?"

Sizin de, ailenizin de, davanızın da... diye **başlayan** sunturlu küfürler savurmamak için güç tutuyorum kendimi.

"Sunulan bir armağanı kabul etmek bu **kadar** zor mu?" diye üstüme geliyor hâlâ Mebrure Hanım.

"Neye karşı bu armağan?" diye istemsizce **yükseltiyorum** sesimi. "Nasıl ödeyeceğim bedelini? Açık konuşun **lütfen,** benden beklediğiniz nedir?"

"Hiçbir beklentimiz yok inanın," diyor **Aydın Bey.** "Siz bizim avukatımızsınız. Arslanlı ailesi için yaptığınız özverili **çalışmalara** küçük bir teşekkür..."

"Çalışmalarımın karşılığını alıyorum ben Aydın Bey. Hiçbir avukata, aldığı ücret dışında villa teklif edildiğini duymadım bugüne kadar."

"O da bizim ayrıcalığımız," diyerek gülüyor pişkince. "İkramımızı yalnız kendi üzerinize alınmayın. Türkiye'nin gözde gazetesinin genel yayın yönetmeninin sitemizde yer alacak olması, ayrı bir onurdur bizim için."

Türkiye'nin gözde gazetesinin genel yayın yönetmeni! Kafamın içinde çılgın bir ritimle dans ediyor sözcükler. Yalnız beni değil, kocamı da satın almaya yönelik bir eylem girişimi bu. Kendileri hakkında çıkabilecek iyi kötü her haberi kontrol altında tutabilecekler bu sayede.

İyiden iyiye bulanıyor içim.

"İzninizle," diyorum. "Konuşacaklarımız bitti sanırım. Ankara'ya gelmişken uğramam gereken yerler var. Yarınki duruşmadan sonra arayıp bilgilendiririm sizi."

Mebrure Hanım'ın akşam yemeği, Aydın Bey'in gideceğim yere arabayla bırakma önerilerini nazikçe geri çeviriyorum. Ellerini sıkarak vedalaşırken, kendimi bir an önce Ankara'nın serin havasına teslim etmenin sabırsızlığı içindeyim...

Holding binasından çıkar çıkmaz telefona sarılıp Vural Türkoğlu'nun numarasını tuşluyorum.

"Şu anda Ankara'dayım Vural Bey. Sizinle acilen görüşmemiz gerekiyor."

"Hoş geldiniz Verda Hanım, konu nedir?"

"Biraz önce Arslanlılarla beraberdim, çok önemli gelişmeler oldu. Ayaküstü anlatılacak şeyler değil, bir yerlerde oturup konuşsak..."

"Hiç doğru olmaz bu. Peşime adam taktıklarını söylemiştim size. Şu an siz de izleniyor olabilirsiniz. Telefonda özetlemeyi deneseniz..."

Yol üzerinde gördüğüm ilk pastaneye dalıyorum. Rahat konuşabileceğim kuytu bir köşe seçiyorum kendime. Olanı biteni Vural Bey'e anlatıyorum. Dikkatle dinliyor beni.

"Alışveriş merkezini yıkacaklar ha..." diye gülüyor. "Bu onların geri adım atmaları anlamına geliyor. Deniz bitti, karaya oturdu gemileri... İyi yoldayız Verda Hanım, zafer yakındır."

Bana teklif ettikleri villa konusunu hiç önemsemiyor Vural Bey. "Onların yöntemi bu," diyor. "Yanlarına çekemedikleri insanları satın alma yoluna giderler. Aynı şeyi bana da yapmadılar mı?"

"Ama ben, bu yapıdaki insanlarla çalışamam Vural Bey. Yarınki duruşmadan sonra avukatlıklarından çekileceğimi söylemek istiyorum."

"Sakın ha! Az kaldı Verda Hanım, müjdeli haberi vermem yakındır. Sabredin biraz, bu kadar yol almışken, yazık olmaz mı emeklerimize?"

ÇİLEHANE

Doğduğum, büyüdüğüm, genç kızlığımın geçtiği Ankara sokakları arasında, bende bambaşka bir yeri olan Karanfil Sokak'a taşıyor beni ayaklarım. Ve Karacan Hukuk Bürosu'na.

Her zamanki gibi asansörü pas geçip merdivenlerden çıkıyorum ikinci kata. Adli tatil öncesindeki son duruşmadan bu yana uğramadığım büronun önünde, "Yanlış mı geldim acaba?" kuşkusuyla duraklıyorum. Oymalı ahşap kapıyla beyaz yağlıboyalı demir parmaklıkların yerini, ahşap görünümlü çelik bir kapı almış.

Nermin Hanım her zamanki güler yüzüyle karşılıyor beni. Eşikten adımımı atar atmaz, değişikliğin giriş kapısıyla sınırlı olmadığını fark ediyorum.

"Yaz döneminde tadilat yaptık," diyor Nermin Hanım. "Badana, yağlıboya... Eşyaların bir kısmı da yenilendi."

Ya babamın odası?

İçimden yükselen sessiz çığlığı susturmam mümkün değil. Kurulmuş bebek gibi sarsak adımlarla bir zamanlar babamın mekânı olan bölüme doğru ilerliyorum. Gri renkli duvarların beje dönüştürülerek aydınlık bir yüze kavuşmuş olması ferahlatıyor içimi. Merak yüklü gözlerimin arayışı, salon büyüklüğündeki geniş odanın bir köşesinde duran çalışma masasında noktalanıyor. Babamın yıllarını paylaştığı masa, bıraktığı gibi orada öylece duruyor işte. Birkaç metre geriye çekilmiş yalnız. Açılan yere iki küçük masa koymuşlar. Masalar boş, kimse yok başlarında.

Ve karşı duvarı boydan boya kaplayan akvaryum! Dokunmamışlar ona, kıyamamışlar... Yitirdiğimi sandığım nadide bir mücevheri yeniden bulmuşçasına coşkulu bir sevinçle dokunuyorum akvaryumun camına. Avucuma yayılan serinlik, kavrulmaktan kıl payı kurtulmuş bedenime yayılıyor. Çökercesine oturuyorum koltuğa...

"Çay getireyim size," diyor Nermin Hanım. "Remzi Bey odasında bir müvekkiliyle görüşüyor. Görüşmeleri biter bitmez haber veririm geldiğinizi."

Babamla buluşuverecekmişim gibi, özlemle bakıyorum akvaryumun nefti yeşiline. Suyun dışına boy vermiş inceli kalınlı çayırımsı kurdelecikler, görmeyeli daha da büyümüşler. Balık sayısı azalmış galiba, tombullaşmışlar ama. Akvaryumun asıl sahipleri kendileri değilmiş gibi, devasa boyutlardaki cam küvetin her yanını saran yeşil kalabalığının arasında, ürkek hareketlerle salınıyorlar.

Ah benim babam! Hangi sırlarını döktün bu kuytu yeşilin derinliklerine? Neler anlattın, neler dinlettin, başkalarından esirgediğin neleri paylaştın bu ağzı sıkı sırdaşınla? Dışarı sızdırmıyor ışığını, içine saklıyor. Konuşmuyor benimle, ne yapsam çözemiyorum dilini...

"Hoş gelmişsin Verda!"

Remzi Bey'in sesiyle ayılıyorum. İki adımda yanıma gelip beni kucaklayarak karşımdaki koltuğa oturuyor. "İyi gördüm seni," diyor. "Yaz tatili yaramış sana."

"Yanılıyorsunuz, hiç iyi değilim," diye sızlanıyorum. "Neredeyse iki yıl olacak, bir arpa boyu yol alamadım."

"Çayyolu davasını kastediyorsan, on küsur yılı devirdi, iki yılın lafı mı olur?"

"Dava umurumda değil, canımı sıkan, izini sürdüğüm yolda umduğum gibi ilerleyememek. Karanlıklar içindeyim Remzi Bey. Tek bir ışık yok yolumu aydınlatacak. Ne yaptığımı, ne ettiğimi bilemeden paldır küldür emeklemeye çalışıyorum ama, onu bile beceremiyorum."

"Vural Türkoğlu yardım etmiyor mu sana?"

"Biliyordunuz değil mi? Baştan beri her şeyin farkındaydınız. Vural Türkoğlu'nun önce babamla, sonra da benimle konuştuğunu; Çayyolu davasının, gerisindeki bir sürü pisliği perdeleyen bir paravan olmaktan öteye geçmediğini... Babamın, avukatı olduğu insanların gerçek yüzlerini görmekle nasıl bir yıkıma uğradığının en yakın tanığıydınız. Her şeyini paylaşıyordu sizinle, öyle değil mi? Neden bunları bana anlatmadınız? Hani amcam sayılırdınız benim... Baba yarısı sayılmaz mı amcalar? Neden yol göstericim olmadınız? Bana açıklamadığınız, bilmem gereken daha başka neler var gizlediğiniz?"

"Anlatmam gereken her şeyi anlattım sana. Vural Türkoğlu ile ilgili bölümleri onun ağzından duymam gerekiyordu, zamanı gelince de duydun zaten. Evet, her şeyi paylaşırdık Vedat'la, ancak ağzımdan çıkanlar, onun başkalarınca bilinmesini istediği kadardır. Sınırlarımı aşarsam eğer, onca yıllık dostluğumuza ihanet etmiş olurum."

"Ama ben onun kızıyım!"

"Kızı olduğun için de bu kadar yol aldın ya... Farkında değilsin belki ama, istediğin sona ulaşmak üzeresin. İhtiyacın olan tek şey sabır... Mevlana Türbesi'ni gezdin mi sen? Orada *çilehaneler* vardır. Vakti zamanında ruhundaki azaptan kurtulmak ya da olgunlaşıp pişmek isteyenler, o küçük odalarda bin bir gün sabırla çilelerinin dolmasını beklerlermiş. Bin bir gün, yaklaşık üç yıl... İster çilehanede doldur bu süreyi, ister gündelik yaşamının içinde, insanların arasında... Vakti dolmadan feraha kavuşamaz insan. Seninki de o hesap..."

"Umarım benimki o kadar uzun sürmez. Ya babam? Bin bir günü doldurdu mu o da?"

Akvaryumun yeşil tonlarındaki oylumlara takılı kalıyor Remzi Bey'in gözleri.

"Babanın çilesi bitmek bilmedi Verdacığım," diyor. "Hep çilehanede yaşadı o. Orada tüketti ömrünü..."

Gitmek üzere ayağa kalkıyorum.

"Güzel olmuş büro," diyorum. "Yenilemişsiniz..."

Yapılan değişiklikleri mazur göstermek ister gibi açıklamaya girişiyor Remzi Bey.

"Son katılımlarla kadromuz epey genişledi. Stajyer avukatlarımız bugünkü çalışmalarını adliyede sürdürdükleri için ortalık böyle tenha. Tanışmanı isterdim, pırıl pırıl gençler... Yeni staja başlayan iki genç avukat için iki masa eklemek zorunda kaldık buraya. Vedat'ınkine dokunmadık ama!"

"Ben de onu söyleyecektim. Babamın masasını da o gençlerden birine verebilirsiniz. Atıl kalacağına, meslektaşlarınca kullanılması, daha doğru olur. Eminim ki o da böyle olmasını isterdi."

"İşte anahtar cümle bu!" diyerek gülüyor Remzi Bey. "O da böyle olmasını isterdi... Önünde büyük bir sınav var Verda. Kafanın içindeki soruları açıklığa kavuşturacak düğümü çözdüğünde, karşına çıkacak seçeneklerden hangisini tercih edeceğini bilemiyorum. Ama, babam da böyle olmasını isterdi, diyerek hareket edeceğinden ve en doğru olanı seçeceğinden eminim."

"Aksini düşünmek mümkün mü Remzi Bey? Benim de sizden bir isteğim olacak... Babamdan sonra gözünüze gereksiz görünebilir ama, bu akvaryumu aynen muhafaza etmenizi rica ediyorum."

"Kuşkun olmasın kızım. Vedat'ın çilehanesiydi bu akvaryum... Değil kaldırıp atmak, tek taşına dokunulmayacağından emin olabilirsin."

*

Ankara'daki tek gecemi geçireceğim yer belli. Önce Arslanlılar, sonra Remzi Bey'le paylaştığımız, çözümsüzlüklerime çözümsüzlük ekleyen konuşmalar yüzünden gerilmiş sinirlerimi dinlendirecek tek yer orası...

Kapıyı açıp karşısında beni görünce, sevinçle boynuma atılıyor Meliha Hanım ve daha önceki gelişlerimde olduğu gibi (Her duruşmanın öncesinde ya da sonrasında mutlaka uğruyorum!), gözyaşlarına boğuluveriyor. Babamın ardından hâlâ sürekli gözyaşı döküyor mu, yoksa beni görünce acısı tazelenip içinden ağlamak mı geliyor, bilemiyorum. Ama bu kez geçerli bir nedeni var ağlamak için. Annemin ölümünden sonra ilk kez karşılaşıyoruz Meliha Hanım'la.

"Ah Semra Hanım, ah!" diyor. "Biliyor musun Verda, ölüm haberini aldığımdan beri, hep eskiler canlanıyor gözümde. O ne düşünürse düşünsün, ona olan sevgim hiç eksilmedi benim... İnanılacak gibi değil, aniden çekip gitti zavallıcık."

Aniden! Uzun zaman nelerle boğuştuğumuzu bilmedi hiç Meliha Hanım, çünkü annem bilmesini istemedi. Babamın sağlığında da tembihlerdi beni. "Annem çok iyi de babana. Hasta deme sakın!" Sağlıklı ve güçlü görünmek isterdi onlara karşı. Gönlünce olsun dedim, hastalığı ilerleyip onu yatağa bağlı kıldığı safhalarda bile durumunu anlatmadım Meliha Hanım'a. Ölümünü duyunca şaşırdı haliyle, ani ölüm diye yorumlaması bu yüzden.

"Her gece dua ediyorum onlar için," diyor. "Hem Vedat'a, hem de Semra Hanım'a. Düşünüyorum da, öte tarafta buluşmuşlardır şimdi. Yılların özlemini noktalamışlardır."

Birbirine âşık, ama ona yabancı bambaşka iki kişiden söz ediyor sanki. Dikkatle yüzüne bakıyorum, söylediklerinde ne derece samimi diye. Gözlerini kaçırmadan, "İlahi kavuşmaya inanıyorum ben," diyor içtenlikle. "Tanrı'nın hükmünden sual olunmaz, o bilir yapacağını. Babanın yanı-

na benden önce anneni alması rastlantı değil. Semra Hanım, Vedat'ın bir zamanlar sevdiği, biricik kızının anası olan kadın! Bu dünyada olamadı ama, öbür dünyada barışmıştır onlar..."
Onun yerinde annem olsa böyle konuşur muydu? Hiç sanmıyorum. Annemle babamın öbür dünyada barış ilan edebileceklerine de inanmıyorum açıkçası. Bu saatten sonra bunlara kafa yormaya niyetim yok. Bir an önce konuk odasındaki yatağıma uzanıp derin bir uykunun kollarına atılmak için sabırsızlanıyorum. Öldüğü günden bu yana rüyalarıma girmemek için direnen babam, belki bu gece rüyamı şereflendirir diye...

Ama gelmiyor! Gündüzlerimin her saniyesine sinmiş olduğu halde, gecelerimi boynu bükük koyuyor.

Neden babacığım? Neden?...
Küs müsün hâlâ bana? Kendimi affettirmek için daha ne yapabilirim, söyle.

En azından senin için çabalarken, nasıl bir yol izlemem gerektiğini anlat, rehberim ol.

Bir kez olsun gir rüyama, bağır, çağır, dök içini... Ama bitsin artık bu eziyet!

Senin çilehanende, kaldığın yerden nöbeti devralıp, senin çileni doldurmaya çalıştığımı görmüyor musun?

BÜYÜK BULUŞMAYA HAZIR MISINIZ?

Hem Arslanlılar, hem de Alpagutlar, davanın çözüme ulaşması değil de kilitlenmesi konusunda söz birliği etmişler gibi, avukatlarının ve mahkeme heyetinin âdet yerini bulsun kabilinden girdikleri duruşma, yeni tanıkların dinlenmesi gerekçesiyle, beklendiği gibi ileri bir tarihe erteleniyor. Herkesin işine geliyor böylesi. Gerisinde yatan düğümler çözülmeden davanın sonuçlanması mümkün görünmüyor. Yorgun, bezgin, moralsiz bir halde dönüyorum İstanbul'a...

"Demek bizim için küçük bir armağan hazırlamış Arslanlılar," diyerek gülüyor Bülent. "Mini minnacık bir villa ha! Kabul etseydin ya Verdacığım. Ankara'ya gittiğimizde kapısını açıp girebileceğimiz bir evimiz olurdu hiç değilse."

"Şakası bile hoş değil," diyerek Aydın Arslanlı'nın kendisiyle ilgili sözlerini hatırlatıyorum. "Görüyorsun ya, yalnız benden değil, senden de beklentileri var Arslanlıların. Çok okunan gazetenin genel yayın yönetmenini yanlarına çekmekle güç kazanacaklarını düşünüyorlar."

"İyi işte, madem istiyorlar, üzerimize düşeni yaparız biz de. Arslanlıların gerçek yüzünü açığa vuracak bir manşet, bomba gibi bir haber... Kamuoyunun ilgisini çekmez mi sence? Bir günlük değil, günlerce süren tefrika yapabiliriz onlar hakkında."

"Yapma Bülent... Gazetecilik damarın kabardı gene. Kesin bir sonuca ulaşmadan, bedelini babamın ya da benim ödeyebileceğim adımları atmamız doğru olmaz."

"Haklısın, Vural Türkoğlu'nun şişirdiği balon ne derece ses getirecek, onu görelim önce. Sonrasına beraberce karar veririz."

Sözlerinin satır aralarında Vural Türkoğlu'na yeterince güven duymadığını vurgulasa da, olaylara benim açımdan yaklaşmaya başlaması sevindirici. Onun da söylediği gibi, şu anda yapılabilecek fazla bir şey yok, bekleyip göreceğiz...

*

On gün oldu Ankara'dan döneli. Vural Türkoğlu'nda ses seda yok. Beklediğim çağrı ondan değil oğlumdan geliyor. Balçova'da, okullarına yakın bir yerde gönüllerine göre bir ev bulmuşlar sonunda, taşınmak için badana boya işlerinin bitmesini bekliyorlar. Birkaç parça eşyamı valize atıp İzmir yollarına düşüyorum.

Soner, Efe ve Kaan... Bir değil, üç oğlum varmış da hepsinden ben sorumluymuşum gibi işe koyuluyorum hemen. Soner'in annesi Nurhayat Hanım bir önceki hafta Antalya'dan gelerek kabaca toplamış eşyaları. Salonun perdelerini, yatak örtülerini yıkayıp kırılacakların bir kısmını gazete kâğıtlarına sararak kutulara doldurmuş. Daha fazla kalması mümkün değilmiş, çalıştığı şirketten aldığı izin birkaç günle sınırlıymış. Efe'nin doktora tezine hazırlanan annesi de gelemeyeceği için, nöbet sırası bende diyerek odaları tek tek toparlamaya girişiyorum. Küçüklü büyüklü mukavva kutular, hurçlar, sandıklar, bavullar...

Taşınmadan bir gün önce yeni evi temizletiyorum. Badana temizliği zor. Güçlü kuvvetli iki temizlikçi kadınla beraber, en az onlar kadar çalışıyorum ben de. Ağır işe alışık olmayan bedenim pestile dönüyor ama, uzun uzadıya düşünme fırsatı bulamayan, bir anlamda kızağa çektiğim beynim son derece huzurlu ve rahat.

Eski alüminyum tepsinin içinde duran takımı bozulmuş, kenarları irili ufaklı çatlaklarla yaralı bereli porselen tabaklar ve her biri ayrı telden çalan büyüklü küçüklü bardakları göstererek, "Neden bunları paketlemediniz Verda teyze?" diye soruyor Efe.

"Kapının önüne konacak onlar. Kırk yamalı tabaklar, takımı bozulmuş bardaklar yakışır mı o pırıl pırıl eve? Yenilerini alırız..."

"Aman Verda teyze, iki gün sonra bozulmayacak mı o takımlar da?"

"Arkadaşımızın lakabı Sakar Efe'dir de," diye söze karışıyor Soner.

"Evimizin tabak bardak katliamından sorumlu genel müdürüdür kendisi..."

Bayılıyorum bu çocuklara. Şeker gibi bir iletişim var aramızda, çok iyi anlaşıyoruz. "Çok kafasın Verda teyze," diyorlar. Gençlik dilinde kafalarına uygun olduğumu ifade ediyorlar kendilerince.

Yeni evimizde ilk yemek olarak mantı yapıyorum onlara.

"Hazır mantı," diyorum. "Bu telaş içinde açamadım desem yalan olur, sabahtan akşama zamanım olsa da açamazdım, beceremem öyle işleri. Ama mantıya tadını veren, sarmısaklı yoğurduyla sosu değil midir zaten?"

"Ellerine sağlık Verda teyzem!" diyor Efe. "Ben de sosuna bayıldım ya... Bu arada size anne diyebilir miyim? Baksanıza, gerçek annem boşladı beni."

"Haksızlık etme annene. Duruşmalarımın yoğunlaştığı bir dönem olsa ben de gelemezdim. Zamanlama meselesi... Neyse, iyi geldi İzmir bana. Hem İzmir, hem de siz..."

Evdeki işlerin hafiflemesiyle dışarı atıyorum kendimi. Uzun yürüyüşler yapıyorum sahil boyunca, Kemeraltı'nı geziyorum, Kızlarağası Hanı'nı... Her dükkânın, her tezgâhın önünde duraklayıp, alışverişten çok İzmir'de yaşamanın, İzmir'i solumanın tadını ve keyfini çıkarıyorum.

Hafta sonuna kadar, birkaç gün daha buradayım. Cumartesi günü Bülent gelecek. Oğlunun yeni evini görmeye... Pazar akşamı beraberce döneceğiz İstanbul'a.

Ancak, hiç hesapta olmayan bir gelişme, bütün planları altüst ediveriyor...

Vural Türkoğlu, telefonun diğer ucundan bana ulaşan heyecanlı sesiyle, "Sonunda oldu," diyor. "Büyük buluşmaya hazır mısınız?"

"Tabii ki! Ne zaman, nerede gerçekleşecek bu buluşma? Şu an İzmir'deyim ama, hemen dönebilirim İstanbul'a."

"Gerek yok. Gideceğiniz yer İzmir'e daha yakın. Marmaris'e doğru kısa bir yolculuk yapmanız gerekecek Verda Hanım. Marmaris Akyaka'ya..."

"Neden benim gitmem gerekiyor Vural Bey? Görüşeceğim kişi İzmir'e gelemez mi?"

Kısa bir sessizliğin ardından, "Gelemezler," diyor Vural Bey.

Gelemez...ler! Kaç kişiye muhatap olacağım ben? Kafama üşüşen, Vural Bey'in yanıt vermemek için özel gayret sarf ettiği soruları bir yana itiyorum. Bunca zaman beklediğim bir fırsatı elimin tersiyle itecek lükse sahip değilim.

"Tamam," diyorum. "Ne zaman buluşacağız?"

"Siz ne zaman isterseniz. Gidiş tarihinizi bana bildirin yeter."

"Hemen yarın sabah yola çıkabilirim."

"Güzel... Marmaris'e giden otobüslerin hepsi Akyaka ayrımından geçer. Hareket saatiniz kesinleştiğinde haberim olursa, karşılanmanızı sağlayabilirim."

Aile içinde küçük bir durum değerlendirmesi yapıyoruz.

"Ben de geleyim," diyor Bülent. "Uçağa atladığım gibi... Dalaman'da buluşuruz seninle, beraber gideriz Akyaka'ya."

Belli ki karısının tek başına bir bilinmeze doğru yola çıkacak olmasından rahatsız.

Kaan da aynı görüşte. "Beraber gidelim," diye tutturuyor.

Efe bile, "Biz de geliriz icabında!" diyerek efece tavır koyuyor.

"Hayır," diyorum kararlılıkla. "Tek başıma gideceğim! Ha İstanbul'da olmuş, ha Akyaka'da... Ne fark eder, altı üstü iş görüşmesi değil mi?"

Öyle olmadığını çok iyi biliyorum aslında. İş görüşmesi olmanın ötesinde, sınırlarının nerelere taşacağını önceden kestiremediğim meçhul bir yolculuğu ve karşılaşabileceğim beklenmedik sürprizleri göğüslemeye hazırlıyorum kendimi...

DOĞAL AKVARYUM

Sabah erkenden yola çıkıyorum. Muğla-Marmaris yolu üzerinde Sakartepe'den Gökova'ya inerken sağ koldaki yol ayrımının önünde duruyor otobüs. "Akyaka yolcuları!" diye sesleniyor şoför ama, tek yolcusu var Akyaka'nın. Çantamı alıp iniyorum.

Akyaka tabelası önünde gri renkli eski model bir araba duruyor. Yanında da kırk beş, elli yaşlarında olduğunu tahmin ettiğim, kilolarının hepsini bedeninin orta yerinde toplamış gibi, göbeği kendisinden bir adım önde, orta boylu tıknaz bir adam var. Otobüsten indiğimi görünce koşup elimdeki çantaya yapışıyor.

"Verda Aktuna değil mi?" diyor. Doğru kişiyle konuştuğundan emin olunca, "Hoş geldiniz," diyerek elini uzatıyor. "Ben de Mithat Baturhan. Sizi gideceğiniz yere götüreceğim."

Arabanın kapısını açıp arka koltuğa yerleşmemi bekledikten sonra telefonla bir yerleri arayarak, "Konuğumuz geldi, hareket etmek üzereyiz," diye rapor veriyor. Ancak, yolunda gitmeyen bir şeyler varmış gibi buruşuveriyor yüzü. "Öyle mi?" diyor. "Tamam, hazır olunca haber verin, gelelim."

Öfkemi gizlemeye gerek görmeden, "Ne oldu?" diyorum. "Buluşacağımız kişi hazır değil mi yoksa?"

Ben kalkıp İzmirlerden buraya saatlerce yol tepmişim... Tanımadığım, bilmediğim bir yerde, tanımadığım, bilmediğim birilerince kabul edilmeyi bekleyeceğim, öyle mi?

"Kusura bakmayın," diyor Mithat Bey. "Küçük bir sağlık sorunu. Fazla sürmez, birazdan ararlar. Bu arada küçük bir tur atarız biz de. Daha önce Akyaka'ya gelmiş miydiniz?"

Biraz önceki sert çıkışımı unutturmak ister gibi, "İlk gelişim," diyerek gülümsüyorum.

Ne günahı var adamın? Başkalarının hatasının bedelini ona ödetmeye kalkmak anlamsız. Gördüğüm kadarıyla ölçüsünü bilen, efendi, saygılı biri. Kendinden üst kademede olan birilerinin hizmetlisi ya da özel şoförü gibi de durmuyor.

"Güzeldir Akyakamız," diyor. "Bir gelen bir daha gelir, bir gören hayranı olur."

"Buralı mısınız siz?"

"Uzun yıllar oldu Akyaka'ya yerleşeli. Aslen Muğlalıyım ama, burada doğup büyümüş gibi hissediyorum kendimi."

İddialı konuşması, kafamın içindekilerden başka hiçbir şeyi görmemeye şartlanmış gözlerimi dışarı çevirmeye zorluyor beni.

Geride bıraktığımız Sakar Dağı'ndan aşağı doğru dar bir yol üzerinde ilerleyerek Akyaka'ya giriyoruz. Marmaris'e gelişlerimizde Gökova Körfezi'nin her karışında ağacın, yeşilin, çiçeğin coşkusuyla görmeye alışık olduğumuz doğa şöleni, burada da hükmünü sürdürüyor ama, kır çiçeği misali yeşillikler arasına saçılmış farklı mimarideki bembeyaz evleri sayesinde bambaşka bir çehreye bürünmüş olarak...

Tek katlı, iki katlı, büyük, küçük, ev, işyeri, otel ya da resmi daire olsunlar, hepsi de tek elden çıkmışçasına benzer özellikler taşıyan Akyaka evleri, ne Bodrum evlerine benziyor, ne de Marmaris'tekilere. Çıplak birer beyaz yapı olsalar, bu büyüyü yakalayamayacakları kesin. Onları farklı kılan, kapı, pencere, panjur ve balkonlardaki ahşap yoğunluğu ve beyazın, açıklı koyulu kahverengi tonlarıyla yarattığı eşsiz uyum.

Henüz kimliği hakkında en ufacık bir bilgi sahibi olmadığım meçhul şahısla, bu evlerin hangisinde buluşacağız? Dağın yamacında, kızıl çamlar arasına gömülmüş görkemli bir konakta mı, kasabanın dar sokaklarından birinde, bahçesindeki renk renk begonvilleri duvarların üzerinden aşan mütevazı bir Akyaka evinde mi, yoksa daha ciddi yüzlü bir mekânda, herhangi bir işyerinde ya da resmi bir dairenin çatısı altında mı?

Mithat Bey'e sorsam diye düşünüyorum, vazgeçiyorum hemen, olumsuz bir yanıt alıp kırılmak istemiyorum.

"Evlerinizi beğendim," diyorum aklımdan geçenlerin üstünü örtmek ister gibi. "Farklı bir mimari tarzı var."

"Nail Çakırhan'ın eseri hepsi," diyor. "Hepsi onun elinden çıkmış değil tabii," diye ekliyor. "Ama, Akyaka mimarisinin temelini atan kişidir kendisi. Ağahan Mimarlık Ödülü'nü kazandırmıştır ilçemize. Daha önce adını duymuş muydunuz?"

Nail Çakırhan... Şöyle bir yokluyorum kendimi. Yabancı gelmiyor isim, ama çıkaramıyorum bir türlü.

"Mimar mı?" diyorum, cehaletimi açığa vurmanın mahcubiyetiyle.

"Değil," diyerek gülüyor Mithat Bey. "İlginç olan da bu ya... Mimar olmadan, dünyaca ünlü bir mimarlık ödülünü kazanması. Edebiyatla ilgilenen, dergi çıkaran, gazetecilik yapan, Nâzım Hikmet'le beraber *1+1* adlı şiir kitabına imza atan, gerçek bir Türk aydını. 1970'te ünlü bir arkeolog olan eşi Profesör Halet Çambel'le beraber Akyaka'ya yerleşiyorlar. Dinlenebilecekleri, huzur içinde yaşayabilecekleri bir ev inşa etmek için iki dönüm toprak alıp iki ustanın yardımıyla inşaata başlıyorlar. Geleneksel mimarimizin özellikleriyle günümüz koşullarını buluşturan, çevreyle, doğayla bütünleşen küçük bir ev çıkıyor ortaya. Hayran kalıyor görenler. Talepler peş peşe geliyor. Yakın dostları, arkadaşları, ardından da turizmciler... Pıtrak gibi çoğalıyor Akyaka evleri ve 1983'te aklının ucundan bile geçmeyen, dünyanın en saygın mimarlık ödüllerinden birini kucaklıyor Nail Çakırhan. Mimarlık eğitimi almamış, ancak kendi şartlarıyla kendini yetiştirmiş birinin bu ödüle layık görülmesi, akademik çevreleri ayağa kaldırıyor. Mimarlıkta alaylı-mektepli, geleneksel-çağdaş tartışmaları hâlâ sürmekte. **Ama bizim gönlümüzdeki en büyük mimar, Nail Çakırhan'dır, ge**risi boş laf! Vaktiniz olursa, Nail Çakırhan'ın müzeye dönüştürülen evini gezmenizi öneririm."

"Sanmıyorum," diye kestirip atıyorum. "İşim biter bitmez döneceğim."

Mithat Bey'in konuşma tarzı, belli bir kültür düzeyine sahip olduğunu gösteriyor. Sıkılmadan dinliyorum onu, anlattıkları ilginç. Ancak, zaman kazanmak için beni oyalamaya çalıştığının da farkındayım. Akyaka'ya turistik amaçla gelmişim gibi, önünden geçtiğimiz her yeri inceden inceye tanıtıyor bana.

"Burası İnişdibi Caddesi... Sağda gördüğünüz Akyaka Belediyesi... Resmi dairelerin bile aynı mimari yapıya sahip oluşuna dikkatinizi çekerim."

Belediyenin önünden sola kıvrılıyor arabamız. Birbirini keserek küçük kavşaklar oluşturan dar sokaklar arasında tur atmaya başlıyoruz.

"Sokaklarımızın çoğu çiçeklerden alır adlarını," diyor Mithat Bey.

Şakayık Sokak, Mimoza, Mercan, Orkide, Lale, Çimen, Gül ve Nar sokakları... Sabrım tükeniyor!

"Rica etsem, gideceğimiz yeri bir kez daha arar mısınız Mithat Bey? Eğer kabul edemeyeceklerse, bir an önce İzmir'e dönmek istiyorum."

Kararlı halimden ürkmüş olmalı ki, hiç ikiletmeden arabayı durdurup aşağı atlıyor. Endişeli bir yüzle, heyecanlı el hareketleriyle desteklediği telefon konuşmasının ardından arabaya dönüyor.

"Tamam," diyor. "Yarım saat sonra orada olacağız. Bakın Verda Hanım, sizi temin ederim ki bu aksaklıkta hiçbir kasıt yok. Karşı taraf da bir araya gelmeyi en az sizin kadar istiyor." Sesini alçaltarak, kendi kendine konuşur gibi ekliyor: "Belki sizden de çok..."

Aramızdaki gerginlik uzun sürmüyor. Ben, "Şunun şurasında yarım saat kaldı Verda, sık dişini!" diye kendimi avuturken, Mithat Bey de birkaç dakika içinde eski neşeli haline dönmeyi başarıyor.

"İyi oldu," diyor yokuş aşağı sahile doğru inerken. "Hiç değilse çay kahve bir şeyler ikram ederim size."

"Hiç gerek yok Mithat Bey. Doğruca buluşacağımız yere gidelim."

"Daha zamanımız var. Akyaka'ya gelip de Azmak'ı, Kadın Azmağı'nı görmeden gitmek olmaz. Madem akşama dönmeyi düşünüyorsunuz, bir daha fırsatınız olmayabilir."

Yarım saatlik zamanı değerlendirmek, bekletilmekten yeterince bunalan konuğu oyalamak için yeni bir taktik olduğunu düşünsem de sesim çıkmıyor.

"Azmak dediğiniz şu karşıdaki, kenarı sazlıklı dere değil mi?" diyerek uzaktan uzağa gördüğüm suyu işaret ediyorum.

Ağır bir hakarete uğramış gibi, "Akyaka'yı Akyaka yapan Azmak'tır!" diyor Mithat Bey. "Evet, halk dilinde azmak çay, akarsu anlamına gelir ama, basite alınacak sıradan bir dere değildir bizim azmağımız."

İki yanında sazlıkların yükseldiği rüya gibi bir su yolu Azmak. Arabadan inip, ahşap zemini kazıklarla suyun dibine oturtulmuş, üzeri hasırla örtülü, büyük bir çardak görünümündeki restorana doğru yürüyoruz. Buradan bakınca, kartpostal gibi görünüyor Akyaka. Azmak kıyısı boyunca manzaraya çeşni katan dev okaliptüslerin, palmiyelerin yanı sıra bodur ağaççıklar ve sazlıklar... Geride Sakar Dağı'nın yamacına yaslanmış yeşilliklerin üzerinde papatya gibi duran bembeyaz Akyaka evleri...

"Şu köşedeki masa iyi mi?" diye soruyor Mithat Bey.

Suya en yakın olabileceğim yeri seçmiş özellikle. Sabit bir zemin üzerinde değil, vapur güvertesinde oturuyorum sanki.

"Ne ikram edebilirim size?" diyor. "Yemekleri de güzeldir buranın. Yemeğimizi yer, öyle gideriz."

"Gerek yok, otobüste bir şeyler yemiştim, aç değilim. Ama bir kahvenizi içebilirim."

Garip bir tutukluk var üzerimde, daha önce hiç gelmediğim bu yeri tanıyormuşum gibi garip bir his... Sazlıkların arasında yüzen, başlarını suya sokup çıkararak, kuyruklarını ahenkle sallayarak görsel bir şölen sergileyen ördeklere, kazlara dalıp gidiyorum. Daha iyi görebilmek için ahşap parmaklıkların üzerinden eğilip bakıyorum... Suyun içine, derinliklerine takılıp kalıyor gözlerim. Bir titreme alıyor her yanımı, amansız depremlerle sarsılıyor bedenim. Nefti yeşil suyun içinde, kimi enine kimi boyuna, özgürce yayılmış çayır görünümündeki yemyeşil kurdeleleri, eğreltiotunu çağrıştıran otçukları, suyun dibinden yüzeye çıkıp yükseklere boy veren sazlıkları çok iyi tanıyorum ben.

"Akvaryum!" diye mırıldanıyorum istemsizce.

"Evet, akvaryum," diyor Mithat Bey. "Azmak'a, *doğal akvaryum* deriz biz. Gördüğünüz bitkiler, *Posedonya Çayırları*'dır. Bakansıza şu güzelliğe... Keşke zamanınız olsaydı da Azmak üzerinde küçük bir tekne turu yapabilseydiniz."

Onu dinlemediğimi fark ediyor sonunda.

"Kahvenizi içmemişsiniz. Soğumuştur, yenisini getirteyim."

İstemem anlamında başımı sallıyorum. Fincana uzanan parmaklarımdaki titreyişi görünce paniğe kapılıyor Mithat Bey.

"Üşüdünüz mü? İçeriye geçelim isterseniz."

"Burası iyi," derken birbirine çarpıyor çenelerim. Şal getiriyorlar içeriden.

"Hava da soğuk değil ama," diyor Mithat Bey, ortada bir suç varmış da tek sorumlusu kendisiymiş gibi. "Bu yıl iyi gitti havalar, ekim sonu oldu herkes dışarılarda. Ilımandır iklimimiz ama, bir *Deli Memet Fırtınamız* vardır ki... dillere destandır. Kuzeyde, iç kesimlerde kar, yağmur mu var, burada da Deli Memet! Aniden gelir, kulağa bir şey fısıldar gibi. Birden pencereler çarpar, nereden estiği belli değildir. O yüzden *deli* derler ya.

Neyse ki fazla sürmez; bir, en çok iki gün. Rüzgârın ardı yağmurdur. Şimşeklerle, fırtınalarla gelen deli bir yağmur... Şemsiye kâr etmez, nereye tutsanız şemsiyenizi tersinden vurur. Sırılsıklam ıslanırsınız..."

Deli Memet Fırtınası'ndan da acımasız bir kasırganın içimde estiğini nereden bilecek Mithat Bey? Karşımda oturduğu koltuğa, onun yerine babamı oturttuğumu da tahmin edemez haliyle...

Anlat babacığım!

Ne işin vardı senin buralarda? Ne için geldin, neler yaşadın? Hangi sırlarını döktün Azmak'ın sularına? Senin de içinde fırtınalar koptu mu benim gibi...

Ne ifade ediyor burası senin için?

Küçük bir kopyasını ta Ankaralara, gözünün önüne taşıdığına göre, önemli bir nedeni olmalı. Derinliklerine dalarak avunduğun akvaryumun neresinde takılı kaldı yüreğin?

Anlat babacığım, anlat, konuş artık...

GÖKKUŞAĞI TANRIÇASI İRİS

"Burası," diyor Mithat Bey.

Geldiğimiz yer, diğer evlerden pek farklı olmayan, ancak bahçe duvarını ve duvarın üstündeki demirlerin üzerini sarmaşık gibi örten kırmızı, sarı, mor, siklamen renkte begonviller, dalları bahçeden dışarı taşan portakal ve limon ağaçları, baş döndürücü kokularıyla göz alıcı renklerini uyumla kaynaştırmış yaseminler, hanımelileri, melisalar arasından güçlükle seçilen, tipik bir Akyaka evi. Mithat Bey çift kanatlı ahşap kapının üzerindeki metal tokmağı iki kez vurduktan sonra, geriye çekilerek yol gösteriyor bana.

Çok geçmeden aralanıyor kapı. Bir kadın silueti beliriyor kapının aralığında. İnce, uzun boylu, bedenini sarmadan topuklarına kadar inen batik kumaştan yapılmış dökümlü elbisesi, kızıl bukleleri omuzlarına dökülmüş saçlarıyla çok hoş bir kadın.

"Hoş geldin Verda!" diyerek ardına kadar açıyor kapıyı.

Hoş geldin Verda! Yadırgıyorum hitap tarzını. İlk kez karşılaşıyoruz kendisiyle, tanışmadık bile henüz. O da hemen toparlanıyor zaten.

"Ben Sare Baturhan," diyerek elini uzatıyor. "Şöyle buyurun lütfen."

Tavanı alçak, tabanı yüksek ahşap eşikten geçerken eğilmek zorunda kalıyorum. Geniş bir sofadan salona geçiyoruz. Sarı, ahşap işlemeli tavan aydınlık bir hava veriyor salona. Tam karşıda, yan yana dizilmiş çift kanatlı pencerelerin altında, alçak bir sedir var. Önündeki Türk motifli kilim ve bakır siniyle Şark köşesi oluşturmuş. Yan taraftaysa modern bir koltuk takımı.

"Nerede rahat ederseniz, öyle oturalım," diyor Sare Hanım.

Gözüm Şark köşesinde ama, yapacağımız konuşmanın ciddiyetine daha uygun düşeceğinden, koltukta oturmayı yeğliyorum.

Sare Baturhan! Kim bu kadın?

Mithat Baturhan'ın karısı olabilir mi? Soyadları aynı.

"Nasıl oldu bizim uğurböceği?" diyor Mithat Bey.

"Daha iyice," diyor Sare Hanım. Sonra bana dönerek, "Kızım," diye açıklıyor. "Küçük bir epilepsi (sara) krizi geçirdi bu sabah. Bu yüzden gelir gelmez kabul edemedim sizi, kusura bakmayın."

Sıradan, kanıksanmış bir durumdan söz ediyormuşçasına rahat oluşuna şaşırıyorum. Epilepsi krizi bu kadar basite indirgenerek geçiştirilecek bir olay mı?

Mithat Bey, "Baş başa bırakayım sizi," diyerek kalkıyor. "Sen konuğunla ilgilen Sare," diyor. "Ufaklığı görür giderim ben."

"Seni de yorduk abi," diyor Sare Hanım. "Sağ olasın..."

Abi? Kardeş gibi durmuyorlar ama...

Gizli sorularımı, "Kayınbiraderim," diye yanıtlıyor Sare Hanım. "Benim buradaki en büyük yardımcım."

Mithat Bey'in ardından, söze nereden başlayacağımızı bilememenin kararsızlığını paylaşıyoruz Sare Hanım'la.

"Konuşulacak çok şey var," diyerek gülümsüyor. "Ama önce kızımla tanıştırmak istiyorum sizi."

"Nergis," diye sesleniyor içeriye. "Gelebilirsiniz..."

Bu komutu bekliyormuş gibi, kemerli ahşap kapının eşiğinde iki genç kız birden beliriyor. Yerlere kadar uzanan çiçekli elbisesi, el örgüsü yeleği, başının üzerine bandana şeklinde bağladığı kenarları oyalı yazmasıyla yöresel çizgilerin bütün özelliklerini taşıyan Nergis... Ve onun tekerlekli sandalyeyle yanımıza getirdiği dünyalar güzeli bir genç kız! Zayıf incecik bedeni, oyulmuşçasına düzgün yüz hatlarıyla kırılıverecekmiş gibi duran zarif bir bibloyu andırıyor. On altı, on yedi yaşlarında var, yok... Krem rengi, göğsü işlemeli ipek bluzunun açıkta bıraktığı süt beyazı kolları, elleri, incecik parmakları hareketli. Ancak bol bir pantolonun altına gizlenmiş bacaklarıyla, patik tarzı ayakkabısının içinde kıpırtısız duran ayaklarının işlev görmezliği apaçık ortada.

"Kızım Susem," diyor Sare Hanım. "Günlerdir sabırsızlıkla sizi bekliyordu."

Susem, kendi başına hareket ettiğini göstermek ister gibi, akülü sandalyesini önüme kadar ilerleterek karşımda duruyor.

"Merhaba," diyor sıcacık gülüşüyle. "Gelişinize çok sevindim."

Bedensel engelli birisine gösterilecek en doğru tavrın, söz konusu engelin farkında değilmiş gibi davranmak olduğu bilinciyle, "Merhaba," diyerek elimi uzatıyorum. Buz gibi parmakları avucumun içinde eriyip gidiyor.

"Onun böyle çıtı pıtı durduğuna bakmayın," diyor Sare Hanım. "Tamı tamına yirmi dört yaşında benim kızım."

Sözün bittiği yerdeyiz. Şaşkınlığımdan sıyrılıp bir şeyler söylemek istiyorum, hiçbir şey gelmiyor dilimin ucuna.

"Su-sem..." diye heceliyorum. "Ne güzel bir isim. Anlamı ne?"

"Yunan mitolojisinde Gökkuşağı Tanrıçası İris'in ikinci adı. Mitolojilere, efsanelere gönül vermiş bir annenin kızına yakışacağını düşünmüştüm bu adı koyarken."

"Mitolojilere düşkünsünüz demek," diyerek üzerimize çöken ağır havayı dağıtmaya çalışıyorum.

"Özel ilgi alanım," diyor Sare Hanım. "Kökeni ilk çağlara uzanan Akyaka'ya yerleşmem, biraz da bu yüzden."

Biz konuşurken, Sare Hanım'ın ikinci kızım dediği **Nergis** eli kolu dolu, ikramlık bir şeyler taşıyor içeriden. Sarmalar, börülce **salataları**, ot kavurmaları, gözlemeler... Getirdiklerini tabaklara bölüştürüp önümüze koyuyor.

"Zahmet etmişsiniz," diyorum. "Bu kadar şeyi yemem **mümkün** değil."

"Yediğiniz kadar," diyor Nergis gücenmiş gibi.

"Nergis'in gözlemesi meşhurdur," diyor Sare Hanım. "Beğeneceğinizi umarım."

Bu sözlerden cesaret almış gibi, "Çarşambaları **pazar** kurulur Akyaka'da," diyor Nergis. "Kahvaltı yapmadan pazara **giden** kadınlar, gözleme ve çayla yaparlar kahvaltılarını. Ama benim otlu **gözlememin** yerini tutmaz oradakiler..."

En son gül şerbeti getiriyor Nergis. Bahçedeki güllerin **yapraklarından**, kendisi yapmış. Üzerinde kavrulmuş bademler...

İkramı geri çevirmenin ayıp kaçacağını bildiğimden, **biraz biraz** tatlarına bakarak oyalanıyorum. Susem de önüne konmuş, **bizimkilere** göre yüksekçe bir sehpanın üzerindeki tabağından küçük **lokmalar alarak** oyalanıyor benim gibi.

Henüz servisler toplanmadan, Nergis'in bu kez de **elinde çay** tepsisiyle içeri girmesi, bardağı taşıran son damla oluyor. "Yeter **artık!**" diye bağırmamak için zor tutuyorum kendimi. Ev gezmesine gitmiş, **izzet** ikram bekleyen misafir yerine konulmaktan son derece rahatsızım.

Sıkıntımı anlamış gibi, "Tabakları toplayabilirsin **Nergis**," diyor Sare Hanım. "Sonra da Susem'i odasına götür." Kızının, **yanımızda kalmayı** dilenen bakışlarına aldırmadan devam ediyor. "Epey yoruldu **bugün**, uzanıp dinlensin."

Sabırsızlığımı yatıştırmak için beyaz badanalı duvarların **üzerine** dağıttığım bakışlarım, aydınlık renklerin oynaştığı, **canlıymış gibi** duran tabloların üzerinde düğümleniyor.

"Beğendiniz mi?" diyor Sare Hanım. "Çoğu eşimin eseri. Suat Baturhan! Belki duymuşsunuzdur, çok ünlü değilse de sanat camiasının yakından tanıdığı naif bir ressamdı. On iki yıl önce kaybettik ne yazık ki..." Vereceğim yanıtı sonraya saklayarak, Nergis'in sehpaların üzerindekileri içeriye taşımasını, ardından Susem'le beraber salondan çıkışlarını sessizce izliyorum. Baş başa kalır kalmaz çözülüveriyor dilim.

"Sare Hanım, konukseverliğiniz için teşekkür ederim. Ancak, benim için gereksiz bir ağırlama olduğunu söylemek zorundayım. Yaşamınızdaki olumsuzlukları hafife almam mümkün değil, hem genç yaşta eşinizi kaybetmenize, hem de kızınızın durumuna gerçekten çok üzüldüm. Ama takdir edersiniz ki, burada bulunuş nedenim sizin sorunlarınız değil. Bir an önce asıl konuya geçersek memnun olurum."

Yüzündeki gülüş acılaşıveriyor. "Konunun ortasındayız zaten," diyor. "Susem senin kız kardeşin Verda!"

Suratıma okkalı bir tokat yemiş gibi, öylece kalakalıyorum.

Öncesinde hiç yaşamadığı derecede büyük bir şaşkınlıkla sarsılan insan, hele benimki gibi korkunç bir iddiayla yüzleşmeye mecbur kılınmışsa, nasıl bir tepki verir uyaranına? Asla inanmayarak, karşısındakinin iddialarını çürütmek için paralanarak, isyanla, öfkeyle bağırıp çağırarak...

İnanmadan/inandırılmadan önce, hepsini deniyorum bunların.

"Yani siz, Susem'in evlilik dışı doğan gayrimeşru bir çocuk olduğunu mu anlatmak istiyorsunuz bana?" diye bağırıyorum.

"Hayır, Susem gayrimeşru bir çocuk olarak doğmadı."

"Ama siz, kızınızın babasının Vedat Karacan olduğunu iddia ediyorsunuz, öyle değil mi? Vedat Karacan, evlilik dışı da olsa kendi kanından gelen bir çocuğu reddedecek yapıda bir insan değildi. En azından nüfusuna alırdı onu. Bu da nüfus kayıtlarına yansır, ölümünden sonra ortaya çıkardı. Babamın nüfusunda kayıtlı olan tek evladı vardı Sare Hanım, o da bendim!"

"Aksini iddia etmiyorum ki... Mesele düşündüğün kadar basit değil Verda. Dinlersen anlatacağım. Ama konuşurken ölçülü olmanı öneririm, gerçekleri öğrendikten sonra, söylediklerinden pişmanlık duyabilirsin."

Vereceğim tepkilere hazırlıklı olduğu belli. İlk feveranımı atlatıp yatışmamı, onu dinleyecek kıvama gelmemi bekliyor. Masanın üzerindeki sürahiden bir bardak bana, bir bardak da kendisine su doldurarak, gelip karşıma oturuyor.

"Dinleyecek misin şimdi beni?"

Yüzüne hiç bakmadan, başımı öne eğerek olumluyorum sorusunu.

"Uzun bir öykü dinlemeye hazır ol," diyor. "Gerçek bir yaşamöyküsü... Bunun için epey gerilere gitmemiz gerekecek. Vedat'la ilk tanıştığımız günlere."

Derin bir soluk alıp arkasına yaslanarak anlatmaya başlıyor...

MASALSI AMA GERÇEK BİR YAŞAMÖYKÜSÜ

"Filolojiyi bitirdiğimde, İstanbul'daki Fransız kolejlerinden birinde Fransızca öğretmeni olarak çalışmaya başlamıştım. Çok gençtim Vedat'ı tanıdığımda, öğretmenliğimin üçüncü yılı dolmamıştı henüz. Emekliye ayrılan öğretmenlerimizden Nurseli Hanım'ın veda yemeğinde karşılaştık ilk. Müdürümüz İlhan Bey'in özel konuğuydu Vedat, liseden sınıf arkadaşıydılar. İstanbul'a önemli bir davanın duruşması için gelmişti Vedat, ertesi sabah Ankara'ya dönecekti. Geçerken uğramış gibi kayıtsız, kimseleri umursamayan, mesafeli bir havası vardı. Ama konuşması etkileyiciydi. Hem ses tonu, hem de dilini kullanmadaki ustalığıyla farklılığını konuşturuyordu.

Samimi bir yemekti. İlerleyen saatler içinde daha da ısındı ortam. Ardı ardına kalkan kadehler, bir ağızdan söylenen şarkılar... Yoğun istek üzerine Fransızca bir şarkı söyledim ben de, kısa bir şanson. Beğenmişti galiba Vedat, uzun uzun alkışladı beni. Birazdan, İlhan Bey'in emektar öğretmeni Nurseli Hanım'ın yanına geçip sohbete dalmasını fırsat bilerek yanıma geldi. Fransızcanın aşk şarkılarına en yaraşan dil olduğundan, aşkı en iyi anlatan şarkılara uzanan söyleviyle büyüledi beni. Etkilenmiştim. Ancak bu durum, o geceyle sınırlı kalacak küçücük bir yürek çarpıntısının ötesinde hiçbir şey ifade etmiyordu benim için.

Ertesi hafta gene İstanbul'daydı Vedat. Telefonla aradı beni, İlhan Bey'den almış numaramı. Buluştuk. İşi için geldiğini söylüyordu ama, gelişinin asıl nedeni bendim. André Gide'in Fransızca bir romanını armağan etti bana. 'Ben de Türkçesini okuyacağım' dedi. 'Okuma dillerimiz farklı olsa da, aynı noktada buluşacağımıza inanıyorum.' Karşı konulmaz bir güçle kendine çekiyordu beni. Çok yakışıklıydı. Duruşu, gülüşü, konuşması ve şakaklarındaki kırlar... Aramızdaki yaş farkını görmüyordum bile. Âşık olmuştum! Dürüst davrandı bana, beraberliğimizi başlatmadan evli olduğunu söyledi. Ayrılacaktı ama, boşanmak üzereydi Semra Hanım'dan. Bu ayrılıkta en ufacık bir payım yoktu benim, kendimi suçlamam anlamsızdı. Kendiliğinden gelişen sürece son anda dahil olduğuma inandırdı beni.

Beraberliğimizin ikinci ayında boşandılar. Mahkemenin hemen sonrasında birlikteliğimizi ilan etmek yanlış anlamalara yol açabilirdi. Bekledik... Üçüncü ayın sonunda, nişan yüzüklerimizi takarak evlilik yolundaki ilk adımlarımızı attık.

Anlattığım kadar kolay olmadı her şey. Ailem, Vedat'la evlenmeme şiddetle karşı çıktı. Annem, ablam, teyzelerim... Sıkça rastlanan bir durummuş, küçük yaşta babasını kaybetmiş kızlar kendilerinden büyük erkekleri seçer, sonra da pişman olurlarmış. Ben de neredeyse babam yaşında biriyle evlenerek, bilinçaltımda yatan baba özlemini susturmaya çalışmaktaymışım. Tuttuğum yol yanlışmış, evleneceğim adam yirmi yıl sonra iyice yaşlanıp çöktüğünde, en verimli çağımda olacakmışım ben, yazıkmış bana...

Kulaklarımı tıkadım, duymazdan geldim çevremden yükselen aykırı sesleri. Kararımdan vazgeçiremeyeceklerini anlayınca, istemeye istemeye razı oldular nişanlanmamıza."

Yerinden kalkıp büfenin çekmecesinden küçük bir albüm çıkarıyor Sare Hanım. "Nişan resimlerimiz," diyor.

Alev alev omuzlarına dökülen kızıl bukleleri, yontu kusursuzluğundaki masalsı güzelliğiyle, gece mavisi dekolte tuvaletinin içinde peri kızı gibi duran gencecik Sare ve her zamanki vakur duruşuyla, yakışıklılığından emin, objektifc gülümseyen Vedat Karacan... Kabul etmeliyim ki çok yakışmışlar birbirlerine.

Nişanlısının yanında bulutların üstündeymişçesine mutlu görünen Sare'nin boynundaki inci gerdanlığın üzerinde düğümlenip kalıyorum. Yabancısı değilim bu gerdanlığın. Adnan amcamla Sumru'nun anlattıkları canlanıyor kafamda... Meliha Hanım'ın, "Vedat'ın nişan çikolatasını yedik," deyişi.

"Bu inci gerdanlık, hayatım boyunca aldığım cn değerli armağandır," diyor Sare Hanım. "Hâlâ saklarım."

Şu ana kadar anlattıkları, daha önce duyduklarımla bire bir örtüşüyor. Ya sonrası?

"Evlilik yolunda nasıl bir engelle karşılaştınız da koptunuz birbirinizden?"

"Hepsi benim yüzünden!" diye acı acı gülerek kaldığı yerden anlatmaya devam ediyor Sare Hanım. "Ayaklarım yerden kesilmiş gibiydi, çok mutluydum. Vedat'ın İstanbul'a geleceği günleri iple çekiyordum. Bir hafta sonu Ankara'ya çağırdı beni... Bahçelievler'deki o eve götürdü. Boştu ev, yeniydi. Odalardan birine tek kişilik bir yatak atmıştı Vedat. Salonda da küçük bir çalışma masasının dışında eşya yoktu. 'Gelinini bekliyor bu ev,' dedi. 'Nasıl döşemeyi istersin? Yavaş yavaş eşya seçmeye başlayalım mı artık?'

Yapabileceğim en büyük hatayı yaptım orada, Vedat Karacan'ın üzerindeki yaptırım gücümü sınamaya kalktım. Gençtim, toydum, şımarıktım... Gençliğime, güzelliğime olan güvenim –ya da güvensizliğim– olmayacak şeyler söyletiyordu bana.

'Nereden çıktı bu Ankara?' diyerek havaya diktim burnumu. 'Ankara' yı hiç sevmem ben. İstanbul'un alacasından sonra gri renkli, kasvetli bir şehirde yaşamak bana göre değil...'

Böyle bir çıkışı beklemiyordu, şaşırmıştı. 'Kurulu bir düzenim var burada,' dedi.

'Serbest meslek değil mi avukatlık?' diye kafa tuttum. 'İstanbul, yeni kurulacak düzenlere açık bir şehirdir, buradakinden de çok kazanırsın orada...'

'Para o kadar önemli mi?' derken, beni ilk kez görüyormuş gibi yabancıydı bakışları. 'Tam da senin için İstanbul'daki okulunu aratmayacak bir okul arayışı içine girmişken...'

'Sordun mu bana?' diye kestim. 'Benim de İstanbul'da kurulu bir düzenimin olduğu hiç mi gelmedi aklına?'

Ok yaydan çıkmıştı, içime girmiş şeytanı durduramıyordum, benim yerime o konuşuyordu sanki. Uzlaşmaya hazırdım oysa, ne para umurumdaydı, ne de yerleşeceğimiz şehir. Onun yanında olmak yeterdi bana.

Ters bir devreye girmiştik, ikimiz de geri adım atmayı yediremiyorduk kendimize.

'Biraz daha düşün istersen,' dedi Vedat.

'Bu evi benim adıma yaparsan düşünürüm!'

Dudaklarımdan dökülen, öncesinde aklımdan bile geçirmediğim sözler, Vedat'tan önce beni dehşete düşürdü. Neler söylüyordum ben? Kapristi yaptığım, şımarıklıktı. Karşımda duran insanın Vedat Karacan olduğunu unutmuştum galiba...

İstanbul'a döndükten sonra, boş yere bekledim beni aramasını. Bir kez 'gel' dese, bin kez gitmeye hazırdım. Çağırmadı, gelmedi, aramadı...

İki hafta sonra bir mektup çıktı postadan. İnci gibi bir yazıyla yazılmış, meramını kısaca, az ve öz anlatan bir sayfalık bir mektup... Daha sonra ortaya çıkabilecek sorunları erken devrede fark etmemiz iyi olmuştu. Yaşadığı hiçbir şeyden pişmanlık duymuyordu ama, ikimiz için ortak bir gelecekten söz etmek mümkün değildi. Mantığa dayalı daha akılcı bir yol çizecekti kendine. Bundan sonraki yaşamımda mutluluklar diliyordu bana.

Vedat'tan geriye, bir zamanlar paylaştığımız, üzerine yorumlar yaptığımız, André Gide'in o sözleri kalmıştı: *En güzel şeyler, bize çılgınlığın fısıldadığı ve aklın yazdırdıklarıdır!* Çılgınlığın bize fısıldadıklarını yaşamıştık, sıra aklın yazdırdıklarını yaşamaktaydı.

Mektubu alıp odama kapandım, üç gün boyunca gözyaşı döktüm üstüne, hamura döndü kâğıdı. Üçüncü günün sonunda parça parça edip çöpe attım. Ondan gençtim, yaralarımı daha çabuk sarar, daha çabuk unutabilirdim onu. Yüzüğü çıkarıp anneme verdim. Havalara uçtu sevinçten. Yalnız o mu? Yakın çevremde kim varsa, memnuniyetle karşıladı nişanımızın bozulmasını. Zararın neresinden dönülse kârdı.

Kaldığı yerden yaşamıma geri dönmüştüm. Arada ince bir sızı duysam da, zaman içinde hiçbir iz bırakmadan geçeceğini umuyordum. Ne var ki Vedat'la beraberliğimiz, silinmesi güç bir iz bırakmıştı geride. Bedenimde ondan bir parçayı taşıyordum, hamileydim!

Ne yapacağıma karar veremiyordum bir türlü. Bebeği aldırmakla Vedat'ı haberdar etmek arasında bocalıyordum. Kıyamıyordum bebeğime. Vedat'ı aramaksa hiç işime gelmiyordu. Ama hatalı olan bendim, geri atılacak bir adım varsa, o adım bana ait olmalıydı. Uçağa atladığım gibi, Ankara'da aldım soluğu. Sürpriz yapacaktım, kapıyı açtığında beni bulacaktı karşısında. O an, aramızdaki bütün buzların eriyeceğinden emindim. Özür dileyecektim gerekirse. Daha fazla dayanamayıp sarılıverecekti bana. Bebek haberini en sona saklayacaktım, onun varlığı sayesinde değil, kendimiz için barışmalıydık öncelikle.

Cumartesi sabahıydı, tatil günü... Evde olması için dualar ederek zile bastım. Kapının aralığında bir kadın belirdi. Orta yaşın üzerinde, ev kıyafetleri içinde, kendi halinde bir kadın. 'Kimi aramıştınız?' dedi. 'Vedat Bey'le görüşecektim, evde mi acaba?' dedim sabırsızlıkla. 'Biraz önce çıktı,' dedi. 'Ben eşiyim, ileteceğiniz bir şey varsa...'

Merdivenlerden nasıl indiğimi, kendimi sokağa nasıl attığımı bilemiyorum. Sırtımı döner dönmez, yangından mal kaçırır gibi alelacele evlenivermişti Vedat. Veda mektubunda da ifade ettiği gibi, mantığa dayalı, daha akılcı bir yol çizmişti demek kendisine. Hem de hiç zaman kaybetmeden... Tam bir çıkmaza girmiştim, istesem de bebeğimi aldırmam zordu artık. Mevsim değişimindeki doğal gecikmedir diye oyalandığımdan, geç fark etmiştim zaten. Son iki haftayı da Vedat'a ulaşma kararsızlığıyla geçirince, epey büyümüştü bebek.

İlginçtir, yaşadığım ilişkiyi savunmasam da, asla utanmıyordum bebeğimden. Onu doğuracak, tek başıma bakıp büyütecek kadar güçlü hissediyordum kendimi... İlk anneme söyledim hamile olduğumu, diğerleri onun ağzından duydu. Ablam, teyzelerim, teyzelerimin kızları... Kıyamet koptu! Çekirdek ailemizle, dış kabuğu oluşturan en yakın akrabalarımız bir araya gelerek, hep beraber yüklendiler üstüme. Ne biçim bir rezaletti bu böyle! Ailemizin adına leke sürmeye utanmıyor muydum? En can alıcı soruya gelmişti sıra: Bundan sonrasında ne yapacaktım? Beş aylık çocuğu bile alabilen doktorlar vardı piyasada. Babasız bir çocukla ömür tüketmeye değer miydi?

'Benim için tasalanmayın siz,' dedim. 'Hamileliğim gözle görünür hale gelince çeker giderim. Küçük bir sahil kasabasına yerleşir, orada doğururum çocuğumu.'

Annemin öfkesi buraya kadardı. Beni asla yalnız bırakmayacak, nereye gidersem yanımda olacaktı. Yeterince parlak değilse de küçük bir çıkış yolu bulunmuştu. Ancak, sorunlarımıza çözüm olabilecek asıl çare, hiç ummadığımız bir anda, hiç ummadığımız bir yerden geldi.

Öğretmenler odasında elime tutuşturulan davetiyenin bana ne sürprizler hazırladığından habersizdim.

'Ressam Suat Baturhan'ın resim sergisinin açılış kokteylini teşrifiniz...'

'Gider miyiz?' diye sordu arkadaşlar, 'Gideriz,' dedim.

Üç yıldır aynı çatı altında çalışıyorduk Suat Baturhan'la. Daha doğrusu biz çalışıyorduk da, o arada bir uğruyordu okula. Sanat çevrelerince beğenilen bir ressamdı. Pek çok kişisel ve karma sergiye katılmıştı eserleriyle. Varlıklı bir aileden geliyordu, resim dışında ek gelire ihtiyacı yoktu ama, karısının genç yaşta ölümünden sonra içine düştüğü boşluktan kurtulmak amacıyla insan içine çıkmaya, kalabalıklara karışmaya karar vermiş, okulumuzda haftada birkaç gün resim derslerine girmeye, öğretmen odasındaki sohbetlere katılmaya başlamıştı.

Yakışıklı sayılmazdı Suat Baturhan, ama insanı içine çeken farklı bir havası vardı. Bakışlarındaki melankoli, etkilerdi karşısındakini. İlk geldiği yıl, birkaç kez baş başa sohbet edip kahve içmiştik. 'Bu adam sana yanık,' diye takılmıştı arkadaşlar. 'Bize baktığı gibi bakmıyor sana.'

'Sanatla ilgilenen insanların bakışlarındaki farklılık yanıltıcıdır,' diyerek gülüp geçmiştim.

Kendimi iyi hissetmiyordum o gün. Bulantı, baş dönmesi... Öğlene kadar başımı kaldıramadım yastıktan. Akşamüstüne doğru biraz toparlanınca giyinip çıktım. Bir bankanın sanat galerisindeydi açılış. Gittiğimde herkes dağılmıştı, birkaç kişi vardı içeride. Her zamanki güler yüzüyle karşıladı beni Suat. 'Geciktin,' dedi. 'Biraz önce gitti seninkiler.' Beraberce sergiyi gezmeye başladık. Tablolardan birinin önünde, renklerin armonisi üzerine konuşurken, içimin çekildiğini hissettim. Gözlerim karardı, olduğum yere yığılıverdim. Suat'ın kollarımın altından tutup beni kaldırışını, galerinin arka tarafındaki fuayeye taşıyıp kanepeye uzatarak yüzüme su çarpmasını hayal meyal hatırlıyorum. Kendime geldiğimde, endişeli gözlerle bana bakıyordu.

'Hamilesin sen!' dedi, içinde bulunduğum durumu ilk kez kendisi keşfediyormuş gibi.

'Evet,' dedim umursamaz bir tavırla.

'Nişanlandığını biliyordum da, evlendiğini duymamıştım' dedi sitemle, düğün yapmışız da onu çağırmamışız gibi.

'Evlenmedik,' dedim. 'Nişanlımdan ayrıldım.'

'Hamilesin ama... Ne yapmayı düşünüyorsun?'

Sıkılmıştım sorularından. 'Çekip gideceğim buralardan,' dedim bıkkınlıkla. Belli belirsiz bir gölge aktı gözlerinden. Daha fazla konuşmasına fırsat vermeden toparlanıp kalktım. Galeriden çıkarken, 'Keşke gelmeseydim,' diye söyleniyordum içimden...

Ertesi gün beni aradı Suat. 'Bir yerlerde oturup bir kahve içelim seninle,' dedi.

Sınırlarını aştığını, gereksiz yere üzerime geldiğini düşünüp pişmanlık duymuş olmalıydı. Buluştuk...

'Dün gece hep seni düşündüm,' dedi. 'Seni, bebeğini ve kendimi.' Ardından, lafı hiç dolandırmadan, 'Benimle evlenir misin Sare?' deyiverdi.

'Asla!' dedim. Özverinin de bir sınırı vardı, kimsenin kendini benim için feda etmesine razı olamazdım.

'Bu evliliği yalnız senin ve bebeğin için değil, kendim için de istiyorum,' dedi. 'İlk gördüğüm günden beri içimdesin ama cesaret edemedim. Aramızdaki yaş farkı, daha önce başımdan geçen evlilik, onun geride bıraktığı izler...'

'Ama şimdi şartlar değişti, tüm engeller ortadan kalktı; çünkü Sare sana mecbur, zayıf noktasından yakaladın onu, öyle mi?'

'Yanlış anladın beni,' diye karşı çıktı. 'Mecbur falan değilsin bana. Benim için çok değerlisin sen, hep değerli oldun, hep değerli kalacaksın. Kanıtlamam için bir şans ver bana...'

İki hafta sonra evlendik Suat'la. Hamileliğim iyice belirginleşmişti artık, Suat'ın ısrarıyla giydiğim bol kesimli gelinliğin içinde bile varlığını haykırıyordu bebeğim. Ama en yakınlarımın dışında kimse bilmedi sırrımızı. Düğünü beklemeye sabredemeyen tutkulu iki âşık olduğumuzu düşündüler.

Asil ruhlu bir insandı Suat. Kızımı kızı bildi, bir kez olsun başıma kakmadı eski yaşanmışlıklarımı. Dediği gibi, beraberliğimiz boyunca hep değerli olduğumu hissettirdi bana."

"Susem'in varlığından ne zaman haberi oldu babamın?"

"Bana kalsa hiç haber vermeyecektim. 'Bilmek onun da hakkı!' dedi Suat. Doğumdan hemen sonra aradım Vedat'ı. 'Bir kızın oldu,' dedim. 'Adı Susem... Babası sensin.' Hiçbir beklentim yoktu. Kendi kızı olsa da, Susem'i nüfusuna alması söz konusu değildi Vedat'ın. Baturhan soyadıyla doğmuştu kızım ve nüfus kâğıdının *babası* hanesinde Suat Baturhan yazıyordu."

"Susem'le ilk ne zaman karşılaştı babam?"

"İki yıl hiçbir iletişim olmadı aramızda. Susem iki yaşına geldiğinde beni arayarak, 'Kızımı görebilir miyim?' dedi Vedat. Buluşturdum onları... Pek sevdiler birbirlerini. İlk kez gördüğü yabancıları yadırgayan kızım, çelimsiz kollarıyla sarılıverdi babasına. Kan çekmişti galiba... Vedat'sa kırılıvereceğinden korktuğu bir taşbebekmiş gibi, acemice tutuyordu Susem'i kollarında. Asıl amacının ne olduğunu vedalaşırken anladım. Her ay Susem'in hesabına para yatırmak istiyordu. İçindeki ezincin bedelini ödeyecekti kendince. Asla kabul edemezdim, şükürler olsun ki ihtiyacımız yoktu. Kızımın nüfusuna kayıtlı olduğu babası, gerekeni fazlasıyla yapıyordu."

"Daha sonra aradı mı babam?"

"Aramadı. O uğursuz kazaya kadar..."

Baştan beri aklımda olan, dilimin ucuna geldiğinde geri ittiğim soruyu soruyorum sonunda.

"Susem'in rahatsızlığı doğuştan değil anladığım kadarıyla..."

"On yaşına kadar sapasağlam, hareketli, ele avuca sığmayan bir çocuktu Susem. Erken gitmişti okula, çok zeki, başarılı bir öğrenciydi. İlkokulu bitirmişti o yıl. Bisikletle ödüllendirdik kızımızı. Trafiğin olmadığı yerlerde, sahil şeridindeki bisiklet yolu üzerinde gezmesine izin vermiştik. Günlerden pazardı... Kahvaltı hazırlıyordum. 'Ben bir tur atıp geleyim,' dedi Susem. Kahvaltıdan sonra çıkarsın dedimse de dinletemedim. Yarım saat sonra haberi geldi... Eve dönerken, arkadan bir araba çarpmış bisikletine. Selesinden fırlayıp havada perende atarak çakılmış yere. Hastaneye götürdüğümüzde yaşayıp yaşamayacağından emin değildik. Hemen ameliyata aldılar. Bel omurlarından ikisi kırılmış, sinirler harap olmuş... Ameliyattan çıktığında kaderi belli olmuştu, belden aşağısı felç kalacaktı Susem'in."

"Kazadan nasıl haberi oldu babamın?"

"O telaş içinde haber vermek aklıma bile gelmemişti, Suat uyardı beni. 'Ara,' dedi. 'O da bilmeli.' Hemen atlayıp geldi Vedat. Sekiz yıldır kızını görmemişti, üzgündü, solgundu. Suat'la ikisi arasında, hangisinin kızımın gerçek babası olduğunu sorguladım içimden. Kan bağı, yadsınamaz bir gerçek olarak karşımda duruyordu ama, önemli olan emekti. Emek vermiştik Suat'la birbirimize, yıllarımızı... Ekmeğimizi bölüşmüştük, suyumuzu, sevgimizi, sevincimizi, dertlerimizi... Ve kızımızı! Gerçek olan buydu işte. Baba olmayı asıl hak eden, Suat'tı benim gözümde...

Altı ay kaldık hastanede. İki kez daha ameliyat oldu Susem. Fizik tedavi, psikoterapiler... Bu süre içinde birkaç kez İstanbul'a geldi Vedat. Taburcu olup eve geçtikten sonra, telefon konuşmalarıyla yetindi. Gelişleriyle beni ve Suat'ı rahatsız edeceğini düşünüyordu sanırım.

Yeni şartlara ayak uydurmamız uzun sürmedi. Suat da, ben de gözünün içine bakıyorduk kızımızın. Bedensel iyileşmesinin mümkün olmadığını bildiğimizden, ruhsal yönünü ayakta tutmaya çalışıyorduk Susem'in. Başarıyorduk da. Bu durum, üçümüzü daha da sıkı bağlarla kenetlemişti birbirimize. Suat'ın aramızdan kayıp gitmesine kadar da öyle sürdü...

Kazanın üzerinden dört yıl geçmişti, kanıksamıştık artık, Susem'in bedensel engelini unutmuş gibiydik. Yaz tatiline çıkmaya hazırlanıyorduk. 'Kollarımın üzerinde kuğu gibi yüzdüreceğim kızımı,' diyordu Suat. Ne var ki, 'Buraya kadar!' diyen yorgun kalbine söz geçiremedi.

Suat'ın ani ölümünün ardından sudan çıkmış balığa dönmüştüm. Yıllar içinde, bir bütünün parçaları haline gelmiştik ve ben diğer yarımı kaybederek, yaşama gücümü ve direncimi de onunla beraber toprağın altına gömmüştüm sanki. Onsuzluğa alışmak çok zordu, onun yokluğunda yaşamak imkânsız gibi geliyordu bana.

Annem, ablalarım ve diğer yakınlarım zor günlerimde yanımdalardı ama, benimle ağlayıp sızlamaktan öte hiçbir şey gelmiyordu ellerinden. Oysa benim aklı başında bir yol göstericiye ihtiyacım vardı. Yeni gelişmelerin gölgesinde, yoluma nasıl devam edeceğimi bilemiyordum. Seni karşılayıp buraya getiren, kayınbiraderim diye tanıttığım Mithat var ya... dar zamanımda en büyük desteği ondan gördüm. Bakma *abi* dediğime, aynı yaşlardayız, ama bana ağabeylik, hatta babalık yaptı.

Açık açık, 'Kızının durumu ortada,' dedi. 'Ne işin var İstanbullarda? Kalk gel, Akyaka'ya yerleş. Gözümüzün önünde olursunuz hiç değilse. Bir ev tutarız sana, satın alırız istersen.'

Daha önce, bir tatil dönüşü Suat'la beraber gelmiştik Akyaka'ya. Hayran kalmıştık ikimiz de. 'Emeklilikten sonra buraya yerleşelim,' demişti hatta Suat. Marmaris'e çok yakın olduğu halde, adının yeterince duyulmamasını yadırgamıştık.

'Kendini belli etmeyen saklı bir cevher,' diye tanımlamıştı Akyaka'yı Mithat. 'Bekleriz efendim,' demişti. 'Ne zaman uygun görürseniz...'

Zamanı gelmişti... Bu evi Mithat buldu bana. İstanbul'daki evi toplamamda, buraya taşınmamızda, yerleşip yeni bir düzen kurmamızda en büyük yardımcımız o oldu. O, karısı Meral ve iki oğlu. Onların sayesinde hem Susem, hem de ben hiç yabancılık çekmedik yeni mekânımıza."

"Ne iş yapıyor Mithat Bey?"

"Uzun yıllar Muğla Lisesi'nde edebiyat öğretmenliği yapmış. Emekliliğinden önce yerleşmişler Akyaka'ya. Uzunca bir süre buradan gidip gelmiş Muğla'daki okula. Şimdi de Akyaka'nın içinde internet kafe işletiyor."

"Babamın da Akyaka'yla arası iyiydi galiba..."

"Öyleydi," diyor buruk bir gülüşle. "Suat'ın ölümünün ardından çok şaşırttı beni. İstanbul'dayken zorunlu olmadıkça görüşmemeye gayret ederken, buraya taşındıktan sonra sık sık gelip gitmeye, Susem'le yakından ilgilenmeye başladı. Baba olduğunu yeni idrak ediyordu sanki. Ölünceye kadar da sürdürdü gidip gelişlerini, hiç elini çekmedi üzerimizden."

"Susem gerçek babasının Vedat Karacan olduğunu biliyor mu?"

"Evet. Vedat'ın Akyaka'ya ikinci gelişinden sonra her şeyi anlattım ona. On dört yaşındaydı ama, yaşının çok üstünde bir olgunlukla karşıladı anlattıklarımı. Bilmesi gerekiyordu. Sık sık evimize girip çıkan yabancı bir erkeği, başka nasıl açıklayabilirdim kızıma?"

"Ya beni? Benim de ablası olduğumu biliyor mu?"

"Biliyor."

"Ama, Susem senin kız kardeşin, derken onun yanımızda olmasını istemediniz, yanılıyor muyum?"

"Doğru, istemedim. Şok bir açıklamaydı yapacağım ve senin vereceğin ilk tepki Susem'i üzebilirdi."

"Sare Hanım, yaşamöykünüzü en mahrem noktalarına kadar benimle paylaştığınız için teşekkür ederim. Sizi, özellikle de Susem'i tanımak, gerçek bir mutluluk benim için. Ancak, bildiğiniz gibi babamı ölüme taşıyan nedenlerin izini sürüyorum ben. Sanırım Avukat Vural Türkoğlu da yalnızca bu anlattıklarınızı dinlemem için göndermedi beni buraya. Duyduklarım dışında, başka neler söyleyebileceksiniz bana?"

"Sıra geldi esas düğümü çözmeye diyorsun, ha... Tabii ki bütün bildiklerimi paylaşacağım seninle. Ama öncesinde kısa bir mola verelim mi, ne dersin?"

Yanıtımı beklemeden kalkıp kapıyı açıyor, "Nergis," diye sesleniyor içeriye. "Çay getirir misin bize?"

Az sonra elinde çay tepsisiyle içeri giriyor Nergis. Yanı sıra bir tabak un kurabiyesi.

"Yeni pişirdim bunları," diyor. "Dumanı üstünde... Afiyet olsun."

Yeniden konuşmaya başlamak için Nergis'in dışarı çıkıp kapıyı kapatmasını bekliyor Sare Hanım.

"Farkındaysan geç oldu," diyor. "Hava kararmak üzere. Akyaka'dan Muğla'ya, oradan da İzmir'e her saat başı otobüs kalkıyor. Ama konuşacak çok şeyimiz var daha... Üstelik karar verme aşamasında zamana ihtiyacın olacak. Eğer istersen bu gece burada kalabilirsin."

Kararsızlığımı görüp ekliyor. "Susem'in odasının yanında yer hazırlarız sana. İlk gelişlerinde otelde kalırdı Vedat, sonraları o odada kalmaya başladı."

Ne kadar hızlı yol alırsak alalım, yalnızca birkaç saat önce tanıdığım bir kadın ve onun evindeki, bir zamanlar babama ait olan bir oda... Bu kadarı fazla!

"Sözünü ettiğiniz otel yakın mı buraya?"

"Burayı İstanbul mu sandın Verda? Hap kadar yer Akyaka. Nereye gitsen, yürüme mesafesi..."

Oteli yedekte tutmak işime geliyor. Vakitlice biterse konuşmamız, yola koyulurum, ama gerekirse otel gibi bir garantim var...

PRENSES VE UĞURBÖCEĞİ

"Daha önce anlattıklarım olmasa, bundan sonra söyleyeceklerimi algılamakta zorlanabilirdin. Ayrıntılara girmemin nedeni buydu," diyerek yeniden konuşmaya başlıyor Sare Hanım. "Babanın kaldığı oda dediğimde irkildiğini fark etmedim sanma. Eskilerde kalmış duygusallıkların yeniden alevlendiğini düşünmüş olabilirsin... Ama sandığın gibi değil."

"Bana hesap vermek zorunda değilsiniz. Aranızdaki ilişkinin ne yönde geliştiğini bilmem gerekmiyor."

"Gerekmese de bilmende yarar var... Susem, Vedat'la beni yeniden aynı ortak paydada buluşturmuştu, bizi bir araya getiren biricik nedendi. Ama asla duygusal bir yakınlaşma olmadı Vedat'la aramızda, kadın ve erkek gözüyle bakmadık birbirimize. Arkadaş olduk, dost olduk, cinsiyet farkı gözetmeyen iki candan dert ortağı olduk birbirimiz için. İlk tanıştığımız günlerdeki tutkulu sıcaklıktan çok daha değerliydi aramızdaki bağ.

Hem annene, hem de Meliha Hanım'a saygım sonsuz, hiçbir zaman kendimi onlarla kıyaslamadım, ama ikisinin de yapamadığı bir şeyi başardım. Vedat'la arkadaş ve sırdaş oldum ben! Bu yüzden de her şeyini benimle paylaştı ya...

Çayyolu davasında atılan her adımın takipçisiydim. Arslanlılarla düştüğü çelişkinin, istemeden bulaştığı çamurdan sıyrılmak için verdiği çabaların ve çektiği tüm çilelerin en yakın tanığıydım. Şimdi anlıyor musun Vural Türkoğlu'nun seni bana neden gönderdiğini...

Öncelikle vurgulamalıyım ki, babanın hayatta en değer verdiği insan sendin! *'Ya Verda duyarsa...'* Hep bu korkuyla yaşadı, yaptığı her işte, attığı her adımda sana karşı sorumlu hissediyordu kendini. Bu yüzden nişanlandığımızı bile söyleyemedi sana. Annenle boşanmadan önceki dönemde başlamıştı çünkü ilişkimiz. Belki de gene bu yüzden ayrıldı benden... Sana hesap vermek zorunda kalmamak için. Senin Meliha Hanım'ı daha kolay kabulleneceğini düşünmüştü sanırım. Yanıldı, bütün şimşeklerin Meliha Hanım'ın üzerinde toplanacağını hesaba katmamış, bilmeden, istemeden hedefi şaşırtmıştı. Hedefte olan kadın bendim. Varlığımdan haberiniz bile olmadan, tek kalemde silip attı beni. Senin için... *Prensesim* diyordu sana, yere göğe sığdıramıyordu. Yumuşak karnıydın sen onun, yaşamındaki zayıf halka... Senden sonra Susem oturdu gönül tahtına. Senin yerine değil, senin yanına! *Uğurböceğim* diyordu ona da. İncinmemesi, örselenmemesi için seve seve canını verebilirdi. Çayyolu davasındaki yumuşak karnı da Susem oldu..."

"Çayyolu davasıyla sizin ya da Susem'in ne ilgisi olabilir ki?"

"Doğrudan değilse de, dolaylı bir ilgi kuruldu maalesef. Vural Türkoğlu' nun Vedat'la konuşup Arslanlıların gerçek yüzünü ortaya çıkardığı günlerdi... Tam bir bozgundu Vedat için, böyle bir durum ilk kez başına geliyordu. Haklılığına inandığı müvekkillerinin elleri kanlı birer katil olduklarını öğrenmişti. Geri adım atmanın kariyerinde derin yaralar açacağını bilse de, davadan çekilmek istedi. Bırakmadılar. Dava bir yana, Vedat'ın bildiklerini açıklamasından korkuyorlardı. Karşı tarafın böyle bir iddiada bulunması ya da açıklama yapması, iftira diye nitelenip örtbas edilebilirdi. Ancak Vedat Karacan gibi isim yapmış bir avukatın, kendi müvekkilleriyle ilgili beyanlarıyla yer yerinden oynardı.

Rüşvet teklif ettiler önce, olmadı tehdit yoluna gittiler. Neyle korkutabilirlerdi Vedat Karacan'ı? Düzgün bir hayatı, temiz bir geçmişi vardı. Yılmadılar, inceden inceye araştırıp, onlar için hazine değerindeki bir bilgiye ulaştılar: Vedat Karacan'ın eski aşkından olma, bedensel engelli bir kızı vardı!"

"Nasıl öğrenebildiler bunu?"

"Adam takmışlardı Vedat'ın peşine, Akyaka'ya kadar izlemişler, araştırma yapmışlar... Kapımız çalındı bir gün. Hangi gazeteden geldikleri belli olmayan –belki gazeteci bile olmayan– iki kişi, ellerinde fotoğraf makineleriyle içeri girmeye çalıştılar. Mithat koştu yardımımıza. Nergis akıl edip, içerdeki telefona sarılmasa ne yapardık bilmiyorum. Tedirgin olmuştu Vedat. Hem seni düşünüyordu, hem de Susem'i. *Ya Verda duyarsa* korkusu depreşmişti gene. Ama asıl tehlikede olan Susem'di. Son kozlarını oynuyordu Arslanlılar. 'Gazetelerde boy boy haber çıkacak kızınla ilgili,' dediler. 'Ulusal televizyon kanallarında haber olacaksınız. Rezil olacaksın, insan içine çıkacak yüzün kalmayacak...'

Vedat'ı asıl ürküten bunlar değildi, magazinsel bir dizi habere konu olmaktan çok, Susem'in zaten hassas ruhsal dünyasının depremlerle sarsılmasından korkuyordu. 'Uğurböceklerini öldürmek günahtır!' diyordu. 'Kıyamam ona ben. Göz göre göre kızımı paralamalarına dayanamam...'

Son gelişlerinde iyice karamsarlaşmıştı. Eskisinden daha az konuşuyor, daha az şeyi paylaşıyordu benimle artık. Tek dostu *Azmak* olmuştu. Sabahın erken saatlerinde çıkıp tek başına tekne kiralıyor, bana bile anlatmadığı dertlerini Azmak'ın sırdaş sularıyla paylaşıyordu."

"Bürosunda da akvaryum görünümünde minyatür bir Azmak yarattığını biliyor muydunuz? Ancak gerçek Azmak'ı görünce ne anlama geldiğini kavrayabildim."

"Çok uğraştı o akvaryum için. Büyük cam kavanozlarla su bitkileri taşıdı oraya. Kimi yaşadı, kimi çürüyüp gitti. Yılmadı, benzer akvaryum bitkileriyle aynı görünümü yaratmaya çalıştı. Suyun asit, tuz, soda oranını ve ısısını benzer değerlerde tutmak için uğraş verdi. Çektiği fotoğrafları gösterdi bana. Ankara'da, kapalı ortamda, elverişsiz şartlar altında yaratabildiği Azmak'ıyla gurur duyuyordu.

Gitgide içine kapanıyordu Vedat. Onun için endişeleniyordum ama, canına kıyabileceğini aklıma bile getirmiyordum. Ölümünden önceki hafta buradaydı. Ocak ayının en soğuk günleriydi... Uzun uzadıya dertleşmedi benimle, 'İyice köşeye sıkıştım,' dedi yalnız. 'Azmağa atsam kendimi,' diyerek güldü. 'Boğulmasam da donarım en azından.' Şakası bile kötüydü. 'Azmak senin dostun,' dedim. 'Ne boğar seni, ne de dondurur.'

Ankara'ya dönüşünden birkaç gün sonra aradım, 'Nasılsın?' dedim. 'Bodenen iyiyim, zıpk ııı gibi!' dedi, 'Ama duygularım ağır yaralı.' İki gün sonra da ölüm haberi geldi."

"Ve siz babamın cenazesinde bile bulunamadınız."

"Öyle oldu. Önemli değildi ama. Abartılı cenaze törenlerinin, taziyelerin şekilcilik olduğunu düşünürüm. Mezarlık ziyareti de yapmam ben. Mezara konulan, kısa bir süre sonra toprağa karışacak cansız bir beden değil mi? Önemli olan ruhsal ve tinsel varlık. O ruhsal varlığı yanınızda hissettiğinizde, nispeten azalan acılarınız da katlanılır hale gelebiliyor.

Ben kendimi böyle avutabiliyordum ama Susem'i yatıştırmam zor oldu. İkinci kez baba acısı yaşıyordu kızım. Günlerce odasından çıkmadı. Onu yeniden normal yaşamına döndürmem epey zaman aldı."

"Merak ettiğim bir şey var Sare Hanım. Neden beni bu kadar beklettiniz? Babamın ölümünün üzerinden neredeyse iki yıl geçti. Bu konuşmayı çok daha önce yapamaz mıydık?"

"Yapamazdık," diyerek gülüyor. "Olgunlaşmamış meyveyi ham haliyle dalından koparmak gibi bir şey olurdu bu. Açık konuşmam gerekirse, yeterince güvenmiyordum sana, tanımıyordum seni. Eşinin gazeteci olması da caydırıcı nedenlerin başında geliyordu. Gazetelere boy boy haber olmamak için canına kıymıştı Vedat. Onun isteği dışında yanlış adım atmaktan, bir anlamda ona ihanet etmekten çekiniyordum."

"Ne değişti? Aynı durum şimdi de söz konusu değil mi?"

"Uzaktan uzağa da olsa az çok tanıdım seni. Üstlendiğin davadan çok, kendi davan için çabaladığını gördüm. Vedat'ın biricik prensesinin yanlış yapmayacağına inanıyorum. Kaldı ki, eski çekincelerim de önemini yitir-meye yüz tuttu. Susem... Öyle çok acı çekti ki kızım, bundan sonra çeke-ceklerini göğüsleyecek olgunluğa erişti. Nasıl uygun görüyorsan öyle dav-ranabilirsin Verda, bizim yönümüzden hiçbir sakıncası yok."

"Bir araya gelişimizde, Avukat Vural Türkoğlu'nun rolü büyük sanı-rım..."

"Hem onun, hem de Vedat'ın iş ortağı, can arkadaşı Remzi Bey'in. Vural Türkoğlu karşı tarafın, Alpagutların avukatı, haklı olduğu bir dava-yı savunuyor. Elini güçlendirmek için her yolu denemesi doğal. İşin duy-gusal yanını düşünmesini bekleyemeyiz ondan. Senin verdiğin savaşın Vedat'ın ölümündeki sır perdesini kaldırmakla sınırlı olduğunu biliyorum, Vural Türkoğlu ise Vedat'a vefa borcunu ödeme çabasında olsa da, daha çok kendisi için çalışıyor. Ama Remzi Bey, yalnızca seni ve Susem'i dü-şündü. Kendini Vedat'ın yerine koyarak, gerçek bir baba gibi. Seninle gö-rüşmemde en büyük pay ona ait...

Bundan sonrasında ne mi olur? Orasına sen karar vereceksin..."

SEÇENEKLER

Kalkıyorum. Sare Hanım otele bırakacak beni. Sofaya çıktığımızda, tekerlekli sandalyesiyle önüme kadar gelip, "Gidiyor musunuz yoksa?" diyor Susem. Gözlerindeki hayal kırıklığı içimi acıtıyor.

"Bu gece buradayım," diyorum. "Otelde!" diye düzeltiyorum hemen. "Yarın sabah yola çıkmadan uğrarım, söz."

"Keşke burada kalsaydınız," derken bükülüveriyor boynu. Mahzun duruşuna dayanamıyorum, eğilip yanağından öpüyorum. İncecik kollarının var gücüyle sarılıyor bana. Hayrettir, amcamın kızı Sumru'nun, hatta Meliha Hanım'ın kızı Melda'nın, benim yokluğumda babama yakın duruşlarını kıskanabilen ben, Susem'e karşı zerrece kıskançlık duymuyorum.

"Hoşça kal uğurböceği," diyorum. "Sabaha görüşürüz..."

Yokuş aşağı, ara yolları izleyerek azmağa doğru iniyoruz Sare Hanım'la. Bilmediğim, tanımadığım bu yerde yön kavramını tamamen kaybettiğim için nereye gittiğimizin farkında değilim.

Kerme Ottoman Konak yazıyor kalacağım otelin kapısında. Şu ana kadar gördüğüm, Akyaka mimarisini yansıtan yapılar içinde en görkemlisi. Küçük bir sahil kasabasında kalınabilecek bir otelden çok, eski Osmanlı konaklarını/saraylarını andırıyor. Ahşap işleme ve oymalar, beyaz fon üzerinde uyumla dans ediyorlar. Havanın kararmasıyla beraber her tarafı ışıklarla aydınlatılmış konağa hayran kalıyorum.

İç avluya açılan, yerel motiflerle işlenmiş çift kanatlı bir kapıdan otele giriyoruz. Kapının üzerindeki ahşap saçakla, kırmızı kiremitlerle örülmüş saçak üstü kaplama, hoş bir görüntü oluşturmuş.

Babam kaç kez bu kapıdan geçti acaba?

"*Kuzulu kapı* ya da *kuzuluk* derler buralarda," diyor Sare Hanım. "Eskiden iki büyük kanadın açılmasıyla kuzuların ve diğer hayvanların avluya girmelerini sağladığı için."

Kapının içinden açılan iki küçük kanat da insanların geçişi içinmiş. Tavanı alçak, tabanı yüksek, normal boyda bir insanın eğilmeden geçemeyeceği bir yükseklikte olduğundan, başımızı eğip ayağımızı kaldırarak içeri girebiliyoruz ancak. Bu eğilme, "Saygıyla eğiliyorum," anlamında, hanenin mahremiyetine ve hane sahibine verilen değeri ifade ediyormuş.

Spor giyimli genç bir adam karşılıyor bizi.

"Ottoman Konak'ın genel müdürü Hilmi Tekinay," diye tanıtıyor Sare Hanım. "Konuğum da yabancı değil, Vedat Karacan'ın kızı Avukat Verda Aktuna. Bu gece otelinizde konuk olacak."

"Hoş geldiniz Verda Hanım," diyor Hilmi Bey. "Akyaka küçük bir kasaba, herkes birbirini tanır ama, Sare Hanım'ın yeri başkadır. Babanız da çok saygıdeğer bir insandı, birkaç kez konuğumuz oldu. Pek sevmişti burasını. Umarım sizi de memnun ederiz."

Üç katlı binanın tepesinde aynalı bir tavan var. Nereden bakılırsa bakılsın, kat aralarını görmek mümkün. Herkesin herkesi görebildiği, şeffaf, ilginç bir düzenleme.

"Ne ikram edebilirim size?" diyor Hilmi Bey. "Ne zamandır Şark köşesinde oturup Azmak'a karşı kahve içmediniz Sare Hanım..."

Orta katın uzantısıymış gibi duran Şark köşesine takılıp kalıyor gözlerim. Her tarafı ahşaptan, sıcacık bir köşe. İşlemeli tavanı, yer döşemesi, köşeyi diğer bölümlerden ayıran korkuluklar... Üç yanı boydan boya çeviren alçak sedir, üçayaklar üzerine kurulmuş bakır siniler, hasır örgülü kürsüler, el dokuması kilimler, nargileler, güğümler... *Böyle otantik ortamları severdin sen babacığım. Kaç kez oturdun bu alçak sedirlerin üzerinde? Sana da köpüklü Türk kahvesi ikram ettiler mi?* Sare Hanım'a bakıyorum... O da bir yerlerde çok ılı kalmış. Kim bilir neler geçiyor aklından... Ben, babamla beraber yaşayamadıklarımın özlemini çekiyorum, o ise geride bıraktığı yaşanmışlıklarının.

"Kalkayım ben," diyor. "Yoruldun sen de, dinlen biraz."

Oysa, yorucu geçeceği baştan belli, amansız bir gecenin bizi beklediğini biliyoruz ikimiz de.

Yüzüne iliştirdiği gülüşüyle, "Kahvaltıya bekliyoruz, " diyor ayrılırken. "Nergis'in reçellerini tatmadın daha. Kayısı, çilek, şeftali, vişne, gül... Patlıcanı ve karpuz kabuğunu bile şekere yatırıyor bizim kız."

Sare Hanım'ın arkasından, "Nasıl bir oda arzu edersiniz?" diye soruyor Hilmi Bey. "Orta avluya açılan hepsi de birbirinden farklı döşenmiş on sekiz odamız var. Tavan işlemeleri bile farklıdır... On iki tanesi boş şu anda, malum, sezon dışı dönemdeyiz ya..."

Kendimle baş başa kalabileceğim bir dört duvar, aradığım. Fazlasını görecek, keyfini çıkaracak durumda değilim.

"Küçük bir oda yeter bana. Bir gece kalacağım zaten."

Orta katta, avlunun sol tarafında sıralanmış odalardan birini açtırıyor. İlk gözüme çarpan, mor satenden el işlemesi bir yatak örtüsüyle üzerindeki sarı yuvarlak kırlent ve etajerlerin üstündeki altı sarı, üstü mor, saten kaplama abajurlar oluyor. İki kişilik yatağın başucunda deri bir pano var. Çalışma masası, deri koltuklar, şömine, dökümlü tül perdeleriyle modern ve şık bir oda.

Buraya geldiğinde, sen hangi odada kaldın babacığım? Saten yatak örtüsü var mıydı senin yatağının üzerinde de...

"Beğendiniz mi?" diyor Hilmi Bey. "Konağımız Osmanlı, Selçuklu ve Türk mimarisinden izler taşısa da, odalarımız gelenekselle güncelin sentezidir."

"Beğenmemek mümkün değil, teşekkür ederim."

"Aşağıda restoranımız var ama, odaya da bir şeyler gönderebiliriz isterseniz."

"Sağ olun, aç değilim. Sare Hanım yeterince ağırladı beni."

Tek başına kalmak için sabırsızlandığımı anlamış gibi, iyi geceler dileyerek çıkıyor.

Banyoya girip yüzümü yıkıyorum önce. Aynaya yansıyan aksim, yabancı birine aitmiş gibi görünüyor, tanımakta güçlük çekiyorum kendimi, yadırgıyorum.

Kapı mı tıkladı, bana mı öyle geldi? Kararsızca aralıyorum kapıyı. Genç bir otel görevlisi, elinde tuttuğu meyve tabağını uzatıyor.

"Hilmi Bey gönderdi."

Tabağı çalışma masasının üzerine bırakıp odanın dışarı açılan küçük balkonuna çıkıyorum. Karşımda boylu boyunca uzanan Azmak, karanlığın içinde uykuya dalmış simsiyah bir yılan gibi, tüm gizemiyle meydan okuyor sanki bana. Ürperiyorum... İçeriye girip sımsıkı kapatıyorum balkon kapısını, perdeleri çekiyorum. Dış dünyayla tüm bağlantılarımı kesmek ister gibi...

Saten örtüyü kaldırmadan, öylece uzanıyorum yatağa. Tavana dikiyorum gözlerimi. Ahşap işlemenin oylumlarına dalıp gidiyorum. İşlemenin göbeğindeki geometrik şeklin kenarlarını sayıyorum... Sekizgen! Bir kenarında boyuna, bir kenarında enine çizgiler...

"Sen de bu çizgilere dalıp gitmiş miydin babacığım?" derken, babamla söyleşmekten vazgeçerek fırlayıp kalkıyorum yataktan. Çalışma masa-

sının başına geçiyorum. Sumenin arasındaki dosya kâğıtlarını çıkarıp önüme koyuyorum. Dava dosyalarını hazırlarken yaptığım gibi, yazarak, çizerek, beğendiklerimin yanına yıldızlar koyarak, kafamın yatmadıklarını karalayarak, kendi yöntemlerimle çözüme ulaşmaya çalışacağım...

Dosya kâğıdının başına "1" yazıyorum. İlk seçenek... İstanbul'a döner dönmez Vural Türkoğlu'nu arayacağım. Sare Hanım' dan öğrendiklerimin ışığında neler yapabileceğimizi konuşacağız. Bülent de yardım edecek bize. Gazetesinde manşet olacak haberimiz. Yalnız Bülent'in gazetesiyle sınırlı kalmayacak eylemler... Basın toplantısı yapacağız Vural Türkoğlu'yla, kamuoyuna açık açık anlatacağız her şeyi. Televizyonların ana haberlerine bomba gibi düşecek gerçekler. Arslanlıların bütün kirli çamaşırlarını ortaya dökeceğiz. Bunca zamandır yaptıkları yanlarına kâr kalmayacak.

Hepsi iyi, hoş da... Bedeli ne olacak yapacaklarımızın? Aynı haberciler, Arslanlıları yerin dibine batırırken, olayların gerisinde yatan her ayrıntıyı didik didik eşelemeyecekler mi? Elleri kolları buralara kadar uzanmayacak mı?...

Susem'in masum yüzü geliyor gözümün önüne. Ceylan gibi ürkek bakan badem gözleri... Günahsız bir uğurböceğinin siyah benekli kırmızı kanatlarının hoyratça yolunuşu...

Dosya kâğıdının üzerine kocaman bir çarpı işareti koyarak ikinci seçeneğe geçiyorum.

Yapılmasını istediklerimi ben olmadan, tek başına da yapamaz mı Vural Türkoğlu? Belki... Yapsın o halde!

Davadan çekilsem... Yenilgi anlamına mı gelir bu? Gelir!

Geri planda kalmak, hırsla yola koyulan Verda'nın egosunu yaralar mı? Yaralar!

Tam da sürdüğü *iz*'in sonuna gelmişken... Bir adım daha atıp ipi göğüsleyeceğine, zafer kupasını kucaklamaktan vazgeçmiş maraton koşucusu gibi hisseder mi kendini? Kuşkusuz!

İkinci seçeneğin üzerini de küçük bir çarpı işaretiyle çiziyorum. Karalamıyorum ama, o çarpıları kaldırıp yeniden değerlendirebilirim iki seçeneği de.

Anayolların dışında, beni çözüme götürebilecek yan yolları da denemeliyim. Karar vermeden önce üzerinde düşünmem gereken çok şey var geride. Ama öylesine yorgun ki beynim...

AZMAK'LA YÜZLEŞMEK

Kâh şöminenin önüne çektiğim deri koltukta, kâh bir köşesine kıvrıldığım yatağın üzerindeki, toplasam iki üç saati ancak bulabilecek huzursuz bir uykunun ardından, sımsıkı kapattığım perdelerin arasından odaya sızan güneşin ilk ışıklarıyla fırlayıp kalkıyorum. Kaskatı kesilmiş her yanım.

Pırıl pırıl bir hava var dışarıda. Önceki gece içime ürküntü veren Azmak, yemyeşil çimenlerin bitiminde, tam karşımda davetkâr bir edayla gülümsüyor bana.

Masanın üzerindeki, kaldığım otelin renkli fotoğraflarla tanıtıldığı, her sayfası kartpostal güzelliğindeki tanıtım kitapçığının ilk sayfasında, *Ottoman Konak'ta Bir Sabah* başlıklı, Azmak'ın sabahını anlatan güzel bir yazı var.

Gün ağarmasıyla başlayan senfoni orkestrası... Orkestra şefi Güneş, gökyüzünü aydınlattıkça orkestranın katılımcıları çoğalıyor. Ta ki ortalık aydınlanıncaya kadar...

Kemanda bülbüller, trombonda kazlar, klarnette kargalar, ritim gitarda kumrular, davulda ve bateride köpekler, solo gitarda horozlar, orgda kurbağalar...

Tanrı'nın orkestrası! Basların, tizlerin mükemmel geçişlerle başarıldığı bambaşka bir müzik kültürü. Beethoven, Mozart, bu orkestradan çok gerilerde.

Önce kurşuni, sonra beyazlaşan ve sonunda güneşin doğuşuyla mavileşen gökyüzü... Gün ağarmasıyla sazların üzerindeki sis yorganı, soyunan seksi bir kadın gibi açılmaya başlıyor.

Gün doğumuyla orkestranın ağırdan sunduğu senfoninin azalmasını ve bitirilmesini umursamayan nehir, tüm berraklığı ile Güneş'in orkestra şefliğini kabullenmeden kendince akıyor... Hep akıyor...

"... Senfoninin bitmesini umursamayan nehir... Azmak! Kendince hep akıyor..."

"... Akyaka'ya gelip de Azmak üzerinde tekne turu yapmadan gitmek olmaz!"

"... Her gelişinde Azmak'ta tekne turu yapardı Vedat. Tek dostu Azmak olmuştu. Sabahın erken saatlerinde çıkıp tek başına tekne kiralıyor, dertlerini azmağın sırdaş sularıyla paylaşıyordu..."

Benim de Azmak'la baş başa kalıp yüzleşmemin zamanı geldi galiba...

Hilmi Bey henüz gelmemiş.

"Otobüse gideceksen yardımcı olalım," diyor resepsiyondaki görevli.

"Hayır," diyorum. "Tekne kiralayacağım. O konuda yardımcı olursanız sevinirim."

"Otelin özel teknesi var. Konuklarımıza grup halinde Azmak turu yaptırmak, etkinliklerimiz arasında. Eğer isterseniz..."

"Buradan, Azmak'ın orta yerinden değil, ilk hareket noktasından başlamak istiyorum tura. Meydandan kalkıyormuş galiba tekneler. Oraya nasıl gideceğimi söyleyin, yeter."

"Nehir yoluyla beş dakikalık mesafe ama, madem yürüyeceksiniz, on dakika sürmez meydana varmanız."

Kimi yerde azmakla buluşup ona paralel uzanan, kimi yerdeyse içe kıvrılan, bodur zakkum ağaçları, fıstıkçamları ve palmiyelerle zenginleşmiş yol üzerinde, doğanın canlı melekleriyle beraber –ördekler, kazlar, kurbağalar, bir ağızdan kendi bestelerini terennüm eden ötücü kuşlar– sabahın serin havasını içime çekerek yürüyorum. Akyaka Atatürk Meydanı'nın sağ tarafında mendirek var. Sıra sıra tekneler bağlanmış kıyıya. Güvertelerin çoğu boş, sahipleri, motorcuları, çalışanları gelmemiş henüz. Balıkçı tekneleri gün ağarırken, "Vira vira," diyerek açık denizlere açılsa da, tur teknelerinin acelesi yok. Sabahın köründe, benden başka kim Azmak turu almaya kalkacak ki?

Teknelerden birkaç tanesinde kıpırtı var, erken davranıp güvertelerini temizleyerek, gün içinde gezdirecekleri konuklara hazırlık yapıyorlar. Beyaz boyalı gövdelerinin alt tarafında yazılı isimleri okuyorum... İçlerinden bir tancsi öne çıkıyor: Deliyürek!

Benim yerimde babam olsa, deli ve delişmen yüreğine en yakın bulacağı bu tekneyi seçmez miydi?

"Birine mi bakmıştınız?" diye soruyor Deliyürek'in güvertesindeki genç delikanlı.

"Tekne kiralayacaktım."

"Ne zaman için? Kaç kişilik bir grup olacak?"

"Grup falan yok, kendim için istiyorum. Mümkünse hemen şimdi."

Kısa bir tereddüt anı...

"Tamam," diyor. "Atlayın, gidelim."

Elimden tutup tekneye binmeme yardım ediyor. Halatı toplayıp motoru çalıştırıyor.

"Burası Azmak'ın başlangıcı değil, denizle buluştuğu son noktadır," diyor. "Yani biz, sondan başlıyoruz turumuza."

Açık denizle azmağın sularının çırpıntılı küçük dalgalarla birbirine karıştığı kesişme alanını arkamıza alıp, *mavi yol*'daki turumuza başlıyoruz. Adını sormuyorum rehberimin. *Deliyürek* diye çağırıyorum içimden, teknesinin adını taşıdığını varsayarak. Keşke onun yerinde "benim deli yüreğim" olsaydı diye hayıflanıyorum. Baba kız, iki deli yürek... ve Azmak!

İki taraflı yükselen sazlıkların arasından geçiyoruz. Üzerinde akıp gittiğimiz su mavi, lacivert ve yeşilin tonları arasında kararsızca gidip geliyor. Kâh enine, kâh boyuna gayrimuntazam uzanan gür çayırların üzerinden süzülüyor teknemiz. Altımızda zengin bir sualtı ormanı var sanki. Yer yer baş döndürücü bir derinliğe ulaşıyor su.

"Burası çok derin," diyorum Deliyürek'e. "Kaç metre vardır?"

"Azmak'ın derinliği çok değişkendir," diyor. "Diz boyundan altı, hatta dokuz metreye kadar değişebilir." Korktuğumu düşünmüş olmalı ki, "Merak etmeyin," diyor. "Tekne kazası falan olmaz buralarda. Rüzgâr yok, fırtına yok. Sakin bir iç nehir işte..."

"Ya intihar? Kendini Azmak'ın sularına atan olmadı mı hiç?"

Şaşırıyor Deliyürek. Kocaman açtığı gözleriyle, niyetimi anlamak ister gibi, dikkatle bakıyor yüzüme. Sabahın erken saatinde tek başına tekne turuna çıkan tekinsiz yolcusunun bir delilik yapmasından korkuyor besbelli.

"Bu su insana hayat verir abla," diyor. "Hayatını elinden almaz!"

Bir süre hiç konuşmuyoruz. Beni yadırgadığı, sıra dışı tavırlarımdan, konuşmalarımdan işkillendiği belli.

Aramızdaki gerilimi yumuşatmak ister gibi, "Suyun ısısı ne kadar?" diye soruyorum. "Yüzülür mü bu suda?"

"Yaz kış değişmez," diyor. "12-14 derecedir hep. Böyle olunca, çivi gibi suya atlamayı göze alamıyor kimse. Yazın, restoran önlerindeki, ayak bileğine kadar ulaşan sığ sulara masalar, sandalyeler atılır. Kırk dereceyi aşabilen sıcak, buhranlı günlerde serinlemek amacıyla ayaklarını suya sokmakla yetinir insanlar. Yüzerim diye iddiaya girenler yok mu? Var. Ama iki üç dakikadan fazla kalabileni görmedim ben."

Sağlı sollu büklümlerle kıvrılan, eğimlenen su yatağının genişliği de değişken. Dar bir boğazın içinden geçip, bir sonraki dönemeçte havuz görünümünde bir gölcüğe ulaşabiliyoruz.

"Burası azmağın en derin yeri," diyor Deliyürek. "Tam karşıda gördüğünüz de Ottoman Konak Oteli."

"Dün gece orada kaldım ben."

Anlattıklarını yarım yamalak dinleyen, karamsar hali, ürkütücü tavırlarıyla "umutsuz vaka" gözüyle baktığı müşterisinde küçücük bir yaşam belirtisi yakalamanın sevinciyle ışıldayıveriyor Deliyürek'in gözleri.

"Bu gece de orada mı kalacaksınız?"

"Hayır, bugün döneceğim. Azmak'ta tek ne buru yapmadan gidilmez buralardan dediler, sabahın bu saatinde yollara düşürdüler beni."

"İyi etmişler ablacığım, değmiştir inşallah zahmetine..."

Belirgin bir rahatlama var duruşunda. *Şüpheli* konumundan temize çıktım ya gözünde, daha rahat konuşuyor şimdi.

Biraz ileride daralıyor Azmak.

"Buradan sonrasına tekne girmez," diyor Deliyürek. "Döneceğiz... Azmağın suyu şu karşı dağdan gelir. Dipten kaynama da var. Suyun üzerindeki kabarcıkları görüyor musunuz?"

Dönüyoruz... Teknenin korkuluğundan eğilip suyun derinliklerine, en derinlere bırakıyorum gözlerimi.

"Posedonya Çayırları," diyor Deliyürek. "Başka yerde zor bulursunuz benzerini. Kadın saçına benzetir çoğu insan. Kadın Azmağı demeleri de bundanmış güya..."

Başımı kaldırmadan, bakışlarımı yemyeşil kadın saçlarının kıvrımlarından çekip almadan dinliyorum söylediklerini. Susem'in saçları dalgalanıyor karşımda sanki! Aralanan boşluklarda gözleri beliriyor Susem'in, mahzun gülümsemesiyle aralanan gül pembesi dudakları... Bir şeyler anlatmak ister gibi bakıyor bana.

Sen de Azmak'ın derinliklerinde **Uğurböceği'**nin *yüzünü gördün mü baba? Gördün de o yüzden mi suların derinliklerine bırakmak istedin kendini?*

"Meke kuşu," diyor Deliyürek, sazlıkların arasında suya batıp çıkarak yüzen, daha doğrusu debelenen koyu renkli, ördekle karga arası, daha önce hiç görmediğim türdeki kuşları göstererek. "Eti lezzetlidir. Eskiden avlayıp yerlermiş, ama şimdi yasak. Özel çevre kurulu kapsamında korunuyor."

"Meke kuşu!" diye yineliyorum. "Korunuyor demek... Ama uğurböceklerini korumaya alan yok!"

Biraz önce silkip attığı şaşkınlığını yeniden üzerine geçiriyor Deliyürek. Dehşet dolu bakışları, yüzümün kıvrımlarında değmedik yer bırakmıyor. Aldırmıyorum, gereksiz ayrıntılarla kaybedecek zamanım yok. Azmak turu bitmeden ne olacaksa olmalı! Vereceğim kararı kesinleştirmek için, buradan başka bir yer düşünemiyorum...

BÜLBÜLÜ ÖLDÜRMEK GİBİ BİR ŞEY...

Evet, uğurböceklerinin de korunmaya ihtiyaçları var. Onları günahsız! Meke kuşu gibi. Bülbüller gibi... Yıllar önce okuduğum, etkisinden kurtulamadığım bir kitap geliyor aklıma. *Bülbülü Öldürmek!* Harper Lee'nin 1961'de Pulitzer Ödülü almış kitabı. 80'li yıllarda çıkan baskısını okumuştum ben. Sinemaya da uyarlanmıştı roman, başrolünü Gregory Peck'in oynadığı siyah beyaz film Oscar Ödülü kazanmıştı. Televizyonda izlemiştim filmi. Hem roman, hem de film derin izler bırakmıştı bende. *Avukatlar da bir zamanlar çocuktu, sanırım. / Charles Lamb* yazıyordu kitabın ilk sayfasında. Hukuk fakültesine girdiğimde, avukat adayı olarak bir kez daha okudum romanı. Okuduklarım, avukatların da diğer insanlar gibi içlerindeki çocuğu canlı tutması gerektiğini, katı ve belli kalıplar çerçevesinde hareket edeceklerine, yeri geldiğinde duygusal ve çocuksu yanı baskın kararlar verebilecek esnekliğe sahip olabilmelerinin önemini öğretmişti bana.

1800'lü yıllarda, Amerika'da, Alabama Eyaleti'ne bağlı Maycomb kasabasında geçen hikâye, çocuk diliyle anlatılıyordu. Küçük bir kız çocuğunun, Jean Loise'in diliyle. Komşu evlerden birinde, başından geçen kötü bir olaydan sonra hiç dışarı çıkmayan, kapı pencere önünde bile göremedikleri, inzivaya çekilmiş biri yaşıyordu. Boo Radley... Jean Loise, ağabeyi Jem ve arkadaşları, onu görebilmek için denenmedik yol bırakmıyorlardı.

Avukat Atticus, çocuklarına her şeyin en doğrusunu öğretmeye çalışan ideal bir babaydı, annesiz büyütmüştü oğluyla kızını. İlginç öğütler veriyordu çocuklarına... "Bülbülü öldürmek günahtır!" diyordu örneğin. "Görüntüleri ve güzel sesleriyle insanları mutlu etmekten başka günahları yoktur onların. Diğer kuşları –örneğin tarlalara zarar veren kargaları– öldürebilirsiniz. Ama bülbülü öldürmek günahtır!"

İki kardeş okul gösterisinden dönerlerken, gecenin karanlığında saldırıya uğradılar. Ağabey Jem yaralandı. Onları kurtaran, yıllardır yüzünü görmeye can attıkları komşuları Boo Radley'di. Bir zenciyi savunduğu dava yüzünden Atticus'a düşman olan ve onun çocuklarına zarar vermekten çekinmeyen eli bıçaklı saldırgan ölmüştü. Kim öldürmüştü onu? Ağabey Jem mi, Boo mu? "Hiçbiri değil," dedi şerif, kendi bıçağının üstüne düşmüştü saldırgan. Ve olay kamuoyuna açıklanırken Boo'nun adı geçmeyecekti!

Aksi halde kasabadaki bütün kadınlar kapısına üşüşüp pastalarla, keklerle, sevgi gösterileriyle onu, kozasından gün ışığına çıkmaya zorlayacaklardı. Kendini dış dünyadan soyutlamış birini, çekingen tavırlarıyla ortaya çıkarıp teşhir etmek günahtı. Bu da bir anlamda, *bülbülü öldürmek* gibi bir şey olacaktı.

Tıpkı, günahsız bir uğurböceğinin kanatlarını acımasızca yolmak gibi!

Başlangıçta kocama, "Davayı kazanmak uğruna her şeyi yaparsın sen!" dedirtecek kadar gözü kara ve hırslı olsam da... Vereceğim karar, birilerine batırmak için sivrilttiğim tırnaklarımı içine çekmek, daha doğru bir deyişle geri adım atmak anlamına gelse de... Çevresine uğur getirmekten başka hiçbir günahı olmayan uğurböceğine kıyamayacağımı hissediyorum.

Profesyonelliğe sığmayan, çocukça bir karar belki... Ama Charles Lamb'in dediği gibi, avukatlar da bir zamanlar çocuk değiller miydi?

Çantamdan telefonumu çıkarıp Avukat Vural Türkoğlu'nun numarasını tuşluyorum.

"Ben olmadan, tek başınıza da haklarından gelebilirsiniz onların!" diyorum.

Şaşırıyor, anlam veremiyor söylediklerime. Üstüme geliyor ısrarla, caydırmak istiyor kararımdan.

"Kazanmaya bu kadar yaklaşmışken..." diyor.

"İyi ya," diyorum. "Zaferin tek sahibi siz olursunuz."

Çok iyi anlıyorum Vural Türkoğlu'nu. Tuzu kuru onun, incitmekten korkacağı bir uğurböceği yok...

Ağır bir yük kalkıyor sanki üstümden. Azmak'ın suları daha berrak görünüyor gözüme, içimde ne zamandır hissetmediğim bir ferahlık... Susem'in gözlerinin ta içine, bakışlarımı kaçırmadan bakabilecek olmanın huzuru...

Az kaldı yolumuz, iskeleye varmak üzereyiz. Bekliyorlardır şimdi beni. Çeşit çeşit reçellerini sıralamıştır sofraya Nergis. Otlu gözleme de yapmıştır belki.

Sabırsızlanıyorum... Bir an önce sofraya oturmak için değil! Susem'e, kardeşime sarılmak, solgun yanaklarından öpmek, kokusunu doyasıya içime çekebilmek için...

Ama öncesinde yapmam gereken küçük bir iş daha var!

Telefonuma uzanıyorum. Bu kez de müvekkilim Aydın Arslanlı'nın numarasını tuşluyorum.

Davadan çekildiğimi söylemek için!

Eminim, babam da böyle olmasını isterdi...

SON

Kaynakça

* Elisabeth Kübler-Ross, *Ölüm ve Ölmek Üzerine*, April Yayıncılık
* Harper Lee, *Bülbülü Öldürmek*, Altın Kitaplar
* Dr. Ali Abbas Çınar, *Akyaka Sözlü Tarihi ve Gökova Havzası Halk Kültürü*, Akyaka Belediyesi Yayınları
* *Akyaka Belediyesi Stratejik Planı 2010-2012*, Akyaka Belediyesi Yayınları
* Muğla Valiliği, Muğla Üniversitesi, Özel Çevre Koruma Kurumu Başkanlığı ve Akyaka Belediyesi'ne ait Gökova Projesi Dokümanı

Teşekkür

Kitabımı oluşturma sürecinde benden desteklerini esirgemeyen dost yüzlere minnet borçluyum.

Akyaka Belediyesi'ne,
Akyaka Kerme Ottoman Konak Oteli'ne,
Muğla Üniversitesi Edebiyat Fakültesi öğretim üyelerinden Yard. Doç. Dr. Tülay Akkoyun'a,
Hukuk danışmanım Avukat Abdullah Egeli'ye,
Her zaman yanımda olan yayınevim Altın Kitaplar ve kitabın çıkmasında emeği geçen tüm çalışanlarına,
Desteklerini hep arkamda hissettiğim yakınlarıma, dostlarıma, kitabımı sabırsızlıkla bekleyen değerli okurlarıma
Teşekkürlerimle...

Canan Tan / İzmir 2011

CANAN TAN ÜZERİNE

Ankara'da doğdu. Ankara Üniversitesi Eczacılık Fakültesi mezunu. Değişik edebiyat türlerindeki yarışmalarda dereceler ve ödüller aldı.

- *Kelebek (Hürriyet)* gazetesinin senaryo yarışmasında *Birincilik Ödülü*
- 1. Ulusal Nasrettin Hoca Gülmece Öykü Yarışması'nda *1. Mansiyon*
- İnkılâp Kitabevi'nin Aziz Nesin Gülmece Öykü Yarışması'nda basılmaya değer görülen *İster Mor, İster Mavi* adlı kitabıyla, *Türkiye'de mizah öyküleri kitabı olan ilk kadın yazar* unvanı
- BU Yayınevi'nin Çocuk Öyküleri Yarışması'nda *1. Mansiyon*
- Rıfat Ilgaz Gülmece Öykü Yarışması'nda *Birincilik Ödülü*
- İzmir Büyükşehir Belediyesi *Çocuk Romanları Ödülü*
- İzmir Büyükşehir Belediyesi *Cumhuriyetin 75. Yılı Çocuk Öyküleri Ödülü*
- 10. Orhon Murat Arıburnu Ödülleri'nde, uzun metrajlı film öyküsü dalında *Birincilik Ödülü*
- İzmir Milli Eğitim Müdürlüğü'nden *2004 Yılı Köşe Yazarı Ödülü*

Yeni Asır (İzmir) gazetesine iki yıl köşe yazarlığı yaptı.

Öykü, roman, mizah ve çocuk edebiyatı çerçevesinde çok sayıda kitabı ve senaryo çalışmaları var.